Friedrich Rückert und die Musik

Tradition – Transformation – Konvergenz

Herausgegeben von

Ralf Georg Czapla

RÜCKERT-STUDIEN

Herausgegeben
im Auftrag der Rückert-Gesellschaft
von
Hartmut Bobzin, Ralf Georg Czapla
York-Gothart Mix, Thomas Pittrof

Band XIX

ERGON VERLAG

Friedrich Rückert und die Musik

Tradition – Transformation – Konvergenz

Herausgegeben von
Ralf Georg Czapla

———

ERGON VERLAG

Jahrbuch der Rückert-Gesellschaft

Die Rückert-Gesellschaft wird gefördert durch die Stadt Schweinfurt.
Den Druck des Jahrbuchs unterstützten die Stiftung
der Städtischen Sparkasse Schweinfurt und die Stadt Coburg.

Bibliografische Information der Deutschen Nationalbibliothek
Die Deutsche Nationalbibliothek verzeichnet diese Publikation in der
Deutschen Nationalbibliografie; detaillierte bibliografische Daten sind
im Internet über http://dnb.d-nb.de abrufbar.

Bibliographic information published by the Deutsche Nationalbibliothek
The Deutsche Nationalbibliothek lists this publication in the Deutsche
Nationalbibliografie; detailed bibliographic data are available in the
Internet at http://dnb.d-nb.de.

www.ergon-verlag.de

ISSN 0557-4404
ISBN 978-3-89913-779-8

Inhalt

Inhalt

Zu diesem Band

Das literarische Werk Friedrich Rückerts lädt wie kaum ein anderes zu interdisziplinärer und interkultureller Betrachtung ein. Mit politischen Liedern, Trauergesängen sowie Liebes- und Frühlingspoesie zeigt es sich von einer enormen thematischen Breite. Stärker noch als seine eigenen Verse haben Rückerts Nachdichtungen und Übersetzungen aus dem Arabischen gewirkt, mit denen er den christlichen und islamischen Kulturkreis einander sich annähern ließ. Zunächst fremd Erscheinendes wurde vertraut und weckte die Sehnsucht nach dem fernen Osten. So avancierte Rückert, der mehr als vierzig Sprachen zu lesen verstand, zum bedeutendsten Vermittler zwischen Orient und Okzident im 19. Jahrhundert. Auf viele Bereiche seines Wirkens hat die Rückert-Forschung in den vergangenen Jahrzehnten aufmerksam gemacht, nur selten aber geriet seine Nachwirkung in den Blick. So stellte Wulf Segebrecht anlässlich einer Umfrage zu Rückerts 200. Geburtstag fest, dass er als Dichter zwar kaum noch im Bewusstsein heutiger Literaturproduzenten und -rezipienten sei, dass aber einzelne Gedichte ein Eigenleben führten, zu dem ihnen nicht zuletzt ihre Vertonungen durch namhafte Komponisten wie Franz Schubert, Robert Schumann oder Gustav Mahler verholfen hätten.[1] Trotz dieses Befundes sahen sich weder Musikwissenschaftler noch musikwissenschaftlich interessierte Literarhistoriker bemüßigt, sich wieder stärker Rückerts Beziehungen zur Musik zuzuwenden, so dass Hans-Joachim Hinrichsen noch vor wenigen Jahren seinen für die Neuauflage von *Die Musik in Geschichte und Gegenwart* verfassten Artikel folgerichtig mit der Feststellung schloss, dass „eine umfassende wissenschaftliche Würdigung der musikalischen Rückert-Rezeption noch aus[stehe]."[2] Eine solche kann auch der vorliegende Band nicht bieten. Zu weit spannt sich das Terrain der musikalischen Wirkungsgeschichte des Dichters, als dass es sich im Rahmen eines Jahrbuchs vollends erkunden ließe. Gleichwohl nehmen sich die hier versammelten Beiträge zentraler Fragestellungen dieses so überaus bedeutsamen Zweigs der Rückert-Rezeption an. Der Band versucht aus einer

---

[1] Vgl. Wulf Segebrecht: Lebt Rückert? Eine Anfrage bei Schriftstellern heute. Bamberg 1989 (Fußnoten zur neueren deutschen Literatur, 16).

[2] Hans-Joachim Hinrichsen: Art. „Friedrich Rückert". In: Ludwig Finscher (Hg.): Die Musik in Geschichte und Gegenwart. Allgemeine Enzyklopädie der Musik. Begründet von Friedrich Blume. Personenteil. Bd. 14. Kassel/Basel/London/ New York und Stuttgart/Weimar ²2005, Sp. 611-614, hier Sp. 614.

historischen Perspektive den in der Rückert-Forschung vergangener Zeiten unterbliebenen und insofern längst gebotenen Brückenschlag zwischen Musik- und Literaturwissenschaft.

Mit seinen Kontakten zu Komponisten, die er trotz mancher Vorbehalte gegenüber Vertonungen seiner Gedichte, pflegte, reiht sich Rückert in eine lange Tradition ein, deren Wurzeln bis wenigstens in den Humanismus zurückführen und die ihren Gipfelpunkt in der Weimarer Klassik erreicht. Mit Goethe führen sie zu jenem Mann, der ihm stets Vorbild und Referenzpunkt war. Zudem scheint in Goethes Freundschaft mit Zelter diejenige zwischen einem Dichter und einem Komponisten gewissermaßen idealtypisch präfiguriert. Beide blicken auf eine außergewöhnliche Lebensleistung zurück. Hier der schöngeistige, universelle, idealistische Dichter, Sammler und Forscher in seinem Weimarer Elfenbeinturm, dort der gestandene Baumeister, Komponist, Musikpädagoge und Kulturpolitiker in der brodelnden, aufstrebenden preußischen Residenzstadt Berlin. Voneinander angezogen, stoßen ihre Interessen 1799 aufeinander, zunächst schriftlich, 1802 dann persönlich. Obwohl von Geburt und Ausbildung völlig verschieden, gehen sie in kürzester Zeit eine lebenslange Freundschaft und Interessensgemeinschaft ein. Persönliche Katastrophen, die beide wiederholt treffen, begründen dabei eine Seelenverwandtschaft, die ihres Gleichen sucht. Wie teilnahmsvoll Goethe und Zelter mit dem Tod von Kindern des jeweils anderen umgingen, wie einfühlsam sie sich mit dem Schmerz des anderen auseinander setzten und wie innig sie einander stützten – all dies machte ihren Briefwechsel für Rückert, der im Winter 1833/1834 binnen weniger Wochen seine beiden Lieblingskinder Luise und Ernst an Scharlach verloren hatte, so eingängig, dass er in zwei Gedichten für den von Adalbert von Chamisso und Gustav Schwab herausgegebenen *Deutschen Musenalmanach für das Jahr 1838* ihrer nicht nur als einander auf das Engste verbundener Freunde, sondern unausgesprochen wohl auch als Väter gedachte.[3] Franz Josef Wiegelmann zeichnet in seinem Beitrag die Lebensstationen von Goethe und Zelter nach. Er erschließt dabei nicht nur ihre einzigartige Korrespondenz, sondern stellt auch bislang unveröffentlichte Quellen aus dem Fundus seines historischen Pressearchivs vor.

Einen literarischen Transformationsprozess besonderer Art rekonstruiert Karin Vorderstemann. Friedrich Rückert war zu seinen Lebzeiten, aber auch noch lange danach als Dichter von Volksliedern bekannt. Zu

---

[3]   Vgl. Adalbert von Chamisso/Gustav Schwab (Hg.): Deutscher Musenalmanach für das Jahr 1838. 9. Jahrgang. Leipzig: Weidmann, [1837], S. 32f.

seinen populärsten und am häufigsten vertonten Texten gehörte das auf
einem Kindervers basierende, auch unter dem Titel „Schwalbenlied"
bekannte Gedicht *Aus der Jugendzeit*, das Mitte des 19. Jahrhunderts Teil
des volkstümlichen Liedrepertoires wurde und in der verkürzten und
sentimentalisierenden Fassung von Robert Radecke über Jahrzehnte
hinweg populär blieb, ohne dass der Name des Dichters noch Erwähnung fand. Die allgemeine Beliebtheit des Liedes spiegelt sich in seiner
Aufnahme in Liederbücher unterschiedlichster Provenienz sowie in einer Vielzahl von literarischen und privaten Zeugnissen, anhand derer
Vorderstemann seine Geschichte vom frühen 19. bis ins 21. Jahrhundert
nachzeichnet. Die von ihr autopsierten Liederbücher werden bibliogra-
phisch exakt, oft unter Angabe des Verlags, in dem sie erschienen, aufgenommen, so dass wichtige Vorarbeiten für die künftige Volksliedfor-
schung geleistet sind.

Der weitaus größte Teil der Beiträge des vorliegenden Bandes beschäftigt sich mit Vertonungen von Rückert-Gedichten in Liedern und
in Liedzyklen. Dietrich Fischer Dieskau geht in seinem Überblicksarti-
kel der Frage nach, worauf die bis heute ungebrochene Affinität von
Komponisten zu Rückert sich gründet und was in diesem besondere Fall
die Konvergenz zwischen Musik und Dichtung ausmacht. Persönliche
Zeugnisse von Musikern wie Briefe, Tagebücher und Notizen berücksichtigt er dabei ebenso wie Einsichten und Erkenntnisse aus seiner Praxis
der Liedinterpretation, in der er Jahrzehnte lang Maßstäbe gesetzt hat.
Musik, so zeigt Fischer Dieskau, ist Rückert eine Metapher für das Leben
gewesen. In ebendieser Überzeugung wusste er sich mit großen Lied-
komponisten wie Schubert, Schumann oder Mahler vereint.

Zyklischen Kompositionen Schuberts und Schumanns gelten die Beiträge von Rudolf Denk und Joachim Steinheuer. Rudolf Denk untersucht Schuberts Vertonungen der vom Komponisten ausgewählten und
mit eigenen Titeln versehenen Rückert-Gedichte in ihrem inneren Zusammenhang. Dabei wird die Frage nach der musikalisch-kompositori-
schen Überformung der Liedtexte ebenso behandelt wie diejenige nach
der Anlage des Liederheftes als experimenteller Vorstudie zu den späteren Zyklen *Die schöne Müllerin* und *Die Winterreise*. Der werk- und epo-
chengenetische Stellenwert der Rückert-Vertonungen und einer späteren
instrumentalen Bearbeitung eines Rückert-Liedes bildet das übergrei-
fende Ziel von Denks Untersuchung.

Joachim Steinheuers Interesse gilt dem *Minnespiel* op. 101 von Robert
Schumann. Schumann komponierte den achtteiligen klavierbegleiteten
Vokalzyklus zu vier Stimmen innerhalb von nur fünf Tagen Anfang Juni

1849 als letztes in einer Reihe von Werken, die nach seiner Flucht aus dem revolutionären Dresden in rascher Folge in dem von den Wirren unberührten Dorf Kreischa entstanden. Obwohl viele dieser Werke auf den ersten Blick keine konkreten politischen Botschaften zu vermitteln scheinen, bilden sie etwa durch implizite Verweise in den ausgewählten Texten oder in der Wahl der Gattungen und Besetzungen eine Art fortlaufenden Kommentar zum Zeitgeschehen aus. In der Mehrzahl dieser Werke in so unterschiedlichen Gattungen wie Kinderliedern, Frauengesängen, einer Motette für Männerchor sowie einem Zyklus von Liebesliedern wandte sich Schumann immer wieder Dichtungen von Friedrich Rückert aus verschiedenen Bereichen zu, im Falle des *Minnespiels* wie bereits in dem 1841 gemeinsam mit Clara vertonten op. 37 war es dessen Sammlung *Liebesfrühling*. Intertextuelle Bezüge zwischen diesen beiden Zyklen etwa in der konkreten Übernahme von Texten sowie einer vergleichbaren Tonartendisposition machen deutlich, dass Schumann auch in den Liedern, Duetten und Quartetten des op. 101 das Verhältnis zu seiner Frau Clara thematisiert und dabei seine eigene Rolle als die eines werbender ‚Minne' verpflichteten Sängers stilisiert. Durch vielfältige, höchst kunstvoll eingesetzte kompositorische Mittel erreicht Schumann zyklische Geschlossenheit. Dazu zählen insbesondere ein auf Symmetrien beruhender Plan der Tonarten und Taktvorzeichnungen sowie einige melodische Motive, die in mehreren Stücken in transformierter Gestalt eingesetzt werden und damit für inneren Zusammenhalt der Kompositionen untereinander sorgen.

Kaum mehr bekannt ist der aus Altona stammende Carl Reinecke. Reinecke vertonte zwischen 1844 und 1881 mehrere Rückert-Gedichte, auf die ihn sein Kompositionslehrer Robert Schumann aufmerksam gemacht hatte. Reineckes Kompositionen lehnen sich sowohl von der Thematik als auch von der Gattung her – er vertont in der Regel die Gedichte für eine Singstimme und Klavier – deutlich an dessen Rückert-Vertonungen an. So bevorzugt Reinecke vor allem solche Texte, die das Thema Liebe in den Vordergrund stellen. Darüber hinaus sind es die kurzen, sentenzartigen und sprichwortähnlichen Gedichte Rückerts, die ihn zu einer Vertonung reizten. Jessica Riemers Beitrag liefert Analysen von Reineckes Liedersammlungen op. 5, 10, 18 und 29 sowie den 12 Kanons für 2 Frauenstimmen und Klavier op. 163. Sie interpretiert dabei vor allem das Wort-Ton-Verhältnis und nimmt – in Anlehnung an C. D. Schubart – eine Tonartencharakteristik vor.

Dennis Roth vergleicht in seinem Aufsatz zwei Vertonungen von signifikant gegensätzlichen Gedichten Friedrich Rückerts in der Gattung

Orchesterlied: Gustav Mahlers *Nun seh' ich wohl, warum so dunkle Flammen* (1901), das zweite seiner *Kindertotenlieder*, und Richard Strauss' *Nächtlicher Gang* (1899). In beiden Gedichten stehen Aspekte der Wahrnehmung im Vordergrund. Nach einer Darstellung des Verhältnisses von Mahler und Strauss und ihres jeweiligen Bezugs zu Rückerts Lyrik arbeitet Roth die Gegensätzlichkeit der Gedichte heraus. Sodann wird die kompositorische Umsetzung von Aspekten der Wahrnehmung für jedes Lied anhand von Untersuchungsparametern wie Form, Instrumentation, Motivik, Harmonik in einer musikalischen Analyse schlaglichtartig beleuchtet. Dabei treten ähnliche Vertonungsstrategien zu Tage. Zugleich werden die Grenzen einer intermedialen Transformation von primär visuellen Wahrnehmungsfragen in Musik aufgezeigt.

Ein Gespräch mit Christian Gerhaher beschließt die Betrachtungen zu Vertonungen von Rückert-Liedern. Der weltbekannte Bariton spricht hier zum ersten Mal ausführlich über seine Rückert-Interpretationen und entwirft ein einfühlsames Porträt des von ihm so geschätzten Dichters. Ralf Georg Czapla befragt ihn darüber hinaus nach dem Stellenwert von Rückert-Vertonungen in der Gesangsausbildung und danach, was die Vertonungen Schuberts, Schumanns und Mahlers voneinander unterscheidet.

Im Schnittpunkt von Musik- und Theaterwissenschaft liegt der Beitrag von Bernd Zegowitz. Rückerts Interesse am Theater war wohl auch aus Enttäuschung über die fehlende Rezeption seiner eigenen dramatischen Arbeiten in seiner Berliner Zeit äußerst gering. Eigene Beiträge zum Musiktheater hat er nicht geliefert, allerdings hat sich die schriftliche Handlungsskizze eines Librettos des Komponisten Richard Strauss erhalten, die auf Rückerts Drama *Saul und David* zurückgeht. Strauss versuchte vergeblich, allerdings auch ohne größeren Nachdruck, Hugo von Hofmannsthal für die Ausarbeitung zu gewinnen. Die Kürze dieser Prosaskizze einerseits und die fehlenden Zeugnisse einer Reaktion Hofmannsthals andererseits lassen nur einige Vermutungen über die geplante Gestalt der Oper bzw. die Gründe für die Ablehnung durch den Librettisten zu.

Rückert gehört neben Goethe, Heine, Eichendorff, Hölderlin und Rilke zu den am häufigsten vertonten Dichtern. Bis heute werden seine Gedichte in Musik gesetzt. Gernot und Stefan Demel verzeichnen in ihrer 1988 veröffentlichten Bibliographie der Rückert-Vertonungen rund 2.000 Werke. Jessica Riemer nimmt in ihrem zweiten Beitrag kritisch zu dieser Bibliographie Stellung und ergänzt sie durch Vertonungen aus den vergangenen beiden Jahrzehnten sowie durch solche, die den Brüdern Demel unmaßgeblich erschienen. In einem überblicksartigen Abriss widmet sie sich darüber hinaus der erfolgreichen musikalischen Rezeption von Rückerts Gedichten, die in einem auffälligem Kontrast zu des Dichters ambivalentem, oft auch distanziertem Verhältnis zur Musik steht. Die neue Bibliographie, die mit Hilfe modernster Recherchemethoden erstellt wurde (diverse Musiklexika, Datenbanken und Internetseiten von Musikverlagen), listet über 100 Komponisten und ihre Rückert-Vertonungen auf. Darunter befinden sich auch aktuelle Kompositionen, die in den letzten Jahren entstanden sind.

Vorworte sind Gedenkworte akademischen Dankes. Deshalb sei an dieser Stelle all jener gedacht, die mit Rat, Tat und Engagement das Zustandekommen des vorliegenden Bandes befördert haben. Dank gilt zuvörderst den Beiträgerinnen und Beiträgern, die sich für ein interdisziplinäres Projekt begeistern ließen. Vor allem aber danke ich Dieter Borchmeyer, der mir geholfen hat, Brücken zwischen Wissenschaftlern und praktizierenden Musikern zu schlagen.

Heidelberg   Ralf Georg Czapla

Goethe und Zelter

Stationen einer außergewöhnlichen Freundschaft*

von

Franz Josef Wiegelmann

Goethe und Zelter
(Beim Lesen ihres Briefwechsels.)

1.

Woher Goethe, der alte Mann,
Das hat mich oft gewundert,
Den immer jungen Muth gewann.
Der stets am Ende neu begann,
Erkannt hab ichs jetzundert.

Es wuchs nicht für den Markt sein Spelt,
Es triefte seine Kelter
Nicht für die Kneipe dieser Welt;
Er lebte sich in seinem Zelt
Mit einem Freund wie Zelter.

Was angekrittelt, angetobt,
Von Zweifler ward und Schelter,
Er war verstanden, war gelobt,
Sich selbst im Wiederschein erprobt,
Im Wiederklang von Zelter.

2.

Diese beiden stehn und fallen
Miteinander, will mir scheinen,
Wort' und Töne sind metallen,
Die im Meisterguß sich einen.

Gleich dem Könige von Thule,
Thront, ein Wunder künft'gen Tagen,
Goethe's Geist vom Felsenstuhle,
Den die Wogen Zelter's tragen.

Friedrich Rückert (1836)[1]

---

*   Der folgende Beitrag ist die überarbeitete Fassung eines Vortrags, den ich am 28. Januar 2010 auf Einladung der Goethe-Gesellschaft Bonn an der Rheinischen Friedrich-Wilhelms-Universität gehalten habe.

Carl Friedrich Zelter, der große Musikpädagoge, Komponist, Dirigent, der unermüdliche Kulturpolitiker und Musiktheoretiker wird allgemein als der engste Altersfreund Johann Wolfgang von Goethes bezeichnet. Diese Freundschaft, die über dreißig Jahre währte, können wir noch heute anhand eines wunderbar lebendigen, wachsenden, sich vertiefenden, oft erschütternden Briefwechsels nacherleben. Er wird zu Recht als einer der schönsten der Weltliteratur bezeichnet und ist deshalb so kostbar und einzig, weil er, im Gegensatz zu dem Goethes mit Schiller, den persönlichen Umgang, die tägliche Aussprache ersetzen musste. Denn Goethe und Zelter haben sich in mehr als dreißig Jahren nur vierzehn Mal getroffen, daher spiegelt der Briefwechsel eine ungeheure Authentizität, insbesondere aus dem Privat- und Seelenleben wider, die auch vor Launen und den Alltäglichkeiten des Lebens sowie etwas Klatsch nicht zurückschreckt. Wie von selbst hat sich daraus eine Briefchronik aus beider Leben entwickelt, die nicht so leicht ihres Gleichen findet. „Sie standen ihm am nächsten",[2] schrieb Ottilie von Goethe am 5. April 1832, nach dem Tod des Schwiegervaters an dessen Freund Carl Friedrich Zelter. Wer aber war dieser Zelter und warum stand er Goethe so nahe? Diesen Fragen soll hier durch einen Blick auf Zelters Leben, die Entwicklung des Briefwechsels und der daraus erwachsenden Freundschaft nachgegangen werden.

Carl Friedrich Zelter wurde am 11. Dezember 1758 als Sohn des angesehenen Maurers Georg Zelter und dessen Frau Anna Dorothea Hintze in Berlin geboren. Es war der Wunsch des Vaters, dass Carl Friedrich später den väterlichen Maurerbetrieb weiterführen sollte. Daher verließ der junge Zelter schon nach wenigen Jahren das Joachimsthalsche Gymnasium in Berlin wieder, um in den elterlichen Betrieb einzutreten. Das entsprach allerdings nicht ganz seinen Neigungen, fühlte er sich doch seit Kindertagen zur Musik hingezogen. Obwohl der Vater ein strenger Lehrmeister war, stand er den musikalischen Neigungen des Sohnes keineswegs ablehnend gegenüber. So erhielt der achtjährige Knabe zu Weihnachten eine kleine Geige geschenkt, deren Studium er sich fortan mit großer Leidenschaft widmete. Der Vater sorgte später sogar für einen Violinenmeister. Ein Regimentsmusiker namens Märker übernahm diese Aufgabe. Neben der Geige gehörte Zelters Liebe dem

---

[1]   Friedrich Rückert: Gesammelte Gedichte. Bd. 6. Erlangen 1838, S. 153f.
[2]   Max Hecker (Hg.): Goethes Tod und Bestattung. Neue Urkunden aus dem Goethe- und Schiller-Archiv. In: Jahrbuch der Goethe-Gesellschaft 14 (1928), S. 208-229. Darin: Ottilie von Goethe: Brief an Carl Friedrich Zelter vom 5. April 1832, S. 224f., hier S. 224.

Klavier. Bereits in frühester Jugend erteilte ihm der Organist der Dorotheenstädtischen Kirche, Johann Ernst Roßkämmer,[3] den ersten Unterricht. Nachdem ihm Märker auf der Geige nichts mehr beibringen konnte, setzte der junge Zelter seine Ausbildung bei dem Musikdirektor und Vorgeiger des Döbbelinschen Theaterorchesters, Johann Christoph Schultz,[4] fort. Bei Schultz, der seinen Schüler auch in die Kunst des Tonsatzes einführte, machte Zelter so große Fortschritte, dass er bereits kurze Zeit später in Privatgesellschaften und Konzerten als Sologeiger auftreten konnte.

In seiner ersten Selbstbiographie überliefert Zelter, dass er damals kaum gewusst habe, wohin mit der Kraft und dem Elan, welche ihm in die Wiege gelegt worden seien. Immer wieder habe er sowohl im Schul- als auch im Musikunterricht die wildesten Späße und Streiche ausgeheckt, die bis zu einem Verweis vom Gymnasium geführt hätten. Die Mutter sei deshalb manches Mal in Tränen geschwommen, während der Vater oft nur gelacht habe. Nur bei besonders mutwilligen Vergehen habe er ihm ab und an eine mäßige Tracht Schläge verabreicht.[5]

Bei allem Verständnis für den unbändigen Sprössling und dessen Liebe zur Musik war für Vater Zelter eines unumstößlich: Carl Friedrich wird Maurer und übernimmt das Geschäft, eine Bestimmung, der sich der Sohn nicht ohne Widerspruch unterwarf. Bevor er jedoch 1774 die Ausbildung beginnen konnte, erkrankte er lebensbedrohlich an den

---

[3] Johann Ernst Roßkämmer (1726-1788), seit 1755 Kantor und Organist der Dorotheenstädtischen Kirche. Vgl. Curt Sachs: Musikgeschichte der Stadt Berlin bis zum Jahr 1800. Stadtpfeifer, Kantoren und Organisten an den Kirchen Städtischen Patronats nebst Beiträgen zur Allgemeinen Musikgeschichte Berlins. Berlin 1908, S. 114.

[4] Johann Christoph Schultz (um 1733-1813), seit 1768 Musikdirektor und Vorgeiger am Orchester des Döbbelin'schen Theaters in Berlin. Vgl. Robert Eitner: Biographisch-bibliographisches Quellen-Lexikon der Musiker und Musikgelehrten der christlichen Zeitrechnung bis zur Mitte des 19. Jahrhunderts. Bd. 9. Leipzig 1903, S. 94.

[5] Vgl. Johann-Wolfgang Schottländer: Carl Friedrich Zelters Darstellungen seines Lebens. Weimar 1931 (Schriften der Goethe-Gesellschaft, 44). Zu Goethe und Zelter vgl. ferner Karlheinz Höfer: „so kann man allerley Späße machen". Goethe und Carl Friedrich Zelter, eine musikalische Freundschaft. Rheine 2003; Hans Joachim Schaefer: Goethes Freundschaft mit Carl Friedrich Zelter. Versuch einer Annäherung. Kassel 1999 (Jahresgabe der Goethe-Gesellschaft Kassel). Die Literarizität des Briefwechsels untersuchen: Bettina Hey'l: Der Briefwechsel zwischen Goethe und Zelter. Lebenskunst und literarisches Projekt. Tübingen 1996 (Untersuchungen zur deutschen Literaturgeschichte, 81); Thomas Richter: Die Dialoge über Literatur im Briefwechsel zwischen Goethe und Zelter. Stuttgart/Weimar 2000 (M&P-Schriftenreihe für Wissenschaft und Forschung).

Blattern. Dadurch waren seine Augen zeitweise so angegriffen, dass er lange Zeit zu ihrem Schutz eine Binde tragen musste. Er lebte so in Dunkelheit und in diesen Wochen war das Klavier sein Trost. Ohne die Tasten sehen zu können, fanden die Finger Töne, „zu den Tönen fanden sich Gedanken, die Gedanken gestalteten sich zu Bildern. Ich phantasierte nach meiner Art und lernte das Griffbrett ohne Augen jetzt erst kennen",[6] so hat Zelter diese Fingerübungen und ihre ‚Effekte' später selbst charakterisiert. Er spielte auch auf der Geige, ja er lebte in diesen dunklen Monaten ganz im Reich der Musik. Seit dieser Zeit musste Zelter eine Brille tragen, die er nur abnahm, wenn er porträtiert wurde. Es war wohl ein Zeichen ihrer tiefen Verbundenheit, dass Goethe, der Brillen hasste, daran bei Zelter ebenso wenig Anstoß nahm[7] wie an dessen Leidenschaft für das Rauchen. Nach seiner Genesung musste er Klavier und Geige zur Seite legen und zum Handwerkszeug greifen. Zelter schreibt dazu in seinen Selbstdarstellungen:

> Auf Befehl meines Vaters fing ich nun mit Macht an zu arbeiten, doch die Lust war bald vorüber, weil meine Hände durch Kalk und Steine und den Angriff des Werkzeugs hart und unförmig zur Musik wurden. Ich bediente mich daher der gewöhnlichen Mittel, besonders des häufigen Waschens, um solche weich und geschmeidig zu erhalten.[8]

Ohne dass der Vater es wusste, setzte er in seiner Freizeit die musikalischen Studien im Hause des Stadtmusikus an der Georgenkirche, Johann Friedrich George,[9] fort. Nach eigener Aussage konnte Zelter hier stundenlang frei auf allen Instrumenten üben. Oft begleitete er George bei dessen musikalischen Einsätzen, spielte auf den Türmen der Stadt, auf Hochzeiten und bei Serenaden. Inzwischen hatte er, nicht zuletzt durch die lebendige und intensive Ausbildung bei George, so gute Fortschritte gemacht, dass er seinerseits ersten Schülern Violinen-Unterricht erteilen konnte. Zu ihnen zählte Georg Hackert, der Bruder des italienischen Goethe-Freundes und Malers Philipp Hackert, mit dem ihn bald eine enge Freundschaft verband. Hackert führte ihn in einen Kreis künf-

---

6   Schottländer, Zelters Darstellungen (Anm. 5), S. 7-35.
7   Johann Peter Eckermann: Gespräch mit Goethe vom 5. April 1830. In: ders.: Gespräche mit Goethe in den letzten Jahren seines Lebens. Hg. von Christoph Michel. Frankfurt/Main 1999 (Bibliothek deutscher Klassiker, 167), S. 722-724, hier S. 722: „Der einzige Mensch, bei dem die Brille mich nicht geniert, ist Zelter; bei allen Anderen ist sie mir fatal."
8   Schottländer, Zelters Darstellungen (Anm. 5), S. 39.
9   Johann Friedrich George (um 1726-1784) folgte 1760 seinem Vater, Lorenz George, den er schon seit 1755 als Adjunkt unterstützt hatte, als Stadtmusikus und Stadtpfeifer nach. Vgl. Sachs, Musikgeschichte (Anm. 3), S. 45.

tiger Literaten, Theologen, Juristen und Künstler ein, einen der vielen literarischen und künstlerischen Zirkel Berlins, in dem man sich gegenseitig neue Bücher und Aufsätze vorstellte. Hier schloss er Freundschaft mit der Familie Mendelssohn und traf unter anderem auf Johann Friedrich Reichardt, Karl Wilhelm Ramler, Karl Philipp Moritz und Daniel Chodowiecki. Man las Klopstock, Wieland, Gellert, Lessing und natürlich Goethes *Leiden des jungen Werthers*.

Carl Friedrich hatte sich inzwischen zu einem energischen, zielstrebigen jungen Mann entwickelt, der trotz seiner Vorbehalte die beruflichen Aufgaben genau so ernst nahm wie seine musikalischen Neigungen. Da es ihm an Musikalien mangelte, fing er an, selbst zu komponieren: „Ein feines Mittel, sich aus der Verlegenheit zu ziehen.“[10] Außerdem lieh er sich Partituren aus, die er dann für sich abschrieb. Noch während der schweren Lehrjahre und dank seiner musikalischen und kompositorischen Übungen verfasste er eine erste Kantate *Hallelujah! Lobet den Herrn* für Soloquartett, gemischten Chor, Orgel und Orchester, die 1782 zur Einweihung der neuen Orgel der Dreifaltigkeitskirche aufgeführt wurde.

Am 1. Dezember 1783 erwarb Zelter den Meisterbrief und wurde in die Zunft aufgenommen. Außerdem wurde ihm wenige Tage später das Bürgerrecht der Stadt Berlin verliehen. Der Abschluss der Ausbildung schaffte ihm Freiraum für den nun folgenden systematischen Musikunterricht bei Carl Friedrich Fasch,[11] den späteren Gründer des Singvereins. Dafür nahm er kaum für möglich erachtete Strapazen auf sich. So marschierte er jeden Freitagmorgen um drei Uhr zu Fuß von seiner Wohnung in Berlin nach Potsdam, wo Fasch damals wohnte, um dort am Unterricht in reinem Satz, der Harmonielehre, den Kontrapunkten und dem Kanon teilnehmen zu können. Danach wanderte er zurück und überwachte in den Nachmittags- und Abendstunden seine Baustelle.

Carl Friedrich Zelter zeigte viel Talent und machte so große Fortschritte, dass er bereits 1786 anlässlich des Todes von Friedrich dem Großen als Musiker an die Öffentlichkeit trat. Eine von ihm zu Ehren des Verstorbenen komponierte Trauerkantate wurde am 25. Oktober in der Berliner Garnisonskirche aufgeführt. Sie fand nicht nur den Beifall

---

[10] Schottländer, Zelters Darstellungen (Anm. 5), S. 3f.

[11] Carl Friedrich Christian Fasch (1736-1800), 1756 Hofcembalist Friedrichs des Großen in Potsdam, 1774-1776 Hofkapellmeister, 1791 Gründung des Singvereins, der späteren Singakademie, die er bis zu seinem Tode leitete. Vgl. Susanne Oschmann/Christian Blaut: Art. „Carl Friedrich Christian Fasch“. In: Ludwig Finscher (Hg.): Die Musik in Geschichte und Gegenwart. Allgemeine Enzyklopädie der Musik. Begründet von Friedrich Blume. Personenteil. Bd. 6. Kassel/Basel/London/New York und Stuttgart/Weimar ²2001, Sp. 775-781.

des Publikums, sondern wurde auch von der königlichen Familie wohlwollend aufgenommen. Vater Zelter, der ergriffen der Uraufführung beiwohnte, wusste nun, dass sein Haus gut bestellt war. Er starb bereits wenige Wochen darauf, am 25. Januar 1787.

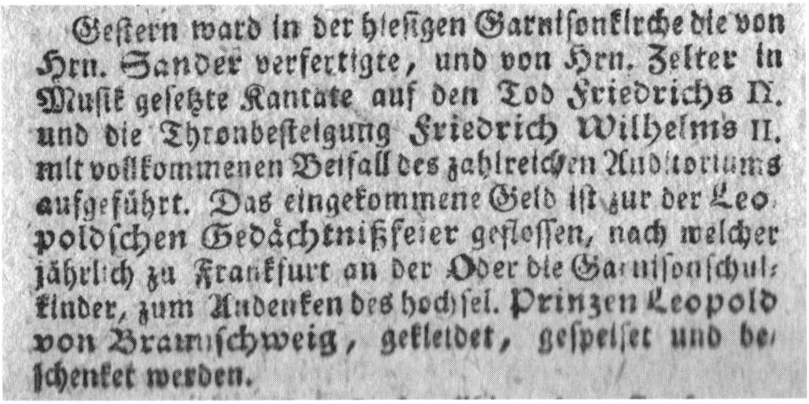

Gestern ward in der hiesigen Garnisonkirche die von Hrn. Sander verfertigte, und von Hrn. Zelter in Musik gesetzte Kantate auf den Tod Friedrichs II. und die Thronbesteigung Friedrich Wilhelms II. mit vollkommenen Beifall des zahlreichen Auditoriums aufgeführt. Das eingekommene Geld ist zur der Leopoldschen Gedächtnißfeier geflossen, nach welcher jährlich zu Frankfurt an der Oder die Garnisonschulkinder, zum Andenken des hochsel. Prinzen Leopold von Braunschweig, gekleidet, gespeiset und beschenket werden.

Abb. 1: Besprechung der Aufführung von Zelters Trauerkantate (Berlinische Zeitung vom 26. Oktober 1786).

Zu Zelters Lebensplanung gehörte der Wunsch, das Baugeschäft zu verkaufen und für einige Jahre nach Italien zu gehen. Er hatte sogar bereits begonnen, die italienische Sprache zu erlernen. Doch das Schicksal hatte anderes mit ihm vor: Die Mutter blieb nach einem Schlaganfall und dem Tode des Vaters schwer krank zurück und ließ sich nur von Carl Friedrich pflegen. Siebzehn Jahre dauerte ihr Martyrium, Jahre, in denen seine Träume von Italien verflogen. Zur Vertiefung seiner Kenntnisse trat er im Theater am Gendarmenmarkt dem Orchester von Carl Theophil Döbbelin[12] bei und wurde 1791 Mitglied des Singvereins, des Vorläufers der späteren Singakademie. Der Singverein gliederte sich in vier farbig gekennzeichnete Chorgruppen, die grüne, orange, gelbe und violette. Zelter gehörte der violetten Gruppe an und es überrascht sicher nicht, dass der vielseitige junge Mann hier den Part des ersten Tenors übernahm.

Zelter war aber nicht nur als Maurer- und Baumeister oder als Musiker und Komponist talentiert und fruchtbar, sondern auch als Mensch

---

12 Carl Theophil Döbbelin (1727-1793), brachte 1772 Lessings *Emilia Galotti* in Braunschweig zur Uraufführung und gründete 1775 in Berlin ein eigenes Theater. Das Haus wurde 1789 vom Hof übernommen, aus ihm ging das spätere Hoftheater hervor. 1783 inszenierte er hier die Uraufführung von Lessings *Nathan der Weise*. Vgl. Ursula Kramer: Art. „Carl Theophilus Doebbelin“. In: Finscher (Hg.), MGG (Anm. 11), Personenteil, Bd. 5, [2]2001, Sp. 1179-1182.

und Familienvater. Zwei Mal verheiratet, zunächst mit der Witwe Eleonora Flöricke (1787-1795), die drei Kinder mit in die Ehe brachte, danach mit der berühmten Sängerin Juliane Pappritz (1796-1806), hatte er zeitweilig für 14 Kinder zu sorgen. Er musste dabei bitter erfahren, dass eine so große Familie nicht nur Freude, sondern auch Last und Leid mit sich bringen kann.

Abb. 2: Zelter spielt seiner Frau Juliane zum Geburtstag auf (Skizze von Johann Gottfried Schadow).

Zelters besondere Begabung lag in der Komposition von Liedern und Arien, die mit großem Erfolg in Berlin zur Aufführung gelangten und ihm steigende Anerkennung einbrachten. Dietrich Fischer-Dieskau stellt in seiner Zelter-Biographie fest, dass die Liedkomposition seit Beethoven einen starken Überschuss an Musik gezeigt habe. Den Lieddichtern, vor allem aber Goethe, sei es dagegen wichtig gewesen, das Gedicht, den Text in den Mittelpunkt zu stellen.[13] Dieser Forderung wurde Zelter, nachdem er sich einmal zur Vertonung von Gedichten durchgerungen hatte,[14] in beispielhafter Weise gerecht. In seinem Brief an den Freund

---

[13] Dietrich Fischer-Dieskau: Carl Friedrich Zelter und das Berliner Musikleben seiner Zeit. Eine Biographie. Berlin 1997, S. 78.
[14] Erst 1795 wagte sich Zelter an die Vertonung von Goethe-Gedichten. *Wer nie sein Brot mit Tränen aß* und *Wer sich der Einsamkeit ergibt* waren die ersten Lieder nach Gedichten von Goethe.

vom 2. Mai 1820 hebt Goethe gerade diesen Aspekt aus Zelters Schaffen hervor:

> Die reinste und höchste Malerei in der Musik ist die welche Du auch ausübst, es kommt darauf an den Hörer in die Stimmung zu versetzen welche das Gedicht angibt, in der Einbildungskraft bilden sich alsdann die Gestalten nach Anlaß des Textes, sie weiß nicht wie sie darzu kommt. Muster davon hast Du gegeben in der *Johanna Sebus, Mitternacht, Über allen Gipfeln ist Ruh* und wo nicht überall. Deute mir an, wer außer Dir dergleichen geleistet hat.[15]

Wenige Tage später kommt er in einem Brief vom 11. Mai 1820 noch einmal auf diesen für ihn wichtigen Aspekt zurück: „Deine Kompositionen fühle ich sogleich mit meinen Liedern identisch, die Musik nimmt nur, wie ein einströmendes Gas, den Luftballon mit in die Höhe."[16] Diese Fähigkeit, ein Gedicht, ein Lied mit einer Melodie zu unterlegen, um so dem Text „Stimme" zu verleihen und ihn nicht durch musikalische Fantasien zu übertönen, hat Goethe auf Zelter aufmerksam werden lassen. So wie Zelter in den angesprochenen literarischen Salons Goethes Werke kennen und schätzen lernte, so wurde Goethe 1795 bei einer musikalischen Abendveranstaltung in Jena auf den Liederkomponisten Zelter aufmerksam. Dieser hatte Friederike Bruns' Gedicht *Ich denke dein* in einer Art und Weise vertont, die den Dichter verzauberte. Unverzüglich verfasste er zu Zelters Melodie einen eigenen Text, der den Namen *Nähe des Geliebten* trägt.

Die führende Rolle im Berliner Musikleben hatte bisher der Hofkapellmeister Friedrich Reichardt[17], bekannt als Komponist zahlreicher Goethe-Gedichte, inne. Reichardt bekundete allerdings allzu offen seine Sympathien mit der Französischen Revolution, so dass er in Berlin und Weimar in Ungnade fiel. Schiller, der nach einem Ersatz suchte, der an Stelle von Reichardt die Musikbeilagen seines Musen-Almanachs füllen sollte, wandte sich am 13. August 1796 hilfesuchend an Zelter:

---

[15] Briefwechsel zwischen Goethe und Zelter in den Jahren 1799 bis 1832. Bd. 1: Briefe 1799-1827. Hg. von Hans-Günter Ottenberg und Edith Zehm. München/Wien 1991 (Münchner Ausgabe, 20/1), S. 599-601, hier S. 599.

[16] Ebd., S. 601-603, hier S. 601.

[17] Johann Friedrich Reichardt (1752–1814), 1775-1794 Hofkapellmeister Friedrichs des Großen. Ab 1786 Zusammenarbeit mit Goethe, Herder und Schiller. 1794 wurde er wegen seine Nähe zur Französischen Revolution als Hofkapellmeister entlassen und lebte vorübergehend in Hamburg, danach auf seinem Gut Giebichenstein. Vgl. Hans-Günter Ottenberg/Hartmut Grimm: Art. „Johann Friedrich Reichardt". In: Finscher (Hg.), MGG (Anm. 11), Personenteil, Bd. 13, ²2005, Sp. 1471-1488.

Ihre schönen Melodien zu den Göthischen Liedern haben mir den Wunsch
eingeflößt, die musikalischen Stücke meines dießjährigen MusenAlmanachs
von Ihnen gesetzt zu sehen. Vielleicht hat Ihnen H<err> Geh<eime>Rath
Göthe schon ein Wort davon geschrieben, denn auch Er wünschte es sehr.[18]

Zelter nahm diesen Auftrag dankbar und selbstbewusst an. Für den Musen-Almanach 1797 lieferte er alle Liedkompositionen, darunter die Vertonungen von Goethes Gedichten *Mignon als Engel verkleidet* und *Der
Gott und die Bajadere*.

Im Mai 1796 nahm Zelter indirekt erstmals Kontakt zu Goethe auf.
Er bat Friederike Helene Unger, die Frau seines Verlagsbuchhändlers,[19]
seine im Frühjahr erschienene Sammlung *Zwölf Lieder am Klavier zu singen* an den „vortrefflichen Verfasser des Wilhelm Meister" zu schicken.
Goethe dankte Frau Unger postwendend:

Sie haben mir, werteste Frau, durch Ihren Brief und die überschickten Lieder
sehr viel Freude gemacht. Die trefflichen Kompositionen des Herrn Zelter
haben mich in einer Gesellschaft angetroffen, die mich zuerst mit seinen Arbeiten bekannt machte. Seine Melodie des Liedes: *Ich denke dein* hatte einen
unglaublichen Reiz für mich, und ich konnte nicht unterlassen selbst das Lied
dazu zu dichten, das in dem Schillerschen Musenalmanach steht.

Musik kann ich nicht beurteilen, denn es fehlt mir an Kenntnis der Mittel deren sie sich zu ihren Zwecken bedient, ich kann nur von der Wirkung sprechen, die sie auf mich macht, wenn ich mich ihr rein und wiederholt überlas-
se; und so kann ich von Herrn Zelters Kompositionen meiner Lieder sagen:
daß ich der Musik kaum solche herzliche Töne zugetraut hätte.

Danken Sie ihm vielmals und sagen sie ihm daß ich sehr wünschte ihn persönlich zu kennen, um mich mit ihm über manches zu unterhalten.[20]

Zu den bedeutenden und stilbildenden Arbeiten Zelters zählte 1798 die
Vertonung von *Der Zauberlehrling*. August Wilhelm Schlegel schrieb an
10. Juni 1798 diesbezüglich an Goethe:

Von Zelters launiger Komposition des Zauberlehrlings hat Ihnen mein Bruder
schon geschrieben. Seine Bekanntschaft zu machen, hatte für mich etwas ei-
gentümlich anziehendes, weil er wirklich zugleich Maurer und Musiker ist.

---

[18]   Friedrich Schiller: Briefe. Bd. 2: 1795-1805. Hg. von Norbert Oellers. Frank-
 furt/Main 2002 (Bibliothek deutscher Klassiker, 180), S. 210f., hier S. 210.

[19]   Johann Friedrich Unger (1753-1804), Buchdrucker, Holzschneider und Verleger
 in Berlin. Er verlegte damals Goethe und Schiller, gleichzeitig auch Zelters Wer-
 ke, u.a. 1801 dessen Fasch-Biographie. Unger war mit Zelter, der für ihn in der
 Tiergartenstraße ein Sommerhaus baute, befreundet. In: Andreas Waczkat: Art.
 „Johann Friedrich Unger". In: Finscher (Hg.), MGG (Anm. 11), Personenteil,
 Bd. 16, ²2006, Sp. 1212.

[20]   Briefwechsel zwischen Goethe und Zelter in den Jahren 1799 bis 1832. Bd. 2:
 Briefe 1828-1832. Hg. von Edith Zehm und Sabine Schäfer. München/Wien
 1998 (Münchner Ausgabe, 20/2), S. 1641f., hier S. 1641.

Seine Reden sind handfest wie Mauern, aber seine Gefühle zart und musikalisch.[21]

Zelter war nach allem, was wir wissen, ein typischer Berliner, ausgestattet
mit Mutterwitz und Humor, herzlich, offen und geradeheraus, ohne falsche höfische Rücksichtnahmen. Er war eine volkstümliche, hilfreiche,
populäre und beliebte Persönlichkeit und seine unverkrampfte, ehrliche,
manchmal auch derbe, polternde oder sarkastische Ausdrucksweise empfand Goethe Zeit seines Lebens offensichtlich als Wohltat. Es drängte ihn
nun danach, Zelter persönlich kennen zu lernen. „Wenn ich irgend je-
mals neugierig auf die Bekanntschafft eines Individuums war, so bin ichs
auf Herrn Zelter", schrieb er am 18. Juni 1798 dem älteren der Schlegel-
Brüder und fuhr fort:

> Gerade diese Verbindung zweyer Künste ist so wichtig, und ich habe manches
> über beyde im Sinne, das nur durch den Umgang mit einem solchen Manne
> entwickelt werden könnte. Das originale seiner Compositionen ist, soviel ich
> beurtheilen kann, niemals ein Einfall, sondern es ist eine radicale Reproduc-
> tion der poetischen Intentionen.[22]

Auch gegenüber seinem Berliner Verleger Johann Friedrich Unger lobte
Goethe Zelters Kompositionen in höchsten Tönen. So lesen wir in seinem Brief vom 5. August 1799 an Unger: „Empfehlen Sie mich Gön-
nern und Freunden, besonders Herrn Zelter aufs beste. Es würde gewiß
der kleinen Liedersammlung, [...] zum großen Vorteil gereichen, wenn
dieser fürtreffliche Künstler einige neue Melodien dazu stiften wollte."[23]
Zelter, der umgehend von Goethes Lob in Kenntnis gesetzt wurde, fasste sich nun ein Herz und wagte es, sich am 11. August 1799 direkt an
Goethe zu wenden:

> Mein braver Freund, Herr Unger, hat mir mit einer Stelle Ihres Briefes an ihn
> eine unaussprechliche Freude gemacht. Der Beifall, welchen meine Versuche
> sich bei Ihnen erwerben können, ist mir ein Glück, das ich wohl gewünscht,
> aber nicht mit Zuversicht gehofft habe, und obwohl ich über manche gelun-
> gene Arbeit bei mir selbst außer Zweifel gewesen bin, so gereicht mir die freie
> Zustimmung eines Mannes, dessen Werke meine Hausgötter sind, zu einer
> Beruhigung, die ich niemals so rein und heiß gefühlt habe als jetzt.[24]

---

21 August Wilhelm Schlegel/Friedrich Schlegel: Briefwechsel mit Schiller und
   Goethe. Hg. von Josef Körner und Ernst Wienecke. Leipzig 1926, S. 68-70, hier
   S. 69.
22 Ebd., S. 70-72, hier S. 71.
23 Briefwechsel zwischen Goethe und Zelter in den Jahren (Anm. 20), Bd. 2, S.
   1642f., hier S. 1643.
24 Briefwechsel zwischen Goethe und Zelter (Anm. 15), Bd. 1, S. 7.

Zelter berichtete Goethe weiter, welche Gedichte und Verse er, außer denen, welche bereits in Schillers *Musen-Almanach* veröffentlicht waren, vertont hatte. Er nannte unter anderem den *Zauberlehrling*, die *Braut von Korinth*, die *Erinnerungen* und das *Bundeslied* und bot an, diese, auf einen Wink Goethes hin, unverzüglich nach Weimar zu schicken. „Mit aufrichtigem Dank" erwiderte Goethe am 26. August Zelters Brief und dankte für den lebhaften Anteil, den dieser an seinen Arbeiten genommen habe. Er fuhr fort:

> Es ist das Schöne einer tätigen Teilnahme, daß sie wieder hervorbringend ist; denn wenn meine Lieder Sie zu Melodien veranlaßten, so kann ich wohl sagen daß Ihre Melodieen mich zu manchem Liede aufgeweckt haben und ich würde gewiß wenn wir näher zusammen lebten öfter als jetzt mich zur lyrischen Stimmung erhoben fühlen. Sie werden mir durch Mitteilung jeder Art ein wahres Vergnügen verschaffen.[25]

Dies war der Beginn des über mehr als dreißig Jahre bestehenden Briefwechsels, der erst an Goethes Todestag mit dem letzten Brief Carl Friedrich Zelters vom 22. März 1832 enden sollte. Im Jahr 1800, nach dem Tode seines Lehrer Fasch, übernahm Zelter die Leitung der Singakademie, die sich dank seines unermüdlichen Einsatzes in den folgenden Jahren zu einer der führenden Institutionen der Musikpflege entwickelte. Zelter widmete sich nicht nur der Komposition von Sinfonien und Kantaten, Motetten, Chormusiken und Liedern, er kümmerte sich auch persönlich um die Ausbildung der Schüler, zu denen im Laufe der Jahre u.a. Felix Mendelssohn Bartholdy, dessen Schwester Fanny Hensel, Otto Nicolai, Carl Loewe, Giacomo Meyerbeer und Carl Eberwein aus Weimar zählten. Darüber hinaus leitete er das Institut für Kirchenmusik und das Musikseminar an der Universität, er förderte die Freitagsmusiken, einen Studentenchor und die legendäre Liedertafel, die er selbst Anfang 1809 aus der Taufe gehoben hatte. Außerdem veröffentlichte er Schriften zur Musikpflege und warb für die Erneuerung des musikalischen Lebens und die Wiederaufführung der Werke Johann Sebastian Bachs. 1801 veröffentlichte er eine Biographie seines Lehrers und Vorgängers in der Leitung der Singakademie, Carl Friederich Christian Fasch, für die Goethe herzliche Worte der Anerkennung fand.

Im Februar 1802 kam es dann endlich zum lang ersehnten, persönlichen Zusammentreffen. Fünf Tage lang war Zelter Gast in Goethes Haus am Frauenplan. Er sang dort Schiller und Goethe, Wieland, der Herzoginmutter Anna Amalia und dem ganzen Musenhof seine Lieder

---

[25] Ebd., S. 7f.

vor und konnte mit Goethe persönliche Aussprache pflegen, aus der sich die lebenslange, innige Freundschaft entwickeln sollte. Die Weimarer Tage haben Zelter tief bewegt, Mit einer drastischen Schilderung gewährt er uns einen tiefen Blick in sein Seelenleben: „Ich war wie das Kalb, das aus der Kuh kommt als wenn ich zum ersten Male die Sonne sähe."[26] Im Juni des Jahres 1803, wenige Wochen nach dem Tod von Zelters Mutter, trafen beide in Weimar wieder zusammen. Beglückt schrieb Goethe am 8. Juni 1803 an Unger: „Gegenwärtig genieße ich die Freude, Herrn Zelter in meinem Hause zu besitzen. Die Anmut seiner Produktionen, die auf einem so soliden Grunde ruhen, erregt allgemeine Zufriedenheit. In seinem Umgang ist er so unterhaltend als unterrichtend." Unger antwortete, nach Zelters Rückkehr nach Berlin, am 10. Juli 1803: „Herr Zelter ist jetzt wieder unter uns und der Aufenthalt bei Ihnen hat ihm wahrlich neues Leben und Heiterkeit gegeben, er verdient aber auch solch selten Glück, da er den Mann recht nach seinem hohen Wert zu schätzen Sinn genug hat."[27] In rascher Folge wechselten nun die Billets hin und her. Es wurden Pläne zu gemeinschaftlichen Arbeiten geschmiedet. Es war Zelters Wunsch, zu einem der Goetheschen Werke eine Oper zu komponieren, auch über Musik zu *Faust, Götz* und *Egmont* philosophierten beide, alle diese Überlegungen blieben aber unausgeführt. Zelter, der ausgewiesene Liederkomponist, war sich letzten Endes wohl bewusst, dass derartige Arbeiten seine kompositorischen Fähigkeiten und Fertigkeiten überforderten. In seinen Tagebüchern lässt sich sein Ringen mit „großen Stoffen" nachverfolgen: „Wenn ich jung genug wäre und das Zeug dazu hätte, so glaubte ich aus dem Faust eine Suite von Opern zu machen und in jede derselben den echten Text wörtlich einlegen zu können."[28] „Zelter blieb", so Bernhard Böschenstein in seinem Beitrag zum Zelter-Jubiläum 2008, „ein Meister der kleinen Formen."[29] Dafür pflegten Goethe und er umso intensiver den Gedankenaustausch über musikalische Fragen. Zelter stand Goethe bei dessen Überlegungen zu einer Tonlehre zur Seite und gab trotz seiner ursprünglich gegensätzlichen Auffassung wertvolle Hinweise in ihrem

---

[26] Briefwechsel zwischen Goethe und Zelter (Anm. 20), Bd. 2, S. 1184-1186, hier S. 1186.

[27] Zitiert nach: Erna Arnhold: Goethes Berliner Beziehungen. Gotha 1925, S. 304.

[28] Schottländer, Zelters Darstellungen (Anm. 5), S. 290 (Tagebucheintrag, Weimar, 17. September 1829).

[29] Bernhard Böschenstein: Eine Art Symbolik fürs Ohr. Zelters musikalische Freundschaft mit Goethe und Schiller. In: Christian Filips (Hg.): Der Singemeister Carl Friedrich Zelter. Mainz 2009 (Sonderdruck der Villa Griesebach, Berlin), S. 35-48, hier S. 45.

Disput um das Mollgeschlecht, eine Arbeit, die sie nahezu zwanzig Jahre beschäftigte. Die Tonlehre – eine Tabelle derselben hängt noch heute in Goethes Schlafzimmer – ist immer wieder Thema ihres Briefwechsels und von Goethes Tagebucheinträgen.[30]

Andererseits holte Zelter oftmals vor der Abfassung seiner Denkschriften zur Musikpflege in Preußen und Verhandlungen mit dem preußischen Staat über die Förderung der Musikausbildung Goethes Rat ein. Zelter war der Auffassung, dass durch Verbesserung des Kirchengesangs und Pflege der Musik die Kunst gefördert werden könne. Goethe und auch Schiller, beide in kulturpolitischen Fragen erfahren, stimmten ihm zu, empfahlen jedoch, nicht die Kunst, sondern den religiösen Aspekt in den Vordergrund zu stellen.[31] Zelter, der die Ratschläge dankbar aufnahm und in seine Denkschriften einfließen ließ, galt bald als Fachmann in allen musikalischen Fragen, zu denen er nun immer wieder hinzu gezogen wurde. Auch das Königshaus zollte seiner Arbeit Respekt. Am 14. Februar 1804 besuchten König Friedrich Wilhelm III. und Königin Luise die Singakademie. Auch Schiller nutzte im Mai 1804 seinen Berlinaufenthalt zu einem Besuch bei Zelter, bei dem dessen Komposition *An die Freude* zur Aufführung gelangte. Ein Jahr später schon musste die Akademie eine Trauerfeier für den früh verstorbenen Schiller veranstalten, bei der ein Requiem von Zelter gesungen wurde. Schillers Tod war auch Anlass für Zelters Besuch in Bad Lauchstädt, im August 1805, bei dem er Goethe bei dessen Totenfeier für Schiller hilfreich zur Seite stand. Die Augsburger *Allgemeine Zeitung* widmete der Gedenkveranstaltung und Zelters musikalischem Schlussakkord einen längeren Beitrag:

---

30 Vgl. Briefwechsel zwischen Goethe und Zelter (Anm. 15), Bd. 1, S. 950-952, hier S. 951: „Die Tabelle der Tonlehre ist nach vieljährigen Studien und [...] nach Unterhaltungen mit Dir, etwa im Jahr 1810 geschrieben.". Ferner vgl. Goethes Tagebucheinträge vom 8., 11. und 23. August 1810. In: ders.: Napoleonische Zeit. Briefe, Tagebücher und Gespräche vom 10. Mai 1805 bis 6. Juni 1816. Teil 1: Von Schillers Tod bis 1811. Hg. von Rose Unterberger. Frankfurt/Main 1993 (Bibliothek deutscher Klassiker, 99), S. 590, 591 und 597.

31 König Friedrich Wilhelm III. legte ebenfalls großen Wert auf den religiösen Aspekt der Musikausbildung: „Besonders wichtig ist eine herzerhebende Kirchenmusik. Ich setze dabey ausdrücklich voraus, daß der Plan dazu mit den würdigsten Geistlichen regulirt, diese Musik besonders auf Gesang und Orgel gerichtet, und deshalb für Gesang in der Schulen und für Prüfung der Cantoren gesorgt werde." Zitiert nach: Wilfried Gruhn: Geschichte der Musikerziehung. Eine Kultur- und Sozialgeschichte vom Gesangunterricht der Aufklärungspädagogik zu ästhetisch-kultureller Bildung. Hofheim ²2003, S. 42. Ferner vgl. Cornelia Schröder (Hg.): Carl Friedrich Zelter und die Akademie. Dokumente und Briefe zur Entstehung der Musik-Sektion in der Preussischen Akademie der Künste. Berlin 1959 (Monographien und Biographien, 3), S. 124.

Es ist viel und laut von einem Plan gesprochen worden, dem Unvergeßlichen, Einzigen eine allgemeine Todtenfeier bei allen Bühnen Deutschlands zu begehen. [...] Vielleicht findet die Art, wie Göthe seinem Freunde eine Todtenfeier beim Sommertheater in Lauchstädt durch die Weimarische Hofschauspieler-Gesellschaft veranstaltete, Beifall und Nachahmung. Man gab dort den 10. August bei einem bis zum Erstiken vollen Hause erst die drei letzten Akten von Maria Stuart, dann die Gloke, und schloß mit einem Epilog von Göthe auf Schiller. Die Gloke war dramatisch vorgestellt. Sie wurde gegossen, herausgebrochen und aufgezogen. [...] Der Ton- und Melodienreiche Zelter aus Berlin, der Schillers und Göthes Romanzen so herrlich komponirt hat, und, als Schiller voriges Jahr in Berlin war, sein unzertrennlicher Freund und Gefährte wurde, war Tags vorher in Lauchstädt angekommen, und hatte sogleich eine sehr schöne Schlußmusik gesetzt, während welcher der Vorhang langsam fiel, und die schöne Gruppe der Schauspieler verhüllte.[32]

Seinen Briefen an Goethe pflegte Zelter ab und an Teltower Rübchen, Fisch oder andere Berliner Köstlichkeiten beizulegen, die an Goethes Mittagstafel gern gekostet wurden. Immer wieder waren die Komposition von Liedern oder Balladen, Berichte über Theateraufführungen in Berlin, von denen sich Goethe stets die Theateraushänge erbat, sowie familiäre Fragen und Nöte Themen ihrer Korrespondenz. Auch die aktuellen Berichte aus den Berliner Zeitungen, von Zelter oft amüsant oder sarkastisch kommentiert, wurden von Goethe gern gelesen. Natürlich fanden die Wirren der Zeit, Krieg, Leid, Not, Verzweiflung und Verlust dort ihren Niederschlag. So fehlt der Brief vom 1. Juni 1805, mit dem Goethe Zelter über Schillers Tod in Kenntnis setzte, in keiner Goethe-Biographie:

Seit der Zeit, daß ich Ihnen nicht geschrieben habe, sind mir wenig gute Tage geworden. Ich dachte mich selbst zu verlieren, und verliere nun einen Freund und in demselben die Hälfte meines Daseins. Eigentlich sollte ich eine neue Lebensweise anfangen; aber dazu ist in meinen Jahren auch kein Weg mehr. Ich sehe also jetzt nur jeden Tag unmittelbar vor mich hin, und tue das Nächste ohne an eine weitere Folge zu denken.[33]

Zelter, der auch Schillers Freundschaft gesucht, mit diesem wiederholt korrespondiert hatte und dessen Gast Schiller vor fast genau einem Jahr gewesen war, antwortete bereits wenige Tage später und berichtete Goethe, dass der Tod des lieben Schiller in Berlin allgemein großes Aufsehen erregt habe. Iffland, der Direktor des Königlichen Schauspielhauses, habe mit aller Kraft, welcher das Personal und die Kasse fähig seien, *Die Räuber* auf der Bühne sehr eklatant und eifrig vorgestellt. Das Haus sei

---

32 Allgemeine Zeitung (Augsburg), 27. August 1805, S. 956.
33 Briefwechsel zwischen Goethe und Zelter (Anm. 15), Bd. 1, S. 98f., hier S. 98.

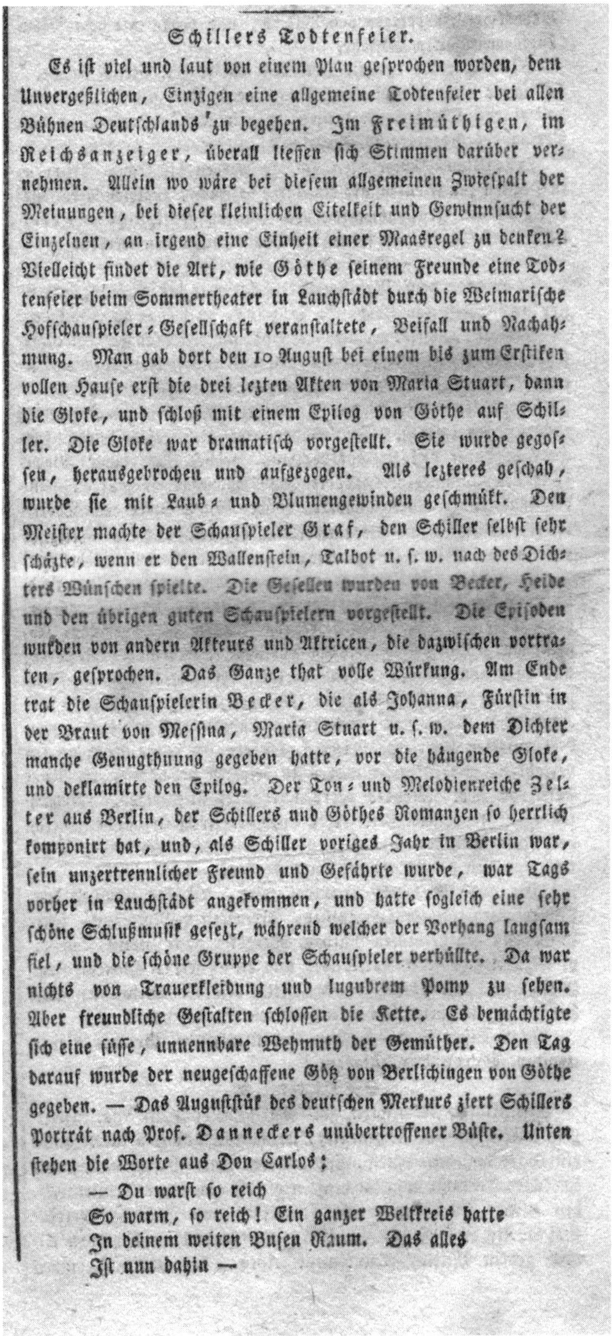

Schillers Todtenfeier.

Es ist viel und laut von einem Plan gesprochen worden, dem Unvergeßlichen, Einzigen eine allgemeine Todtenfeier bei allen Bühnen Deutschlands zu begehen. Im Freimüthigen, im Reichsanzeiger, überall ließen sich Stimmen darüber vernehmen. Allein wo wäre bei diesem allgemeinen Zwiespalt der Meinungen, bei dieser kleinlichen Eitelkeit und Gewinnsucht der Einzelnen, an irgend eine Einheit einer Maasregel zu denken? Vielleicht findet die Art, wie Göthe seinem Freunde eine Todtenfeier beim Sommertheater in Lauchstädt durch die Weimarische Hofschauspieler = Gesellschaft veranstaltete, Beifall und Nachahmung. Man gab dort den 10 August bei einem bis zum Ersticken vollen Hause erst die drei lezten Akten von Maria Stuart, dann die Gloke, und schloß mit einem Epilog von Göthe auf Schiller. Die Gloke war dramatisch vorgestellt. Sie wurde gegossen, herausgebrochen und aufgezogen. Als lezteres geschah, wurde sie mit Laub = und Blumengewinden geschmükt. Den Meister machte der Schauspieler Graf, den Schiller selbst sehr schäzte, wenn er den Wallenstein, Talbot u. s. w. nach des Dichters Wünschen spielte. Die Gesellen wurden von Becker, Heide und den übrigen guten Schauspielern vorgestellt. Die Episoden wurden von andern Akteurs und Aktricen, die dazwischen vortraten, gesprochen. Das Ganze that volle Würkung. Am Ende trat die Schauspielerin Becker, die als Johanna, Fürstin in der Braut von Messina, Maria Stuart u. s. w. dem Dichter manche Genugthuung gegeben hatte, vor die hängende Gloke, und deklamirte den Epilog. Der Ton = und Melodienreiche Zelter aus Berlin, der Schillers und Göthes Romanzen so herrlich komponirt hat, und, als Schiller voriges Jahr in Berlin war, sein unzertrennlicher Freund und Gefährte wurde, war Tags vorher in Lauchstädt angekommen, und hatte sogleich eine sehr schöne Schlußmusik gesezt, während welcher der Vorhang langsam fiel, und die schöne Gruppe der Schauspieler verhüllte. Da war nichts von Trauerkleidung und lugubrem Pomp zu sehen. Aber freundliche Gestalten schlossen die Kette. Es bemächtigte sich eine süße, unnennbare Wehmuth der Gemüther. Den Tag darauf wurde der neugeschaffene Göz von Berlichingen von Göthe gegeben. — Das Auguststük des deutschen Merkurs ziert Schillers Porträt nach Prof. Danneckers unübertroffener Büste. Unten stehen die Worte aus Don Carlos:

— Du warst so reich
So warm, so reich! Ein ganzer Weltkreis hatte
In deinem weiten Busen Raum. Das alles
Ist nun dahin —

Abb. 3: „Schillers Todtenfeier" (*Allgemeine Zeitung*, Augsburg, vom 27. August 1805).

zum Ersticken voll gewesen. Das Berliner Publikum, welches dieses Stück sehr liebe, habe es auch diesmal wieder, nur mit verdoppeltem Enthusiasmus aufgenommen. In der nächsten Woche stehe *Kabale und Liebe* auf dem Spielplan und es scheine, als wenn die Direktion durch kurz aufeinander folgende Darstellungen aller Schillerschen Stücke die großen Verdienste des Verewigten auf eine Tafel bringen wolle, um endlich dadurch etwas für Schillers Andenken zu bewirken. Es sollten nicht die einzigen traurigen, erschütternden Briefe in diesen bewegten Jahren bleiben. Am 16. März 1806 – Zelter erwartete gerade den Besuch von Goethes Sohn August – starb völlig überraschend seine geliebte zweite Frau Juliane. Tiefgebeugt schrieb er zwei Tage später an Goethe:

> Anstatt etwas Freudiges, Angenehmes zu berichten, erhebe ich mich aus der tiefsten Trauer, um Ihnen zu sagen, daß ich vorgestern, unvermutet und gegen alle Vorbedeutung, meine liebenswürdige, geliebte Frau, kurz vor der Entbindung, durch den Tod verloren habe. Das Kind ward nach dem Tode zur Welt gebracht und auch tot.
> Was ich anfangen werde und wie ichs tragen werde, weiß ich noch nicht. Ich bin nun wieder allein und hoffe.
> Wenn ich sage daß in den zehn Jahren unserer Ehe nur Eine Meinung und Gesinnung über alles Äußere und Innere unter uns gewesen ist; daß keine Faser an ihr war von der ich nicht geliebt wurde, so sage ich: sie verdiente von Ihnen gekannt zu sein, denn dies gehörte zu ihren Wünschen.[34]

Goethe, der ja selbst bereits vier Kinder verloren hatte, war von dem traurigen Geschick, das dem Freund die Ehefrau und das neugeborene Kind entrissen hatte, tief bewegt. In seinem Kondolenzschreiben vom 26. März 1806 brachte er zum Ausdruck, wie sehr ihn die schreckliche Nachricht außer Fassung gebracht habe. Gerade, als er gehofft habe, dass der Besuch seines Sohnes August ihm Zelters Familie und dessen Lebensumgebung näher bringen könne, müsse der Freund nun diesen gewaltsamen Riss erleben, den er in jedem Sinne mitempfinde. Er könne sich denken, wie der Freund nun einsam, von dem großen Haushalt und schwierigen Geschäften umgeben sei, und könne sich in seiner Lage ein so schreckliches Ereignis auch für sich selbst „imaginieren".[35]

Im Herbst desselben Jahres wurden nach der vernichtenden preußischen Niederlage bei Jena und Auerstädt Berlin und Weimar von Napoleons Truppen besetzt. Napoleon, der mit der königlich-preußischen Stadtverwaltung nicht zusammen arbeiten wollte, installierte in der

---

[34] Ebd., S. 121.
[35] Ebd., S. 124. Der Besuch des Sohnes August wurde zunächst verschoben und dann abgesagt.

preußischen Hauptstadt eine neue Verwaltung – eine Maßnahme, von der auch Zelter direkt betroffen war, denn Napoleon war klug genug, diese Verwaltung nicht zu oktroyieren, sondern von den Berlinern selbst wählen zu lassen. Aus 2.000 Bürgern wurde ein *Comité administratif* von sieben Männern gewählt, unter ihnen Zelter, das ihn seinerseits zu seinem Präsidenten wählte. Man kann mit Fug und Recht behaupten, dass Zelter der erste frei gewählte Stadtpräsident Berlins gewesen ist, auch wenn er mit der Begründung, er beherrsche die französische Sprache nicht genügend, das ehrenvolle Amt ablehnte. Im *Comité administratif* half er aber unermüdlich mit, alle drückenden Lasten, welche Napoleon Stadt und Land auferlegt hatte, zu tragen. In den zeitgenössischen Zeitungen kann man noch heute zahlreiche entsprechende Verfügungen, die auch Zelters Namen tragen, nachlesen.

Abb. 4: Erlass der General-Finanz-Administration mit Zelters Unterschrift (*Berlinische Nachrichten von Staats- und gelehrten Sachen* vom 11. Dezember 1806).

Sein politisches Wirken in den schweren Jahren der französischen Besatzung zeigt, wie bekannt, anerkannt und beliebt Zelter in seiner Vaterstadt geworden war. Er war zu einer moralischen Institution gereift. Dabei darf man nicht vergessen, dass der Krieg sein Baugeschäft völlig zum Erliegen gebracht hatte. Zelter, der am 10. Februar 1807 die Uraufführung seines ersten großen geistlichen Werkes *Die Auferstehung und Himmelfahrt Jesu* im Berliner Opernhaus feiern konnte, lebte über lange Zeit nur noch von den Einnahmen seiner Konzerte und einigen Unterrichtsstunden. Es war nicht einfach für ihn, damit seine große Familie am Leben zu erhalten.

Goethe, der am eigenen Leib miterlebt hatte, was es heißt, wenn fremde Truppen plündernd und brandschatzend durch die Stadt ziehen, war bemüht, seinem Freund Zelter die äußere Lage zu erleichtern. So setzte er sich erfolgreich bei dem neu ernannten Kultusminister Wilhelm von Humboldt für ihn ein. Humboldt meldete am 2. Juni 1809 Goethe Vollzug:

> Ihren Rat für die Musik habe ich befolgt. [...] Zelter ist auf meinen Antrag zum Professor der Musik bei der Akademie der Künste gemacht worden, und durch ihn soll bei der Akademie eine eigene Musikbehörde entstehen, die nach und nach eine Schule bildet, und besonders die Musik, die in Kirchen, bei Feierlichkeiten und sonst öffentlich vor dem Volke erscheint, veredeln soll. Ich glaube, der Gedanke, der von Zelter selbst herrührt, ist gut, er ist der Mann dazu und mich freut es, meine Tätigkeit mit Begünstigung der Kunst angefangen zu haben, für die mir der Sinn am wenigsten gegeben ist.[36]

Der neu berufene Professor, wenngleich noch bis Mitte 1810 ohne Besoldung, reiste im selben Jahr nach Königsberg, um beim König vorzusprechen und finanzielle Fragen zu regeln. Er stand inzwischen sowohl beim Monarchen als auch in ganz Preußen in so hohem Ansehen, dass ihm die ehrenvolle Aufgabe übertragen wurde, am Todestag Friedrichs des Großen eine der vier Gedenkreden, natürlich die, welche sich mit dessen musikalischem Wirken beschäftigte, zu halten. Berliner, der er war, nahm Zelter kein Blatt vor den Mund und fand im Beisein des Hofes deutliche Worte. Zwar lobte er die Virtuosität des Königs an der Querflöte und seine Bemühungen um die italienische Oper, vergaß aber nicht, auf dessen Konflikt mit Carl Philipp Emanuel Bach einzugehen, den in Berlin zu halten, Friedrich versäumt habe. Außerdem kritisierte Zelter des Königs Einmischung in die Kompositionen Grauns und die Bevorzugung seines Lehrers Quantz. Kriegsrat Scheffner, der ebenfalls eine Rede auf den großen König gehalten hatte, habe ihm, so Zelter in seinen Königsberger Briefen,[37] nach dem Vortrag anerkennend die Hand gedrückt und bemerkt, er freue sich, dass es noch Leute in der Welt gäbe, die den Mut hätten, den Großen die Wahrheit ins Gesicht zu sagen. Während seines Aufenthaltes traf Zelter wiederholt mit dem König und der Königsfamilie zusammen. Bei einem Hofkonzert führte er seine Komposition zu Schillers *Die Gunst des Augenblicks* auf, die bei dem Königspaar tiefen Eindruck hinterließ und die Königin Luise Zelter gegenüber als „herrlich und schön"[38] bezeichnete.

Nach seiner Rückkehr nach Berlin, am 23. September 1809, begann sein staatliches Wirken, welches in den kommenden Jahren mit Aus-

---

36 Goethes Briefwechsel mit Wilhelm und Alexander v. Humboldt. Hg. von Ludwig Geiger. Berlin 1910, S. 205-207, hier S. 206.
37 Karl Friedrich Zelter: Selbstdarstellung. Ausgewählt und hg. von Willi Reich. Zürich 1955, S. 132f.
38 Ebd., S. 131.

nahme der Oper nach und nach alle Bereiche der Musik umfasste. Basierend auf den Erkenntnissen der Singakademie entwickelte er Grundlagen für den Musikunterricht an den Schulen. Voraussetzung für guten Gesang seien, so Zelter, die Beschäftigung mit gutem Ton und Klang der Stimme sowie dem gewandten Gebrauch der Sprachwerkzeuge. Für Schüler ohne Vermögen forderte er eine Art Stipendium, während die anderen den Unterricht selbst bezahlen sollten. Außerdem war er nun fast täglich mit Prüfungen, Gesuchen, Orgelbesichtigungen, Referaten in Kunstsachen, der Einführung eines allgemeinen Choralbuches und der Gründung einer Kommission für Kirchengesang befasst.[39] Nach der Gründung der Berliner Universität im Jahr 1810 hielt er dort selbst Vorlesungen und Gesangsübungen ab, wirkte als Dirigent und unterrichtete Schüler in Gesang und Komposition. Darüber hinaus verfasste er Artikel für Zeitungen[40] und musikalische Fachbücher.

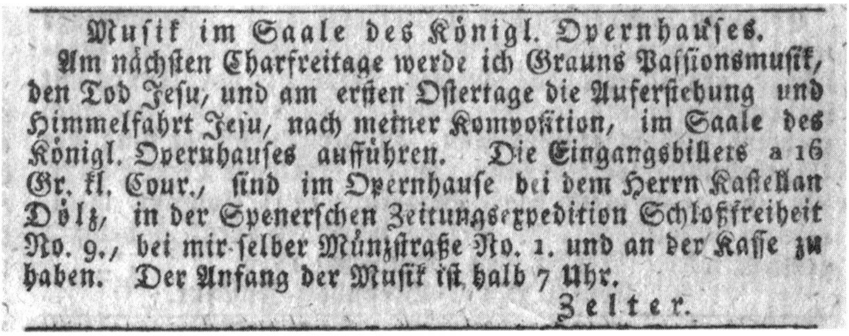
Musik im Saale des Königl. Opernhauses.
Am nächsten Charfreitage werde ich Grauns Passionsmusik, den Tod Jesu, und am ersten Ostertage die Auferstehung und Himmelfahrt Jesu, nach meiner Komposition, im Saale des Königl. Opernhauses aufführen. Die Eingangsbillets a 16 Gr. kl. Cour., sind im Opernhause bei dem Herrn Kastellan Dölz, in der Spenerschen Zeitungsexpedition Schloßfreiheit No. 9., bei mir selber Münzstraße No. 1. und an der Kasse zu haben. Der Anfang der Musik ist halb 7 Uhr.
Zelter.

Abb. 5: Einladung Zelters zu einem Konzert in das Königliche Opernhaus (Königlich privilegirte Berlinische Zeitung von Staats- und gelehrten Sachen vom 17. April 1810).

Seine ungeheure Arbeitsleistung fiel auf fruchtbaren Boden. Es gelang ihm, alle Gesellschaftsschichten, vom Tagelöhner bis zur Hofgesellschaft, für die Musik zu begeistern. Allerorten schossen Liedertafeln und Gesangvereine aus dem Boden, ein beliebtes Thema für die Karikaturisten des Biedermeier. Zelter kommentierte später diese Entwicklung Goethe gegenüber mit den Worten: „Das Musikwesen drängt sich hier wie die Krebse im Kessel; alles schilt und lästert darüber und keiner

---

39 Vgl. Fischer-Dieskau, Zelter (Anm. 13), S. 106f.

40 Zelter lieferte u.a. Beiträge für Ottilie von Goethes Zeitschrift *Chaos*. In der Ausgabe Nr. 45 findet sich die Vertonung des Gedichts von Förster und Zelter *Die Campanelle*. Der Liedtext wurde erstmals in *Die Liedertafel* (Berlin 1818, S. 524-526) veröffentlicht.

Abb. 6: Der Gesangverein, Karikatur nach einer zeitgenössischen Lithographie.

kann genug kriegen, sie laufen immer wieder hin und kommen zurück wie sie waren."[41]

Der populäre Zelter wurde in diesen Jahren auch oft selbst Gegenstand von Karikaturen. Zu den bekanntesten zählt sein legendäres Zusammentreffen mit einem Schusterjungen auf der Berliner Schlossbrücke. Zelter folgte dem Jungen, der die damals so beliebte Melodie vom Jungfernkranz, allerdings nicht sehr textsicher, sang. Zelter wurde von der „Freischützmanie" erfasst und sang mit, worauf der Junge sich umdrehte und Zelter anpfiff: „Wenn Er den Jungfernkranz singen will, kann Er ihm sich och allene anfangen, wes er des!"[42]

---

[41] Briefwechsel zwischen Goethe und Zelter (Anm. 20), Bd. 2, S. 1111-1115, hier S. 1112.
[42] Paul Weiglin: Berliner Biedermeier. Leben, Kunst und Kultur in Alt Berlin zwischen 1815 und 1848. Bielefeld/Leipzig ²1942, S. 136.

Abb. 7: Das Bild nach einer Lithographie von Julius Schoppe in *Berliner Witze und Anekdoten* ist wohl das einzige, das Zelter mit Brille zeigt.

Im Sommer 1810 – Zelter hielt sich anlässlich einer Badereise in Teplitz, Goethe in Karlsbad auf – trafen die Freunde wieder zusammen. Mehrere Wochen verbrachten sie in engem, freundschaftlichem Kontakt, unternahmen gemeinsame Ausflüge, besuchten gemeinsame Vertraute und genossen das angenehme Badeleben. Währenddessen führte Karl Ludwig Flöricke, Zelters Stiefsohn aus erster Ehe, das Berliner Baugeschäft. Zelter hatte sich nach und nach daraus zurückgezogen und Karl 1809 als Teilhaber und designierten Nachfolger in das Unternehmen aufgenommen. Leider besaß Karl nicht dieselbe Robustheit wie sein Stiefvater. Immer

33

wieder verstrickte er sich in unglückliche Liebschaften und konnte wohl auch mit Geld nicht vernünftig haushalten. Zelter, der ihn dennoch innig liebte, war daher fassungslos und am Boden zerstört, als sich Karl am 14. November 1812 das Leben nahm. In seinem tiefen Schmerz wandte er sich an den Freund in Weimar und bat um „ein heilendes Wort." In seinem Brief, den er immer wieder zur Seite legte, bevor er ihn nach vier Tagen endlich vollenden konnte, schilderte er Goethe den grauenvollen Tod des Sohnes, der sich, auf seinem Bett sitzend, in Gegenwart seines Bruders mit einer Pistole in den Mund geschossen hatte und in dieser Stellung verbleiben musste, bis die gerichtliche Obduktion durchgeführt werden konnte. Karl habe eine dreijährige uneheliche Tochter hinterlassen und seinen Bruder gebeten, sich um das Kind zu kümmern. Auf dem Schreibpult habe der aufgeschlagene *Don Carlos* gelegen, in dem zu lesen gewesen sei: „So ist denn keine Rettung? Auch durch ein Verbrechen nicht? – Keine!" Zelter fuhr fort: „.Nun muss ich mich ganz neu wieder auf mich selber einzurichten suchen. [...] So verläßt er mich, indem er sich befreit."[43] Zelter hält auch jetzt noch zu dem toten Sohn und überlegt, ob seine Erziehung oder Strenge oder eigenes Versagen zu dessen Schicksal beigetragen haben können. Dass ihm auch Selbstmordgedanken durch den Kopf gegangen sind, verschweigt er dem Freunde ebenfalls nicht. Goethe, der sonst Tod und Krankheit aus dem Weg zu gehen wusste, fand bei seinem Freund die rechten Worte. In einem mitfühlenden Brief vom 3. Dezember, in dem aus dem Freund ein Bruder wurde, den er nun auch im brüderlichen „Du" ansprach, spendete er dem verzweifelten Vater Trost und gab ihm neuen Mut und neue Lebenskraft:

> Dein Brief, mein geliebter Freund, der mir das große Unglück meldet, welches Deinem Hause widerfahren, hat mich sehr gedrückt, ja gebeugt, denn er traf mich in sehr ernsten Betrachtungen über das Leben, und ich habe mich nur an Dir selbst wieder aufgerichtet. Du hast Dich auf dem schwarzen Probiersteine des Todes als ein echtes geläutertes Gold aufgestrichen. Wie herrlich ist ein Charakter, wenn er so von Geist und Seele durchdrungen ist, und wie schön muß ein Talent sein, das auf einem solchen Grunde ruht!

Goethe, dessen Sohn August ebenfalls nicht allen Ansprüchen des Vater gerecht zu werden vermochte, verstand Zelters Verzweiflung und Todessehnsucht nur zu gut. Sie erinnerte ihn an seine Zeit als Stürmer und Dränger, als er sich eigenen Anfechtungen durch Niederschrift der *Leiden des jungen Werthers* zu erwehren wusste: „Ich weiß recht gut, was es mich für Entschlüsse und Anstrengungen kostete, damals den Wellen

---

43 Briefwechsel zwischen Goethe und Zelter (Anm. 15), Bd. 1, S. 287-291.

des Todes zu entkommen",[44] schrieb er dem ‚Bruder'. Goethe hatte die richtigen Worte gefunden. Dankbar und voller Trost vermerkte Zelter in seinem Tagebuch: „Da ich denken mußte, daß eine solche Benennung wohl nur momentan aus Menschlichkeit und Anteil eines erschütterten Herzens heraufgesprungen, beantwortete ich diesen Brief zwar mit Ergießung einer übervollen Brust, doch mit verdoppelter Ehrfurcht gegen einen von mir aufs höchste verehrten Mann."[45] Goethes freundschaftliche, ja liebevolle und brüderliche Zuwendung riss Zelter aus seiner Trauer. „Mein süßer Freund und Meister! Mein Geliebter, mein Bruder! Wie soll ich den nennen, dessen Namen immer auf meiner Zunge liegt, dessen Bild sich auf alles abspiegelt, was ich liebe und verehre." So überschwänglich und dankbar beginnt Zelters Danksagung an Goethe vom 24. Dezember 1812. Er fährt dann fort:

> Wenn das Weimarische Couvert meine Treppe herauf wandelt, gehen meinem Hause alle Sonnen auf. Die Kinder die es kennen reißen sich darum, wer von ihnen es mir bringen soll, um des Vaters Angesicht im Lichte zu sehn und ich halte es denn lange uneröffnet, besehe es ob es auch ist was es ist, drehe es und drücke es und küsse es.[46]

Zelter war ganz gefangen von Goethes Zuneigung und Freundschaft. Dieser große, mächtige Mann, der so oft auch derb, ja grob lospoltern konnte, besaß ein weiches, dankbares und liebevolles Herz, das sich oft in einfühlsamen Briefzeilen offenbarte. Er stand damit aber nicht allein, diese überbordenden Liebesbekundungen und Worte tiefer Verehrung waren Topoi der Briefkultur jener Zeit. Als Zelter im Juli 1814 Frankfurt besuchte, führte sein erster Weg natürlich zu Goethes Geburtshaus: „In Frankf. a. M. habe ich zuerst u. allein, das Haus auf dem Hirschgraben gesucht, wo mein Heiland geboren ist."[47] Wenige Wochen später begegneten sich Goethe und Zelter am Rhein wieder. Gemeinsam verbrachten sie den Sommer in Wiesbaden, Rüdesheim und Mainz. Man unternahm Ausflüge und traf sich in unterhaltsamer Runde mit Herzog Carl August, Christian Schlosser, den Brentanos oder Oberst von Krauseneck, dem Kommandanten von Mainz. Das launige Lied *Verstand und Recht – So lange man nüchtern ist* legt Zeugnis ab von der wunderbaren Stimmung dieses für beide unvergesslichen Sommers.

---

[44] Ebd., S. 294-304, hier S. 294.

[45] Zitiert nach: Briefwechsel zwischen Goethe und Zelter in den Jahren 1799 bis 1832. Bd. 3: Einführung und Kommentar. Hg. von Edith Zehm. München/Wien 1998 (Münchner Ausgabe, 20/3), S. 300.

[46] Briefwechsel zwischen Goethe und Zelter (Anm. 15), Bd. 1, S. 311-318, hier S. 311.

[47] Ebd. S. 352f, hier S. 353.

Abb. 8: „So lange man nüchtern ist". Handschrift von Goethe und Zelter.

Im Oktober 1814 beehrte der populäre Feldmarschall Fürst Blücher Zelter und die Singakademie mit seinem Besuch. Zelter führte Blücher zu Ehren das Lied *Hinan! Vorwärts! Hinan!* auf, welches er nach Texten aus Goethes *Des Epimenides Erwachen* komponiert hatte. Chronisten berichten, der 181stimmige, frische und energische Chorgesang habe dem Marschall die Tränen in die Augen getrieben.

Dem schönen Sommer und ehrenvollen Herbst folgten wieder graue Tage. Am 17. Februar 1816 starb Zelters jüngster Sohn Adolph Rafael, der in den Befreiungskriegen als 16jähriger freiwillig bei den Brandenburger Husaren eingetreten war, in Frankreich am Nervenfieber. Nur wenige Monate später, am 16. September 1816, verlor er auch die Tochter Clara Antigone aus seiner zweiten Ehe. Die Umstände, unter denen Zelter vom Tode der Tochter Kenntnis erhielt, sind besonders tragisch, da er sich in ihrer Todesstunde auf dem Weg zu Goethe nach Weimar befand. Die Todesnachricht eilte ihm brieflich voraus, so dass Goethe den eintreffenden Freund vom plötzlichen Tod der Tochter unterrichten musste. Wieder suchte er dabei wie schon beim Selbstmord des Stiefsohns keine Ausflüchte, sondern forderte den Freund, der sich im „Elephanten" einlogiert hatte, nahezu mit Gewalt auf, in sein Haus zu

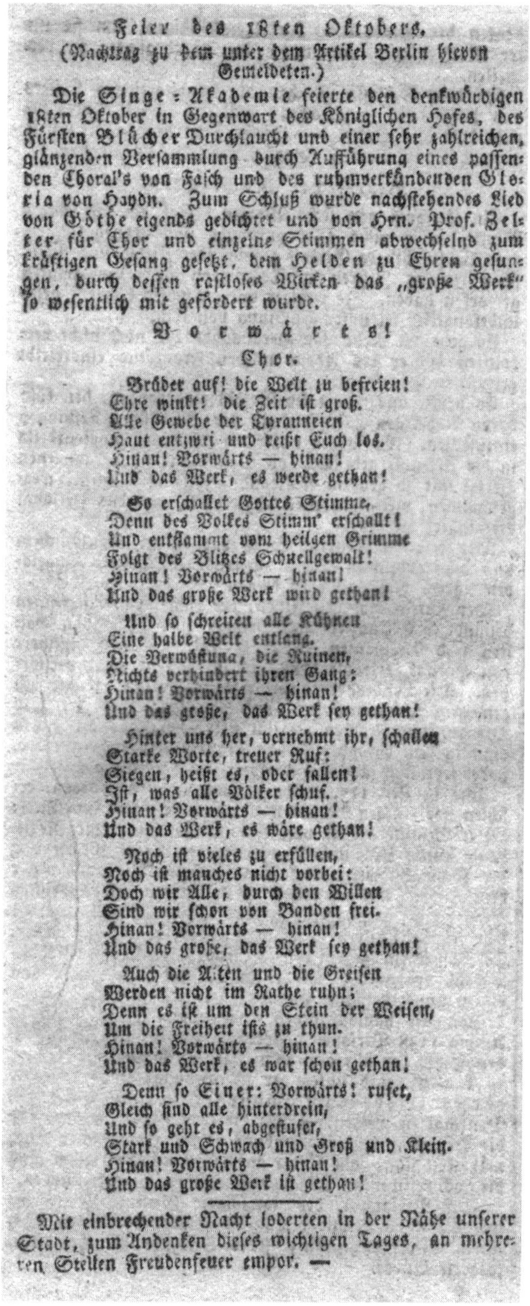

Feier des 18ten Oktobers.
(Nachtrag zu dem unter dem Artikel Berlin hievon Gemeldeten.)

Die Singe-Akademie feierte den denkwürdigen 18ten Oktober in Gegenwart des Königlichen Hofes, des Fürsten Blücher Durchlaucht und einer sehr zahlreichen, glänzenden Versammlung durch Aufführung eines passenden Choral's von Faisch und des ruhmverkündenden Gloria von Haydn. Zum Schluß wurde nachstehendes Lied von Göthe eigends gedichtet und von Hrn. Prof. Zelter für Chor und einzelne Stimmen abwechselnd zum kräftigen Gesang gesetzt, dem Helden zu Ehren gesungen, durch dessen rastloses Wirken das „große Werk" so wesentlich mit gefördert wurde.

Vorwärts!

Chor.

Brüder auf! die Welt zu befreien!
Ehre winkt! die Zeit ist groß.
Alle Gewebe der Tyranneien
Haut entzwei und reißt Euch los.
Hinan! Vorwärts — hinan!
Und das Werk, es werde gethan!

So erschallet Gottes Stimme,
Denn des Volkes Stimm' erschallt!
Und entflammt vom heilgen Grimme
Folgt des Blitzes Schnellgewalt!
Hinan! Vorwärts — hinan!
Und das große Werk wird gethan!

Und so schreiten alle Kühnen
Eine halbe Welt entlang,
Die Verwüstung, die Ruinen,
Nichts verhindert ihren Gang:
Hinan! Vorwärts — hinan!
Und das große, das Werk sey gethan!

Hinter uns her, vernehmt ihr, schallen
Starke Worte, treuer Ruf:
Siegen, heißt es, oder fallen!
Ist, was alle Völker schuf.
Hinan! Vorwärts — hinan!
Und das Werk, es wäre gethan!

Noch ist vieles zu erfüllen,
Noch ist manches nicht vorbei:
Doch wir Alle, durch den Willen
Sind wir schon von Banden frei.
Hinan! Vorwärts — hinan!
Und das große, das Werk sey gethan!

Auch die Alten und die Greisen
Werden nicht im Rathe ruhn;
Denn es ist um den Stein der Weisen,
Um die Freiheit ist's zu thun.
Hinan! Vorwärts — hinan!
Und das Werk, es war schon gethan!

Denn so Einer: Vorwärts! rufet,
Gleich sind alle hinterdrein,
Und so geht es, abgestufet,
Stark und Schwach und Groß und Klein.
Hinan! Vorwärts — hinan!
Und das große Werk ist gethan!

Mit einbrechender Nacht loderten in der Nähe unserer Stadt, zum Andenken dieses wichtigen Tages, an mehreren Stellen Freudenfeuer empor. —

Abb. 9: Feier des 18. Oktober mit Bericht über die Aufführung *Vorwärts* durch die Singakademie unter Zelters Leitung vor Feldmarschall Fürst Blücher (*Berlinische Nachrichten* vom 20. Oktober 1814).

ziehen, damit er ihm in der schweren Zeit beistehen konnte.[48] Nun trö-
stete Goethe den trauernden Vater, der eigentlich gekommen war, um
ihm beizustehen, der seinerseits den Verlust seiner Frau Christiane be-
klagte, die am 6. Juni 1816 nach schrecklichen Qualen gestorben war.

Beide waren im Laufe der Jahre so sehr aufeinander fixiert, dass Zelter, als er im Sommer 1818 von einer schweren Erkrankung Goethes
hörte, diesem schrieb: „Wenn Du gehst, nimm mich mit; nimm den
treuen Bruder mit."[49] Doch noch war es nicht so weit. Im Oktober 1818
war er vielmehr wieder Gast am Frauenplan, wo sich Goethe von ihm
Eine feste Burg vorspielen ließ. Auch im Sommer des folgenden Jahres
trafen sich die Freunde erneut in Weimar. Zu einer denkwürdigen Begegnung wurde Zelters Weimar-Besuch im November 1821. Er wurde
von seiner Tochter Doris und einem zwölfjährigen Knaben, seinem
Schüler Felix Mendelssohn, begleitet. Goethe fasste große Zuneigung zu
dem Jungen, der ihm oft Werke von Bach, Mozart, Beethoven und natürlich auch von Zelter sowie eigene Fantasien vorspielen musste. Der
Musik- und Theaterkritiker Ludwig Rellstab hat uns eine lebhafte Schilderung über einen solchen Abend hinterlassen,[50] zu der Zelter in einer
vornehmen aber altertümlichen Bekleidung mit seidenen Beinkleidern
und antiquierten Schnallenschuhen erschienen sei. Goethe sei als letzter
aufgetreten, bis dahin hätten Sohn und Schwiegertochter die Pflichten
des Gastgebers getragen.

> Goethes „Guten Abend" richtete sich an alle, doch vorzugsweise ging er auf
> Zelter zu und schüttelte ihm vertraulich die Hand. Es ist allbekannt, daß bei-
> de auf dem brüderlichen Fuß des Du in der Unterredung standen. Felix
> Mendelssohn schaute mit blitzenden Augen zu dem schneeigen Haupt des
> hohen Dichters hinauf, dieser aber nahm ihn mit beiden Händen freundlich
> beim Kopf und sagte: „Jetzt sollst Du uns auch etwas vorspielen!" Zelter nick-
> te sein Ja dazu.

Goethe, so berichtet Rellstab weiter, habe danach mit ihm ein persönliches Gespräch geführt und dabei zu seinem kleinen Gast übergeleitet:

> Mein Freund Zelter hat mir da seinen kleinen Schüler mitgebracht, den Sie
> gewiß schon kennen. Von seinen musikalischen Anlagen soll er uns erst eine

---

[48] Vgl. Robert Steiger/Angelika Reimann: Goethes Leben von Tag zu Tag. Eine
      dokumentarische Chronik. Bd. 6: 1814-1820. Zürich/München 1993, S. 415.
[49] Briefwechsel zwischen Goethe und Zelter (Anm. 15), Bd. 1, S. 537f., hier S. 538.
[50] Ludwig Rellstab (1799-1860), Journalist, Musikkritiker und Dichter. Bis 1821
      Offizier, wirkte er danach als Kritiker der *Berliner Allgemeinen musikalischen Zei-
      tung*, bevor er 1826 als Musikkritiker zur *Vossischen Zeitung* wechselte. Vgl. Ulrich
      Tadday/Horst Heussner: Art. „(Heinrich Friedrich) Ludwig Rellstab". In: Fin-
      scher (Hg.), MGG (Anm. 11), Personenteil, Bd. 13, [2]2005, Sp. 1547-1550.

Probe geben. [...] Der Flügel war geöffnet worden, die Lichte auf das Pult gestellt. Felix Mendelsohn sollte spielen. Er fragte Zelter, gegen den er durchaus kindliche Hingebung und Vertrauen zeigte: „Was soll ich spielen?"

Dieser habe ihm ein Lied genannt, welches Mendelsohn jedoch unbekannt gewesen sei, deshalb habe sich Zelter an den Flügel gesetzt, um es
ihm vorzuspielen. Zelter habe mit seinen steifen Händen, mehrere Finger seien gelähmt gewesen, ein sehr einfaches Lied in G-Dur von vielleicht sechzehn Takten vorgespielt. Felix habe das Lied einmal nachge-
spielt und dann sogleich im wildesten Allegro begonnen. Aus der sanf-
ten Melodie sei so eine aufbrausende Figur geworden, die er bald im
Bass, bald in der Oberstimme genommen und aus der sich eine im feu-
rigsten Fluss fortströmende Phantasie ergeben habe. Nachdem der Beifall verklungen sei, habe Zelter in seiner humoristischen Art gebrummt:
„Na. Du hast wohl vom Kobold oder Drachen geträumt! Das ging ja
über Stock und Block!" Goethe sei durch das Spiel von wärmster Freude
erfüllt gewesen. Er habe den kleinen Künstler geherzt, in dessen Gesicht
sich Glück, Stolz und Verlegenheit zugleich abgemalt hätten und scher-
zend gesagt: „Aber damit kommst du nicht durch! Du mußt noch mehr
spielen, bevor wir dich ganz anerkennen." „Aber was soll ich spielen?",
habe Felix gefragt, „Herr Professor" – er pflegte Zelter bei diesem Titel
zu nennen –, „was soll ich noch spielen?". Felix habe dann, unter anderem, Bachsche Fugen und mit erstaunlicher Leichtigkeit das Menuett
aus *Don Juan* und die Ouvertüre zum *Figaro* gespielt. Goethe, völlig
eingenommen von dem herrlichen Spiel, habe den Knaben geneckt und
ihm gesagt: „Bis jetzt hast Du mir nur Stücke gespielt, die du kanntest,
jetzt wollen wir einmal sehen, ob du auch etwas spielen kannst, was du
noch nicht kennst. Ich werde dich einmal auf die Probe stellen." Er sei
dann in ein Nebenzimmer gegangen und habe dort Notenblätter aus
seiner Manuskriptsammlung geholt und ein Blatt auf das Pult gelegt,
auf dem man Mozarts klar und klein geschriebene Noten habe erkennen können. Felix sei freudig erglüht ob dieser Kostbarkeit und habe
dann mit vollster Sicherheit, ohne nur den kleinsten Fehler zu machen,
die schwierige Aufgabe bewältigt. Alle hätten begeistert applaudiert,
doch Goethe sei bei seinem lustigen Ton geblieben und habe ausgerufen: „Das ist noch nichts! Das können auch andere lesen. Jetzt will ich
dir aber etwas geben, dabei wirst du stecken bleiben! Nun nimm dich in
acht!" Mit diesen scherzenden Worten habe er ein anderes Blatt heraus-
gesucht und aufs Pult gelegt. Das habe in der Tat sehr seltsam ausgese-
hen. Man habe kaum gewusst, ob es Noten gewesen seien oder nur ein
mit Tinte beschmiertes Blatt. Felix habe gelacht und verwundert gefragt:

„Wie ist das geschrieben? Wie soll man das lesen?" Zelter habe dem Knaben über die Schulter geschaut und erfreut ausgerufen: „Das hat ja Beethoven geschrieben! Das kann man auf eine Meile sehen! Der schreibt immer wie mit einem Besenstiel und mit dem Ärmel über die frischen Noten gewischt! Ich habe viele Manuskripte von ihm! Die sind leicht zu kennen!" Felix sei bei diesen Worten sehr ernsthaft geworden. Ein heiliges Staunen habe sich auf seinen Zügen abgebildet und er habe dann versucht, den Weg aus dem Chaos ausgestrichener, frisch verwischter, über- und zwischen geschriebener Noten und Worte zu finden. Goethe, der Felix keine lange Zeit zur Überlegung lassen wollte, habe angemerkt: „Siehst du, sagt' ich's dir nicht, du würdest stecken bleiben? Jetzt versuche, zeige, was du kannst." Felix habe daraufhin sofort zu spielen begonnen. Es sei kein schweres Lied gewesen, deutlich geschrieben eine kinderleichte Aufgabe, doch Beethovens Noten seien durchaus unlesbar gewesen, ab und an sei Zelter lachend zu Hilfe gekommen und habe auf die richtige Stelle gewiesen. Felix habe es so einmal durchgespielt, im Allgemeinen richtig, aber doch an schwierigen Stellen stockend, doch dann habe er ausgerufen: „Jetzt will ich es Ihnen vorspielen." Und beim zweiten Mal habe nicht eine Note gefehlt, er habe sogar die Singstimme mitgesungen und wiederholt ausgerufen: „Das ist Beethoven, diese Stelle! Das ist ganz Beethoven, daran hätte ich ihn erkannt!" Goethe, der es damit für diesen Abend habe bewenden lassen, habe Felix eine große musikalische Zukunft vorausgesagt.[51] Wir wissen heute, dass diese Voraussage eingetroffen ist. Goethe selbst konnte noch den kometenhaften Aufstieg von Felix Mendelssohn Bartholdy verfolgen und den inzwischen berühmten Künstler im Mai 1830 noch einmal in seinem Haus begrüßen.

Der Ruhm seines Lehrers Zelter hatte sich derweil in der musikalischen Welt Deutschlands, ja, in ganz Europa verbreitet. Bei seinen zahlreichen Reisen, die er nun immer öfter unternahm, sei es 1817 nach Hamburg, 1818 in die Schweiz, 1823 nach Holland oder 1827 nach Bayern, wurde er überall freundlich aufgenommen und geehrt. Bei seinem Besuch in Österreich 1819 kam es zu einem denkwürdigen Wiedersehen mit Ludwig van Beethoven, dem Zelter bei dessen Besuch in der Singakademie 1796 erstmals begegnet war. Am 12. September 1819 trafen sich beide auf der Landstraße zwischen Mödling und Wien, man umarmte sich auf das Herzlichste, doch Zelter konnte, angesichts der

---

51 Vgl. Ludwig Rellstab: Felix Mendelssohn-Bartholdy. In: ders.: Garten und Wald. Novellen und vermischte Schriften. Teil 4. Leipzig 1854, S. 246-262.

Abb. 10: Der junge Mendelssohn Bartholdy bei Goethe. Zeichnung von Emil Döpler (*Die Gartenlaube*, Nr. 1/1867).

Taubheit Beethovens, seine Tränen kaum zurückhalten. Es sollte ihr letztes Zusammentreffen bleiben, sie hielten die Korrespondenz aber bis zum Tode Beethovens aufrecht.

An all diesen Besuchen und Begegnungen hat Zelter Goethe, der Weimar mit Ausnahme der Badereisen nicht mehr verließ, durch seine informativen, unterhaltsamen, humorvollen, manchmal auch ironischen Briefe teilnehmen lassen. Denn er war ein aufmerksamer Reisender, stets interessiert nicht nur an der Musik, sondern auch an Land und Leuten, den Eigenarten der Menschen, an der Landschaft und Architektur.[52] In diesen Jahren begann Zelter damit, einer Empfehlung der Herzoginmutter Anna Amalia folgend, biographische Skizzen, seine *Lebensbeschreibungen* aufzuzeichnen. Mit seltener Offenheit, Humor und Selbstironie berichtet er darin von seinen Kinder- und Jugendjahren, seiner wachsenden Familie und seinen parallel beginnenden Lebenswegen als Bau- und Maurermeister sowie als Künstler und Lehrer.

---

[52] Goethe gefielen die Reisebriefe Zelters so gut, dass er von den Briefen der vier Reisen 1819, 1822, 1823 und 1827 Abschriften fertigen und diese einbinden ließ. Vor den letzten der Reiseberichte setzte er das Geleitwort: „Sine me, liber, ibis in Vrbem" [Ohne mich, mein Buch, wirst du in die Stadt ziehen.]. Vgl. Briefwechsel zwischen Goethe und Zelter (Anm. 20), Bd. 2, S. 1637.

Zelters nächster Besuch, der in die Zeit vom 24. November bis 13. Dezember 1823 fiel, war überschattet von den Marienbader Ereignissen um Ulrike von Levetzow, Goethes letzter Liebe. Zelter war in diesen Tagen eine große Stütze für den Freund, immer wieder musste er Goethe aus der *Marienbader Elegie* vorlesen, bis dieser seine Fassung wieder gefunden hatte. Goethe, so hat es Zelter selbst überliefert, habe dankbar festgestellt: „Ihr lest gut, alter Herr!" „Das war ganz natürlich", erinnerte sich Zelter, „aber der alte Narr wusste nicht, dass ich dabei an meine eigene Liebste gedacht hatte!"[53] Inzwischen umfasste der Briefwechsel der Freunde bereits mehr als 500 Briefe. Sie beschlossen, diese Belege ihrer Freundschaft, die Goethe „ein wunderliches Dokument" nannte, „das an wahrem Gehalt und barockem Wesen wohl kaum seines Gleichen finden möchte,"[54] zu veröffentlichen. Goethe selbst, unterstützt durch Friedrich Wilhelm Riemer, begann umgehend mit der Sichtung der Briefe, wegen seines Alters und anderer Verpflichtungen gingen die Arbeiten aber nur stockend voran, so dass erst am 28. Dezember 1831 ein Vertrag zwischen Goethe und Zelter über die Veröffentlichung geschlossen werden konnte. Der Briefwechsel erschien aber erst 1833, nach beider Tod.

Im Frühjahr 1827 ging ein großer Wunsch Zelters in Erfüllung. Die Singakademie, die seit ihrer Gründung Gast in der Akademie der Künste gewesen war, konnte am Berliner Festungsgraben ein eigenes Haus beziehen, welches dort nach ersten Entwürfen von Karl Friedrich Schinkel, den Plänen des Braunschweiger Architekten Ottmer und unter der kritischen Aufsicht Zelters neu errichtet worden war. Im Erdgeschoss des Hauses, das heute das Maxim Gorki Theater beherbergt, bezog Zelter eine Mietwohnung. Der Oktober 1827 sah Zelter wieder in Weimar. Es spricht für ihn, dass er es Goethe nicht verübelte, dass dieser in den langen Jahren ihrer Freundschaft nicht einmal den Weg zu ihm nach Berlin gefunden hatte. Dabei hatte er Goethe immer wieder eingeladen und ihm bei jeder neuen Wohnung genau die Zimmer bezeichnet, die dieser bewohnen sollte. Im selben Jahr erhielt Goethe ein wunderbares Geburtstagsgeschenk aus Berlin, Zelters Porträt von Carl Begas, das heute im Juno-Zimmer hängt.

---

[53] Zitiert nach: Goethe in vertraulichen Briefen seiner Zeitgenossen. Bd. 3: 1817-1832. Hg. von Wilhelm Bode. München 1982, S. 178.

[54] Briefwechsel zwischen Goethe und Zelter (Anm. 15), Bd. 1, S. 925-927, hier S. 926.

Abb. 11: Carl Friedrich Zelter. Nach einem Porträt von Carl Begas, 1827.

Ein Jahr später, am 14. Juni 1828, verlor Goethe mit dem Tod von Großherzog Carl August seinen ältesten Freund. Tiefgebeugt zog er sich, allen öffentlichen Trauerfeierlichkeiten ausweichend, nach Dornburg zurück. Zelter war einer der wenigen, der dafür Verständnis aufbrachte. In diesen schweren Wochen ist er Trost und Stütze für den Freund. Allein vierzehn Briefe wechseln während Goethes Dornburger Aufenthalt hin und her.

Dankbar beging die Singakademie und mit ihr die ganze Stadt Berlin am 11. Dezember 1828 Zelters 70. Geburtstag. Höhepunkt der Festveranstaltungen waren die Aufführung der von Goethe gedichteten *Glückwunsch-Kantate* in der Vertonung von Karl Friedrich Rungenhagen, seit 1815 Stellvertreter Zelters in der Singakademie, sowie Zelters Tischlied *Lasset heut' am Edlen Ort Ernst und Lust sich mischen*. Weitere Ehrungen folgten. Am 15. Januar 1829 nahm er aus der Hand des Königs Friedrich Wilhelm III. den Roten Adler-Orden 3. Klasse entgegen, kurz darauf wurde er zum Musikdirektor des Seminarium der Berliner Universität ernannt. Diese zeichnete ihn 1830 mit dem Ehrendoktor der Philosophie für seine Verdienste um die „Musica Sacra" und für seine Fasch-Biographie aus.

Vom Alter scheinbar ungebrochen setzen die Freunde ihren Gedankenaustausch fort, wenngleich der Inhalt nun oft von Vergangenheit, Schmerz und Vergänglichkeit spricht. Zelter, der im Laufe der Jahre den Tod seiner vier Söhne erleben musste, wusste, was es bedeutete, als ihn im November 1830 in Berlin die Nachricht von Tode August von Goethes, der im fernen Rom gestorben war, erreichte. Noch am gleichen Tag schrieb er an Goethe, dass diese Nachricht ein altes Geschwür in ihm wieder in Superation gesetzt habe, das er endlich verharscht glaubte. Er habe gerade angefangen, gierig im *Leben Schillers* von Thomas Carlyle zu lesen, als der Brief aus Weimar wie Blitz und Schlag ihm das Buch aus der Hand geschleudert habe. Er fährt fort:

> Unsere Brüderschaft mein Guter bewährt sich ernsthaft genug. Müssen wir das erleben und stillhalten und schweigen! – Ja! wir sollen mit eigenen Augen dicht an uns heran zusammenstürzen sehn, was nicht Teil hat an uns. Das ist der einzige Trost den wir brauchen können. Stolz sag ich: Wir, indem ich den Schmerz habe wenn Dich eine Nadel sticht. Daß August in Rom gestorben ist will mich mit ihm und der Welt wieder versöhnen; unsere Saiten wollten nicht akkordieren und an ein gutes Ende war kaum zu denken.[55]

Die Nachricht von Augusts Tod hat Goethe tief getroffen. Wie sein Freund Zelter so hatte auch er in seinem langen Leben Frau, Kinder und viele Freunde verloren. Das gemeinsame Schicksal diktiert seine Danksagung an Zelter:

> Nemo ante obitum beatus [Niemand ist vor seinem Tod für glücklich zu halten; Anm. der Verf.], ist ein Wort das in der Weltgeschichte figuriert, aber eigentlich nichts sagen will. Sollte es mit einiger Gründlichkeit ausgesprochen werden, so müßte es heißen: „Prüfungen erwarte bis zuletzt."

---

[55] Briefwechsel zwischen Goethe und Zelter (Anm. 20), Bd. 2, S. 1400-1402, hier S. 1400.

Abb. 12: Carl Friedrich Zelter. Nach einer Kreidezeichnung von Johann Joseph
 Schmeller, Sommer 1831.

Dir hat es, mein Guter nicht daran gefehlt, mir auch nicht, und es scheinet als wenn das Schicksal die Überzeugung habe, man seie nicht aus Nerven, Venen, Arterien und andern daher abgeleiteten Organen, sondern aus Draht zusammengeflochten.

Dank für deinen lieben Brief! Hatt' ich Dir doch auch einmal eine solche Hiobsbotschaft als gastlichen Gruß einzureichen.

Einst hatte Zelter beim Selbstmord des Stiefsohnes beklagt, dass er die Last des Baugeschäfts, die er dem Sohn hatte übertragen wollte, nun selbst würde weiter tragen müssen. Jetzt trifft Goethe ein ähnliches Schicksal: „Das eigentliche wunderliche und bedeutende dieser Prüfung ist", so fährt er fort, „daß ich alle Lasten, die ich zunächst, ja mit dem neuen Jahre, abzustreifen und einem jünger Lebigen zu übertragen glaubte, nunmehr selbst fortzuschleppen und sogar schwieriger weiter zu tragen habe."[56] Die schwere seelische Erschütterung Goethes führte wenige Tage später zu einem lebensbedrohlichen Blutsturz, nach dem seine Kräfte sichtbar nachließen. Noch einmal gelang es Zelter, den Freund bei seinem letzten Besuch in Weimar im Sommer 1831 aufzurichten oder, wie es Friedrich Rückert in dem Gedicht, das diesem Beitrag vorangestellt ist, ausdrückte, noch einmal kann Goethe sich im Widerschein erproben, im Widerklang von Zelter. Melancholie und Abschied liegen unausgesprochen über diesem letzten Zusammentreffen der Freunde und der darauf noch folgenden Korrespondenz.

Seinen Brief aus Ilmenau, einem Ort, an dem er früher viel gewirkt hatte, nutzte Goethe am 4. September 1831 zu einem wehmütigen Rückblick:

Auf einem einsamen Bretterhäuschen, des höchsten Gipfels der Tannenwälder, rekognoszierte ich die Inschrift vom 7. Septbr. 1783. des Liedes das Du auf den Fittichen der Musik lieblich beruhigend in alle Welt getragen hast: „Über allen Gipfeln ist Ruh pp."

Nach so vielen Jahren war denn zu übersehen: das Dauernde, das Verschwundene. Das Gelungene trat vor und erheiterte, das Mißlungene war vergessen und verschmerzt.[57]

Goethe berichtet weiter, dass der zweite Teil des *Faust* nun auch in sich abgeschlossen sei. Über die Jahre hinweg seien Lücken geblieben, die es auszufüllen galt, dafür habe er sich den Geburtstag als Termin gesetzt und nun auch eingehalten. Es gelte jetzt nur noch ein paar Kleinigkeiten zu berichtigen, dann werde das Ganze eingesiegelt und möge das spezifische Gewicht seiner folgenden Bände vermehren. Dem *Faust* galt

---

[56] Ebd., S. 1404f., hier S. 1403.
[57] Ebd., S. 1530-1532, hier S. 1530.

auch der Brief vom 4. März 1832, in dem Zelter seinem Freund amüsant und wie immer pointiert eine Aufführung des Stückes in der Vertonung des Fürsten Anton von Radziwill schilderte:

> Fürst R. hat uns gestern mittag endlich wieder Neues und Altes aus dem Faust
> zum besten gegeben wozu ich einige und 40 Helfershelfer geliefert. Der edle
> Komponist ist tief ins Gedicht hineingedrungen, man könnte sagen hinein
> gefallen indem ich mehr die Wirkung des Gedichts auf Ihn selber als eine
> Rückwirkung durch die Musik erkennen kann. [...] Wir waren bloß mit dem
> Flügel ohne Orchester und hatten vornehme Zuhörer. Unser Kronprinz, Her-
> zog Carl von Meklenb. (Mephisto) der Großherzog von Strelitz war wie im-
> mer entzückt und, ob ers gewesen wäre wenn er besser hören könnte? will ich
> nicht untersuchen. Hin und wider findet doch ein Funke eine empfängliche
> Stelle.[58]

In seinem letzten Brief – er datiert vom 11. März 1832 – ermunterte
Goethe den Freund, die Zitadelle, die er sich mit dem Aufwand des
ganzen Lebens erbaut und gegründet habe, durch Übertragung von Lasten auf die tüchtige Leibgarde und die trefflichen alliierten Mitstreiter
zu sichern, so dass das Erworbene erhalten und der Hauptsinn gefördert
werden könne. Er beendete den Brief mit einer letzten Bitte, einem letzten Gruß an den Freund und Bruder:

> Nun bitte ich aber fahre fort, wie Du in Deinem letzten Briefe getan, die al-
> ten ewigen Naturmaximen, wornach der Mensch dem Menschen durch die
> Sprache verständlich wird aphoristisch auszusprechen, damit in der Folge
> auch wohl einmal erfüllt werde was geschrieben steht. Es ist wundersam, Eng-
> länder, Franzosen und nun auch Deutsche erfreuen sich unverständlich zu
> sprechen, so wie auch Andere das Unverständliche zu hören. Ich wünschte
> nur daß manchmal ein Italiäner herein träte und seine emphatische Stimme
> hören ließe. Also gescheh es![59]

Die Antwort Zelters vom 22. März 1832 sollte ihren Empfänger nicht
mehr erreichen. Kanzler von Müller informierte ihn vom Tod des
Freundes, dem er an Sinn und Liebe am nächsten gestanden habe. Mit
tränenerstickter Stimme sagte Zelter vor einer Chorprobe: „Ich habe [...]
mein Liebstes auf Erden verloren – Goethe ist tot."[60] Die Todesnachricht brach seinen Lebenswillen. Er wusste, dass er bald seinem Freund
nachfolgen würde, und so bestimmte er noch an dem Tag, an dem er
die Todesnachricht erhielt, seine Grabstätte auf dem Berliner Sophien-
friedhof. Geradezu prophetisch schrieb er am 31. März 1832 an Kanzler
von Müller: „Wie Er dahinging vor mir, so rück' ich Ihm nun täglich

---

58 Ebd., S. 1622-1625, hier S. 1624 und 1624.
59 Ebd., S. 1625-1631, hier S. 1626/1631.
60 Zelter, Selbstdarstellung (Anm. 37), S. 419.

näher und werd' ihn einholen, den holden Frieden zu verewigen, der so viele Jahre nach einander den Raum von 36 Meilen zwischen uns erheitert und belebt hat."[61] Zelter sollte recht behalten. Sechs Wochen später begann sein Lebenslicht zu erlöschen. Seine Tochter Doris, die in den letzten Tagen um ihn war, überlieferte uns folgende Szene:

> Eines Abends, es mögen 10 Tage her sein, klagte er ungewöhnlich und gab mir willig nach, als ich ihn bat, sich niederzulegen. Ich zündete sein Licht an, reichte ihm den Arm, und führte ihn. Als wir durch den Salon zu seinem Schlafzimmer gingen, blieb er vor Goethes Büste stehen, nahm mir das Licht ab, beleuchtete den Kopf und sagte, indem er sich respektvoll verbeugte in seiner alten humoristischen Weise: „Exzellenz hatten natürlich den Vortritt, aber ich folge bald nach."[62]

Zelter starb kurz darauf am 15. Mai 1832. Er war dem Freund nachgefolgt. Der Berliner *Figaro* erinnerte in seinem Nachruf an den Zusammenhang von Professor Zelters Tod mit dem von Goethe. Zelter sei nach nur achttägigem Krankenlager sanft verschieden, der Tod Goethes habe den Veteranen wohl so tief erschüttert, dass dessen Ende früher eingetreten sei, als es seine ansonsten gute physische Konstitution habe erwarten lassen. Ein Jahr später, im Herbst 1833, erschien bei Duncker & Humblot der bereits erwähnte Briefwechsel zwischen Goethe und Zelter. Die Verlagsanzeige hob noch einmal die Einzigartigkeit der Briefe hervor:

> Schwerlich dürfte unsere Literatur ein Werk aufzuweisen haben, das geeigneter wäre, durch originelle Eigenthümlichkeit der beiden Briefsteller, und durch die reichhaltige Mannichfaltigkeit der berührten Gegenstände, das verschiedenste Interesse der Leser zu fesseln und ihm nicht nur das getreuste Bild der Denk- und Sinnesweise seiner Verfasser, sondern auch die Zeit, in der sie lebten, nach allen ihren Richtungen in lebendigster Anschauung vorüber zu führen.[63]

Die „originelle Eigentümlichkeit der beiden Briefsteller" beinhaltet freilich auch einige spöttische, herabsetzende, beleidigende oder gar antijüdische Äußerung über Persönlichkeiten der Zeit, die manche der noch Lebenden, insbesondere die Familie Mendelssohn Bartholdy, brüskiert

---

[61] Zitiert nach: Briefwechsel zwischen Goethe und Zelter (Anm. 43), Bd. 3, S. 1147.

[62] Zelter, Selbstdarstellung (Anm. 37), S. 420.

[63] So u.a. geschaltet in: Intelligenz-Blatt zum Morgenblatt für gebildete Stände 27 (1833), Nr. 29, S. 116; Intelligenz-Blatt zur Allgemeinen musikalischen Zeitung 35 (1833), Nr. 12/Okt., Sp. 46; Literarischer Anzeiger zu den Blättern für literarische Unterhaltung 2/1833, Nr. 27. Vgl. auch Briefwechsel zwischen Goethe und Zelter (Anm. 20), Bd. 2, S. 1663f. und 1672.

hat. Sie belegen, dass sowohl Zelter als auch Goethe nicht frei von Vorurteilen gewesen sind.

Die Rezeption von Zelters Briefwechsel mit Goethe hat bedauerlicher Weise den Blick zu sehr auf Goethe fokussiert und dadurch zu einem oftmals sehr einseitigen Zelter-Bild beigetragen. Im öffentlichen Bewusstsein blieb er nur allzu oft der Maurer und musikalische Autodidakt, der Goethes Niveau eigentlich nicht entsprach. Wer sich jedoch der Mühe unterzieht, seine Selbstbetrachtungen, Tagebuchnotizen, politischen Denkschriften und seine Beiträge in der zeitgenössischen Tagespublizistik aufmerksam zu lesen, der erkennt sehr rasch, dass wir es bei ihm mit einem Musiker und Kulturpolitiker von hohen Graden zu tun haben, der mit Königen, Fürsten, Kanzlern und Ministern auf Augenhöhe verkehrte. Es ist sein bleibendes Verdienst, die kirchliche, städtische und staatliche Musikausbildung dauerhaft nach modernen Gesichtspunkten organisiert zu haben. Auch die Liebe zum Chorgesang in Liedertafeln und Gesangsvereinen ist seinem steten Bemühen zu danken. Wahrscheinlich war es gerade diese ungeheure Energie, der unermüdliche, rastlose Einsatz für die Musik und die Musikausbildung und die aktive Teilnahme am Leben der Residenz- und Großstadt Berlin, die Goethe so sehr faszinierte und zu dem Freund hinzog. Wenn die Tüchtigkeit sich aus der Welt verlöre, so könne man sie durch Zelter wieder herstellen, so urteilte er schon 1805 über den Freund.[64] Obwohl es ja Goethes eigene Entscheidung war, Zelter in Berlin nicht zu besuchen, kann man aus seinen Briefen an den Berliner Freund ab und an durchaus Neid über dessen aktives Leben und Wirken in der pulsierenden preußischen Hauptstadt herauslesen:

> Lebe wohl, und gedenke Deines Freundes im stillen Parke bei Weimar, <der,> indessen Du in Prachtherrlichkeit, Trommelrausch und Getümmelwoge der Königstadt Dich umtreibst und umgetrieben wirst, sich durch Tätigkeit gegen das zu Tuende wehrt und fast abmüdet.[65]

In ähnlicher Weise äußerte er sich zwei Jahre später, als er Zelter dafür dankte, dass dieser ihm das lebendige Berliner Treiben als Schattenspiel durch seine Einsiedelei führe, da er kaum sein kleines Hinterzimmer verlasse.[66] Noch in einem seiner letzten Briefe drängte er den Freund: „Fahre fort mitzuteilen was Du gewahr wirst und was Du denkst und überzeuge Dich daß Du uns und andern einen Schatz sammelst."[67]

---

[64] Zitiert nach: Briefwechsel zwischen Goethe und Zelter (Anm. 43), Bd. 3, S. 46f.
[65] Briefwechsel zwischen Goethe und Zelter (Anm. 20), Bd. 2, S. 1116f., hier S. 1117.
[66] Vgl. ebd. S. 1384-1386, hier S. 1384.
[67] Ebd., S. 1616f., hier S. 1617.

Goethe war die wichtigste, beileibe aber nicht die einzige Persönlichkeit, mit der Zelter über Jahre hinweg korrespondierte. Briefwechsel pflegte er mit Schiller, Humboldt, Beethoven und Haydn ebenso wie mit F. H. Jacobi, Spontini, Voß, den Familien Mendelssohn und (Meyer)Beer oder den Brüdern Boisserée und Schlegel, um nur einige zu nennen. Die herausragenden Persönlichkeiten seiner Zeit, mit denen er darüber hinaus in engem persönlichen Kontakt stand, sind Legion. Zelter allein als Brieffreund Goethes wahrzunehmen, würde seinem Lebenswerk nicht gerecht werden. Beethoven hat Zelter den Ehrentitel eines „wackeren Aufrechterhalter[s] der wahren Kunst" verliehen.[68] Diesem Titel und Beethovens Urteil sollten wir vertrauen.

---

[68] Ludwig van Beethoven: Brief an Ludwig Rellstab vom 3. Mai 1825. In: ders.: Briefwechsel. Gesamtausgabe. Im Auftrag des Beethoven-Hauses Bonn hg. von Siegfried Brandenburg. Bd. 6: 1825-1827. München 1996, S. 58.

„Aus der Jugendzeit klingt ein Lied ..."

Rückerts Schwalbenlied und seine populäre Rezeption

von

Karin Vorderstemann

I. Rückert und das Volkslied

Friedrich Rückert gehört heute zu den Dichtern, die außerhalb der Germanistik und Orientalistik vor allem noch dadurch bekannt sind, dass berühmte Komponisten ihre Texte vertont haben. Prominente Beispiele sind Franz Schuberts Komposition zu *Ich liebe dich*, Robert Schumanns *Widmung* und natürlich die *Kindertotenlieder* von Gustav Mahler. Weitere ließen sich anfügen, denn Rückert gehört „neben Goethe, Eichendorff, Heine und Mörike in den Kreis der meistvertonten Dichter deutscher Sprache".[1] Weniger bekannt ist heute, dass viele von Rückerts Gedichten schnell volkstümlich wurden und der Dichter seinen Zeitgenossen und den folgenden Generationen als Verfasser von Volks- und Kinderliedern bekannt war. Ins allgemeine Liedgut gingen dabei vor allem Texte ein, die für das Volkslied topische Themen wie Abschied, Sehnsucht nach dem Verlorenen, Sagen und Märchen sowie Ereignisse aus dem Jahreskreis behandeln. Die „Bevorzugung jener Rückert-Texte, die den gesamten Bereich sogenannter Biedermeierlyrik umfaßt, in der das politische Moment, wenn überhaupt, eine untergeordnete Rolle spielt",[2] lässt sich demnach auch bei denjenigen Liedern Rückerts konstatieren, die volkstümlich wurden.

Begünstigt wurde die Popularisierung Rückerts durch die Aufnahme ausgewählter Lieder in Gedichtsammlungen, Lesebücher,[3] Schul- und Vereinsliederbücher und „die zahlreichen Arrangements, namentlich für Männerchor",[4] durch die Rückert-Lieder Teil des aktiven Repertoires

---

[1] Friedhelm Brusniak: „Dein Wort ist deutsche Melodie". Zur Verehrung Friedrich Rückerts durch die deutschen Sänger anläßlich des 75. Geburtstages 1863. In: Neues Musikwissenschaftliches Jahrbuch 4 (1995), S. 109-121, hier S. 109.

[2] Ebd., S. 110.

[3] Vgl. Helmut Prang: Friedrich Rückert. Geist und Form der Sprache. Schweinfurt 1963 (Veröffentlichungen des Förderkreises der Rückert-Forschung), S. 316.

[4] Brusniak, „Dein Wort ist deutsche Melodie" (Anm. 1), S. 110.

wurden und z. T. bis heute geblieben sind. Von den insgesamt 500 in Musik gesetzten Gedichten bzw. 1.938 Vertonungen, die von 841 Komponisten des 19. und 20. Jahrhunderts stammen[5] – drei weitere Vertonungen von *Aus der Jugendzeit* sowie ein Hinweis auf eine vierte kamen im Zuge der Recherchen zu diesem Beitrag hinzu –, finden sich 32 in der Lieddatenbank der Österreichischen Volksliedwerke und den Beständen des Deutschen Volksliedarchivs Freiburg.[6] Dass eine umfassende Untersuchung dieses umfangreichen Korpus im Rahmen dieses Beitrags nicht geleistet werden kann, liegt auf der Hand. Daher werden hier exemplarisch Rückerts bekanntestes Lied *Aus der Jugendzeit* und seine Wirkungsgeschichte präsentiert, während die übrigen Volkslieder nach Rückert-Texten lediglich im Anhang aufgeführt werden.

II. Rückerts Schwalbenlied

1. Aus der Jugendzeit: *Entstehung, Vorlagen und Vertonungen*

Aus der Jugendzeit ist das am häufigsten vertonte Lied Rückerts. Gernot und Stefan Demel führen in ihrem *Verzeichnis der Rückert-Vertonungen* zwar nur 64 Kompositionen auf, während sie für *Ich liebe dich* 66 Vertonungen nachweisen.[7] Neben den dort aufgeführten Komponisten haben aber auch R. Abt, Ferdinand Oskar Leu, Valentin Strebel und E. Braun Rückerts Verse in Musik gesetzt,[8] so dass sich 68 Kompositionen nach-

---

5 Vgl. Gernot Demel/Stefan Demel: Verzeichnis der Rückert-Vertonungen. In: Jürgen Erdmann (Hg.): 200 Jahre Friedrich Rückert. 1788-1866. Dichter und Gelehrter. Katalog der Ausstellung. Coburg 1988, S. 417-548, hier S. 418a und 419a.

6 Eine Liste der Volkslieder nach Rückert-Gedichten findet sich im Anhang. Den Mitarbeitern des Österreichischen Volksliedwerks, die mir Reproduktionen ihrer Archivbestände zukommen ließen, sei an dieser Stelle herzlich gedankt, ebenso Gerhard König vom Archiv der Patenschaft für das Ostdeutsche Lied der Stadt Wetzlar und Hubertus Schendel, Kanada, die mir großzügigerweise zahlreiche Lieddrucke zur Verfügung stellten. Den Mitarbeitern des Deutschen Volksliedarchivs Freiburg, namentlich Barbara Boock, Dr. Eckhard John, Dr. Waldtraud Linder-Beroud und Dr. Tobias Widmaier, danke ich für Geduld, Hilfe und zahllose wertvolle Hinweise.

7 Vgl. Demel, Verzeichnis der Rückert-Vertonungen (Anm. 5), S. 418a.

8 Zur Vertonung von R. Abt vgl. Lieder zur Gitarre. Wandervogel-Album. Hg. von Adolf Häseler. Bd. 2. Hamburg: Domkowsky & Co., [um 1914], S. 34f.; Neues Wandervogel-Album. Hg. von Adolf Häseler. Bd. 2. Hamburg: Domkowsky & Co., [o. J.], S. 12f.; Das Mandolinenbuch. Eine Liedersammlung für Mandoline ein- und zweistimmig (oder für Gesang) mit vollständigen Texten. Hg. von W. Altner. 8. Aufl. Leipzig: Gebauer, [1925], S. 268f. Die Komposition

weisen lassen. Die enorme Popularität, die sich in der Anzahl der Vertonungen und deren Arrangements für Frauen-, Männer- sowie gemischten Chor manifestiert, scheint die Perspektive selbst der Fachgelehrten beeinflusst zu haben, denn in der einschlägigen Forschungsliteratur wird die Entstehungsgeschichte des Liedes mit Blick auf seinen großen und dauerhaften Erfolg verklärend dargestellt.

Bekannt ist dazu wenig genug. Das Gedicht entstand während Rückerts Romaufenthalt (Oktober 1817 bis Februar 1819). Erschienen ist es mehr als ein Jahrzehnt später im *Musenalmanach für das Jahr 1831*.[9] Die Publikationsform war für Rückert – ebenso wie für seine dichtenden Zeitgenossen – keineswegs ungewöhnlich. Musenalmanache waren aufgrund ihres handlichen Formats und ihrer bibliophilen Ausstattung vor allem beim weiblichen Lesepublikum beliebt. Eine Veröffentlichung in diesem Forum war daher durchaus attraktiv, und Rückert ließ „in den Jahren von 1813 bis zu seinem Tode im Jahre 1866 mehr als 2150 [Gedichte] in diesen ‚Büchelchen' publizieren. Wie unschwer zu erkennen ist, lag dabei der Schwerpunkt auf den Jahren 1816/1817 bis Ende der dreißiger Jahre."[10] Neben einem sicheren Honorar garantierte das populäre Medium eine weite Verbreitung der darin enthaltenen Beiträge. Dass *Aus der Jugendzeit* so häufig vertont wurde, dürfte auch auf die Publikation des Gedichts in einem ausgesprochen beliebten Organ zurückzuführen sein.

Rückert hat sich weder dort noch später zur Entstehungsgeschichte und Motivation seiner so wenig römischen Verse geäußert. Dieser Mangel wird in der Sekundärliteratur reichlich wettgemacht. So schwärmt das 1930 von Franz Josef Ewens herausgegebene *Deutsche Sängerbuch*: „Am liebsten träumte Rückert von seiner glücklichen Jugendzeit in Oberlauringen, der prächtigen Mainlandschaft, wo er der fröhliche ‚Dorfamtmannssohn' war. Solch eine selige Traumstunde schenkte dem

---

des Zürchers Ferdinand Oskar Leu findet sich im *Liederbuch für gemischten Chor* (Hg. vom Schweizerischen Gemischten Chor-Verbande unter Redaktion von Felix Pfirstinger. Zürich/Leipzig: Hug, [1914], S. 250f., Nr. 103). Die Vertonung von Valentin Strebel ist in der von Philipp Wackernagel hg. Sammlung *Trösteinsamkeit in Liedern* (Vierte, vermehrte Auflage, erste mit Noten versehene. Frankfurt/Main: Heyder & Zimmer, 1867, S. 113f.) abgedruckt. E. Braun wird im *Freiburger Taschenliederbuch* (Freiburg: Herder, [1897]) als Komponist genannt (S. 23), seine Version ist allerdings verschollen.

9   Musenalmanach für das Jahr 1831. Hg. von Amadeus Wendt. 2. Jg. Leipzig: Weidmann, 1831, S. 182-184.

10   Rudolf Kreutner: Friedrich Rückert und der Almanach. In: „O sehet her! die allerliebsten Dingerchen ...". Friedrich Rückert und der Almanach. Ausstellungskatalog. Würzburg 2000 (Rückert zu Ehren, 10; Veröfflichungen des Stadtarchivs Schweinfurt, 15), S. 63-65, hier S. 63a.

Dichter 1830 das unübertreffliche Lied von der *Jugendzeit*."[11] Die falsche, vermutlich am Erstdruck orientierte Datierung legt die Vermutung nahe, dass der Autor dieser Zeilen nicht wusste, wann und wo das Gedicht entstanden war. Trotzdem ist seine Darstellung ein typisches Beispiel für die sentimentalisierende Deutung der Entstehungsgeschichte, die sämtliche einschlägigen Werke auszeichnet. Auch der Rückert-Biograph Helmut Prang, dem die mageren Fakten bestens bekannt gewesen sein dürften, malt den Entstehungskontext in leuchtenden Farben:

> Bei einem Besuch *An Blandusia's* [sic!] *Quelle* gedenkt er ,Hinten im Sabiner- land' nicht nur Horazens, sondern auch der fränkischen Heimat. Daher ver- dient es besonders beachtet und festgehalten zu werden, daß Rückerts berühm- tes Lied *Aus der Jugendzeit* gerade in Italien entstanden ist! Die römische Ge- genwart nahm ihn keineswegs so vollauf gefangen, daß nicht Gefühle der Sehnsucht nach Vergangenheit und heimatlicher Ferne Raum gehabt hätten.[12]

Heimweh attestiert Rückert auch Martha Elisabeth Schilling,[13] während Friedrich Schilling das lyrische Ich des Schwalbenlieds mit seinem Dich- ter identifiziert und *Aus der Jugendzeit* als „sehr persönliches Erinne- rungsgedicht, gewachsen aus den Schmerzen jugendlicher Geschicke", liest.[14] Werner A. Widmann schließlich vermutet in seiner eher popu- lärwissenschaftlichen Monographie *Auf Rückerts Wegen. Eine Art Wander- buch durch Leben und Schaffen des Dichters und Gelehrten Friedrich Rückert* als Motivation des Gedichts sogar eine Art frühe Midlife-Crisis: „In Rom oder in den Albaner Bergen hat Friedrich Rückert seinen dreißigsten Geburtstag gefeiert. Vielleicht mag ihn der Gedanke, daß nun damit des Lebens Zenit überschritten sein könnte, wehmütig gemacht und ausge- rechnet im sonnigen Süden ihn zu einem seiner bekanntesten, später von Robert Radecke vertonten, Gedichte veranlaßt haben":[15]

---

11 Das deutsche Sängerbuch. Wesen und Wirken des Deutschen Sängerbundes in Vergangenheit und Gegenwart. Eingel. von Karl Hammerschmidt. Hg. von Franz Josef Ewens unter Benutzung des amtlichen Materials des Deutschen Sängerbundes. Karlsruhe/Dortmund: Schille, 1930, S. 282.

12 Prang, Rückert (Anm. 3), S. 74f.

13 Martha Elisabeth Schilling: Unsern Schwalben zum Gruß. Schnelle Heimkehr in den Frühling. In: Fränkischer Heimatkalender 1973. Coburg Stadt und Land. Coburg 1973, S. 93-96, hier S. 95.

14 Friedrich Schilling: Artium Laterna Coburgensis. Vom Widerschein deutschen Geistes in Coburg. Die Rückertfrage im Spiegel des Schwalbenliedes. In: Co- burger Tageblatt, Nr. 72, 25. Juni 1951, S. 3.

15 Werner A. Widmann: Auf Rückerts Wegen. Eine Art Wanderbuch durch Leben und Schaffen des Dichters und Gelehrten Friedrich Rückert. Würzburg 1988, S. 97b-98a.

Aus der Jugendzeit.

Aus der Jugendzeit, aus der Jugendzeit,
Klingt ein Lied mir immerdar;
O wie liegt so weit, o wie liegt so weit,
Was mein einst war!

Was die Schwalbe sang, was die Schwalbe sang,
Die den Herbst und Frühling bringt;
Ob das Dorf entlang, ob das Dorf entlang,
Das jetzt noch klingt?

„Als ich Abschied nahm, als ich Abschied nahm,
Waren Kisten und Kasten schwer;
Als ich wieder kam, als ich wieder kam,
War alles leer."

O du Kindermund, o du Kindermund,
Unbewußter Weisheit froh,
Vogelsprachekund, vogelsprachekund
Wie Salomo!

O du Heimatflur, o du Heimatflur,
Laß zu deinem heil'gen Raum
Mich noch einmal nur, mich noch einmal nur
Entfliehn im Traum!

Als ich Abschied nahm, als ich Abschied nahm,
War die Welt mir voll so sehr;
Als ich wieder kam, als ich wieder kam,
War alles leer.

Wohl die Schwalbe kehrt, wohl die Schwalbe kehrt,
Und der leere Kasten schwoll;
Ist das Herz geleert, ist das Herz geleert,
Wird's nie mehr voll.

Keine Schwalbe bringt, keine Schwalbe bringt
Dir zurück, wonach du weinst;
Doch die Schwalbe singt, doch die Schwalbe singt
Im Dorf wie einst:

„Als ich Abschied nahm, als ich Abschied nahm,
Waren Kisten und Kasten schwer;
Als ich wieder kam, als ich wieder kam,
War alles leer."[16]

---

[16] Zitiert nach dem Erstdruck im Wendt'schen Musenalmanach (Anm. 9). In den
Werkausgaben steht *Aus der Jugendzeit* in der Rubrik „Italienische Gedichte" (vgl.
Friedrich Rückerts gesammelte Poetische Werke in zwölf Bänden. Bd. 5: Wande-
rung. Frankfurt: Sauerländer, 1868, S. 29f.; Friedrich Rückerts Werke in sechs
Bänden. Hg. von Conrad Beyer. Bd. 1, 1. Abt.: Lyrik. Leipzig: Hess, 1900,

Formal und inhaltlich scheint das Gedicht auf den ersten Blick anspruchslos zu sein. Neben der wechselnden Länge der einzelnen Verse – die erste und dritte Zeile bestehen aus trochäischen Sechshebern, die zweite aus trochäischen Vierhebern, die vierte aus nur zwei Trochäen und bildet so in Verbindung mit den stets männlichen Kadenzen einen markanten Schluss – fällt nur die Wiederholung der Halbzeilen in der ersten und dritten Zeile sowie die Wiederholung der dritten Strophe auf, die in der fünften Strophe variiert wird und auch die Schlussstrophe bildet. Schon früh war bekannt, dass Rückert sich hier wie auch bei der Strophenform von einem Kinderreim inspirieren ließ, den er möglicherweise aus seiner eigenen Jugend kannte:

wenn ich wegzieh, wenn ich wegzieh,
sind Kisten und Kasten voll!
wann ich wieder komm, wann ich wieder komm,
ist alles verzehrt!

Jacob Grimm, der den „Schwalben-Spruch" in seiner Sammlung *Altdeutsche Wälder* zitiert, merkt an, dass dieser aus mündlicher Überlieferung stammende Vers den Gesang der Schwalben nachahme, „das letzte Wort wird gezogen".[17] Der Verweis auf den hier wiedergegebenen Kin-

---

S. 148f.; Friedrich Rückert: Gedichte von Rom und andere Texte der Jahre 1817-1818. Bearb. von Claudia Wiener. Göttingen: Wallstein, S. 342f., 648 und 651 [Schweinfurter Edition]). Vermutlich nach seinem 75. Geburtstag am 16. Mai 1863 hat Rückert, durch einen unbekannten Korrespondenten angeregt, das Schwalbenlied um drei weitere Strophen ergänzt, die 1975 aus seinem Nachlass publiziert wurden:
Als ich Abschied nahm, als ich Abschied nahm
Von der lieben alten Flur,
Sang ich ohne Gram, sang ich ohne Gram,
Und leiser nur.
Berg und Tal entlang, Berg und Tal entlang
Bleib, o Nachhall, immerdar,
Zeuge, mein Gesang, zeuge mein Gesang,
Daß ich da war.
Komm' ich wieder dann, komm' ich wieder dann,
Find' ich meinen Nachhall noch,
Hebe wieder an, hebe wieder an,
Viel lauter doch.
(Zitiert nach: Rüdiger Rückert: Die letzten Strophen zu Rückerts Schwalbenlied. In: Miscellanea Suiunfurtensia Historica IV, S. 218-220, hier S. 218.)

[17] Altdeutsche Wälder. Hg. durch die Brüder Grimm. Bd. 2. Cassel: Thurneissen, 1815, S. 88. Der Verweis auf den hier wiedergegebenen Schwalbenspruch findet sich bereits in der ersten Liedersammlung, in die *Aus der Jugendzeit* aufgenommen wurde, Friedrich Karl Freiherr von Erlachs *Volkslieder der Deutschen* (s. die folgende Anm.).

derreim findet sich bereits in der ersten Liedersammlung, in die *Aus der Jugendzeit* aufgenommen wurde, Friedrich Karl Freiherr von Erlachs *Volkslieder der Deutschen.*[18] Auch in Karl Simrocks *Deutschem Kinderbuch* ist der Schwalbenspruch abgedruckt,[19] ebenso in Franz Magnus Böhmes Sammlung *Deutsches Kinderlied und Kinderspiel*, in der Belege aus verschiedenen Dialektgebieten zitiert werden.[20] Einen etwas kuriosen Beleg für die Verbreitung des Schwalbenspruchs im deutschen Sprachraum hat Wilhelm Scheuermann erbracht. Ihm zufolge war Rückert „ein sachverständiger Pfleger von Stubenvögeln. Als solcher kannte er aber auch, was sich übrigens aus seinen Schriften auch direkt beweisen läßt, das vor Bechstein und Brehm für Vogelliebhaber alleinmaßgebende Werk, Johann Friedrich Naumanns Naturgeschichte der Vögel Deutschlands. Bei Naumann finden sich nun, Jahrzehnte also, bevor Rückerts Gedicht entstand, folgende Schwalben-Kinderreime gedruckt:

> Ich wollte meinen Kittel flicken und hatte keinen Zwerrn,
> Hatte nur ein kurzes Endchen, da mußt' ich lange zerrn!
> Da ich fortzog,
> Waren alle Kisten und Kasten voll,
> Als ich wieder kam,
> War alles wüst und leerrr!

Naumann fügt hinzu, daß diese alten Liedchen in seiner Thüringer Heimat so von den Kindern gesungen wurden, daß die entsprechenden Endreime geschnarrt wurden, womit der Schluß des Gesangs der Rauch-

---

18 Die Volkslieder der Deutschen. Eine vollständige Sammlung der vorzüglichsten deutschen Volkslieder von der Mitte des fünfzehnten bis in die erste Hälfte des neunzehnten Jahrhunderts. Hg. und mit den nöthigen Bemerkungen und Hinweisen versehen, wo die verschiedenen Lieder aufgefunden werden können, durch Friedrich Karl Freiherrn von Erlach. Bd. 5, Mannheim: Hoff, 1836, S. 335, Nr. 98.

19 Das deutsche Kinderbuch. Altherkömmliche Reime, Lieder, Erzählungen, Uebungen, Räthsel und Scherze für Kinder. Gesammelt von Karl Simrock. Frankfurt am Main: Brönner, 1848, S. 136, Nr. 367. Simrock zitiert zudem einen weiteren, inhaltlich verwandten Schwalbenspruch (S. 136, Nr. 368), der aber formal deutlich von Rückerts Gedicht abweicht und als Vorlage daher nicht in Frage kommt.

20 Böhme führt Beispiele aus Oberschlesien, Thüringen, Westfalen, dem Lippischen Land, Bremen, Hessen und Oberbayern an. Vgl. Deutsches Kinderlied und Kinderspiel. Volksüberlieferungen aus allen Landen deutscher Zunge, gesammelt, geordnet und mit Angabe der Quellen, erläuternden Anmerkungen und den zugehörigen Melodien hg. von Franz Magnus Böhme. Leipzig: Breitkopf & Härtel, 1897, S. 218f.

schwalbe sehr gut wiedergegeben werde".[21] Naumanns umfangreiches
Werk erschien erst nach Rückerts Romaufenthalt zwischen 1822 und
1866. Dass es dem Dichter als Inspirationsquelle diente, kann damit
zumindest in diesem Fall ausgeschlossen werden. Die weite Verbreitung
des Schwalbenspruchs, die in den volks- und vogelkundlichen Publikationen des 19. Jahrhunderts dokumentiert wird, lässt aber vermuten,
dass Rückert diesen tatsächlich aus seiner Jugendzeit kannte. Die Apostrophe des „Kindermundes" dient damit der intertextuellen Markie-
rung des Gedichts, wobei der darin zitierte Schwalbenspruch gleichzeitig
als Vogelgesang und Kindervers ausgewiesen wird. Das Attribut „vogelsprachekund" (IV, 3) dürfte auf die von Grimm und Naumann betonte
Nachahmung des Schwalbengesangs im Kinderlied zurückzuführen
sein, während Rückert die Anspielung auf den biblischen König Salomo
„aus der Überlieferung des Alten Testaments, wenigstens mittelbar, ge-
schöpft hat. Dort werden König Salomo (1. Buch der Könige V. 9-14
und Weisheit Kap. 7 V. 17-21 – der König überdies mit dem Beinamen
Jedidja = ‚Jahwe freut sich') übernatürliche Gaben nachgesagt. Der
Volksmund hat diesen Ruhm weitergesponnen und ihm Kenntnis der
Vogelsprache zugeschrieben."[22]

Bei dem Gedicht handelt es sich um eine poetische Reflexion eines
lyrischen Ichs über die vergangene, weit zurückliegende Jugendzeit und
zugleich um eine Variation über das Thema Dauer und Wechsel, das
auch dem ursprünglichen Schwalbenspruch zugrundeliegt. So wird bereits in der ersten Strophe das „immerdar" klingende Lied mit der verlorenen Jugend kontrastiert. Auf die Frage, ob der Schwalbengesang – ein
wiederkehrendes Ereignis im Jahreskreis und damit ein Symbol des
Dauernden – noch immer die Dorfstraße entlangklinge, folgt der Gesang der Schwalbe, die wie das lyrische Ich einen Verlust beklagt: „als
ich wieder kam, / war alles leer" (III,3-4). Auch in den folgenden Strophen wird mit der oben erläuterten Apostrophe an den „Kindermund"
und die „Heimatflur" das Verlorene heraufbeschworen. Die zentrale
Evokation dieses „heil'gen Raum[es]" (V,2) leitet über zu einer Variante
des Schwalbenspruchs, in dem nun das lyrische Ich seine Verlusterfahrungen zum Ausdruck bringt. Wirkungsvoll wird dabei das erst volle,
dann leere Herz des Sprechers mit den Vorratskisten verglichen, die im
Herbst voll, im Frühjahr aber leer sind. Während die leeren Kisten nach

---

[21] Wilhelm Scheuermann: Rückerts Schwalbenlied. Ein Zufall erklärt eine unver-
ständliche Stelle. In: Unterhaltungsbeilage zur Deutschen Tageszeitung, 19. Oktober 1931, Beiblatt.

[22] Schilling, Unsern Schwalben zum Gruß, S. 95.

der Wiederkehr der Schwalben wieder gefüllt werden, bleibt dem lyrischen Ich, der hier zum Repräsentanten der Menschen schlechthin wird,
diese Regeneration versagt: „ist das Herz geleert, / Wird's nicht mehr
voll." Trotzdem endet das Gedicht nicht in Verzweiflung. Zwar werden
auch in den letzten Strophen die Wechselhaftigkeit, die Verluste und die
Trauer des menschlichen Daseins mit der zyklischen Wiederkehr der
Schwalben kontrastiert, das Resultat dieser Gegenüberstellung ist jedoch
verhalten positiv. In der vorletzten Strophe erscheint der Wechsel als
notwendiger Kontrast zur Dauer, wobei gerade in dem von der Schwalbe abschließend besungenen immer gleichen Spiel von Dauer und
Wechsel eine tröstliche Konstanz liegt. Die große Beliebtheit des Liedes
dürfte auch in diesem versöhnlichen Schluss begründet sein, der im Zuge der bei der Popularisierung von literarischen Texten üblichen Sentimentalisierung im Volkslied besonders hervorgehoben wurde.

Der (volks-)liedhafte Charakter des Gedichts wurde von den Zeitgenossen früh erkannt. Einer der ersten war Eduard Mörike, der das Gedicht am
2. April 1831 in einem Brief an Friedrich Theodor Vischer mit diesen
Worten kommentierte: „Wirds nicht gleich zur Musik, wie's einem nur auf
die Lippen kommt? Es hat sich mir auf der Stelle eine Melodie dazu ge-
bildet, die ich gar nicht mehr los werde und die drum nicht origineller
sein könnte."[23] Wie diese klang, ist nicht überliefert. Bekannt wurde *Aus
der Jugendzeit* vor allem in der Vertonung von Robert Radecke (op. 22, Nr.
1, 1859), welche die Fassung von Conradin Kreutzer (XXII, Nr. 1, 1831)

---

[23] Eduard Mörike: Brief an Friedrich Theodor Vischer. Nürtingen, 8. Februar, und
Owen, 2. April 1831. In: Eduard Mörike: Werke und Briefe. Bd. 11: Briefe
1829-1832. Hg. von Hans-Ulrich Simon, Stuttgart 1985, S. 194 (Brief Nr. 83).
Mörike hat das Gedicht später noch einmal mit der Überschrift „Lieblichstes
Lied v. Fr. Rückert" aus dem Gedächtnis niedergeschrieben und dabei ab Stro-
phe 4 unbewusst bearbeitet:
O du Heimathflur, o du Heimathflur
Wo so golden Träume wehn!
Dürft' ich einmal nur, dürft' ich einmal nur
Dich wiedersehn.
O du Kindermund, o du Kindermund!
Unbewußter Weisheit froh.
Vogelsprachekund, vogelsprachekund
Wie Salomo!
Als ich Abschied nahm, als ich Abschied nahm,
War das Herz so reich, so warm!
Als ich wiederkam, als ich wiederkam,
Wie war ich arm!
(Handschrift Mörikes im Deutschen Literaturarchiv Marbach, zitiert nach: Rü-
ckert, Gedichte von Rom Anm. 16), S. 651.

weitgehend verdrängte[24] und nur gelegentlich durch eine auch als Frauen- und Männerchor populäre Komposition von Moritz Hauptmann (op. 49, Nr. 6, vor 1863) ersetzt wurde. Radeckes musikalische Deutung ist nicht unumstritten. Während das bereits zitierte *Deutsche Sängerbuch* sie als „ebenbürtige Vertonung"[25] würdigt, bezeichnet der Rückert-Biograph Helmut Prang sie leicht abwertend als „sentimental-angemessene Komposition"[26]. Differenzierter äußert sich Friedrich Schilling in einem Beitrag für das *Coburger Tageblatt* vom 25. Juni 1951. Schilling unterscheidet zwischen dem Gedicht und der „überdeckenden Weise, die der Schlesier Robert Radecke (1830-1911) im mäßigen Walzertakt zu dem zwar besinnlichen, aber in einem wesentlich anderen Schrittmaß bewegten mehrstrophigen Gedicht geschrieben hat" und billigt dabei dem Gedicht deutlich mehr Gehalt zu als seiner Vertonung.[27] In der populären Rezeption sind Text und Komposition jedoch untrennbar verbunden, wobei die gerade wegen ihrer Sentimentalität und ihres Walzertakts eingängige Melodie keine geringe Rolle gespielt haben dürfte.

Der Übergang ins Volkslied erfolgte bald nach der Erstpublikation des Gedichts. Dabei ist bemerkenswert, dass *Aus der Jugendzeit*, anders als viele andere „Kunstlieder im Volksmund",[28] gewissermaßen als Volkslied sanktioniert wurde. Bereits 1836, nur fünf Jahre nach dem Erstdruck und lange bevor das Gedicht in Roberts Radeckes Vertonung zum Gassenhauer wurde, nahm Friedrich Karl Freiherr von Erlach *Aus der Jugendzeit* in seine oben erwähnte Sammlung *Die Volkslieder der Deutschen* auf. Die Integration dieses recht neuen und vermutlich noch nicht volkstümlich gewordenen Lieds dürfte z. T. auf das darin verarbeitete und von Erlach nachgewiesene Kinderlied zurückgehen, z. T. aber auch auf die bereits von Mörike erkannte Musikalität des Texts und dessen liedhaft-schlichte Sprache.

---

[24] Vgl. Unsere volkstümlichen Lieder. Von Hoffmann von Fallersleben. 4. Aufl., hg. und neu bearb. von Karl Hermann Prahl. Leipzig: Engelmann 1900, S. 24, Nr. 104.

[25] Das deutsche Sängerbuch (Anm. 11), S. 282.

[26] Prang, Rückert (Anm. 3), S. 317.

[27] Schilling, Artium Laterna Coburgensis (Anm. 14), S. 3.

[28] Der Begriff ‚Kunstlieder im Volksmund' wurde von John Meier geprägt (vgl. ders.: Kunstlieder im Volksmunde. Materialien und Untersuchungen. Halle a. d. Saale 1906.). Waltraud Linder-Beroud definiert diese Liedgattung folgendermaßen: „Unter *Kunstlied im Volksmund* versteht man gemeinhin das Kunstlied/ -gedicht des 17. bis 19. Jahrhunderts bzw. das volkstümliche Kunstlied des 18. und 19. Jahrhunderts". (dies.: Von der Mündlichkeit zur Schriftlichkeit? Untersuchungen zur Interdependenz von Individualdichtung und Kollektivlied. Frankfurt am Main/Bern/New York/Paris 1989 [Artes Populares. Studia Ethnographica et Folkloristica, 18], S. 91).

1839 fand das Schwalbenlied, sicher auch wegen des Rückgriffs auf den Schwalbenspruch, Eingang in die von H. Kletke herausgegebene Liedersammlung *Deutscher Kinderschatz*, die in zweiter Auflage 1841 unter dem Titel *Lieder für die Kinderstube* bei Morin in Berlin erschien. Während diese frühen Drucke lediglich den Text bieten, enthält die 1867 von Philipp Wackernagel unter dem Titel *Trösteinsamkeit in Liedern* herausgegebene Liedersammlung in der vierten, erstmals mit Noten versehenen Auflage eine Vertonung von Valentin Strebel.[29] Diese scheint jedoch keine größere Wirkung erzielt zu haben. Erfolgreicher war die in dem vier Jahre vorher erschienenen Liederbuch des Universitäts-Sängervereins zu St. Pauli in Leipzig, *Vivat Paulus!*[30] enthaltene Komposition von Moritz Hauptmann, die sich verschiedentlich in Chorliederbüchern findet.

Daneben waren die musikalischen Fassungen von Julius Stern[31] und Ludwig Erk[32] präsent, später auch die von R. Abt.[33] Ende des 19. Jahr-

---

29 Trösteinsamkeit in Liedern, ges. von Philipp Wackernagel. Vierte verm. Aufl., erste mit Noten versehene. Frankfurt a. M.: Heyder & Zimmer, 1867, S. 113f.

30 Gustav Hausmann: Vivat Paulus! Liederbuch des Universitäts-Sängervereins zu St. Pauli. Leipzig: Langer, 1863, S. 110f. Eine Edition dieses Drucks findet sich im online publizierten Historisch-kritischen Liederlexikon des Deutschen Volksliedarchivs Freiburg (Karin Vorderstemann: Aus der Jugendzeit (2009). In: Populäre und traditionelle Lieder. Historisch-kritisches Liederlexikon. URL: http://www.liederlexikon.de/lieder/aus_der_jugendzeit/).

31 Vgl. Unsere Lieder. Hg. von Dr. Wichern. 5. Aufl. Hamburg: Agentur des Rauhen Hauses, 1877, S. 192f., Nr. 193; Von der Wiege bis zum Grabe. Liederhort für das deutsche Haus. Die edelsten deutschen Volks- und volksmäßigen Lieder gesammelt und geordnet von Dr. Otto Rentsch. Frankfurt a. O.: Trowitzsch & Sohn, 1887, S. 3f., Nr. 1. Rückerts Schwalbenlied eröffnet hier die Abteilung „Kindheit und Jugend" und zugleich das Liederbuch. Ein vergleichsweise später Druck von Sterns Vertonung findet sich in der von J. J. Schäublin herausgegebenen Sammlung *Lieder für Jung und Alt* (Basel/Leipzig: Reich, [111]1913, S. 144f., Nr. 112).

32 Vgl. Liederbuch des Deutschen Volkes. Hg. von Carl Hase, Felix Dahn und Carl Reinecke. Neue Auflage. Leipzig: Breitkopf & Härtel, 1883, S. 279, Nr. 427; Erk's Deutscher Liederschatz. Eine Auswahl der beliebtesten Volks-, Vaterlands-, Soldaten-, Jäger und Studenten-Lieder für eine Singstimme mit Pianofortebegleitung. Die Texte und Melodien revidirt und auf deren Quellen zurückgeführt von Ludwig Erk. Leipzig: Peters, [um 1890], S. 9; Niedersächsisches Volksliederbuch. Hg. in Verbindung mit Vereinen für die männliche Jugend und mit Frauen- und Arbeiter- und Arbeiterinnenvereinen vom Komitee für die weibliche Jugend. Hannover: Selbstverlag des Komitees für die weibliche Jugend des Landesvereins hannoverscher Jungfrauenvereine e. V., 1914, S. 298, Nr. 471; Ein immer fröhlich Herz. Liederbuch für evangelische Vereine. Hg. vom Evangelischen Reichsverband weiblicher Jugend. Berlin: Burckhardthaus-Verlag, 1930, Nr. 387 [unpag.].

33 Vgl. Anm. 8.

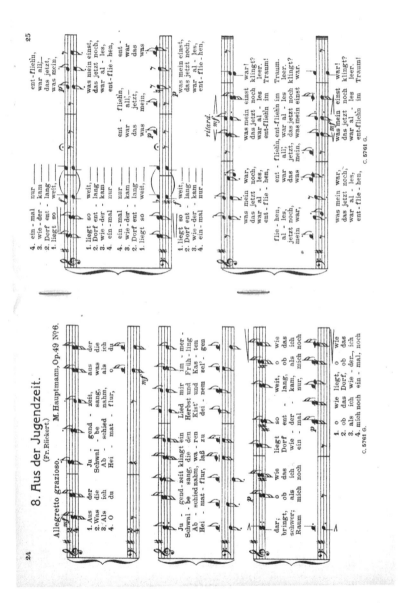

Abb. 1: Vertonung von Moritz Hauptmann.

hunderts hatte jedoch die Robert Radecke komponierte Melodie die übrigen Vertonungen aus dem populären Gedächtnis verdrängt.[34] Schon in der 1895 von Franz Magnus Böhme herausgegebenen Sammlung *Volksthümliche Lieder der Deutschen im 18. und 19. Jahrhundert* wird Radeckes Komposition als die gängige Melodie präsentiert, während die übrigen Vertonungen kaum mehr erwähnt werden.[35] In den Liederbüchern des 20. Jahrhunderts wird, wenn auf Angaben zur Melodie nicht von vornherein verzichtet wird, üblicherweise auf die Vertonung von Radecke verwiesen. Eine Ausnahme bilden nur die Chorliederbücher, in denen häufig die als Chorsatz komponierte Fassung von Moritz Hauptmann enthalten ist.[36] Gelegentlich findet sich auch die Angabe „Weisen

---

[34] Die Vertonung von Conradin Kreutzer ist in keinem der für den vorliegenden Beitrag gesichteten Liederbüchern enthalten und wird nur in Ausnahmefällen erwähnt.

[35] Volksthümliche Lieder der Deutschen im 18. und 19. Jahrhundert. Nach Wort und Weise aus alten Drucken und Handschriften, sowie aus Volksmund zusammengebracht, mit kritisch-historischen Anmerkungen versehen und hg. von Franz Magnus Böhme. Leipzig: Breitkopf & Härtel, 1895, S. 206f., Nr. 269. Dieser Befund wird durch die Angaben bei Hoffmann/Prahl (Unsere volkstümlichen Lieder, 2. Aufl. 1900, S. 24, Nr. 104) und die in den zeitgenössischen Liederbüchern enthaltenen Nachweise bestätigt. So wird in dem um 1895 in der zwanzigsten, vermehrten Auflage erschienen *Illustrierten Taschen-Liederbuch* (Eine reichhaltige Sammlung der beliebtesten und bekanntesten deutschen Volkslieder. Mit vielen Bildern. 20. verm. Aufl. Mülheim a. d. Ruhr: Bagel, [um 1895], S. 25, Nr. 33.) die allerdings nicht abgedruckte Vertonung Robert Radecke zugeschrieben. Auch im um 1897 gedruckten *Freiburger Taschenliederbuch* (Freiburg: Herder, [um 1897], S. 23) wird Radecke als Komponist genannt, hier noch zusammen mit E. Braun. Die Komposition von E. Braun ist allerdings verschollen. In dem um 1900 in Berlin erschienenen *Wiener Liederbuch* (Berlin: Pinkert, [um 1900], S. 77) wird nur noch Radecke erwähnt.

[36] Vgl. hierzu: Volksliederbuch für Männerchor, hg. auf Veranlassung seiner Majestät des deutschen Kaisers Wilhelm II. Partitur. 1. Band. Leipzig: Peters, [1906], S. 286-288, Nr. 129 (Das *Volksliederbuch für Männerchor* erschien zudem in einer weiteren, durch die Kommission für das deutsche Volksliederbuch hg. Auflage.); Edelsteine. Eine Sammlung von 100 Liedern für gemischten Chor bearb. und hg. von Ernst B. Mitlacher. Leipzig: Glaser, [um 1910], S. 24f., Nr. 8; Liederbuch des Deutschen Sängerbundes. Leipzig: Röder, [nach 1911], S. 106, Nr. 44; Freude die Fülle. Liederbuch der deutschen christlichen Mannesjugend. Hg. vom Reichsverband der Evangelischen Jungmännerbünde Deutschlands und verwandter Bestrebungen. Barmen: Eichenkreuz, S. 325, Nr. 383. Während dort in einer Fußnote auf Radeckes Vertonung und deren Erscheinungsort nur verwiesen wird, enthält das *Liederbuch des Deutschen Sängerbundes* neben Hauptmanns Komposition auch einen von Hermann Mohr komponierten vierstimmigen Satz von Radeckes populärer Melodie (S. 408, Nr. 144).

[36] Freude die Fülle (Anm. 35), S. 209.

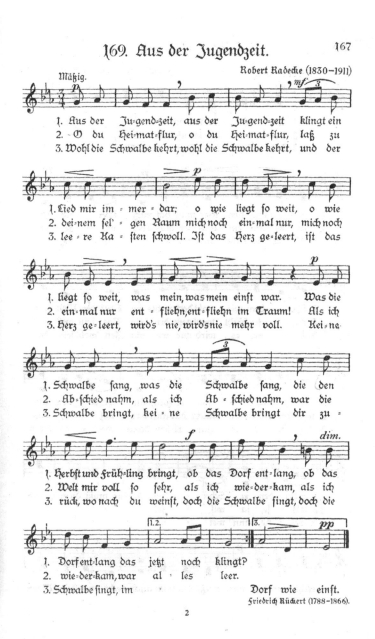

Abb. 2: Vertonung von Robert Radecke.

von K. Kreutzer, M. Hauptmann und R. Radecke".[37] Dass *Aus der Jugendzeit* in der Vertonung von Kreutzer gesungen wurde, ist angesichts der enormen Popularität von Radeckes gleichfalls erwähnter Komposition allerdings unwahrscheinlich. Auch dass Hauptmanns Vertonung erklang, ist nicht sonderlich plausibel, obwohl diese zum aktiven Repertoire von Chorsängern gehört haben dürfte. Zwar wird auch in vier weiteren, nicht explizit für Chöre bestimmten Liederbüchern[38] Hauptmann als Komponist genannt, da diese aber nur den Text des Liedes wiedergeben, kann nicht ausgeschlossen werden, dass dieser nach der bekannteren Melodie von Radecke gesungen wurde.

Der Erfolg von Radeckes Fassung ist nicht nur auf die sentimentale und eingängige Melodie und deren Arrangements[39] zurückzuführen,

---

[37] Deutsches Turn-Liederbuch. Hg. von dem Vorstand der Berliner Turnerschaft. 14. Aufl. Berlin: Kommissionsverlag Aussingers Buchhandlung (vorm. Karl Schmidt), [um 1913], S. 26, Nr. 29; Liederbuch der Freiburger Turnerschaft 1844 Freiburg im Breisgau. Zusammengestellt und hg. von A[ugust] Götz. 5. Aufl., Freiburg: Verlag und Eigentumsrecht: A. Götz, 1927, S. 65f., Nr. 93; Jugend-Liederbuch, zusammengestellt von August Albrecht. 451. bis 500. Tausend. Berlin: Arbeiterjugendverlag, 1929, S. 157f., Nr. 275. Kreutzers Vertonung wird sonst nur in der Sammlung *Jugend-Liederschatz* (Ein Gesang- und Deklamationsbuch. Hg. von C. Mosters. Düsseldorf: Generalsekretariat der katholischen Jünglingsvereinigungen Deutschlands, 1918, S. 26, Nr. 39) und der von Karl Hermann Prahl bearbeiteten Ausgabe von *Unsere volkstümlichen Lieder* (S. 24, Nr. 104) erwähnt. Vermutlich stützen die Herausgeber der betreffenden Sammlungen sich auf dieses für die Liedforschung noch heute grundlegende Nachschlagewerk.
[38] Deutsches Turn-Liederbuch (Anm. 37), S. 26, Nr. 29; Liederbuch. Eine Sammlung deutscher Lieder für alle, die in Brasilien das deutsche Lied in der Familie, in Vereinen und auf Wanderfahrten pflegen und erhalten wollen; unter besonderer Berücksichtigung der Turner und Pfadfinder zusammengestellt von J. Aloys Friedrichs. Porto Alegre: Typographia Mercantil, 1922, S. 89, Nr. 97; Heimatlieder. Bundesliederbuch für die sächs.-thür. Landsmannschaften. Zusammengestellt von Ad. Ziesche (F. A. Esche), Dresden: Schwabe, [1926], S. 87; Deutsches Wanderliederbuch für ältere Schüler höherer Lehranstalten zum Schulgebrauch auf Ausflügen hg. von F. Bennecke, 2. durch einen Nachtrag verm. Aufl. Potsdam: Stein, [1905], S. 13-14, Lied Nr. 19.
[39] Radeckes Verleger Heinrichshofen in Magdeburg brachte neben dem Liedsatz mehrere Arrangements heraus. Anfang des 20. Jahrhunderts erschien ein Druck mit einer „English version by Dorothea Boettcher", From the Days of Yore (Aus der Jugendzeit. Gedicht von Friedr. Rückert. Lied im Volkston, für eine Singstimme mit Klavierbegleitung, komponiert von Robert Radecke, Op. 22, Nr. 1. Ausgabe für Mittelstimme. Magdeburg: Heinrichshofen o. J. [ca. 1900-1905]). Neben der englischen Fassung erschienen verschiedene kompositorische Verarbeitungen wie eine Paraphrase für Salonorchester (Carl Friedemann: Paraphrase über Rob. Radecke's Lied: Aus der Jugendzeit: op. 146. Magdeburg: Heinrichshofen 1903 [Stimmen für Salonorchester, Arr. Ernst Eggert]) oder Klavier zu vier Händen (Was sollen wir vorspielen. Bekannte Salonstücke für Pianoforte

sondern auch auf dessen Textauswahl, die die Rezeption des Liedes in entscheidender Weise geprägt hat. Im Hinblick auf die Textgestalt kann durchaus von einer Neufassung gesprochen werden, denn Radecke hat das aus neun vierzeiligen Strophen bestehende Gedicht in ein Lied mit nur drei Strophen à acht Zeilen umgewandelt. Dabei hat der Komponist gerade die Strophen weggelassen, in denen Rückert fast wortwörtlich den Schwalbenspruch zitiert. Auch die rätselhafte vierte Strophe mit ihrer Apostrophe an den unbewusst weisen, „vogelsprachekunden" Kindermund fehlt in Radeckes Version. Das Ergebnis ist eine deutliche Sentimentalisierung. Während Rückert das Spiel von Dauer und Wechsel thematisiert, das die Melancholie des lyrischen Ichs auffängt und relativiert, reduziert Radecke das Gedicht auf einen wehmütigen Rückblick auf die Jugendzeit, die Trauer über das Verlorene und das tröstliche Schlußidyll: „doch die Schwalbe singt / Im Dorf wie einst". Damit traf er offenbar einen Nerv nicht nur seiner Zeitgenossen: In der Radeckeschen Version wurde *Aus der Jugendzeit* zum Dauerbrenner.

2. „*Klingt ein Lied mir immerdar*": *Das Schwalbenlied in Liederbüchern des 19. und 20. Jahrhunderts*

Aus der Jugendzeit ist in den Liederbüchern des späten 19., vor allen aber denen des frühen 20. Jahrhunderts und der unmittelbaren Nachkriegszeit dicht belegt, danach werden die Belege spärlich. Da eine Besprechung der einzelnen Liederbücher ein endloses Unternehmen wäre, werden im Folgenden die Liederbücher in verschiedene Kategorien wie Jugendliederbücher, Liederbücher christlicher Vereinigungen, Schulliederbücher, Vereinsliederbücher, Wanderliederbücher, Liederbücher politischer Organisationen, Liederbücher von Vertriebenenverbänden und

---

vierhändig; arr. von Otto Lindemann. Magdeburg: Heinrichshofen, [ca. 1939]). Daneben haben sich mehrere Komponisten von der Walzermelodie inspirieren lassen. So komponierte Ferdinand Schumann, ein Enkel Robert und Clara Schumanns, um 1890 eine heute nur noch als Kopie erhaltene Paraphrase des Liedes (vgl. Gerd Nauhaus (Hg.): Vorbemerkung. In: Aus dem Apothekenhaus: Ferdinand Schumann an Kurt Barth; Zuschriften aus den Jahren 1951-1954. Norderstedt 2004, S. 7-10, hier S. 7, Anm. 5) und der lettische Komponist Nikolajs Alunas (1859-1919) schrieb eine weitere Paraphrase für Orgel (Orgelmusik in den baltischen Staaten. Hg. von Alexander Fiseisky. Bd. 1. Kassel 2002).

sonstige Liederbücher geordnet und nur für die Geschichte des Liedes besonders typische oder auffällige Publikationen näher betrachtet.[40]

Obwohl *Aus der Jugendzeit* auf einem Kinderreim basiert und schon früh Eingang in Kinderliedersammlungen fand, ist es eher selten in eigens für Kinder und Jugendliche konzipierten, nicht für den Schulgebrauch bestimmten Liederbüchern enthalten. Tatsächlich appelliert der Text gerade in der Radeckeschen Fassung weniger an Jugendliche als an diejenigen, deren Jugendzeit Vergangenheit ist. Dennoch erschienen im frühen 20. Jahrhundert mehrere Jugendliederbücher, die *Aus der Jugendzeit* enthalten. Eingeordnet wird das Lied dort in Rubriken wie „Für Heim und Rast"[41], „Daheim und draußen"[42] oder „Heimat und Vaterland"[43]. Dass Radeckes eher nostalgischen Bedürfnissen entsprechende Version des Gedichts für ein Jugendliederbuch wenig geeignet war, scheint aber doch einigen der Herausgeber aufgefallen zu sein. So findet sich sowohl in dem von Gotthard Eberlein und Theodor Knolle für die Jugend des Gewerkschaftsbunds der Angestellten herausgegebenen Liederbuch *Seit an Seit* als auch in der von Rudolf Nenninger im Auftrag des Bundes deutscher Jugendvereine herausgegebenen Sammlung *Was singet und klinget. Lieder der Jugend* eine Version des Liedes, die trotz des Verweises auf Radecke nicht dessen Fassung des Gedichts zugrundelegt, sondern das Original. Reintegriert wurden dabei allerdings nur die beiden Strophen, in denen Rückert den Schwalbenspruch zitiert, während auf die Apostrophe an den wie König Salomo „vogelsprachekunden" Kindermund fehlt. Während die Kürzung um eine Strophe damit zu erklären ist, dass Radeckes Fassung in achtzeilige Strophen eingeteilt ist und Rückerts Gedicht mit neun vierzeiligen Strophen nicht vollständig gesungen werden kann, ist es für die grundsätzlich simplifizierende Volksliedrezeption typisch, dass gerade die literarisch beziehungsreichste Strophe eliminiert wird.

---

40 Eine Bibliographie der Liederbücher würde Seiten füllen. Eine umfangreiche, wenn auch keineswegs vollständige Liste von Liederbüchern, die *Aus der Jugendzeit* enthalten, kann über die Website von Hubertus Schendel (http://www.deutscheslied.com/de/songs.htm) abgerufen werden.

41 Jugend-Liederbuch. Zusammengestellt von August Albrecht, 451. bis 500. Tausend, Berlin: Arbeiterjugend-Verlag, 1929, S. 157f., Nr. 275.

42 Seit an Seit. Liederbuch für die deutsche Jugend im Gewerkschaftsbund der Angestellten. Hg. von Gotthard Eberlein und Theodor Knolle. Jena: Diederichs, 1923, S. 190.

43 Was singet und klinget. Lieder der Jugend. Im Auftrag des Bundes deutscher Jugendvereine neu bearb. und erw. von Rudolf Nenninger, mit Weisen und z. T. mehrstimmigen Sätzen versehen von Bernhard Schneider. 9. Aufl., Wülfingerode-Sollstedt: Treue-Verlag, 1926, S. 156.

Häufig für Jugendliche konzipiert sind auch die Liederbücher christlicher Vereinigungen, in denen *Aus der Jugendzeit* enthalten ist. Das älteste Beispiel dafür ist die fünfte Auflage des von der Johannes Wichern herausgegebenen Liederbuch des Rauhen Hauses in Hamburg. Wichern druckt dort die Komposition von Julius Stern ab, die Textauswahl entspricht aber der von Radecke populär gemachten Version.[44] Die übrigen zwischen 1913 und 1936 erschienenen Liederbücher alternieren zwischen Radeckes Fassung und der vierstrophigen, um den Schwalbenspruch erweiterten Variante, wobei auffällt, dass die von katholischen Institutionen publizierten Liederbücher konsequent Radeckes Version abdrucken, während die für die evangelischen Jugendlichen und Gemeinden gedruckten Liedersammlungen, von einer Ausnahme abgesehen,[45] die weder von Rückert noch von Radecke sanktionierte vierstrophige „Langfassung" enthalten.[46] Musikalisch stimmen beide Konfessionen aber weitgehend überein. So wird zwar in *Ein immer fröhlich Herz. Liederbuch für evangelische Vereine* die Vertonung von Ludwig Erk abgedruckt[47] und in der Liedersammlung *Freude die Fülle*[48] die von Moritz Hauptmann, während im katholischen *Jugend-Liederschatz* zusätzlich zu Radeckes Vertonung auch Kreutzers Komposition genannt wird.[49] Auf Radecke verwiesen wird aber auch in den beiden erstgenannten Liederbüchern. Damit gibt dieser in sämtlichen von christlichen Institutionen publizierten Liedersammlungen den Ton an.

Auch in der Schule wurde *Aus der Jugendzeit* im frühen 20. Jahrhundert offenbar häufig gesungen. Immerhin wurde das Lied im *Zentralblatt für die gesamte Unterrichtsverwaltung in Preußen* von 1912 für den Schulun-

---

[44] Unsere Lieder. Hg. von Dr. Wichern, 5. Aufl. Hamburg: Agentur des Rauhen Hauses, 1877, S. 192f., Nr. 193.

[45] Freude die Fülle (Anm. 35), S. 325, Nr. 383.

[46] Die gekürzte Variante Robert Radeckes ist erst in einem evangelischen Liederbuch von 1983 enthalten. Vgl. „Wir singen mit". Volks- Wander- und Geistliche Lieder. Bd. 1. Hg. von der Männerarbeit der Evangelischen Kirche in Hessen und Nassau in Zus. mit dem Deutschen Volksliedarchiv Freiburg. Darmstadt 1983, S. 22f., Nr. 15.

[47] Ein immer fröhlich Herz. Liederbuch für evangelische Vereine, hg. vom Evangelischen Reichsverband weiblicher Jugend, Berlin: Burckhardthaus-Verlag, 1930, Nr. 387 [unpag.].

[48] S. Anm. 57.

[49] Jugend-Liederschatz. Ein Gesang- und Deklamationsbuch. Hg. von C. Mosters. Düsseldorf: Generalsekretariat der katholischen Jünglingsvereinigungen Deutschlands, 1918, S. 26, Nr. 39.

terricht in der siebten bzw. achten Klasse eigens empfohlen.[50] In den preußischen Schulen erklang das Lied aber schon vorher. Der älteste im Deutschen Volksliedarchiv Freiburg erhaltene Beleg für *Aus der Jugendzeit* in einem Schulliederbuch stammt aus dem Jahr 1905. Der Herausgeber, ein Dr. F. Bennecke, Professor am Gymnasium zu Potsdam, schreibt in seinem Vorwort, dass die bestehenden Liedersammlungen für die Jugend „gewöhnlich einem sehr jugendlichen Alter der Sänger“ entsprächen, während seine Liedersammlung sich am „berechtigte[n] Geschmack der älteren Schüler – etwa der Sekundaner und Primaner –“ orientiere.[51] Bemerkenswert ist Benneckes Sammlung jedoch vor allem deshalb, weil er sich bei seiner Edition um „die Herstellung des ursprünglichen Textes“ bemüht und trotz des Verweises auf die Vertonungen von Hauptmann und Radecke, dessen Fassung auf einer Umformung des Gedichts basiert, den Originaltext wiedergibt.[52] Nicht über jeden Zweifel erhaben ist allerdings Benneckes These, dass das Lied vor allem dem Geschmack älterer Schüler entspräche. Zwar findet es sich – wiederholt mit dem Verweis, dass es einstimmig am besten wirke[53] – besonders häufig in Liederbüchern für höhere Lehranstalten, gesungen wurde es aber auch an mittleren Lehranstalten und an Volksschulen. Auch nach Ende des Kaiserreichs blieb das *Schwalbenlied* noch einige Zeit Teil des schulischen Liedrepertoires. Der letzte Beleg stammt aus dem Jahr 1934,[54] danach wurde das ausgesprochen unpolitische, wehmütig die verlorene Jugend und Heimat besingende Lied offenbar von den Unterrichtslisten gestrichen.

---

50 Zentralblatt für die gesamte Unterrichtsverwaltung in Preußen, Jahrgang 1912, S. 623-626, online unter der URL: http://www.volksliederarchiv.de/ volksliedforschung-236.html. Abruf: 20. Mai 2009.

51 Deutsches Wanderliederbuch für älterer Schüler höherer Lehranstalten zum Schulgebrauch auf Ausflügen. Hg. von F. Bennecke. 2. durch einen Nachtrag verm. Aufl. Potsdam: Stein, [1905], S. IV.

52 Ebd., S. V und 13-14, Lied Nr. 19.

53 Vgl. Liederheimat. Lieder für Schulen. 2. Heft. Hg. vom Lehrerverein der Stadt Hannover. Hannover/Leipzig: Hahn, 1907, S. 52f., Nr. 41; Liederbuch für westfälische Volksschulen. Ausgabe A. 3. Teil. Hg. von Krane, Reling, Schmidt. Dortmund: Crüwell, 1914, S. 96f., Nr. 74; Deutsches Schulliederbuch. Leipziger Schulliederbuch für einfache und gehobene Schulverhältnisse. Hg. von Alfred Kleine. Leipzig: Dürr, 1915, S. 74f., Nr. 85.

54 Frisch gesungen! Singbuch A für die unteren Klassen der höheren Knabenschulen, der Knaben-Mittelschulen und für verwandte Lehranstalten hg. von Hans Heinrichs und Ernst Pfusch unter Mitarb. von Heinrich Martens und Richard Münnich. Vom Preußischen Ministerium für Wissenschaft, Kunst und Volksbildung zur Einführung genehmigt. Hannover: Meyer, [6]1934, S. 250f.

Während sich *Aus der Jugendzeit* als Jugend- und Schullied zwar gewisser, aber nicht allgemeiner Beliebtheit erfreute, blieb es als Vereinslied über Jahrzehnte hinweg populär und damit Teil des allgemeinen Gedächtnisses. Dabei scheint gleichgültig gewesen zu sein, um was für einen Verein es sich handelte. *Aus der Jugendzeit* wurde von Ruderclubs, Turnvereinen, Wanderriegen, Gardevereinen, Freimaurern und Frauenvereinen gesungen. Dabei muss den Berliner Turnern, den Jung-Wandervögeln, den Gardevereinen und dem Vaterländischen Frauenverein besondere Texttreue bescheinigt werden: Bei diesen Organisationen erklang das Schwalbenlied in der originalen Textgestalt,[55] während sonst die dreistrophige Fassung Robert Radeckes gesungen wurde.[56] Besonders populär war das Lied offenbar bei den Turnvereinen, denen die Wanderriegen auf dem Fuße folgten. Neben den Vereinsliederbüchern ist es auch in berufsgenossenschaftlichen Publikationen vertreten. So erschien die dreistrophige Fassung 1898 in einem vom Verband Deutscher Post- und Telegraphen-Assistenten herausgebenen Liederbuch[57] und 1925 in *Louis Mosberg's Frohes Lied. Handwerker- Wander- u. Volkslieder*, das der Herausgeber in erster Linie für wandernde Zimmergesellen zusammengestellt hatte.[58]

Als Wanderlied scheint *Aus der Jugendzeit* auch außerhalb von Berufsverbänden und Vereinen beliebt gewesen zu sein. Den Titeln *Wandervogel Liederborn*[59], *Wandervogel-Album* und *Neues Wandervogel-Album*[60] nach

---

55 Vgl. Deutsches Turn-Liederbuch. Hg. von dem Vorstand der Berliner Turnerschaft, 14. Aufl., Berlin: Kommissionsverlag Aussingers Buchhandlung (vorm. Karl Schmidt), [ca. 1913], S. 26, Nr. 29 und 15. Aufl., Berlin: Fachbuchhandlung für Turn- und Sportbücher Max Sandkaulen, [nach 1913], S. 18f., Nr. 23; Liederbuch fahrender Schüler. Für den Jung-Wandervogel (Bund für Jungwandern). Hg. von der Jung-Wandervogel-Bundesleitung, Frankfurt a. M. 1912, S. 14, Nr. 32; Liederbuch für Gardevereine. Hg. von Valentin Wieprecht. Eilenburg: Offenhauer, [ca. 1912], S. 10f., Nr. 10; Vaterländischer Frauen-Verein. Liederbuch. Hg. von Leo Albrecht, Goldberg/Schlesien: Collmar, 1930, S. 19, Nr. 13.

56 Eine auf die erste bis vierte Strophe von Rückerts Gedicht verkürzte Fassung findet sich im bereits erwähnten Bundesliederbuch der sächsisch-thüringischen Landsmannschaften. Dass einem Gebrauchsliederbuch der Originaltext zugrunde gelegt und gekürzt wird, ist jedoch eine Ausnahme.

57 Liederbuch. Hg. vom Verbande Deutscher Post- und Telegraphen-Assistenten. Berlin: Selbstverlag, 1898, S. 58.

58 Louis Mosberg's Frohes Lied. Handwerker- Wander- und Volkslieder. Hg. von Louis Mosberg. Bielefeld: Mosberg, 1925, S. 21f., Nr. 22. Auf dem Umschlag sind wandernde Zimmergesellen in der Tracht ihrer Zunft dargestellt.

59 Wandervogel Liederborn. Für die deutsche Jugend hg. von Walther Werckmeister. Halle: Gebauer-Schwetschke, 1914, S. 175, Nr. 258.

zu schließen, wurde das Lied, das sich auch in dem bereits erwähnten Liederbuch der Jung-Wandervögel[61] findet, häufig von Mitgliedern der Wandervogel-Bewegung gesungen. Bestätigt wird die Auffassung des Schwalbenlieds als Wanderlied durch die Aufnahme des Liedes in die von Fritz Adolf Hünich herausgegebene Sammlung *Deutsche Wanderlieder*, die Anfang der zwanziger Jahre bei Insel in Leipzig erschien. Den philologischen Grundsätzen des Verlags gemäß präsentierte Hünich die Originalfassung des Gedichts. Den Sängern war das Lied dagegen schon so geläufig, dass die Autorschaft Rückerts in Vergessenheit geriet. In dem 1923 von W. Hühnermann herausgegebenen Liederbuch *Wandern und Singen* wird die Überlieferung der dreistrophigen, Radecke folgenden Fassung mit „mündlich" angegeben.[62] Auch die übrigen Publikationen für Wanderer sind eher unpräzise in ihren Angaben, wenn auch Rückert als Autor üblicherweise genannt wird. So wird im *Liederbuch für den deutschen Wanderer* von 1941 der Text auf 1830 und die Vertonung des in diesem Jahr geborenen Robert Radecke auf „um 1840" datiert.

Nicht nur bei den Wandervögeln und anderen Naturfreunden, sondern auch bei politischen Vereinigungen war *Aus der Jugendzeit* in den zwanziger Jahren beliebt. Nicht ganz zufällig gehörte das erinnerungsselige Lied zu den Soldatenliedern. In den entsprechenden Liederbüchern ist es zwar selten vertreten.[63] Allerdings findet sich im Deutschen Volksliedarchiv Freiburg in einer von einem in Vorpommern lebenden Organisten eingesandten Sammlung von im 1. Weltkrieg gesammelten Soldatenliedern auch *Aus der Jugendzeit*,[64] und in dem von Artur Kutscher verfassten *Kriegstagebuch* von 1915 wird erwähnt, dass anlässlich von Kaisers Geburtstag „ein guter Chor alte Lieder" – darunter auch *Aus der*

---

[60] Lieder zur Gitarre. Wandervogel-Album. Hg. von Adolf Häseler. Bd. 2. Hamburg: Domkowsky & Co. [1914], S. 34f., Neues Wandervogel-Album. Bd. 2. Hg. von Adolf Häseler. Hamburg: Domkowsky & Co., o. J., S. 12f.

[61] S. Anm. 66.

[62] Wandern und Singen. Volks- und Wanderlieder. 1. Bändchen. Ges. und ausgewählt von W. Hühnermann. Hg. v. d. Deutschen Geschäftsstelle in Nürnberg des Touristenvereins „Die Naturfreunde" Zentrale Wien, Nürnberg, [1923], S. 12, Nr. 4.

[63] Der einzige mir bekannte Beleg findet sich im *Liederbuch für das XIII. Armeekorps. 100 Lieder mit Noten für ein- und zweistimmigen Gesang für deutsche Soldaten* (Hg. vom Christlichen Soldatenbund in Württemberg. Stuttgart [1915], S. 81, Nr. 67).

[64] DVA, Signatur: A 107338. Die von „Organist Wilken, Loitz, Vorpommern" notierte Vertonung ist die von Robert Radecke.

Jugendzeit – sang.[65] Dass das aus Schule und Verein bekannte Lied zum Repertoire der Soldaten gehörte, bestätigt auch die Aufnahme des Schwalbenlieds in die 1925 von Julius Schmitz und Heinrich Hoffmann herausgebene *Sammlung deutscher Soldaten- und Volkslieder*[66] und die 1926 auch von Kriegsteilnehmern bearbeitete *Weltkriegs-Liedersammlung.*[67] Auch in mehreren Liederbüchern des „Stahlhelm. Bund der Frontsolda-ten"[68], im Liederbuch der Jungdeutschen, der Nachwuchsorganisation des aus einer Verbindung von Kriegsveteranen hervorgegangenen Jung-deutschen Orden[69] und in dem programmatisch mit *Deutschland erwache* betitelten Liederbuch der Deutschvölkischen Freiheitsbewegung ist *Aus der Jugendzeit* enthalten.[70] Selbst im Liederbuch der ersten Hitlerjugend-Organisation *Jungstürmers Singborn* findet sich das Schwalbenlied – pi-kanterweise mit allen neun Strophen, also auch der Anspielung auf den weisen, vogelsprachekunden König Salomo.[71] In nationalsozialistischen Liedpublikationen ist *Aus der Jugendzeit* sonst nur selten zu enthalten. 1934 wurde es im *Liederbuch der NS-Frauschaft* gedruckt, dort allerdings in der gekürzten Version von Robert Radecke.[72] Von der andauernden Popularität des im Dritten Reich sonst kaum publizierten Liedes zeugt seine Aufnahme in *Das neue Soldaten-Liederbuch. Die bekanntesten und meistgesungenen Lieder unserer Wehrmacht.*[73]

Nach dem Ende des Zweiten Weltkriegs erlebte das Schwalbenlied ei-ne politisch bedingte publizistische Renaissance. Es wurde zu einem Lieblingslied der Flüchtlinge und Heimatvertriebenen. So nahm die dä-

---

[65] Artur Kutscher: Kriegstagebuch. Namur, St. Quentin, Petit Morin, Reims, Win-terschlacht in der Champagne. München: Beck, 1915, S. 227.

[66] Sammlung deutscher Soldaten- und Volkslieder. Hg. von Julius Schmitz und Heinrich Hoffmann. Berlin/Leipzig/Potsdam: Stein, 1925, S. 251f., Nr. 203.

[67] Weltkriegs-Liedersammlung. Mit Unterstützung der Weltkriegsbücherei Stutt-gart, der Deutschen Bücherei-Leipzig und zahlreicher Kriegsteilnehmer bearbei-tet und ausgewählt, Dresden: Verlag „Der Deutschmeister", 1926, S. 402f.

[68] Stahlhelm. Bundes-Liederbuch. Hg. von Gerhard Stalling. Oldenburg: Bundes-leitung des Stahlhelm, 1924, S. 173; Stahlhelm-Liederbuch. Langendreer: Pöp-pinghaus, 1928, S. 9.

[69] Unser Lied. Jungdeutsches Liederbuch. Berlin: Jungdeutscher Verlag Mahraun, 1928, S. 120.

[70] Deutschland erwache. Das Liederbuch der Deutschvölkischen Freiheitsbewe-gung. 3., bedeutend erw. Neuaufl. Schneidemühl: Vereinigung völkischer Ver-bände, 1924, S. 18, Nr. 11.

[71] Jungstürmers Singborn. Hg. vom Reichsverband des Jungsturms. Stolp i. Pom-mern 1922, S. 105, Nr. 214.

[72] Liederbuch der NS-Frauschaft, Breslau 1934, S. 59.

[73] Das neue Soldaten-Liederbuch. Die bekanntesten und meistgesungenen Lieder unserer Wehrmacht. Hg. von Fr. J. Breuer. Mainz: Schott, [1941], S. 50.

nische Flüchtlingsverwaltung das Lied in ihr *Liederbuch für deutsche Flüchtlinge* auf.[74] 1948 erschien in zwei Auflagen das Bändchen *Lied der Heimat*, mit dem der Kreisverein der Neubürger im Stadt- und Landkreis Kitzingen „alle Heimatvertriebenen und Kriegsgeschädigten" bedachte und in dem bereits an vierter Stelle – zwischen dem gleichfalls nostalgischen *Am Brunnen vor dem Tore* und dem *Böhmerwald-Lied* – das Schwalbenlied abgedruckt ist.[75] Im gleichen Jahr erschien erstmals die bis 1973 sechsmal aufgelegte Sammlung *Singende Heimat Schlesien*[76], die unter anderen „Heimat-Liedern, -Bildern und mundartlichen Gedichten" auch *Aus der Jugendzeit* enthält – natürlich in der Vertonung des Schlesiers Robert Radecke. Dass die Rezipienten weniger die Herkunft des Komponisten als der wehmütig-verklärende Blick auf das Verlorene ansprach, zeigt sich darin, dass das Schwalbenlied keineswegs nur in den Publikationen der Schlesischen Landsmannschaft, sondern auch in allgemein für Heimatvertriebene konzipierten Liederbüchern gedruckt wurde und sogar in einem Liederbuch der nach Westdeutschland verschlagenen Thüringer auftaucht.[77]

Dauerhaft vertreten ist *Aus der Jugendzeit* im 20. Jahrhundert in Liederbüchern und -sammlungen, die weder durch eine Vereinigung noch durch eine bestimmte Zielgruppe initiiert wurden. Bemerkenswert ist hier vor allem seine Aufnahme in Liederhefte, die zu Beginn des Jahrhunderts für 10 Pfennig auf der Straße verkauft wurden.[78] Diese boten hauptsächlich Texte von Schlagern wie *Puppchen, du bist mein Augen-*

---

[74] Liederbuch für deutsche Flüchtlinge in Dänemark. Dänische Flüchtlingsverwaltung [um 1950], S. 27, Nr. 35.

[75] Lied der Heimat, Bd. 1, 2. Aufl., Kitzingen am Main: Kreisverein der Neubürger e. V., 1948, S. 9, Nr. 4.

[76] Singende Heimat Schlesien. Eine Sammlung von Heimat-Liedern, -Bildern und mundartlichen Gedichten für unsere Schlesier hg. von Fritz Wenzel. Goslar: Evangelischer Bund. Schlesischer Flüchtlingsdienst, [1948]. Eine von Fritz Wenzel und Gerhard Wilhelm herausgegebene Neuauflage erschien 1951 bei der Evangelischen Zentralstelle in Goslar. Die von den gleichen Herausgebern verantwortete 6. Auflage wurde 1973 im Verlag „Unser Weg" in Düsseldorf publiziert.

[77] Thüringer Liederbuch. Ausgewählt und zusammengestellt von Konrad Studentkowski. Würzburg: L. Nonnes Erben, 1963 (Thüringer Heimatbücherei), S. 60.

[78] Entsprechend ausgepreist sind die handlichen, im Oktavformat auf billiges Papier gedruckten Hefte *Deutschlands Liederschatz. Erstes Bändchen: 252 Lieder- und Walzerlieder-Texte. Die berühmtesten Lieder Deutschlands ausgewählt und mit Angabe der Komponisten und Verleger versehen von Anna Asbahr*. Berlin-Charlottenburg: Virchow [um 1900]; *Deutschlands Liederschatz. Erstes Bändchen. Ueber 2700 Coupletlieder – Walzerlieder – Klapphorn – Wirtshaus a. d. Lahn – Holadrio – Schnadahüpfel – Postkarten- und Stammbuch-Verse*. Berlin: Tessaro, [um 1905].

stern[79]und *Im Hotel zur Nachtigall.*[80] Dass das Schwalbenlied in diesen Heften abgedruckt wurde, dürfte maßgeblich auf die Komposition von Radecke zurückzuführen sein, auf die, anders als auf den Dichter, der ungenannt bleibt, stets und präzise verwiesen wird: Schließlich handelt es sich um ein Walzerlied. Die Popularität des Liedes spiegelt sich auch in der Integration der ersten Strophe der Radeckeschen Vertonung in das von Max Rhode zusammengestellte Lieder-Potpourri *Vom Rhein bis zur Donau*, das nach 1928 zusammen mit Schlagertexten von Friedrich Holländer in einem solchen *Taschen-Liederbuch* erschien.[81] Daneben finden sich im frühen 20. Jahrhundert einige deutschnational ausgerichtete Liederbücher, deren Herausgeber das kulturelle Erbe zu bewahren suchen.[82] Bei den meisten Sammlungen, die *Aus der Jugendzeit* enthalten, handelt es sich jedoch um Gebrauchsliederbücher, die trotz unterschiedlichster Titel inhaltlich austauschbar sind. Wie auch bei den durch oder für bestimmte Institutionen herausgegebenen Liederbüchern stammen die meisten Publikationen, die das Lied enthalten, aus dem frühen 20. Jahrhundert. Im Dritten Reich wird die gedruckte Überlieferung spärlich, nach 1945 bleibt das Schwalbenlied vor allem in Klavier-, Gitarren- und Akkordeonliederbüchern präsent.[83]

Obwohl *Aus der Jugendzeit* bis in die achtziger Jahre in Liederbüchern nachweisbar ist, kann seit den Sechzigern ein deutlicher Rückgang seiner Popularität verzeichnet werden. Bereits 1975 vermerkt Ernst Klusen in seiner Studie *Zur Situation des Singens in der Bundesrepublik Deutschland*, dass von insgesamt 1460 Befragten nur 38 *Aus der Jugendzeit* kannten. Gesungen hatten es von diesen immerhin 37. Die meisten hatten es als Kind oder Jugendliche(r) kennengelernt, als Vermittler wurden am häufigsten die Schule sowie Vereine und Gruppen genannt. Dieser Befund, der sich mit dem oben dargestellten weitgehend deckt, wird durch

---

[79] Vgl. Wiener Liederbuch. Berlin: Pinkert, [um 1900].

[80] Vgl. Deutsche Lieder. Bd. 1, Berlin: Leuschner, [nach 1922]

[81] Vgl. Taschen-Liederbuch. Bd. 6. Berlin: Hymnophon, [nach 1928].

[82] Liederborn. Hg. von L[udwig] Carrière und W[alther] Werckmeister. Charlottenburg: Carrière, 1910, S. 175, Nr. 258; Vaterländisches Volkslied. Hg. von Walther Werckmeister. Leipzig: Heling, 1925, S. 196-197; Kyffhäuser-Liederbuch (Vaterländisches Volkslied). Hg. von Walther Werckmeister. Leipzig: Heling, 1929, S. 196f.

[83] Vgl. hierfür die wiederholt bei Schott in Mainz aufgelegte Sammlung *Alles in einem. Die schönsten Lieder, Tänze und Märsche leicht gesetzt für chromatisches Akkordeon* und die als Arrangement für Akkordeon-Solo, Klavier oder Gesang und Gitarre eingerichtete Sammlung *Wanderlust*, die im Apollo-Verlag Paul Lincke in Berlin erschien.

die Angaben zur Singgelegenheit bestätigt: *Aus der Jugendzeit* wurde, wenn überhaupt, vor allem bei geselligen Gelegenheiten gesungen.[84]

Die rückläufige Popularität des Schwalbenlieds bei der jüngeren Generation spiegelt sich auch in der Liedpublizistik. Nachdem es in den fünfziger Jahren als Lied der Heimatvertriebenen noch einmal eine kurze Renaissance erlebt hatte, lässt sich ein gewisser Wandel in der gedruckten Überlieferung feststellen. Zwar bleibt *Aus der Jugendzeit* noch bis in die 1980er Jahre fester Bestandteil von geselligen Liederbüchern.[85] Schon 1960 wurde das Lied jedoch nicht mehr in einem Gebrauchsliederbuch, sondern erstmals in einer bibliophilen Ausgabe von *Lieder[n], die zu Herzen gehen* gedruckt.[86] Nur drei Jahre später erhielt *Aus der Jugendzeit* mit der Aufnahme in eine von Hartmann Goertz herausgegebene Sammlung von Küchenliedern[87] endgültig den Status einer kuriosen Antiquität. Von den rarer werdenden Drucken in geselligen Liederbüchern abgesehen, findet sich das Schwalbenlied in der zweiten Hälfte des 20. Jahrhunderts vor allem in regionalen, dokumentarisch angelegten Liedersammlungen[88] sowie in den bereits erwähnten Klavier- und Akkordeonliederbüchern. Diese Publikationen werden seit den 1980er Jahren durch eine neue Gruppe von Liederbüchern abgelöst bzw. ergänzt von solchen, die entweder von Vertretern der älteren Generation

---

84 Ernst Klusen: Zur Situation des Singens in der Bundesrepublik Deutschland. II. Die Lieder. Unter Mitarb. von V. Karbusický und W. Schepping. Köln: Gerig, 1975 (Musikalische Volkskunde. Materialien und Analysen; 5), S. 94f.

85 Vgl. Wir singen in froher Runde. Lieder-Text-Büchlein. Pfullingen: media-text Verlag, [1987], Nr. 21 [unpag.].

86 Still im Aug' erglänzt die Träne. Lieder die zu Herzen gehen, ausgewählt und hg. von Harro Torneck und Hermann Mährlen mit Bildern von Bele Bachem. Braunschweig: Westermann, 1960, S. 90f. Eine zweite Auflage erschien 1977 bei Heyne in München.

87 Hartmann Goertz: Mariechen saß weinend im Garten. 171 Lieder aus der Küche gesammelt und in acht Kränze gebunden. Den Freunden verklungener Poesie an den Tag gegeben im Ehrenwirth Verlag München 1963, S. 201f. und 236. Eine zweite Auflage erschien 1965 (Wie tut mir mein Herze bluten. Lieder aus der Küche, gesammelt und in acht Kränze gebunden von Hartmann Goertz. München: dtv, 1965, S. 145f. und 171.

88 Die bekanntesten Volkslieder im Odenwald. Zusammengestellt von Hans Slama im Jahre 1983/84 nach mündlicher Überlieferung, Nr. 23 [unpag.]; Also singen wir noch eins ... In Stadtallendorf gesammelte Lieder. Hg. von Karl Weitzel. Musikalische Bearbeitung: Hans Christian Malzahn. Stadtallendorf: Selbstverlag Karl Weitzel, 1989, S. 103, Nr. 69; Marcel Fenninger: Lieder kennen keine Grenzen. Hundert Volks- und Kinderlieder aus dem Elsaß auf französisch, elsässisch und deutsch einfach zu singen und zu spielen. Aus dem Französischen von Ursula Kauß. Straßburg: Editon DNA, 1992, S. 120f.

stammen[89] oder sich dezidiert an sie richten.[90] In Jugendliederbüchern kommt *Aus der Jugendzeit* dagegen nicht mehr vor.

3. „*Was die Schwalbe sang*": Die Wirkungsgeschichte des Schwalbenlieds

Auch außerhalb der Liedpublizistik fand *Aus der Jugendzeit* eine weite Verbreitung, die sich in zahlreichen, sehr unterschiedlichen Rezeptionszeugnissen niederschlägt. Das Spektrum reicht von der Wahl eines oder mehrerer Verse des Liedes als Titel oder Motto eines Werks über die Integration ausgewählter Zeilen und Strophen in einen neuen Kontext bis hin zur produktiven literarischen Verwertung. Daneben stehen verschiedene Gesangs- und andere Zeugnisse, Memoiren und Briefe von Privatpersonen und Personen des öffentlichen Lebens, Filme[91] und Liedpostkarten, auf denen Rückerts Gedicht mit kaum zu übertreffender Sentimentalität visualisiert wird.

Die Liedpostkarten zu *Aus der Jugendzeit* stammen alle aus der ersten Hälfte des zwanzigsten Jahrhunderts. Eine präzise Datierung ist in den meisten Fällen nicht möglich, da die Drucke nicht datiert sind und nur ein Teil der Postkarten, und zwar in den Jahren 1899, 1900, 1917, 1918, 1921, 1924 und 1944, gelaufen ist. Damit lässt sich auch bei der bildlichen Umsetzung des Schwalbenlieds ein deutlicher Schwerpunkt im frühen 20. Jahrhundert feststellen. Die Motive sind durchweg sentimental, wobei bei einigen Karten allerdings fraglich ist, ob Bild und Text nicht willkürlich zusammengestellt sind. In den dort abgebildeten Szenen wird grundsätzlich musiziert. Dargestellt wird wahlweise eine im Grünen sitzende junge Frau mit Laute (Maler: C. Krebs), ein im Stil des späten 18. Jahrhunderts gekleidetes Trio, bestehend aus einer griechisch gewandeten Frau mit Laute, der ein junges Paar lauscht (Maler: A. Broch), ein verliebtes Paar, dessen weibliche Hälfte Gitarre spielt und singt (Maler: P. Kergel) oder eines, dessen männlicher Part seiner Liebsten auf der Geige vorspielt

---

89 Liederbuch Turngemeinde 1859 Schwenningen am Neckar. Zusammengestellt von der Turnverein-Seniorengruppe. Villingen-Schwenningen [1984], S. 18, Nr. 17.

90 Gemeinsam singen. Liedtextbuch im Großdruck. Bd. II. Hg. vom Deutschen Paritätischen Wohlfahrtsverband e. V. Frankfurt/Main 1984, S. 18; Friedrich Haarhaus: Liederbuch für die Seniorenarbeit. München: Elsevier. Urban und Fischer, 2006, S. 180f., Nr. 13.11.

91 Aus der Jugendzeit klingt ein Lied. Deutschland 1926 (Regie: Franz Osten); Was die Schwalbe sang. Die Geschichte einer unsterblichen Liebe. Deutschland 1956 (Regie: Geza von Bolvary; Verfilmung der Novelle *Immensee* von Theodor Storm).

(unbek. Künstler).[92] Die eher allgemeinen, nur auf das Element des (gemeinsamen) Musizierens konzentrierten Darstellungen passen zu vielen Liedern und wurden vermutlich deshalb mit *Aus der Jugendzeit* kombiniert, weil das wehmütig-sehnsuchtsvolle Lied beliebt und für Liedpostkarten ausgesprochen geeignet war. Fraglich erscheint die Verknüpfung mit dem Schwalbenlied auch bei dem von J. Durst gemalten Bild eines melancholischen Jünglings, der in Denkerhaltung unter einem Baum sitzt und, dem auszugsweise darunter abgedruckten Lied nach zu folgen, dem Verlorenen nachsinnt. Neben diesen eher allgemeinen Illustrationen gibt es eine Reihe von Postkarten, die das Schwalbenlied optisch kontextualisieren. Abgebildet werden außer der Vertonung von Radecke eine Dorfstraße (Abb. 3) oder auch ein Greis, der im Lehnstuhl vor seinem Häuschen den Schwalben nachblickt (Künstler unbekannt; Abb. 4).

Das Motiv des Greises, der in idyllischer Landschaft vor sich hinblickt, hat neben einem weiteren unbekannten Künstler auch der Münchner Maler Professor Paul Hey für seine Liedpostkarte zu *Aus der Jugendzeit* verwendet (Abb. 5). Hey, der sich als Maler illustrativer Gebrauchskunst einen Namen gemacht hatte, erhielt in den zwanziger Jahren vom „Volksbund für das Deutschtum im Ausland" den Auftrag, eine Postkarten-Serie *Deutsche Volkslieder* anzufertigen.[93] Ob er die in dieser Sammlung enthaltenen 76 Lieder selbst auswählte oder nur eine von seinen Auftraggebern bereits getroffene Auswahl illustrierte, ist nicht bekannt.

Auf Liedpostkarten mit fotografischen Motiven findet sich *Aus der Jugendzeit* dagegen nur selten. Das einzige bisher bekannte Beispiel ist eine Postkartenserie, die auf insgesamt sechs zart kolorierten Karten die Kurzfassung des Liedes von Robert Radecke illustriert. Die Szene zeigt einen jungen Mann in wechselnder Haltung in einer idyllischen Flusslandschaft. Woran der stets elegisch blickende Jüngling denkt, zeigt die linke obere Ecke der Postkarte. Dort ist derselbe in einem Herz gemeinsam mit einer jungen Frau abgebildet. Der Kontrast zwischen dem glücklichen Liebenden und dem einsamen Melancholiker wird durch das unterhalb des Bildes abgedruckte Lied erklärt.

---

[92] Die Liedpostkarten sind in der Online-Publikation „Historische Bildpostkarten. Universität Osnabrück. Sammlung Prof. Dr. S. Giesbrecht" (http://www. bildpostkarten.uni-osnabrueck.de/thumbnails.php?album=search&type=full& search=aus+der+jugendzeit) zugänglich.

[93] Vgl. Richard Meinel: Nachwort. In: Album deutscher Volkslieder. Mit Postkarten-Bildern von Paul Hey. Musikalisch neu in Noten gefaßt von Paul Douliez. Stuttgart: Fleischhauer & Spohn, 1990, S. [160].

Abb. 3: DVA LP 2612

Abb. 4: DVA LP 3830

Abb. 5: DVA LP 1218

Die literarische Wirkung von Rückerts Gedicht begann bereits in der Mitte des 19. Jahrhunderts und damit lange bevor das Lied in der Vertonung von Robert Radecke volkstümlich wurde. Bereits 1846 erschien im *Morgenblatt für gebildete Leser* eine Erzählung von Joseph Eduard Braun, die mit *Aus der Jugendzeit! Aus der Jugendzeit* überschrieben war.[94] Nur sechs Jahre später verwendete der westpreußische Schriftsteller Bogumil Goltz die erste Strophe des Gedichts als Motto für sein biographisches Idyll *Ein Jugendleben*.[95] Dass diese sich für Memoiren geradezu anbot, zeigt auch ihre etwas unvermittelte Integration in das von persönlichen Erinnerungen grundierte Buch *Das deutsche evangelische Pfarrhaus. Seine Gründung, seine Entfaltung und sein Bestand* von Wilhelm Baur.[96] Die literarischen Rezeption von *Aus der Jugendzeit* beschränkt sich aber nicht auf biographische Schriften. Das Gedicht wurde und wird in Trivialromanen ebenso zitiert wie in der Hochliteratur und satirischen Schriften. Dabei lassen sich allerdings Unterschiede ausmachen. Gesungen und damit als Lied kolportiert wird *Aus der Jugendzeit* vor allem in Trivialromanen des späten 19. Jahrhunderts wie Wilhelmine Heimburgs vielfach aufgelegtem Roman *Lumpenmüllers Lieschen* (1879) und *Das Eulenhaus* (1888) von Eugenie Marlitt. Die Integration des Schwalbenlieds in diese Werke belegt nicht nur dessen Popularität, sie trug auch selbst zur Verbreitung des Liedes bei. Wie Rückert – und mit seiner Hilfe auch die erwähnten Schriftstellerinnen – sein Publikum ansprach, zeigt sich in zwei leicht ironischen Huldigungsgedichten an ihn, die Arno Holz 1885 in seinem *Buch der Zeit* publizierte:

An Friedrich Rückert

Du warst im Leben Untertan und Christ
und mehr als einmal auch ein Erzphilister,
drum trauern, daß du schon gestorben bist,
noch heute alle Unterrichtsminister.

Denn lebtest du noch, dich ernannten sie,
ich schwörs bei allen abgehaunen Zöpfen,
zum Mandarin der deutschen Poesie,
zum Mandarin mit dreizehn Knöpfen!

---

[94] Morgenblatt für gebildete Leser. 40. Jahrgang, Nr. 239 vom 6. bis 14. Oktober 1846. Vgl. die von Rudolf Müller erstellte Internetseite „Literarisches Weilburg" [http://www.weilburg-lahn.info/literat/lit_we_braun_jos.htm. Abruf: 20. Mai 2009].

[95] Bogumil Goltz: Ein Jugendleben. Biographisches Idyll aus Westpeußen. Bd. 1. Leipzig: Brockhaus, 1852.

[96] Wilhelm Baur: Das deutsche evangelische Pfarrhaus. Seine Gründung, seine Entfaltung und sein Bestand. 2. durchges. Aufl. Bremen: Müller, 1878, S. 404.

An den selben

Und doch! So längst du auch gestorben,
du reimtest sicher hierauf Sorben,
um eins ist dir noch jeder hold,
um dein „Bäumlein, das andere Blätter gewollt"!

Trotz unsern allerbesten „Schwänen",
nach ihm wird oft das Herz mir weit.
Auch rührt mich immer noch zu Tränen
dein Wunder „Aus der Jugendzeit"![97]

Der ironische – auch bei Holz durch ernsthafte Bewunderung schon
wieder gebrochene – Umgang mit dem populärem Gedicht war jedoch
eine Ausnahme. Als Folie für ein Spottgedicht diente es 1888 in einer
im *Kladderadatsch* abgedruckten Satire auf *Die bösen Studenten*, in dem
die Faulheit und Trinklust der angehenden Theologen angeprangert
wird:

Man pokuliert und singt wie toll,
Und kehrt man heim, ist alles voll –
Ganz anders bei der Heimkehr fand
Es Rückerts Schwalbe, wie bekannt.[98]

Die antiklerikale Verwendung des Schwalbenlieds steht in unbeabsich-
tigtem Kontrast zu zwei weiteren Publikationen des späten 19. Jahrhunderts, die beide stark religiös geprägt sind: dem Gedichtband *Himmelsflug und Erdenfahrt* von Cordula Peregrina[99] und einem fiktiven Klostertagebuch von Hermine Villinger.[100] Beide Autorinnen unterstreichen
mit dem Rückert-Zitat das Glück der Jugendzeit, das in den betreffenden Werken untrennbar mit der bewussten Hinwendung zum Katholizismus verknüpft ist.

In der Literatur des 20. Jahrhunderts wird auf das wohlbekannte Lied
meist nur angespielt. Offenbar genügte ein kurzes Zitat, um beim Leser
den gesamten Text abzurufen. Während im 19. Jahrhundert das Lied

---

[97] Arno Holz: Werke. Bd. 5: Das Buch der Zeit, Daphnis, Kunsttheoretische
Schriften. Neuwied a. Rh. 1962, S. 141f.
[98] Antiklerikale Karikaturen und Satiren XIII: Kladderadatsch (1848-1944). Kom-
piliert und hg. von Alois Payer. 3. Jahrgang 41-97: 1888-1944. Fassung vom
2008-09-06. URL: http://www.payer.de/religionskritik/karikaturen133.htm. Abruf: 29. Juni 2009.
[99] Cordula Peregrina [i. e. Cordula Wöhler]: Himmelsflug und Erdenfahrt. Ein
Bilderbuch nach Dichterart. Innsbruck: Rauch, 1899.
[100] Hermine Villinger. Aus der Jugendzeit, aus der Jugendzeit klingt ein Lied mir
immerdar. Mein Klostertagebuch. Stuttgart: Wiese, [1904].

häufig in triviale Texte integriert bzw. diesen als Titel oder Motto vorangestellt wurde, findet sich Rückerts Gedicht im 20. Jahrhundert in Texten namhafter Autoren wieder. 1913 griff Ludwig Thoma in seinem Schauspiel *Die Sippe* auf das populäre Lied zurück. Bemerkenswert an der kurzen Szene, in der die Heldin Jenny nach langer Trennung erstmals wieder mit ihrem Vater Karl Henjes spricht, ist, dass hier die Assoziation zuerst über die Melodie erzeugt wird:

> JENNY [...] *schlägt eine Melodie an*: Kennst du das?
> HENJES *lebhaft*: Ja – ja – warte! *Besinnt sich.*
> JENNY *singt nicht, sondern spricht*: Aus der Jugendzeit – aus der Jugendzeit klingt ein Lied mir immerdar –
> HENJES *gerührt*: Wie lange habe ich es nicht gehört!
> JENNY *spricht leiser*: O wie liegt so weit so weit, o wie liegt so weit, was mein einst war!
> HENJES Bitte, singe es![101]

Die Melodie als Motor der Erinnerung findet sich auch in einer Erzählung des jungen Erich Maria Remarque mit dem Titel *Aus der Jugendzeit –*.[102] Trotz der schwärmerisch-vergegenwärtigenden Erzählweise ist der Inhalt des kurzen Prosa-Stücks, das 1920 in der Zeitschrift *Die Schönheit* erschien, eher konventionell und entspricht den gängigen, durch Literatur und bildende Kunst etablierten Interpretationen des Liedes. Wie schon in den Romanen der Heimburg und Marlitt werden die Emotionen des Protagonisten dadurch ausgelöst, dass ein Mädchen das Lied singt. Von der engen Verknüpfung von Text und Melodie zeugt auch eine Rezension von Alfred Kerr, der 1926 Carl Sternheims Drama *Die Schule von Uznach* verriss: „[A]ber wie schön war doch die gude-gude alte zeit, aus der Jugendzeit klingt ein Lied mir immerdar von Radecke, wo das Mädchen, mit langem Haar, ganz unerbrochen, verstummend vor Scham, dem rüstig-prächtigen Jüngling mit, seinerseits, unverkünstelter Frische gegenübertrat – (meint er).“[103]

Weitaus üblicher als Evokationen der Melodie sind kurze, „unmusikalische“ Referenzen auf das Schwalbenlied wie in den Romanen von Joseph von Lauff (*O wie liegt so weit*. Magdeburg: Klotz, 1920; *Die Tragikomödie im*

---

[101] Ludwig Thoma: Die Sippe. In: Ludwig Thoma: Gesammelte Werke. Bd. 2: Bühnenstücke. München 1956, S. 100.

[102] Erich Maria Remarque: Das unbekannte Werk. Bd. 4: Kurzprosa und Gedichte. Hg. von Thomas F. Schneider und Tilman Westphalen. Köln 1998, S. 35-39, 493.

[103] Alfred Kerr: Carl Sternheim. Die Schule von Uznach. In: Alfred Kerr: „So liegt der Fall“. Theaterkritiken 1919-1933 und im Exil. Hg. von Günther Rühle. Frankfurt/Main 2001, S. 356 und 861.

Hause der Gebrüder Spier. Eine niederrheinische Geschichte. Berlin: Grote, 1924)
oder den Heimatgeschichten von Henriette Brey (*Aus der Jugendzeit klingt
ein Lied*; *O wie liegt so weit*, beide in *Der tiefe Bronnen*, Dülmen: Laumann,
1935). Ebenso wie im 19. Jahrhundert sind Anspielungen auf das Schwalbenlied beliebte Versatzstücke in Lebenserinnerungen. Bemerkenswert
sind hier vor allem die Memoiren des Chirurgen und Schriftstellers Carl
Ludwig Schleich, der die Erinnerung an Ferien bei Verwandten in Kalkofen mit einem späteren Besuch kontrastiert: „Als Student nach vielen
Jahren sah ich Kalkofen wieder. Alles war verändert. Leer. Doch die
Schwalbe sang im Dorf wie einst."[104] Schleich ist allerdings der einzige,
der in seinen Erinnerungen das vor allem in der Originalfassung des Gedichts thematisierte Spiel von Dauer und Wechsel aufnimmt. Die übrigen
Autoren – (Selbst-)Biographen und Historiker – rekapitulieren entweder
die Jugendzeit oder verarbeiten Verlusterfahrungen.[105]

In der zweiten Hälfte des 20. Jahrhunderts werden literarische Adap-
tionen des Schwalbenlieds immer rarer. Neben Anspielungen in Johannes
Bobrowskis posthum erschienenen Roman *Litauische Klaviere*[106] und in
Alfred Wellms *Morisco*[107] dominieren biographisch begründete Allusio-
nen. Beispiele hierfür finden sich in Wulf Kirstens autobiographischer Erzählung *Der Vogelsprache kund*[108] und den Zeugnissen derjenigen Schriftsteller, die in Reaktion auf die 1988 anlässlich von Rückerts 200. Geburtstag von Wulf Segebrecht veranstaltete Umfrage *Lebt Rückert?* entstanden.
Unter den Antworten der zehn Autoren, die *Aus der Jugendzeit* zur Lektüre
empfohlen und z. T. eigene Erinnerungen mit dem Lied verknüpften, ra-

---

[104] Carl Ludwig Schleich: Besonnte Vergangenheit. Berlin: Rowohlt, 1921, S. 49.

[105] Bruno Röthig: Aus der Jugendzeit klingt ein Lied. Erinnerungen. Breslau: Lu-
therischer Bücherverein, [o. J.]; Wilhelm Kempff: Unter dem Zimbelstern. Das
Werden eines Musikers. Stuttgart: Engelhorn-Verlag, 1951, S. 14; Leo Erdmann:
O, wie liegt so weit … . Neuwied a. Rh. 1966. Auch unter den im Hauptstaatsar-
chiv Stuttgart gelagerten Erinnerungen von Zeitzeugen findet sich ein von einem Soldaten des Zweiten Weltkriegs verfasstes, mit einem Rückert-Zitat über-
schriebenes Manuskript (J 175 Nr. 556: O wie liegt so weit …).

[106] Johannes Bobowski: Litauische Klaviere. In: Johannes Brobowski: Gesammelte
Werke. Bd. 3: Die Romane. Hg. von Eberhard Haufe. Stuttgart 1987, S. 236.
Dort erklingt Aus der Jugendzeit „als es gemütlich geworden war" in einer
Kneipe, in der ein nicht weiter spezifiziertes Dienstjubiläum gefeiert wird.

[107] Alfred Wellm: Morisco. Roman. Berlin (Ost) 1987, S. 436. In Wellms Roman
singt ein Stukkateur mit schöner Stimme das dem Ich-Erzähler unbekannte
Lied und produziert sich nach dessen Ansicht damit.

[108] Wulf Kirsten: Der Vogelsprache kund. In: Wulf Kirsten: Die Prinzessinnen im
Krautgarten. Eine Dorfkindheit. Zürich 2000 (Meridiane aus aller Welt, 29),
S. 67-76.

gen besonders die von Hermann Lenz und Ludwig Harig hervor. So schreibt Hermann Lenz (1913-1998):

> Seit meiner Kindheit kenne ich das Lied *Aus der Jugendzeit*. Es ruft Empfindungen und Bilder herauf, die mich von früh an begleitet haben. In ihm werden Jugendgefühl und Altersgefühl miteinander verschmolzen, und Ewigkeit und Vergänglichkeit begegnen sich im Schwalbenflug, als wäre der ein Zeichen der ewigen Wiederkehr.[109]

Was für Empfindungen und Bilder *Aus der Jugendzeit* auszulösen imstande ist, hat Ludwig Harig (geb. 1927) in seiner durch die Schriftstellerumfrage angeregten biographischen Erzählung *Was die Schwalbe sang. Frühsommertag mit Rückert* geschildert. Neben der Erinnerung an die zitherspielende Großmutter, die beim Singen von *Aus der Jugendzeit* jedesmal zu Tränen gerührt wurde, steht die Beschreibung eines Coburg-Aufenthalts, der dem Autor eine weitere Darbietung des Liedes beschert:

> Da wischte unten am Tischende ein Herr den Bierschaum von seinem Mund und sang, leise und doch mit so viel Tremolo, daß die Gläser mitsangen: ,Aus der Jugendzeit, aus der Jugendzeit‘; ich hörte sogar die Zither meiner Großmutter heraufklingen aus der eigenen Jugendzeit und war sogleich entschlossen, am nächsten Morgen nach Neuses zu pilgern.[110]

Bemerkenswert an den (literarischen) biographischen Zeugnissen sind nicht nur die Erlebnisse und Empfindungen ihrer Autoren, sondern auch die Informationen, die sie gewissermaßen im Vorübergehen über die Verbreitung und Aufführungsformen des Liedes geben. Neben Ludwig Harigs Schilderung seiner zitherspielenden Großmutter sind hier die autobiographischen Skizzen von Christian Ferber alias Georg Seidel, *Ein Buch könnte ich schreiben*, von Interesse. Ferber, der Sohn von Ina und Heinrich W. Seidel, schildert in seinen in der dritten Person notierten fragmentarischen Memoiren, dass er das Lied während seiner Jugend in Berlin häufig gehört habe:

> *Aus der Jugendzeit, Aus der Jugendzeit / Klingt ein Lied uns immerdar*: Georg wird das bestätigen. Zwei von den drei Hofsängern pro Woche, die neben der

---

[109] Hermann Lenz, zitiert in: Wulf Segebrecht: Lebt Rückert? Eine Anfrage bei Schriftstellern heute. Bamberg 1989 (Fußnoten zur neueren deutschen Literatur, 16), S. 31.

[110] Ludwig Harig: Was die Schwalbe sang. Frühsommertag mit Rückert. In: Segebrecht, Lebt Rückert? (Anm. 109), S. 119-122, hier: S. 120. Ein indirektes literarisches Zeugnis bietet die von Patrick Bohners verfasste Rezension von Peter Gays Memoiren *Meine deutsche Frage. Jugend in Berlin 1933-1939* (München 1999), deren Überschrift gleich mehrfach intertextuell markiert ist: *Als Hitler den weißen Papagei stahl. Aus der Jugendzeit, aus der Jugendzeit: Peter Gays Erinnerungen an Berlin* (Frankfurter Allgemeine Zeitung, 2. November 1999).

Klopfstange konzertierten die Ziegelmauern empor, kannten allein dieses Lied, oder sie hielten es für besonders geeignet dank seines Gemütspotentials."[111]

Offenbar gehörte das wehmütige Lied zum Repertoire der Sänger und Leierkastenspieler, die nicht nur in Berlin in den Hinterhöfen musizierten.

Auch in privaten Dokumenten spielt das „Gemütspotential" des Schwalbenlieds die Hauptrolle. Eine interessante Ausnahme bilden nur die auszugsweise online veröffentlichten ungedruckten Erinnerungen von Marie Auguste Adelgitha Bock (1880-1954). 1896 kam Marie Bock aus Königsberg in ein Pensionat nach Amorbach im Odenwald. Die Erinnerung an diese Zeit fällt mit der an den Tod ihres Vaters am 30. Dezember 1897 zusammen, der sie schwer traf. In ihren sozialgeschichtlich interessanten und auch sonst lesenswerten Erinnerungen zitiert Marie Bock Rückerts Schwalbenlied in originaler Länge, um den Text anschließend zu kommentieren:

> Ich selber habe in Amorbach nie das Gefühl verloren, so seltsam es klingen mag, daß die sonnige Kindheit, ja Jugend vorbei sei. Das Lied: *Aus der Jugendzeit* das alle so gern sagen stimmte mich so traurig, daß später, als es bekannt wurde, gleich [wenn] neue Mädels es anstimmten, ein ‚*Stille*‘ durch die Reihen ging, „*Marie will es nicht hören*.‘[112]

Die Popularität des Liedes, die von Marie Bocks Erinnerungen bezeugt wird, spiegelt sich auch in Zitaten aus dem Schwalbenlied in privaten Briefen des 19. und 20. Jahrhunderts. Dabei machen gerade die Fehler, die den Briefschreibern beim Zitieren des Liedes unterlaufen, deutlich, dass dieses zum Teil des allgemeinen Gedächtnisses geworden war. So bedankt sich Theodor Storms Freund und Briefpartner Erich Schmidt am 23. November 1877 für die Übersendung eines Novellenbandes: „Der treffliche Pole Poppenspäler hat sich bei mir schnell ein warmes Plätzchen erobert. Das ist eine ganz reizende Geschichte:

> Aus der Jugendzeit, aus der Jugendzeit
> Schallt ein Lied mir immerdar

---

[111] Christian Ferber: Ein Buch könnte ich schreiben. Die autobiographischen Skizzen Georg Seidels (1919-1992). Mit einem Nachwort von Erwin Wickert. Göttingen 1996, S. 38.

[112] Marie Bock: Auf der Suche nach meinem Leben. Unveröffentlichtes Manuskript. URL: http://www.schaper.org/ahnen/lemcke/bock/index.htm. Abruf: 27. Juni 2009. Marie Bock wurde 1923 in Königsberg mit einer Dissertation zum Thema *Beiträge zum Streit zwischen Realismus und Existenzphilosophie* zum Dr. phil. promoviert.

und ohne wehmüthige Resignation, sondern mit der Freude, daß man noch hat, ‚was mein einst war‘.“[113] Üblicherweise waren die Assoziationen mit dem Schwalbenlied allerdings wehmütiger Natur. Die Schriftstellerin Agnes Sapper zitiert in ihrer 1908 erschienenen Biographie ihrer Mutter Pauline Brater (1827-1907) den letzten Brief ihrer Mutter an die Freundin Luise Hecker, dem Pauline Brater ein Blatt mit der ersten Strophe von *Aus der Jugendzeit* beilegte.[114] Auch der folgenden Generation war das sehnsuchtsvolle, in zahlreichen Liederbüchern enthaltene Lied bestens bekannt. Der Vater der Dichterin Gertrud Kolmar, Ludwig Chodziesner, beschreibt in einem Brief an seine Tochter Hilde vom 26. März 1939 seinen ersten Besuch in einer Synagoge nach sechzig Jahren, bei dem ihn vor allem die Musik ergriff:

> Meine Kindheit, meine Jugend stieg wieder auf, ich war im Innersten ergriffen. Die Stimme des Kantors mit ihrem Wohllaut tönt noch immer in mir nach; noch immer höre ich den alten lieben Klang, den ich jeden Freitag Abend gesungen habe. Aus der Jugendzeit klingt ein Lied mir immerdar, ach wie liegt so weit, was mein einst war.[115]

Noch Gottfried Benn, gewiss kein sentimentaler Schriftsteller, zitiert in einem Brief an F. W. Oelze aus dem Schwalbenlied und erinnert so seinen Briefpartner an ein Liebesabenteuer: „Herr Oelze, die Nord- und Ostseeküste von Danzig bis Amrum scheint mir besät von Oelzeschen Abenteuern, auch Schleswig (1939-1940) wollen wir nicht vergessen! ‚Keine Schwalbe bringt Dir zurück‘ – “.[116] Typischer als Benns leicht ironische Anspielung ist aber das sentimentale Erinnern. So findet sich in einem auszugsweise im Internet wiedergegebenen Brief einer nach Brasilien ausgewanderten Deutschen vom 24. Oktober 1959 ein Bericht über einen Besuch bei einem Verwandten oder Freund: „Bei Max [...]

---

[113] Brief von Erich Schmidt an Theodor Storm, Straßburg, 23. November 1877. In: Theodor Storm – Erich Schmidt: Briefwechsel. Kritische Ausgabe. Bd. 1: 1877-1880. In Verbindung mit der Theodor-Storm-Gesellschaft hg. von Karl Ernst Laage. Berlin 1972, S. 67, Nr. 25.

[114] Agnes Sapper: Frau Pauline Brater. Lebensbild einer deutschen Frau. München: Beck, 1908, S. 308. Der Brief an Luise Hecker ist nicht datiert, dürfte aber Anfang 1907 geschrieben sein..

[115] Zitiert in: Johann Woltmann: Gertrud Kolmar. Leben und Werk. Göttingen 1995, S. 254.

[116] Gottfried Benn an F. W. Oelze, Berlin, 27. Juli 1953. In: Gottfried Benn: Briefe. Bd. 2, 2. Teil: Briefe an F. W. Oelze 1950-1956. Hg. von Harald Steinhagen und Jürgen Schröder. Wiesbaden/München 1980, S. 177f., Nr. 648, Kommentar S. 344.

war ich über drei Wochen. Da haben wir immer nur von Eisenberg erzählt. Aus der Jugendzeit klingt ein Lied mir nach ...".[117]

Dass das Schwalbenlied der Sehnsucht nach der zurückgelassenen
Heimat Ausdruck verleihen kann, belegt auch ein Beitrag aus einem Ko-
lonialkalender über die Feier von Kaisers Geburtstag in einer deutschen
Kolonie in der Südsee. Ein Programmpunkt waren Rezitationen der
Schulkinder, die Gedichte wie *Ich hatt' einen Kameraden* oder *Goldene
Abendsonne, wie bist du so schön* vortrugen. „Man vergaß die Umgebung
und hörte nur alte, längst entschwundene Weisen, fühlte sich selbst
wieder auf der Schulbank sitzen und in die schönsten, sorgenfreiesten
Stunden des Lebens zurückversetzt. – Und von weit, weit her schien es
zu klingen so leise, daß es nur dem Herzen verständlich war:

> ‚Aus der Jugendzeit, aus der Jugendzeit
> Klingt ein Lied mir immerdar.
> O wie liegt so weit, o wie liegt so weit,
> Was mein einst war!' –[118]

Vor diesem Hintergrund erscheint es als logische Fortsetzung, dass *Aus der
Jugendzeit* als „erinnerungsselige[r] Heimwehkantus"[119] auch in ein Aus-
wandererliederbuch[120] und nach 1945 in die Flüchtlings- und Vertrie-
benenliederbücher aufgenommen wurde. Schließlich war das Schwalbenlied
auch in den Gebieten verbreitet, die nach 1945 nicht mehr Teil des deutschen Staatsgebiets waren. Zu den im Deutschen Volksliedarchiv vorhandenen Belegen gehört ein Brief einer gebürtigen Ostpreußin, aus dem
hervorgeht, dass *Aus der Jugendzeit* zum Liedrepertoire ihrer 1893 geborenen Mutter gehörte[121], sowie ein handschriftliches Liederheft mit dem Titel *Lieder aus den 30er Jahren*, dessen Besitzerin aus Keszöhidegkut, Kom.
Tolna in Ungarn stammte.[122]

---

[117] Brief von Clara Mann an Max Sperrhake. Zitiert nach der Homepage von Peter
Sperrhake, URL: http://www.sperrhake.com/objekt/brasilien.htm. Abruf: 18. September 2009].
[118] Erich Olkiewicz: Kaisersgeburtstag in einer deutschen Kolonie der Südsee. In:
Süssenrotts Illustrierter Kolonial Kalender 1912, online unter der URL: http://
jaduland.de/kolonien/suedsee/text/kgeburtstag.html. Abruf: 27. Juni 2009.
[119] Schilling, Artium Laterna Coburgensis (Anm. 14), S. 2.
[120] Liederbuch. Eine Sammlung deutscher Lieder für alle, die in Brasilien das deutsche Lied in der Familie, in Vereinen und auf Wanderfahrten pflegen und erhalten wollen; unter besonderer Berücksichtigung der Turner und Pfadfinder zusammengestellt von J. Aloys Friedrichs. Porto Alegre: Typographia Mercantil,
1922, S. 89, Nr. 97.
[121] DVA, A 224575.
[122] DVA, A 210673.

Ebenso verschieden wie die Orte waren auch die Kontexte, in denen das Lied erklang. Neben den erwähnten Feiern von Kaisers Geburtstag sind hier auch andere Jubiläen zu nennen. Der Politikwissenschaftler Theodor Eschenburg schildert in seinen Erinnerungen den siebzigsten Geburtstag seines Großvaters, des Lübecker Bürgermeisters Johann Georg Eschenburg, der 1914 u. a. mit einem Fackelzug und Darbietungen der Männergesangsvereine gefeiert wurde: „Das erste Lied war ‚Aus der Jugendzeit klingt ein Lied so weit‘.“[123] Anders als bei den Kaisergeburtstagen im Krieg und in der Südsee dürfte die Wahl des Liedes durch das Alter des Jubilars begründet gewesen sein. Zu hören war das Lied aber auch in ganz anderer Umgebung, nämlich im Gefängnis von Berlin-Moabit. Dort wurden im Juli 1926 Tonaufnahmen von Straftätern angefertigt mit dem Ziel, diese mit Hilfe der Stimmphysiognomik wiederzuerkennen. Einige dieser Aufnahmen enthalten neben von den Strafgefangenen verfassten Texten auch Lieder. Zu diesen gehört *Aus der Jugendzeit*, gesungen von „Paul B., Alter unbekannt, Einbrecher. Geboren in Berlin, evangelisch, Bürgerschule. Beruf Musiker“.[124] Aus den 1920er Jahren sind neben dieser Kuriosität auch mehrere Schellack-Aufnahmen belegt.[125] Bekannte Interpreten des Liedes waren Heinrich Schlusnus und Richard Tauber, später Rudolf Schock, Peter Schreier – dieser im Jahr 1949 als Knabenalt – und Hermann Prey[126] sowie Marlene Dietrich.[127] Die Tonträger mit Fassungen für Frauen-, Männer- und gemischten Chor, Bläserensemble und die Einspielungen von „Volksmusikern“ sind nicht zu zählen.

Auch die nicht-literarischen oder -biographischen Textdokumente könnten kaum unterschiedlicher sein. Unter diesen verdient der einzige Versuch, das Lied zu parodieren, einige Aufmerksamkeit, wenngleich

---

[123] Theodor Eschenburg: Also hören Sie mal zu. Geschichte und Geschichten 1904 bis 1933. Berlin 1995, S. 42.

[124] Vgl. das Skript des im Deutschlandfunk am 31. Juli 2007 gesendeten Features *„Ich schlage dich gleich mit dem Kochlöffel um die Ohren, du Affe“. Stimmphysiognomik und Verbrecherjagd in der Weimarer Republik* von Sabine Weber. URL: http://www. dradio.de/download/70480/. Abruf: 27. Juni 2009.

[125] Vgl. hierzu das Vox-Aufnahmebuch (URL: http://home.allgaeu.org/cgallenm/ Lotz/Vox%20Aufnahmebuch.pdf). Abruf: 18. Dezember 2009.

[126] Vgl. dazu den Katalog des Deutschen Musikarchivs sowie die Musikinformationsplattform akuma (URL: http://www.akuma.de/robert-radecke/aus-der-jugendzeit-for-voice-piano-rmwv-424/work,c206283,index.html). Abruf: 18. Dezember 2009.

[127] Marlene Dietrich nahm 1954 in New York eine Reihe von deutschen Liedern auf, veröffentlicht wurde die Aufnahme allerdings nicht. Vgl. hierzu die Internetseite „Marlene Dietrich Rare Recording“, URL: http://home.snafu.de/fright. night/marlene-dietrich-rare-de.html. Abruf: 18. September 2009.

dessen Qualität kaum zu unterbieten ist. So fragt das von Friedrich Co-
sander herausgegebene Nonsens-Liederbuch *Der Pott* innerhalb der
Rubrik „Du kennst – ?" nach dem „Lied von der Auster": „Auster Jugendzeit, Auster Jugendzeit klingt ein Lied mir immerdar, –".[128] Bemerkenswerter als die müde Scherzversion, die nach der Melodie von Radecke zu singen ist, ist die Tatsache, dass Rückerts Schwalbenlied trotz
seiner enormen Popularität und weiten Verbreitung nur ein einziges Mal
parodiert wurde, obwohl gerade in der Volksdichtung „alles Vielbenutz-
te, oft Gehörte und bis zum Überdruß Wiederholte und Abgegriffene"
sowie „das Sentimentale, das Pathetische" parodiert wird und bei Volksliedern „oft nicht nur der abgedroschene Text, sondern [...] auch die
Melodie [...] zum parodierenden Umsingen verlockt".[129] Der Grund für
die fehlenden Parodien dürfte in der großen Beliebtheit des Schwalbenlieds liegen, die – gemeinsam mit der massiven gedruckten Überlieferung – auch dafür verantwortlich ist, dass das Lied kaum zersungen
wurde. Lediglich in einem im Deutschen Volksliedarchiv vorhandenen
Zeugnis – der Transkription einer Gesangsaufnahme aus Leimersheim
in der Pfalz vom Spätherbst 1979 – findet sich eine um eine Strophe
verkürzte und veränderte Variante des Liedes. Die betroffenen Zeilen lesen sich wie eine unbeabsichtigte Parodie:

> Als ich Abschied nahm, als ich Abschied nahm,
> war die Welt mir doch zu viel,
> als ich wiederkam, als ich wiederkam,
> war alles leer.[130]

Manche der übrigen nicht-literarischen Texte haben gleichfalls das Zeug
zur unfreiwilligen Satire. 1936 erschien im *Kladderadatsch* eine Anzeige
für Pillen gegen Energielosigkeit, in der die erste Zeile des Liedes mit
der Melodie von Radecke als Aufhänger für den nachfolgenden Werbe-
text dient: „Jugendkraft wohnt nicht im Geburtsjahr, sondern in den
Hormonen".[131] Auch im nicht-kommerziellen Bereich finden sich ku-

---

[128] Der Pott. Ein unverschämtes Liederbuch voll Stumpfsinn, Rührseligkeit, Ausge-
lassenheit und Spott für geborene Kindsköpfe und solche, die es mit der Zeit
geworden sind, hg. zu eigener Erbauung und Genugtuung von Friedrich Co-
sander. Wolfenbüttel und Berlin: Kallmeyer, 1942, S. 37.

[129] Lutz Röhrich: Gebärde – Metapher – Parodie. Studien zu Sprache und Volksdichtung. Düsseldorf 1967 (Wirkendes Wort. Schriftenreihe, 4), S. 215.

[130] Sängerin: Gertrud Finkel, 57 Jahre. Spätherbst 1979, Leimersheim/Pfalz. Übertragung: G. Gröger, DVA, 1988. DVA: A 223955.

[131] Werbeanzeige für „Titus-Perlen" im *Kladderadatsch* vom 26. Juli 1936 (89. Jg,
Nr. 30), nicht paginiert. Die Zeitschrift ist Bestandteil von „Heidelberger his-

riose Referenzen. So protestierte „Der Bauer Heide, Hof Schreiberg“ unter der Überschrift *O wie liegt so weit, was mein einst war!* in der *Siegener Zeitung* vom 9. Januar 1950 gegen das seit 1934 bestehende Verbot der Brackenjagd.[132] Allerdings wurde das Schwalbenlied in der zweiten Hälfte des 20. Jahrhunderts nur noch selten als Referenztext herangezogen. Erst nach der Jahrtausendwende finden sich wieder einige Texte, in denen das Lied ausnahmslos als Folie der Besinnlichkeit dient.[133] Ein typisches Beispiel dafür ist der Beginn einer Predigt von Kardinal Meisner in der Minoritenkirche Köln am 8. November 2008: „Ältere Menschen singen sich oft voller Wehmut ihre Sehnsucht nach den besseren Tagen der Jugend aus dem Herzen: ‚Aus der Jugendzeit, aus der Jugendzeit, klingt ein Lied mir immerdar. O wie liegt so weit, o wie liegt so weit, was meins [!] einst war“.[134] Die Einordnung des Schwalbenlieds als „Lied für Ältere“ wird, wie oben dargestellt, auch durch die zunehmende Publikation des Liedes in Liederbüchern für die Seniorenarbeit bestätigt. Außerhalb von Altenheimen und Seniorenveranstaltungen ist *Aus der Jugendzeit* heute gelegentlich als Drehorgellied[135] und alljährlich im Winter vom Turm des 1951 erbauten Rathauses der Stadt Nordhorn zu hören.[136] Wie viele Menschen das Lied erkennen, wäre noch zu untersuchen.

---

torische Bestände – digital“ (URL: http://diglit.ub.uni-heidelberg.de/diglit/kla1936/0477).

[132] Der Bauer Heide, Hof Schreiberg: O wie liegt so weit, was mein einst war!. Siegener Zeitung, 9. Januar 1950, online verfügbar auf der Homepage des Heimatvereins Vormwald e. V. URL: http:///www.heimatverein-vormwald.de/Geschichte/Freier%Hof%Schreiberg/O%wie%liegt%so%weit%,%was%mein%einst%war.pdf. Abruf: 18. September 2009.

[133] Adam Riechwein: Es läutet ... Besinnliches für den Hl. Abend. In: Lengenfelder Echo, Januar 2005, S. 8.

[134] Erzbischof Joachim Kardinal Meisner: Predigt zum 700. Todestag des seligen Johannes Duns Scotus in der Minoritenkirche Köln am 8. November 2008. Hg. von der Pressestelle des Erbistums Köln. URL: http://www.erzbistum-koeln.de/export/sites/erzbischof/predigten/jcm-pr-081108-duns-scotus.pdf. Abruf: 27. Juni 2009.

[135] Das Drehorgelduo Dietmar und Peter Jarofke bietet u. a. die Wiedergabe einer Notenrolle an, die *Aus der Jugendzeit* in der Vertonung von Robert Radecke enthält. Vgl. die Homepage des Drehorgelduos. URL: http://www.drehorgelfreunde.com/Musik/42er/index.php. Abruf: 18. September 2009.

[136] Vgl. die Homepage der Stadt Nordhorn. URL: http://www.nordhorn.de/avant.cms/content/artikel.php?id=1852&op=1&opt=8&ops=240&li=3. Abruf: 18. September 2009.

Anhang

Rückert-Volkslieder in den Beständen des Deutschen Volksliedarchivs Freiburg und des Österreichischen Volksliedwerks[137]

Die hier aufgeführten Lieder wurden durch die Recherche nach „Friedrich Rückert" in der Lieddatenbank der Österreichischen Volksliedwerke (http://www.volksmusikdatenbank.at/) und der Durchsicht der verschiedenen Kataloge des Deutschen Volksliedarchivs Freiburg nachgewiesen. Die dort belegten Lieder werden mit dem Kürzel DVA gekennzeichnet, Nachweise aus den Beständen der Österreichischen Volksliedwerke mit ÖVLW. Verzeichnet werden die Incipits, die Abfolge steht in keinem Zusammenhang mit der Verbreitung und Popularität der genannten Lieder. Besonders häufig nachgewiesen und demzufolge populär waren neben dem in diesem Beitrag analysierten Lied das Weihnachtslied *Dein König kommt in niedern Hüllen*, *Der alte Barbarossa*, das Kinderlied *Es kamen grüne Vöglein*, das Abschiedslied *Fahr wohl, o Vöglein, das nun wandern soll* sowie das Abendlied *Ich stand auf Berges Halde* und *Roland der Ries' am Rathaus zu Bremen*.

- Aus der Jugendzeit (DVA, ÖVLW)
- Bedeckt mit Moos und Schorfe (DVA)
- Dein König kommt in niedern Hüllen (DVA, ÖVLW)
- Dem Wandersmann gehört die Welt (DVA, ÖVLW)
- Der alte Barbarossa (DVA, ÖVLW)
- Der Frost hat mir bereifet des Hauses Dach (DVA)
- Der Herr, der alles wohlgemacht, ich will (DVA)
- Der Lenz tut seinen Freudengruß (DVA)
- Der Landsturm / Wer hat das schöne Wort erdacht (DVA)
- Der Himmel hat eine Träne geweinet (DVA)
- Die Rose stand im Tau, es waren Perlen grau (DVA)
- Dieser Kuckuck, der mich neckt (DVA, ÖVLW)
- Es ging die Riesentochter, zu haben einen Spaß (DVA)
- Es kamen grüne Vöglein (DVA, ÖVLW)
- Es läuft ein fremdes Kind (DVA, ÖVLW)
- Fahr wohl, du goldne Sonne (DVA)
- Fahr wohl, o Vöglein, das nun wandern soll (DVA, ÖVLW)
- Ich sah dem Glanz der Sonne nach (DVA, ÖVLW)
- Ich saß an meinem Rädchen (DVA)

---

[137] Vgl. Anm. 6.

– Im Osten geht die Sonne auf (DVA, ÖVLW)
– Im Schoß der Mitternacht geboren (DVA)
– Im selben Maß, du willst empfangen (ÖVLW)
– Ich stand auf Berges Halde (DVA, ÖVLW)
– Ist's doch gar zu schön zwischen Tal (DVA)
– Kann denn kein Lied krachen mit Macht (DVA)
– Keinen Tropfen trinkt das Huhn (DVA)
– Lachen und Weinen zu jeglicher Stunde (DVA)
– Nehmt euch in Acht vor Bächen (DVA, ÖVLW)
– Roland der Ries' am Rathaus zu Bremen (DVA, ÖVLW)
– Schlägt dir die Hoffnung fehl (ÖVLW)
– Wiedersehn ist ein schönes Wort (ÖWLV)
– Wo der Regenbogen steht (DVA)

„Und die Welt ist singbar"

Rückerts Gedichte und ihre Vertonungen

von

Dietrich Fischer-Dieskau

Die Lyrik des Friedrich Rückert führt leicht in die Irre und bezaubert zugleich. Denn es kann begegnen, dass sich hinter formstrengen Versordnungen Etüden der Technik verbergen, ganz so, wie es die von Rückert hochgeschätzten und von seinem ungeheuren Sprachwissen her durchdrungenen und wohlverstandenen, in ihrem Wesen erkannten orientalischen Meister verschiedener Sprachen und Dialekte praktizierten. Des Dichters phänomenale Erfindungsmacht erschwert es, sich ein vollkommenes Panorama seiner vielseitigen schriftstellerischen Beschäftigungen zu entwerfen. Das ist vielleicht auch die Ursache für das fast völlige Verschwinden seines Namens und Wirkens aus vielen Enzyklopädien und Fachlexika unserer Zeit. Wer viel schreibt, muss offenbar damit rechnen, dass er etwas früher als andere wenigstens ausschnittweise vergessen wird.

Das gilt zweifellos auch für die erstaunlich schmale Berücksichtigung seiner Texte meist zu musikalischer Umgestaltung, zur Anverwandlung in Töne. Franz Schubert mit seinen tausendfachen Verbindungen von Wort und Ton musste sich postum ähnliches wie der Dichter gefallen lassen, obwohl der Liedmeister bereits zu Lebzeiten oft nicht erkannte, ob ein von ihm im Vorjahr geschriebenes Lied wirklich aus seiner Feder stammt oder der eines anderen. Stets auf die gerade veröffentlichte Lyrik erpicht, stieß er auch bei Rückert sogleich nach der eben erfolgten Drucklegung auf einige Texte, die es ihm angetan hatten.

Drei Lieder nach Rückert gelangten zusammen mit einem Gesang nach August Graf von Platen in das op. 59. Man kann sie als zusammengehörig empfinden, mithin als Zyklus auffassen. Sie alle kreisen um das Thema Liebe und sind – bei aller Hochachtung vor dem Autor der *Schönen Müllerin* – dichterisch höher gelegen als die etwa zeitlich begonnenen Lieder nach Wilhelm Müller. Vor allem hält keines dieser häufig auch als Einzellied eingesetzten Stücke dichterisch mit den besten Rückert-Gesängen Schritt.

In einem Brief an den Freund Franz von Schober schreibt Schubert stolz von einer „vollen Ladung Lieder",[1] zu welcher das wundervolle Lied *Greisengesang* D 778 auf einen Text von Friedrich Rückert gehört. Seit Goethes *West-östlichem Divan* machte sich ein Hang zum Orientalischen in der deutschen Literatur bemerkbar. Zum Spezialisten dieses lyrischen Genres bildete sich Rückert aus, indem er Bedeutendes aus der östlichen Literatur ins Deutsche übertrug. Darüber hinaus spiegelt die Beschäftigung mit den alten Kultursprachen sich auch in den eigenen Produktionen, in einem mitunter allzu ausgeprägten, wenn nicht dominierenden Formsinn, dem zum Trotz wir einige der schönsten Gedichte in deutscher Sprache verdanken. Im *Greisengesang*, dem getragenen Moll-Stück, tritt uns würdig Resignatives entgegen. Kraft und Geschmeidigkeit bilden die rechten Äquivalente für diesen Geniestreich eines immerhin noch jungen Mannes. Rückerts Lyrik-Buch *Östliche Rosen* war gerade eben erst, nämlich auch 1823, erschienen, und wie immer hatte sich Schubert das Neueste von den Freunden vorlegen lassen. In diesem Zusammenhang gewinnt die Tonart h-moll den notwendig herben Ausdruck, wie um zu betonen, hier singe kein sich selbst Bemitleidender. Dem entspricht, wie überraschend forsch das Klaviervorspiel den Stoff angeht, wie um sich zur Aussage zu raffen. Der antinomisch in den Gedichtzeilen beschworene Gegensatz von Innenwelt und Außenwelt ereignet sich im Wechsel von Dur zu Moll. Zu irgendwelcher Tonmalerei lässt sich Schubert nicht verleiten; höchstens wiederholt das Klavier bei „all gesungen einander nach" die Abwärtslinie in der Singstimme wie als Nachzeichnung. „Wo sind sie hingegangen", wird gefragt, und der Bass geht geheimnisvoll in Oktaven unter der Singstimme mit. „Ins Herz hinab" führt ein Trugschluss nach gis-moll. In „Nach Verlangen, wie vor so nach" hebt Schubert „wie" und „wo" hervor, wie um anzudeuten, dass keine Verzierung denkbar ist, etwa leichte portato-Akzente oder vielleicht etwa eine Bedeutungsminderung der Achtelnoten zum weinerlichen Mordent. Ganz soll die Kadenz dem einheitlichen Ausdruck gehören. Die Forte-Akkorde, mit denen das Lied nach so viel Verklärung zu enden sich erlaubt, wirken wie ein festes Schließen des Tores, das den inneren Bereich des Seelendenkens vor jeder Bedrohung oder Ablenkung bewahrt. Schubert fühlt mit der Poesie des Alterns beim Dichter, scheint mit ihr vertraut.

---

[1] Franz Schubert: Brief an Franz von Schober vom 14. August 1823. In: ders.: Briefe und Schriften. Mit den Briefen an Schubert und 18 Bildern hg. von Otto Erich Deutsch. Wien [4]1954 (Orpheus-Bücher, 8), S. 70f., hier S. 70.

Leichte Veränderungen zeigt die zweite Hälfte, ansonsten wiederholt sie im Prinzip die erste. Sie unterstreichen gleichsam, hier werde eine Frage gestellt, mit gehobener Stimme am Abschluss der Melodielinien, wo zunächst nur Feststellungen ihren Platz hatten. Schubert lässt die letzte Strophe des Gedichts weg. Im 20. Jahrhundert lässt sich der reife Richard Strauss nicht nehmen, diesen Rückert nun auch vollständig zu vertonen. Seine vorzügliche Musikalisierung lässt uns wehmütig daran denken, was einige Lebensjahre mehr Schubert an weiteren Rückert-Liedern hätten singen lassen.

In einem Brief an Schober vom 30. November 1823 gibt Schubert Bericht über Johann Michael Vogl, den ersten Interpreten des Liedes, der den Blick auf die Klavierstimme gänzlich dem Begleiter überlassen zu haben scheint:

> Vogl ist hier, u. hat einmahl bey Bruchmann u. einmahl bei Witzeck [d.i. Witteczek] gesungen. Er beschäftigt sich fast ausschließlich mit meinen Liedern. Schreibt sich selber die Singstimmen heraus u. lebt so zu sagen, davon. Er ist daher gegen mich äußerst manierlich u. folgsam.[2]

Erstaunlicherweise begrüßten die Rezensenten den vielen Stoff. Sie staunten über all das Neue in Schuberts Welt des Ausdrucks, über die ungebundene Freiheit, mit der Schubert seine Texte behandelte. Da heißt es in der in Leipzig erscheinenden *Allgemeinen musikalischen Zeitung* vom 24. Juni 1824, den bedeutendsten musikkritischen Blättern jener Zeit:

> Der Componist dieser Gesänge beurkundet durch sie ein achtenswertes Talent, das sich, im frischen Jugendmuth verachtend die alten, ausgetretenen Wege, einen neue Bahn bricht und diese consequent verfolgt. [...] Hr. Fr. S. schreibt keine eigentlichen Lieder und will keine schreiben (ihnen sich mehr oder weniger nähernd sind jedoch No. 3 in Op. 21. No. 2 in Op. 22. No. 1. 2. 3. in Op. 23. No. 2. in Op. 24), sondern freye Gesänge, manche so frey, dass man sie allenfalls Capricen oder Phantasien nennen kann. Dieser Absicht gemäss sind die meist neuen Gedichte, deren Werth jedoch sehr verschieden ist, günstig gewählt und die Uebertragung derselben in Töne im Allgemeinen zu loben. [...] Der Gesang, meist deklamatorisch, ist zuweilen wenig sangbar, nicht selten unnöthigerweise schwierig [...]. Die Harmonie ist meist rein, [...] die Modulation frey, sehr frey und oft noch etwas mehr.[3]

Nichts Menschliches ist der Welt seiner Töne fremd. Und schon die ersten Takte von Rückerts *Dass sie hier gewesen* D 775 etwa, immateriell

---

2   Franz Schubert: Brief an Franz von Schober vom 30. November 1823. In: ders., Briefe und Schriften (Anm. 1), S. 72-74, hier S. 73.
3   Allgemeine musikalische Zeitung 26 (1824), Nr. 26/Juni, Sp. 425-428, hier Sp. 425f.

hauchende Lüfte, mit *Tristan*-schwangeren Klängen zaubernd, mögen die Ohren der Zeitgenossen in Erwartung lediglich sanglichen Schwelgens verschreckt haben. Über die Tonart, in der wir uns befinden, sagt Schubert in den ersten Takten nichts aus. Unerklärbare, wie zufällig hingewehte Akkorde lassen die vorbereitenden Andeutungen mit oder eigentlich vor dem Dichter, der seine Verse mit einem Nebensatz beginnt, in der Schwebe, bis eine Tonalität in C-Dur mit den wiederholten Worten „Dass sie hier gewesen" Antwort und Sicherheit gibt. Sehr allmählich öffnet sich das Lied in Zweivierteln aus ungewisser Atmosphäre und tonaler Ambivalenz. Erst am Ende stellt sich strophische Klarheit her. In allen drei Gesätzen regiert die gleiche Konstruktion aus ungewissen Akkorden, die wiederholt eine verminderte Septime aus Cis als verstörende Unklarheit einführen. Im Juni 1823 entstand diese Kostbarkeit, wie schon *Sei mir gegrüßt* D 741 dem Gedichtband *Östliche Rosen* entnommen. Es scheint, als enthülle sich nur dem tiefer Dringenden die Schönheit der immer noch vernachlässigten Stücke. Bei ihnen ist der Sänger gehalten, sich vor dem Schmachten ebenso wie vor dem Verschleppen der Tempi zu hüten, sollen die zarten Gebilde zur Geltung kommen. In ähnlicher Intensität löste die Dichtung Rückerts bei Schumann, Loewe, Strauss oder Mahler entscheidende Impulse aus.

Rückerts orientalisch gefärbte Sprachmystik scheint Schubert in *Du bist die Ruh'* D 776 zu einzig hier möglicher Zurückhaltung bewogen zu haben. Dieser Text bringt die Identität von künstlerischem Erleben und andächtigem, wie weltlich auch immer geratenem Gebet zustande, ganz wie Schubert sie immer wieder suchte. Es beginnt sehr zurückhaltend mit ebenmäßiger Melodie, mit geglätteter Schönheit. Acht kurze Verse des Gedichts schließen sich vertont, wie zunächst zu erwarten, zu symmetrischer Periode von sechzehn Takten. Am Ende scheint ein kunstloser Abschluss bereit zu stehen. Statt dessen blüht eine neue, über die Worte hinausschwingende Phrase, nachdem sie sich durch die Wiederholung der letzten Textzeile Platz geschaffen hat: „Dies Augenzelt, von deinem Glanz allein erhellt – o füll' es ganz!" In *crescendo* und *decrescendo* erteilt dies eine wertvollere und zugleich schwierigere Gesangslektion als alle Vocalisen in Instruktionsbüchern. Nach einer Pause, wie erschöpft von solcher Emphase, bittet der Dichter demütig: „O füll' es ganz!" Der Satz konzentriert sich wieder in der Stille, zieht sich in jenen inneren Bereich zurück, in dem das Lied von allem Anfang an ruhte. Schubert nimmt je zwei der Vierzeiler zusammen und lässt sie so wie eine Zeile wirken und den Mittelreim verschwinden. Dass er auf diese Weise zu weiten, viertaktigen Melodiebögen kommt, lässt seine Melodie nur zu sehr einleuchten. Das Klavier beginnt zweistimmig, wird im vierten Takt dreistimmig, im fünften vierstimmig und folgt damit einer den Streichquartetten entnommenen Technik, die bis zur siebentaktigen Steigerung in unserem Lied Anwendung findet. Zwar knüpft der Abgesang an die Melodien der ersten Strophen an, aber der Himmel des Entzückens wird über eine Leiter von Akkorden erklommen. Der Gipfel der Steigerung durchbricht an zwei Stellen den Bereich des Es-Dur und sprengt ihn mit fast gewaltsamer Modulation nach As-Dur. Gern wird das Abschwellen des hohen G bei der Wiederholung der schwierigen Ausführung wegen übergangen. Aber Schubert denkt eben nicht an das Übersingen des Souffleurkastens, sondern bleibt im inneren Bezirk.

Es gibt auch Lieder, in denen Tiefe nicht angestrebt wird und die der Komponist ganz anders angehen musste. Da gibt es bei Schubert keine Sorge. In der Nummer 4 des gleichen Opus, dem *Lachen und Weinen* D 777, finden sich zehn Ritornell-Takte, die präludieren, postludieren und die beiden Liedteile miteinander verbinden. Im knappen Rahmen des Allegro-Stücks in Zweivierteln werden beide Stimmungen der Titelworte Rückerts „Lachen" und „Weinen" virtuos voneinander geschieden, bei wunderbar flüssiger Diktion.

Vor dem Ende des Jahres 1827 war die brillante Violin-Klavier-Phantasie über das Rückert-Lied *O du Entriss'ne mir* D 741 entstanden. Der Titel *Sei mir gegrüßt* hatte den Beginn der beglückenden Rückert-Reihe ausgemacht, eine Wahl übrigens, die Schuberts Wesen widerspiegelt. Denn nach hymnischen Steigerungen in Liebesgedanken mildert sich die Huldigung zu sehnsüchtiger Bescheidenheit. Der Orientspezialist Friedrich Rückert blieb nur wenige Jahre bedeutsam in Schuberts Schaffen. In der Folgezeit drängte sich die dichtende, neue Bekannte um Schubert, in einer für ihn späten Schaffenszeit, sodass es zu keiner weiteren Einlassung mehr mit dem berühmten Rückert kam.

Es war Rückerts Braut Luise Wiethaus, die dem Dichter, bevor er sich intensiv den orientalischen Dichtungen zuwandte, in Neuses bei Coburg ein behagliches Poetenasyl schuf.[4] Hier verlebte er den Großteil seiner späten Jahre, hörte auch viel Musik von damals gerade bekannt werdenden Komponisten, was sehr auf seine eigene Dichtung abfärbte, die damals ihre Farbsegmente aus den orientalischen Dichtungen sog. Als Ergebnis kann man die Gedichtsammlung *Östliche Rosen* bezeichnen, aus denen am häufigsten Anklänge an orientalische Tongebärden her-

---

[4] Vgl. Ingeborg Forssman: Luise Rückert geb. Wiethaus-Fischer, „Mein guter Geist, mein bessres Ich!". Ein Lebensbild der Frau des gelehrten Dichters Friedrich Rückert. Würzburg 1997 (Rückert zu Ehren, 9).

auszuhören sind, ganz zu schweigen von den zahlreichen Erzählungen und Betrachtungen, die alle von Künstlern des Morgenlandes inspiriert scheinen. Unmöglich, hier all jene Musiker aufzuzählen, die sich mit Lust auf die Farbpracht der Rückertschen Sprache warfen! Genannt seien lediglich Wilhelm Kienzl, August Bungert und Robert Franz.

Abu Temmâms Sammlung *Hamâsa* empfand Rückert als bezeichnend für das gesamte morgenländische Volkslied. Hier mischte sich auch der interessierte Robert Schumann in Leipzig ein, dem einiges aus Rückerts Feder besonders anregend zu werden versprach. Er spürte, wie sich dessen Verse geradezu anboten, auch musikalisch schöpferische Funken zu schlagen. Und er positioniert sich zu Rückert ganz anders als zu dem vielfältig und zahlreich vertonten Heinrich Heine, bei dem es zusätzlich darauf ankam, ihn vor inzwischen um seine Verse gewachsenen Kitschblumen zu bewahren. Die stützenden Gedichte für seine Kollektion *Myrten* halfen Schumann dabei, gelegentliche Trivialität beim Schöpfer der *Dichterliebe* gleichsam hinwegzuläutern. Denn Rückert brachte – ähnlich wie Platen – die Dichtung auf eine Nebenhöhe, er führte ihr aus fremden Zonen und Zeiten neue Rhythmen und Farben zu. Schumann liebte an Rückert die Meisterschaft des Technischen, die aber doch nicht so gelehrsam sich gab, dass nicht der Strenge und Schlichtheit des Volksliedes nahe geblieben werden konnte. Allerdings liebte er jenen Rückert, der Tod oder Wahnsinn besang, den Dichter der *Kindertodtenlieder* hingegen ignorierte Schumann.

Den Titel *Widmung* erfand der Komponist für das Einleitungslied seiner *Myrten* op. 25. In der Darstellung des Liebesaffekts findet sich hier ein anderer Tonfall als bei Heine, ein feuriger nämlich. Im Mittelsatz begegnen wir der Lieblingswendung Rückerts „Du bist die Ruh'", um den tiefsinnigen Hymnus an die Geliebte auszusingen, den Schumann seiner Clara zueignete. Die charakteristisch auf- und abbrausende Klavierfigur und der enharmonische Eintritt in den Mittelteil, von As-Dur nach Es-Dur, sie begegnen uns als archetypisch in vielen Schumann-Gesängen. Mit den Schlussakten erzielt Schumann die Wirkung einer instrumentalen Meditation, die den Text hinter sich lässt, ja, über ihn hinausgeht. Denn sie führen ein eigenes, der Singstimme vorenthaltenes Motiv ein. Beim Dichter konnte Schumann lesen: „Was mir nicht gesungen ist / Ist mir nicht gelebet" und „die Welt ist singbar".[5] Das sprach dem Komponisten aus dem Herzen.

---

[5] Friedrich Rückert: Das Leben ein Gesang. In: ders.: Ausgewählte Werke. Hg. von Annemarie Schimmel. Bd. 1. Frankfurt/Main 1988 (insel taschenbuch, 1022), S. 186.

Mit *Aus den Östlichen Rosen* begegnet uns in duftig begleitendem Ghasel die Hinwendung zum Orient, der damals als Inbegriff unbekannter, romantischer Ferne erschien. Im Gefolge Herders hatte die Ästhetik August Wilhelm Schlegels den Osten als Ursprung aller Romantik von der griechischen Klassik abgegrenzt. In den Gesängen zu Rückerts *Östlichen Rosen* sehen wir umrisshaft vorgezeichnet, was Schumann dann in *Das Paradies und die Peri* mit der Farbenpracht des Orchesters ausmalt. Am Rande unseres Lied-Manuskripts aus dem April 1840 notiert Schumann: „in Erwartung Claras". Das macht die zarte Vorfreude verständlich, die das Lied bewegt. „An ein Auge frühlingslicht" änderte der korrigierfreudige Schumann zu „An ein Aug' voll Frühlingslicht".

Als Gegenpol zur stürmischen Eröffnung des Heftes steht Rückerts stilles *Zum Schluß*, und man sollte aufmerken, wie bescheiden mit nur wenigen Akkorden Schumanns Beitrag ausfällt, der fast devot sich mit der Verehrung des Dichters zufrieden gibt. Und was sind dies auch für schöne, bei aller Komprimiertheit beeindruckende Verse:

> Hier in diesen erdbeklommnen Lüften,wo die Wehmut taut,
> hab' ich Dir den unvollkomm'nen Kranz geflochten,
> Schwester, Braut!
> Wenn uns, droben aufgenommen, Gottes Sonn'
> entgegengeschaut,
> will ich den vollkomm'nen Kranz Dir flechten,
> Schwester, Braut!

Bei aller Sinnlichkeit dient eine Gespanntheit vereinfachten Ausdrucks dazu, den Zielpunkt des Klaren, Einfachen nicht aus den Augen zu lassen, den sich Schumann später für seine „neuen Wege" vornahm. Wie weit liegt dieses Bekenntnis zur Schlichtheit von jenem Stil entfernt, in dem Franz Liszt zu jener Zeit komponierte!

Wenn sich das *Volksliedchen* op. 51,2 nach Rückert auch wenig anspruchsvoll und klein an Umfang darstellt, so bestätigte solche Kleinform Schumanns Meisterschaft darin. Ein Unterton von Unsicherheit und Ungeduld des liebenden Mädchens schwingt im Nachspiel mit, das an Subtilität seinesgleichen sucht. Für dieses Lied wurde kaum selbstständiges Material verwendet, andere Lieder klingen herüber. Wie hoch aber Schumann selbst sein *Volksliedchen* schätzte, schließen wir daraus, dass er es zu einem Mozart-Erinnerungsalbum beisteuerte, dessen Erstausgabe 1839 zur Enthüllung des Salzburger Mozart-Denkmals geplant war und erst 1843 gedruckt wurde. Und so dürfen wir eine angedeutete musikalische Verbeugung vor Mozart vermuten. Nach der Wahl des Dichters und dem Kompositionsstil ist die Entstehungszeit für den

Frühling 1840 anzusetzen. George H. Spencer fand in der Anthologie eines gewissen Johann eine weitere Textstrophe, die in der Rückertschen Werkausgabe nicht angeführt ist und die für die Wiederbelebung des Liedes interessant sein könnte:

> Wenn ich im Wald mit Freuden geh'
> In meinem grünen Hut,
> Wärmt mich ein froher Gedanke
> In voller Liebesglut.
> Der Himmel ist so blau,
> Die Liebste ist doch mein,
> Ich weiß es ganz genau,
> So wird es ewig sein.

Vielleicht liegt es an der ersten Beschäftigung mit symphonischer Form, dass sich die Sprache des *Liederfrühlings*, dass sich die kompositorische Haltung zu einer erregungsfernen Empfindsamkeit, Verinnerlichung und Stille reduziert. Sie kann auch dort eine gewisse Blässe nicht verleugnen, wo sich Überschwang wenigstens anzudeuten versucht. Hinzu kommt natürlich, dass es der Dichter dem Komponisten nie nur leicht machte, da er, so seufzt Schumann in einem Brief, „großer Musiker in Worten und Gedanken, dem wirklichen leider oft gar nichts hinzuzuthun übrig lässt".[6] Paradies der Ehe im stillen Heim, von dem Schumann immer wieder brieflich schwärmt, hier ist es, besonders im Schlussduett *So wahr die Sinne scheinet*, musikalisch beschworen, in einem Ton freilich, dessen Zufriedenheit und Naivität uns seltsam unberührt lassen. Und so zeigt sich das Eröffnungsmotiv zu *Der Himmel hat eine Träne geweint* (op. 37,1), das von Clara stammt, fast identisch mit dem Beginn des Duetts *So wahr die Sonne scheinet*, das den kleinen Zyklus beschließt.

Drei der zwölf Nummern des *Liederfrühlings* stammen von Clara Schumann. Gleich das Eröffnungsmotiv des ersten Liedes *Der Himmel hat eine Träne geweint* steuerte Clara bei, es zeigt sich identisch mit dem Beginn des abschließenden Duetts. In *Er ist gekommen* macht sich Clara Roberts typischen Tonfall aus mancherlei vorangegangenem Klaviersatz zu eigen. Auch Wiederholungen besonders hervorzuhebender Textzeilen nimmt sie auf. Ob die etwas holprigen Reime im dritten Lied *Oh ihr Herren* Schumann zu rascher, über die Versenden fortlaufender Melodielinie veranlasst haben? So reimt sich kaum noch merklich „werten" auf „Gärten" oder „stilles" auf „will es". Das kann freilich unsere Bewunderung

---

6   Robert Schumann: Drei gute Liederhefte. In: ders.: Gesammelte Schriften über Musik und Musiker. Bd. 3/4. Wiesbaden 1985 (Nachdruck der Ausgabe Leipzig 1854), S. 260-265, hier S. 264.

für die einfach erfundene Linie der Melodie nur vermehren. Claras Bekenntnis *Liebst du um Schönheit* atmet ruhige Gewissheit der Zuneigung und spricht den Hörer ohne Umweg an. Ähnlich wie schon Schubert schenkte Schumann dem Satztechnischen in seiner Version von *Ich hab' in mich gesogen* alle Aufmerksamkeit und chromatischen Reichtum. Sie heben das Lied über das Niveau des Zyklus hinaus. Ein ostinat wiederkehrendes Motiv lebt von seiner ineinander verwobenen Dreistimmigkeit. Später folgen über dem Orgelpunkt C raffinierte Harmonieverschränkungen. Die über der Motivfigur liegenden Quinten funktionieren als Brücke, die das Lied wie in eins zusammenschließt. Die Begleitung schwingt ihre Girlanden unter den Atempausen der Singstimme hin und setzt sich gerade an solchen Stellen mit ganz eigener Energie durch. Zunächst versuchte Claras Mann, das Heft an Kistner zu verkaufen:

> Seit einiger Zeit beschäftigt mich ein Gedanke, der sich vielleicht Ihre Theilnahme gewinnt. Meine Frau hat nämlich einige recht interessante Lieder componirt, die mich zur Composition einiger anderer aus Rückerts „Liebesfrühling" angeregt haben, und so ist daraus ein recht artiges Ganzes geworden, das wir auch in einem Hefte herausgeben möchten. Haben Sie Lust, das Heft (vielleicht 20 bis 22 Platten) freundlich ausgestattet bis Anfang September an das Licht zu fördern, so würden wir uns darüber freuen.[7]

Kistner zeigte sich nicht interessiert, aber bei der Improvisationsfreudigkeit damaliger Verleger konnte zum gleichen Termin Breitkopf & Härtel alles fertig stellen. An Breitkopf hatte Schumann geschrieben:

> Ich möchte meiner Frau zu ihrem Geburtstag, der Mitte September fällt, eine kleine Freude bereiten mit Folgendem: Wir haben zusammen eine Anzahl Rückertscher Lieder komponiert, die sich wie Fragen aufeinander beziehen. Diese Sammlung hätte ich ihr nun gern an jenem Tag gedruckt beschert. [...] Ich denke mir, die Lieder müssen Interesse erregen; auch sind sie fast durchgängig leicht und einfach gehalten und recht mit Lust und Liebe geschrieben.[8]

Anstelle eines Honorars erhielt Schumann eine Reihe von Musikalien, die er benötigte. In seinem Tagebuch hält er fest: „Die Idee, mit Clara ein Liederheft herauszugeben, hat mich zur Arbeit begeistert."[9] Clara hinge-

7   Robert Schumann: Brief an Friedrich Kistner vom 22. April 1841. In: F[riedrich] Gustav Janssen: Die Davidsbündler. Aus Robert Schumann's Sturm- und Drangperiode. Ein Beitrag zur Biographie R. Schumann's nebst ungedruckten Briefen, Aufsätzen und Portraitskizzen aus seinem Freundeskreise. Leipzig 1883, S. 175f., hier S. 175.

8   Robert Schumann: Briefe. Neue Folge. Hg. von F[riedrich] Gustav Janssen. Leipzig ²1904, S. 431.

9   Zitiert nach: Berthold Litzmann: Clara Schumann. Ein Künstlerleben nach Tagebüchern und Briefen. Bd. 2: Ehejahre 1840-1856. Hildesheim/New York 1971 [Nachdruck der Ausgabe Leipzig ⁷1925], S. 21.

gen litt bei der Niederschrift ihres kleinen Anteils unter Minderwertigkeitsgefühlen: „Ich habe mich schon einige Male an die von Robert aufgezeichneten Gedichte von Rückert gemacht. Doch es will gar nicht gehen."[10] Vor einiger Zeit hatte sie Lieder von Mendelssohns Schwester Fanny durchgesehen und gemeint: „Frauen als Componisten können sich doch nicht verleugnen, dies lasse ich von mir wie von anderen gelten."[11] Die Lieder 2, 4 und 11 des *Liebesfrühlings* atmen so sehr Robert Schumanns Geist, dass an echte Mithilfe von seiner Seite gedacht werden kann. Das „zusammen geschrieben" könnte in dieser Weise wörtlich zu nehmen sein, dass auch Clara ihren Ideenanteil zu den von Schumann geschriebenen Stücken beitrug. So ist im gemeinsam geschaffenen Liederheft eine Fortsetzung schon früher geübter Praxis zu sehen, bei der Schumann sich mit Themen Claras in seinen Klavierwerken schmückte. Dies stellt zudem eine Parallele zur gemeinschaftlichen Arbeit der Geschwister Mendelssohn Bartholdy dar (ohne Bindestrich kommen sie aus), die beide zunächst geheim hielten.

Den Deutschen brachte Robert Schumann also mit Verve Beispiele aus dem Konvolut *Liebesfrühling*, dessen Gedichte von unzähligen Musikern komponiert wurden, durch die eigene Musiksprache nahe. Nach der Thronbesteigung Friedrich Wilhelms IV. berief die Berliner Universität Rückert als Professor in die ungeliebte preußische Hauptstadt, wovon seine *Haus- und Jahreslieder* zeugen, deren Buchrücken schon die Verbindung zur Musik andeuten, ganz ähnlich dem Vorgehen Goethes, der unter „Liedern" eben auch seine gesungenen Texte verstehen wollte. Es ist gewiss bedauerlich, mit welchem zeitraubenden und der Lyrik oft im Wege stehenden Eifer sich Rückert der Dozentur und seiner Tätigkeit als Gymnasiallehrer hingab, um sich dann ganz von beamteter Tätigkeit zurückzuziehen. Unübersehbar, was dann noch folgen sollte: Dramen, Erzählungen und Nachdichtungen in übergroßer Masse, die alle das Publikum nicht erreichten. Selbst das, worin Goethe mit seinem *West-östlichen Divan* vorangeschritten war, erreichte damals nur wenige Interessenten. Das änderte sich erst beim Erscheinen der *Gesammelten Gedichte*, ein Band von 1836, den Schumann besaß.

Abschließend ein kurzer Blick auf jene Kompositionen von Gustav Mahler, die sich mitsamt den Gedichten dem Ohr des Publikums nach-

---

[10] Robert Schumann/Clara Schumann: Ehetagebücher 1840-1844. Hg. im Auftrag des Fördervereins StadtMuseum Bonn und der Robert-Schumann-Gesellschaft Zwickau von Gerd Nauhaus und Ingrid Bodsch. Bonn/Frankfurt/Main/Basel 2007, S. 56.

[11] Litzmann, Clara Schumann (Anm. 9), S. 161.

drücklich eingeprägt haben und deshalb nicht näher beschrieben werden sollen. Mahler bezog die Textvorlagen für seine Liedkompositionen vornehmlich aus zwei Quellen: aus *Des Knaben Wunderhorn* zum einen und aus der Lyrik Friedrich Rückerts zum anderen. Die Beschränkung der Textwahl empfindet mancher beim Vergleich mit der Liedprodukti-on der Zeit als ungewöhnlich. Die Fülle an Kunstliedern der achtziger und neunziger Jahre bevorzugt zeitgenössische Autoren. So werden etwa Bierbaum, Flaischlen, Falke oder Hartleben von bedeutenden und weniger bedeutenden Musikern in staunenswerter Menge vertont. Auf Rückert besann sich in seiner tiefgreifenden Art Gustav Mahler und brachte damit die Exegeten seines Werks immer wieder in neue Verlegenheit. Hans Mayer z.B. nennt Rückerts Lyrik „fragwürdig". Adorno versucht die eigensinnige Bevorzugung des Dichters durch den Mahler der mittleren Schaffensperiode mit einer „Begierde des Rettens" zu erklären, die er derjenigen von Karl Kraus vergleicht. Vor allem sollte nicht vergessen werden, welche unaufdringliche, aber stetige Tradition das 19. Jahrhundert eben für Vertonungen von Gedichten Rückerts geformt hatte. Mahler erkannte im Gedicht eine umweglose Übertragung gedanklichen Inhalts in das Leben der Sprache, sei es gefühlt, gedacht, betrachtet oder reflektiert. Für ihn konnte auch das Wort von einst, wenn es dem Quell der Sprache nur nahe genug war, durch Musik wie neugeschaffen wirken. *Des Knaben Wunderhorn* und Rückert, so weit voneinander sie auf den ersten Blick zu stehen scheinen, haben gemeinsam, dass sie beide im Volk gewonnene Formen, den Reichtum der Welt des Inneren vor uns ausbreiten und dabei gelegentlich dem literarischen Wert mancher Gedichte spotten. Mahler hat das Verdienst, die Texte und seine Töne auf ein gleiches Niveau gehoben zu haben. Das Lied mit Orchester erweiterte folgerichtig pianistische Begleitungen, die sich bald bei anderen nach Art der Klavierauszüge zum Wuchern verleiten ließen. Mahler wusste das zu vermeiden; sein Blick auf Dichter ließ wie selbstverständlich allen Schwulst beiseite.

Konzepte des Zyklischen
Zu Schuberts Rückert-Vertonungen

von

Rudolf Denk

I.

Franz Schuberts Zugriff auf ausgewählte Liedtexte von Friedrich Rückert ist auf Voraussetzungen zurückzuführen, welche die Grundlage für Schuberts mittlere Entwicklungsphase im Liedschaffen bilden.[1] Schubert vertonte 1822 in einem neuen „Goethejahr" des Komponisten vier Texte aus dem *West-östlichen Divan*, zwei *Suleika*-Gesänge und die *Mignon- Lieder* aus *Wilhelm Meisters Lehrjahre*. Im selben Zeitraum beendete Rückert seine Gedichtsammlung *Östliche Rosen*. Die intensive Beschäftigung Schuberts mit „orientalisch" orientierten Texten und Themen führte in Schuberts Werkgenese zu einer Wende, die ihren Höhepunkt im Sinne der Romantik mit der Komposition von *Die schöne Müllerin. Ein Zyklus von Liedern* nach Gedichten von Wilhelm Müller von 1823/1824 erreichte. Dieser werkgenetische Aspekt ist bei Schubert mit epochengenetischen Zügen verbunden: Schubert beschäftigte sich nachweislich mit Ideen und poetologischen Ausführungen von Romantikern wie Friedrich Schlegel, Friedrich Wilhelm Schelling oder August Wilhelm Schlegel.[2] Als Vermittler für das Orientalische[3] und das Romantische zugleich kommt neben dem Wiener Orientalisten und Diplomaten Joseph von Hammer-Purgstall vor

---

[1] Vgl. Ernst Hilmar/Margret Jestremski (Hg.): Schubert-Enzyklopädie. Mit einem Geleitwort von Alfred Brendel. Bd. 2. Tutzing 2004 (Veröffentlichungen des Internationalen Franz-Schubert-Instituts, 14), S. 442.

[2] Vgl. ebd., S. 409; Ilija Dürhammer: Schlegel, Schelling und Schubert. Romantische Beziehungen und Bezüge in Schuberts Freundeskreis. In: Brille 17 (1996), S. 286-298; dies.: Schuberts „romantische Jahre". In: Erich Benedikt (Hg.): Schubert neu entdeckt. Wien 1999, S. 86-88; Walther Dürr: Schuberts Lieder und die Dichtung der Romantik. In: Schubertiade Hohenems 1977. 19.-29. Juni. Programmbuch. Redaktion Gerd Neubauer. Hohenems 1977, S. 198.

[3] Vgl. Ahmed Hammo: Die Bedeutung des Orients bei Rückert und Platen. Diss. Freiburg 1971; Hilmar/Jestremski (Hg.), Schubert-Enzyklopädie (Anm. 1), S. 538.

allem Franz Seraph Ritter von Bruchmann in Betracht, der bis 1823 zum festen Freundeskreis Schuberts gehört.[4]

Bruchmann hat Schubert vielfältige Anregungen in beiden Aktionsfeldern gegeben und den Komponisten mit den orientalisch-romantisierenden Texten August von Platens vertraut gemacht.[5] Die Freundschaft, die ihn während seines Jura-Studiums in Erlangen mit Platen verband,[6] zeigt nicht nur die intensiven Verbindungslinien zwischen Erlangen und Wien; sie führte auch zur Kenntnis und zur unmittelbar folgenden Vertonung von Platens Ghasel *Du liebst mich nicht.*[7] Schubert hat das Gedicht handschriftlich von Platen erhalten.[8] Die Gedichtsammlung *Östliche Rosen* – sie erschien 1822[9] – hat Schubert dagegen nicht unmittelbar von Rückert erhalten. Beide sind sich nie persönlich begegnet. Da in Rückerts *Östlichen Rosen* Titel fehlen, hat Schubert die von ihm ausgewählten Gedichte mit eigenen versehen. Friedrich Rückert gab den Ge-

---

[4] Vgl. Walther Dürr: „Tatenfluten" und „bessere Welt". Zu Schuberts Freundeskreisen. In: ders./Siegfried Schmalzriedt/Thomas Seyboldt (Hg.): Schuberts Lieder nach Gedichten aus seinem literarischen Freundeskreis. Auf der Suche nach dem Ton der Dichtung in der Musik. Kongreßbericht Ettlingen 1997. Frankfurt/Main/Berlin/Bonn/New York/Paris/Wien 1999 (Karlsruher Beiträge zur Musikwissenschaft, 1), S. 23-37.

[5] Vgl. Franz von Bruchmann, der Freund J. Chr. Senns und des Grafen Aug. v. Platen. Eine Selbstbiographie aus dem Wiener Schubertkreise nebst Briefen. Hg. von Moritz Enzinger. Innsbruck 1930.

[6] Vgl. Werner A. Widmann: Auf Rückerts Wegen. Eine Art Wanderbuch durch Leben und Schriften des Dichters und Gelehrten Friedrich Rückert. Mit Abbildungen von Peter Schöx. Würzburg 1988 (Schweinfurter Museumsschriften, 16), S. 122-124.

[7] Vgl. August Graf von Platen: Sämtliche Gedichte. Bd. 2: Ghaselen und Sonette. Hg. von Max Koch. Leipzig: Hesse, [1912] (Sämtliche Werke in zwölf Bänden, 3/2), S. 35. Das Gedicht trägt bei Platen keinen Titel. Es ist datiert auf Februar 1821. Ebenso in: ders.: Werke. Teil 1. Hg. von Carl Christian Redlich. Berlin 1880, S. 599.

[8] Vgl. Franz Schubert: Neue Ausgabe sämtlicher Werke (NGA). Hg. von der Internationalen Schubert-Gesellschaft. Serie IV: Lieder. Bd. 3. Kassel/Basel/London/New York/Prag 1983. Kritischer Bericht von Walther Dürr. Tübingen 1985, S. 182.

[9] Vgl. Friedrich Rückert: Östliche Rosen. Drei Lesen. Leipzig: Brockhaus, 1822. Goethe erhielt im Oktober 1821 Rückerts Übersetzung im Manuskript, am 12. November 1822 dann ein Auslieferungsexemplar nebst einem persönlichen Widmungsschreiben, so dass seine Rezension vorab erscheinen konnte. Vgl. Johann Wolfgang von Goethe: Östliche Rosen von Friedrich Rückert. In: ders.: Ästhetische Schriften 1821-1824. Über Kunst und Altertum III-IV, Hg. von Stefan Greif und Andrea Ruhlig. Frankfurt/Main 1998 (Bibliothek deutscher Klassiker, 158), S. 880f., hier S. 880. Nach Grosser hatte Rückert das Manuskript spätestens Ende 1820 abgeschlossen. Vgl. Manfred Grosser: Friedrich Rückerts „Östliche Rosen". In: Rückert-Studien 1 (1964), S. 45-107, hier S. 54.

dichten erst im vierten Band seiner *Gesammelten Gedichte* andere Titel.[10] Durch die Aufnahme dieser Gedichtssammlung in Schuberts Umfeld konnte der Dichter und Sprachgelehrte Friedrich Rückert in den Wiener Kreisen Schuberts zur Geltung kommen, seine Texte vertont und aufgeführt werden. Rückert selbst hatte seine Begeisterung für Goethes Maskierungen von Hatem und Suleika im *West-östlichen Divan* mit den folgenden Worten umschrieben: „[M]anches hat mich vor lauter Wollust ganz außer mich gebracht."[11] Goethe wiederum hat in seiner Anzeige *Oestliche Rosen von Friedrich Rückert* im dritten Band von *Ueber Kunst und Alterthum* Rückerts Werk auf seine Weise gelobt und die Lieder zur Musikalisierung und Vertonung „freigegeben":

> Und so kann ich denn *Rückert's* oben bezeichnete Lieder allen Musikern empfehlen; aus diesem Büchlein, zur rechter Stunde aufgeschlagen, wird ihnen gewiß manche Rose, Narcisse und was sonst sich hinzugesellt, entgegen duften; von blendenden Augen, fesselnden Locken, gefährlichen Grübchen, findet sich manches wünschenswerthe; an solchen Gefahren mag sich Jung und Alt gerne üben und ergötzen.
> Obgleich die *Gaselen des Grafen Platen* nicht für den Gesang bestimmt sind, so erwähnen wir doch derselben gern als wohlgefühlter, geistreicher, dem Orient vollkommen gemäßer, sinniger Gedichte.[12]

Schubert ist dieser Empfehlung, ohne ihren Wortlaut kennen zu können, gefolgt. Er bezieht jedoch August von Platen als den ersten Experimentator im Bereich des Ghasels in seine Ausführungen mit ein. In dem später herausgegebenen Liederheft stellt er Platens Text von 1822 *Du liebst mich nicht* (D 756, op. 59,1)[13] an die Spitze der Sammlung. An Rückerts Texten, die diesem formvollendeten Ghasel folgen, hat Schubert das Artifizielle angezogen. Auf der Suche nach poetischen Stoffen im Sinne der romantischen Theorie[14] beschäftigt sich Schubert als Liedkomponist mit einer von Rückert vertretenen akademischen Formkunst, die eine musikalische Ausgestaltung geradezu herausfordert. Die Hauptthese der folgenden Ausführungen besteht also darin, zu beweisen, dass Schubert mit seinen Vertonungen und vor allem mit der Abfolge der ausgewählten

---

[10] Vgl. Friedrich Rückert: Gesammelte Gedichte. Erlangen: Heyder, 1834-1838. Der vierte Band erschien 1837.

[11] Friedrich Rückert: Brief an Christian Freiherr von Truchseß vom September 1819. In: ders.: Briefe. Hg. von Rüdiger Rückert. Bd. 1. Schweinfurt 1977, S. 142.

[12] Goethe, Östliche Rosen von Friedrich Rückert (Anm. 9), S. 294f.

[13] Vgl. Franz Schubert: Werke. Kritisch durchgesehene Gesammtausgabe (AGA). Ser. 20: Lieder und Gesänge. Bd. 7: 1822 bis zur „schönen Müllerin" 1823. Leipzig 1895, S. 409; NGA (Anm. 8), S. 174.

[14] Vgl. Dürr, „Tatenfluten" (Anm. 4), S. 33.

Texte ein Konzept zu verwirklichen versucht, das als Vorstudie zu den beiden berühmten späteren Liederzyklen gelten kann. Im Folgenden sollen zunächst die Textvorlagen des Liedheftes als solche interpretiert, sodann in ihrer musikalischen Ausgestaltung und eigenen Tonlage[15] erläutert und schließlich in ihrem kontextuellen und kompositorischen Zusammenhang als Vorstufe zu einer Zyklusidee gedeutet werden.

Abb. 1: Deckblatt der Erstausgabe von 1856, Liederheft op. 59.

II.

In Platens klassischem Ghasel *Mein Herz ist zerrissen* – von Schubert *Du liebst mich nicht* überschrieben – geht es um ein lyrisches Ich, dessen Liebe nicht erwidert wird. Dem lyrischen Ich, das sich selbst als „flehend", „werbend" und „liebebeflissen" bezeichnet, wird vom Du sechsmal eine eindeutige Absage erteilt. Da dem lyrischen Ich das Du das gesamte

---

[15] Vgl. Hans-Heinrich Eggebrecht: Der „Ton" als ein Prinzip des Schubert-Liedes. In: Rudolf Pecman (Hg.): Music and Word. Colloquium Brno 1969. Brno 1973 (Colloquia on the History and Theory of Music at the International Musical Festival in Brno, 4), S. 243-258.

Weltall mit „Sterne", „Mond" und „Sonne" bedeutet, ist ihm die Schönheit der Welt verleidet, was in den Bildern von Blüten, „Rose", „Jasmin", „Narzissen", dargestellt wird, Bildern, die für Harmonie und erfüllte Liebe stehen und vom lyrischen Ich in Frage gestellt werden. Das lyrische Ich bleibt als zerrissenes zurück. Alle Aussagen des Textes sind aus seiner Perspektive formuliert. Die Trochäen, in denen Absage und Liebesverweigerung gehalten sind, stehen im Kontrast zu den Daktylen in den Aussagen des lyrischen Ichs. So zeigt sich die Antinomie des Textes auch in der rhythmischen Bewegung.[16] Wie dieser metrische Wechsel in der Komposition erfasst und dem Hörer vermittelt wird, ist zu zeigen.

Überraschende Tonartenwechsel von der Grundtonart a-Moll nach As-Dur, G-Dur und A-Dur und wieder zurück nach a-Moll zeigen, wie kongenial Schubert die Gegensätze der Textvorlage in musikalische Strukturen verwandelt. Die übrigen Parameter des Musikalischen – etwa die Gegensätze zwischen dem *Pianissimo* der Anfangsteile zu den *Fortissimi-* Wiederholungen des Mittelteils *Du liebst mich nicht* und am Ende des Liedes – verstärken die Wirkungen beim Hörenden und fordern die Interpreten zu großer Intensität heraus. Die Singstimme ist in ihrer Abwärtsbewegung in Intervallsprüngen nie linear geführt; sie setzt oft mit den „betonten" und „unbetonten" Taktteilen, mit den „guten" und „schlechten" Wendungen ein. Daraus ergibt sich eine von Schubert genau intendierte Wirkung auf den Zuhörer, die mit musikalischen Mitteln Erregung und Bewegung bedeutet. Schubert legt den Text also nicht detailliert aus, sondern versucht die emotionalen Vorstellungen des Textes mit musikalischen Mitteln neu zu verwirklichen. Der Klavierpart ist mit eigener Agogik gleichberechtigt und gibt mit den kurzen Vor-, Zwischen- und Nachspielen die emotionale Grundhaltung an.

Das zweite dreistrophige Lied *Daß sie hier gewesen*[17] (D 775, op. 59,2) von Friedrich Rückert steht in einem kontextuellen Zusammenhang zum vorhergehenden Ghasel. Es geht in Rückerts Gedicht um ent-

---

[16] Zur romantischen Zwei-Welten-Perspektive, der Gegenüberstellung von Wirklichkeit und Traumwelt vgl. Hans-Heinrich Eggebrecht: An die Musik. In: Walther Dürr/Siegfried Schmalzriedt/Thomas Seyboldt (Hg.): Schuberts Lieder nach Gedichten aus seinem literarischen Freundeskreis. Auf der Suche nach dem Ton der Dichtung in der Musik. Kongressbericht Ettlingen 1997. Frankfurt/ Main/Berlin/Bonn/New York/Paris/Wien 1999 (Karlsruher Beiträge zur Musikwissenschaft, 1), S. 15-22, hier S. 16.

[17] Vgl. Rückert, Östliche Rosen (Anm. 9), S. 368. Partitur: AGA 20 (Anm. 13), S. 453; NGA IV,3 (Anm. 8), S. 183.

Abb. 2: Beginn der Liedvertonung von August von Platen.

schwundene Liebe, die einst da war und Spuren in Tränen und Düften hinterlassen hat. Die erste Strophe spricht von den Düften, die von der einstigen Anwesenheit des Du zeugen: „ Daß du hier gewesen". Die Anapher *Daß* im ersten und vierten Vers stellt die Verbindung zur Anapher der zweiten Strophe (Vers 5 und 8) dar. Auch im raffinierten Reimschema zeigt sich eine Gemeinsamkeit zwischen den beiden Strophen (a a b c – d d b c), wobei sogar bei b c Wortgleichheit besteht. Strophe 2 stellt das lyrische Ich in den Mittelpunkt, dessen Tränen von vergangener Liebe Zeugnis ablegen: „Daß ich hier gewesen". In einer Art *conclusio* wird von den Spuren der vergangenen Liebe gesprochen. Es heißt, dass sie sich nur noch in Düften und Tränen kundtue. Der abschließende abgewandelte Refrain „Daß sie hier gewesen" spielt mit dem nicht eindeutigen Bezug. „Sie" kann entweder die Liebe sein oder auch die Geliebte, von der durch die Verwendung der dritten Person eine Distanz zum vorhergehenden Du hergestellt wird. Auch hier wird im Reimschema der Paarreim in den jeweiligen Versen 1 und 2 als immer gleichbleibendes Schema der drei Strophen verwendet. Das Raffinement der

Form übersteigt bei Friedrich Rückert die Aussageebene. Schubert verwendet für das zweite Lied seines Heftes die Tonart C-Dur in eindeutiger Korrespondenz zur a-Moll-Tonart im ersten Lied der Sammlung. Als Hinführung sind in der Begleitung Vorhaltsakkorde als verminderte Dominantseptakkorde zu hören, welche die semantische Qualität von Trauer und Melancholie über den Verlust der Liebe vermitteln können. Die Akkorde scheinen nach d-Moll zu tendieren; sie sind jedoch tonal vieldeutig und stehen im Gegensatz zur Grundtonart C-Dur. Dieser Grundzug ergibt Wirkungen der Offenheit, fehlender Eindeutigkeit, eines „Schwebetons", der mit wechselnder Rhythmik und Metrik den Eindruck von Polyvalenz verstärkt. Die für Schubert in ambivalenter Ausdrucksqualität eingesetzte Tonartensemantik überwindet der Komponist am Ende der drei Strophen, indem er wieder zur Grundtonart C-Dur zurückkehrt. Mit einem Sextaufschwung zum Zeichen der einst gelungenen Liebe von Ich und Du wird C-Dur am Schluss wieder erreicht. Die Tempobezeichnung *Sehr langsam* und die durchgehende Anweisung *Pianissimo* – lediglich im Mittelteil von einem *Crescendo* zu einem *piano* abgelöst – unterstreicht noch einmal den Weltschmerzcharakter der Komposition.

Das dritte Lied aus Rückerts Gedichtssammlung, *Du bist die Ruh* (D 776, op.76,3),[18] ist wieder ein Strophenlied, das mit über Kreuz gereimten jambischen Zweihebern eine recht einfache Form aufweist. Es erinnert an den Volksliedton der Romantiker, zeigt jedoch raffinierte Reimwiederholungen in den Strophen 1 bis 4. Die letzte Strophe ist von diesen Reimbändern ausgenommen. Das geliebte Du wird absolut affirmativ wahrgenommen und mit der erfüllten Sehnsucht gleichgesetzt. Das Lied ist, da es von gelungener Liebe spricht, im zyklischen Zusammenhang der einzige Text mit einem positiven Tenor. Das lyrische Ich gibt dem Du einen geweihten Ort – „Mein Aug' und Herz" – als Wohnung. Das geliebte Du wird aufgefordert, in diese Wohnung zu kommen; das Schließen der Tür steht metaphorisch für das Fortdauern der Liebe. Das lustvolle Beieinander soll alle anderen schmerzvollen Unzulänglichkeiten der Welt für das lyrische Ich aufheben. Die Augen in der Metaphorik der Zeltwohnung sollen vom Glanz der Geliebten erhellt und erfüllt werden. In dem affirmativen Grundton taucht nur einmal im Zusammenhang mit Liebe das Wort „Schmerz" auf. Dazu passt der Volkslied-

---

[18] Unter dem Titel *Kehr ein bei mir!* veröffentlicht in: Rückert, Östliche Rosen (Anm. 9), S. 318. Partitur: AGA 20 (Anm. 13), S. 454 und NGA IV,3 (Anm. 8), S. 185.

ton, der jedoch in den raffinierten Reimverbindungen über die schlichten Volksliedreimbindungen hinausweist. Schubert hat diese scheinbare Einfachheit des Volksliedtones übernommen und sie durch musikalische Prinzipien mit komplexer Melodik und Rhythmik erweitert. Die konkreten musikalischen Dimensionen der Vertonung unterscheiden sich von den bisherigen Verfahrensweisen. Schubert wählt statt korrespondierender Tonarten, welche die innere Beziehung zwischen den ersten beiden Liedern kennzeichnen, für *Du bist die Ruh* eine Tonika-Dominantverbindung in Es-Dur. Damit verwendet er eine Tonart, die weit von der des ersten Liedes entfernt ist. Diese Komposition ist mit dem letzten Lied der Sammlung *Lachen und Weinen* funktional verbunden: Tonika und Dominante bilden das Beziehungsgerüst zwischen den Kompositionen 3 und 4 – ähnlich wie die Tonartenkorrespondenz zwischen den ersten beiden Liedern. Die Tempobezeichnung *Ruhig* im Drei-Achteltakt legt das Gewicht auf das letzte Sechzehntel. Schubert wiederholt den Grundton, so dass auch dadurch die Zuhörer den Eindruck von Ruhe und Eindringlichkeit erhalten. Er setzt die zweite Strophe einen Halbton höher an und steigert die Agogik durch die Sechzehntelbewegungen des Begleitinstrumentes. Die Harmonik bleibt dagegen in der Haupttonart Es-Dur. Nach den gleich strukturieren Strophen 3 und 4 (insgesamt sechzehn Takte) folgt ein fünftaktiges Zwischenspiel, ehe in der fünften Strophe eine glanzvolle Steigerung bis zum hohen As erfolgt. Ein fulminantes *Crescendo* begleitet den Vorgang, bevor Sänger und gleichwertige Begleitung sich nach dieser „Emphase" wieder in die Ruhe des Anfangsteils zurückbewegen.

Den thematischen Zusammenhang des zweistrophigen Gedichts *Lachen und Weinen* (D 777, op. 59, 4)[19] mit den vorausgehenden Texten und Kompositionen bildet die entschwundene Liebe. Der Antagonismus von „Lachen und Weinen" ist konstitutiv für die Liebe. Diese These der Verse 1 und 2 wird mit dem Fallbeispiel gestützt: Das lyrische Ich in seinem Liebeszustand lacht am Morgen und weint am Abend aus nicht erklärbarem Grund. Diese Begründung wird im Rhythmus von den beiden daktylischen Vierhebern der einleitenden Thesen-Verse abgehoben durch die anapästischen Zweiheber der Verse 3 bis 6. Auch das Reimschema hebt diese Zweiteilung hervor. Die These hat den Paarreim a, a,

---

[19] Vgl. Rückert, Östliche Rosen (Anm. 9), S. 132. Das Gedicht trägt in Bd. 4 der *Gesammelten Gedichte* (Anm. 10), den Titel *Lachens und Weinens Grund*, S. 111. Partitur: AGA 20 (Anm. 13), S. 455; NGA IV/3 (Anm. 8), S. 187.

während die begründenden Verse mit dem umschließenden Reim b cc b wieder in sich eine Einheit bilden. Die zweite Strophe kehrt das Gegensatzpaar um in „Weinen und Lachen", wobei das „Weinen" im Vordergrund steht. Diese ersten beiden Verse sind ein Refrain mit Variation. Dass aus Schmerz geweint wird, zeigt der Vers 3, der wieder mit anapästischen Zweihebern arbeitet und die Verse 3 bis 6 mit dem umschließenden Reim d ee d zusammenbindet. Unklar bleibt dem lyrischen Ich das schwankende Gefühl, dass am Morgen die Welt wieder heiter ist und es lachen kann. Der kleine Zyklus endet in der Zusammenstellung Schuberts also mit der Frage nach den unerklärlichen Gefühlsschwankungen der Liebe, die immer von Glück, Unsicherheit und Verlust geprägt ist. Im Gegensatz zu den ruhigen Formverläufen in beiden vorausgehenden Liedern wählt Schubert für *Lachen und Weinen* ein rascheres Tempo (*Etwas geschwind*) im Zweivierteltakt. Die Tonart As-Dur schwankt zwischen Tonika und Dominante wie zwischen der Thematik des Lachens und Weinens. Das Lachen demonstriert Schubert mit der Dur-Tonart, während auf „weine" ein fes- und bei „bei des Abends Scheine" ein as-Moll mit ernstem Tonfall eingeführt wird. Auf der satzanalytischen Ebene führt ein Vorspann mit der bemerkenswerten Verdoppelung der Notenwerte ab Takt einundzwanzig zu dieser zweiten Grundhaltung. Doch die Singstimme leitet im weiteren Verlauf wieder nach As- Dur zurück. Der Grundrhythmus des Liedes wird wieder erreicht, indem mit einem *a tempo* und einem korrespondierenden *diminuendo* das flotte Anfangstempo von der Begleitung und der Singstimme angeschlagen wird. Das Prinzip[20] des Gegensatzes bestimmt wie im Eingangslied *Du liebst mich nicht* die Gesamtstruktur der Komposition.

---

[20] Vgl. Hans-Heinrich Eggebrecht: Prinzipien des Schubert-Liedes. In: Archiv für Musikwissenschaft 27 (1970), S. 89-109.

Deutsch-Verzeichnis	Text	Jahreszahl	Autor
756	*Du liebst mich nicht*[21]	1823	Platen
775, op. 59,2	*Daß sie hier gewesen*	1823	Rückert
776, op. 59,3	*Du bist die Ruh*	1823	Rückert
777, op. 59,4	*Lachen und Weinen*	1823	Rückert

Zum Zyklus gehören ferner:

Deutsch-Verzeichnis	Text	Jahreszahl	Autor
741, op. 20,1	*Sei mir gegrüßt*	1822/23	Rückert
778, op.60,1	*Greisengesang*	Vor Juni 1823	Rückert
778A	*Die Wallfahrt*	1823	Rückert
778B	*Ich hab in mich gesogen*	1826	Rückert
936	*C-Dur-Violinfantasie* *Sei mir gegrüßt*	1827	Schubert

Tab. 1: Überblick über das Tableau der Rückert-Lieder aus dem Jahr 1823.

Das Tableau des Liederheftes, das im Druck 1826 erschien, zeigt, dass Schubert die Gedichte nach Themen ausgewählt hat. Er gibt den Texten eigene Titel und stellt mit den durchkomponierten Strophenliedern innere Bezüge zwischen den Liedern her. Die Zusammenstellung der vier Lieder kann als Versuch des Komponisten gewertet werden, die orientalisch getönten Gedichte Rückerts (und Platens) nach seinen Vorstellungen zusammenzufügen. Eine vom Dichter vorgegebene „Handlung" wie die von Wilhelm Müller in *Die schöne Müllerin* mit den von Schubert aufgegriffenen und musikalisch umgesetzten zentralen Motiven „Bächlein", „Müllerin" und „wandernder Müllersbursche" gibt es noch nicht. Schubert erfasst in den Rückert-Vertonungen die emotionale Befindlichkeit von Liebenden in exemplarischer Form, ähnlich wie später in der *Winterreise* die Ausweglosigkeit und absolute Verlassenheit des Wanderers als Künstler im Selbstbild.

Das als vermutlich früheste Komposition entstandene Lied *Sei mir gegrüßt* ist ein strophisch gegliedertes Ghasel, das in der ersten der fünf Strophen den Kreuzreim a b a b aufweist und den Reim a b immer wieder durch die anderen vier Strophen hindurch wiederholt. Die restlichen Verse sind ungereimte Waisen. Ein hoffnungsvoll optimistisches

---

[21] Vgl. Walther Dürr: Die Lieder-Serie der NGA. Zu Schuberts Ordnung eigener Lieder. In: Musica 40 (1986), S. 28-30, hier S. 29.

lyrisches Ich ist von der Geliebten durch „Schicksalsmächte" getrennt worden, will ihnen jedoch trotzen und „Raum und Zeiten" durch die gegenseitig vorhandene Liebe überwinden. Dieses zwar getrennte, doch hoffnungsvolle Liebespaar stellt ein Gegenmodell zu den drei Gedichten der einseitigen Liebe, der verschmähten Liebe (Platen) oder der schwankenden, unsicheren Liebesgefühle dar. Warum Schubert dieses Lied nicht in den Zusammenhang der anderen gedruckten Rückert-Vertonungen stellte, bleibt ungeklärt. Die unmittelbar nach der Lektüre der Rückert-Gedichte 1822/1823 entstandene Vertonung nannte der Komponist nach dem Refrain *Sei mir gegrüßt* (D 741 op. 20,1). Es wurde mit einer Widmung an Justine von Bruchmann 1823 als op. 20 bei Sauer & Leidesdorf gedruckt. Nach einem achttaktigem Instrumentalvorspiel erreicht der Sänger-Komponist Schubert nach einem doppelten Anlauf in der Singstimme im *pianissimo* zum ersten Mal in Takt 13-15 den „Erfindungskern"[22] der Formel „sei mir gegrüßt, sei mir geküßt, sei mir geküßt!". Sechsmal wiederholt der Singende noch diese Dreierformel, die bis zum *g* aufsteigt, um dann zweimal wieder spiegelbildlich „abzusteigen" – ein Prinzip, das aus dem Musiktheater Mozarts stammt und später von Verdi aufgegriffen wird. Die Steigerungen betreffen die melodischen Linien, unterbrochen von „dem Neid der Schicksalsmächte" im *fortissimo*. Im *pianissimo* verklingt die letzte Formel des Grüßens und Küssens. Während der gesamten Melodielinie geht die Gesangsstimme in ihrem *ambitus* nicht über den Umfang einer None hinaus. Das Lied gehört zusammen mit *Du bist die Ruh* zu den bekanntesten und häufig aufgeführten Schubert-Vertonungen. Zur Wirkungsgeschichte gehören ebenso der von Schubert aus dem Lied übernommene Variationensatz in der *Fantasie für Violine und Klavier* wie die Bearbeitungen dieses Liedes und des Liedes *Du bist die Ruh* z.B. für vierstimmigen Männerchor.

Keinen stringenten thematischen Zusammenhang mit den bereits behandelten Rückert- Vertonungen zeigt ein Titel, den Schubert selbst gewählt hat, *Greisengesang* (D 778, op. 60,1).[23] Erneut handelt es sich um ein strophisches Ghasel, das fünfhebig mit unterschiedlicher Versfüllung gestaltet ist und dessen Paarreim a a in den Versen 1 und 2 sich durch alle Strophen schlingt. Die anderen Verse sind Waisen. In dem fünf-

---

22 Bei Schuberts Liedern finden sich immer wieder derartige „Erfindungskerne". Vgl. Eggebrecht, Prinzipien (Anm. 19), S. 89.

23 Ohne Titel in: Rückert, Östliche Rosen (Anm. 9), S. 272-274; unter dem Titel *Vom künftigen Alter* (in Langversen) in: ders., Gesammelte Gedichte (Anm. 10), S. 17.

Abb. 3: Fassung des Liedes *Du bist die Ruh* für Männergesang aus der Sammlung Eulenburg Leipzig.

strophigen Gedicht ist das lyrische Ich ein alter Mann; es ist das Dichter-Ich, wie die fünfte von Schubert nicht komponierte Strophe verdeutlicht, der seinen Jugendträumen nachhängt. Der Winter („Frost, bereiftes Dach") und der weiße Scheitel des Mannes stehen als Metaphern für das Alter und die grauen Haare. Aber noch ist Leben in dem alten Mann, was im warmen „Wohngemach" versinnbildlicht wird. Die „Rosen" der Jugend sind in der Außenwelt zwar verschwunden, aber als Erinnerung und leise Sehnsucht noch vorhanden. Auch eine singende „Nachtigall", poetisches Zeichen des frühen Morgens und des Dichterischen zugleich, ist noch verblieben. Sie singt warnend, das lyrische Ich möge sein Gemach vor der rauhen Wirklichkeit (des Alters) verschließen, um dem Duft der Jugendträume Raum zu geben. Der poetische Schaffensprozess, den die letzte Strophe Rückerts thematisiert, wurde von Schubert gestrichen. Mit der Einbeziehung dieser Strophe, die von Liedern über das „Liebesweh" spricht, wäre ein Zusammenhang zum Zyklus des Liederheftes gegeben. Schubert hat dieses Lied jedoch gesondert zusammen mit der Komposition von Friedrich Schillers *Dithyrambe* (D 801) veröffentlicht,[24] ein Gedicht, in dem es um die Unsterblichkeit der Götter und die Sterblichkeit des lyrischen Dichter-Ichs geht. Dieses erhält von Hebe göttlichen Nektar, womit der Dichter die himmlische Quelle, d.h. die Dichtung, zum Sprudeln bringt. Damit ist der Kontext und ein innerer Zusammenhang zum dichterischen Ich des *Greisengesangs* hergestellt. Schubert nennt gegenüber Schober den *Greisengesang* Teil einer „Ladung Lieder".[25] In der für ihn wesentlichen Tonart h-Moll drückt ein Mann sich aus, der keine Illusionen mehr kennt. Den schon im Gedicht erkennbaren Gegensatz zwischen Vorstellung und Wirklichkeit, die nur in Tränen zum Ausdruck kommt, verdeutlicht der Wechsel zwischen Dur und Moll. Die Bassbegleitung bei der Frage „Wo sind sie hingegangen?" – die Zeichen der Jugend – erfolgt in abwärtsschreitenden Oktaven. Einfühlsam zeigt sich der Komponist gegenüber dem deutlich reflexionsbezogenen Text. Die von Schubert weggelassene letzte Strophe des Gedichts hat Richard Strauss in seiner Vertonung des gesamten Textes berücksichtigt. Schubert selbst konnte nur wenige Gedichte Rückerts berücksichtigen, da er bereits 1827 starb, während seine Nachfolger sich vielen anderen Texten Rückerts zuwenden konnten.

---

[24] Vgl. Partitur: AGA 20 (Anm. 13); S. 457; NGA IV,3 (Anm. 8), S. 202.
[25] Franz Schubert: Brief an Franz von Schober vom 14. August 1823. In: ders.: Briefe und Schriften. Mit den Briefen an Schubert und 18 Bildern hg. von Otto Erich Deutsch. Wien [4]1954 (Orpheus-Bücher, 8), S. 70f., hier S. 70.

Franz SCHUBERT

(1797 - 1828)

D 778 A

DIE WAHLFAHRT

(Dichter unbekannt - Author unknown)

Friedrich Rückert

Nach einer alten zeitgenössischen Abschrift in der

Sammlung der Familie von Spaun,

mit freundlicher Erlaubnis des Besitzers

Herrn Christoph Cornaro

herausgegeben von

P. Reinhard Van Hoorickx. OFM.

–o–o–o–

After a contemporary copy in the Collection of

the von Spaun Family,

with kind permission of the owner

Mr. Christoph Cornaro

edited by

Fr. Reinhard Van Hoorickx. OFM.

(pro manuscripto)

Abb. 4: Titelblatt der Ausgabe von 1969 *Die Wahlfahrt*; Komposition vermutlich im Jahre 1823.

Abb. 5: Beginn der Komposition für Bassstimme gesetzt.

Der 1969 entdeckte und Friedrich Rückert zugeschriebene Vierzeiler *Die Wallfahrt*[26] (D 778 A) (fälschlich *Die Wahlfahrt* übertitelt) behandelt in kreuzgereimten Versen ebenfalls ein orientalisches Thema in ungewöhnlich verworrener Syntax. Der Text ist ein Fragment und wurde zu Schuberts Zeit nicht veröffentlicht. Die Entstehungszeit lässt sich ebenso wenig ermitteln wie die Beweggründe Schuberts, das Fragment als Lied für eine Bassstimme und *arpeggiando*, Begleitung durch ein *pianoforte*, eine Harfe oder Gitarre vorzusehen (nur 16 Takte sind erhalten). Schuberts Entwurf für ein Quartett für zwei Tenöre und zwei „Bassi" nach dem Text von Friedrich Rückert *Ich habe in mich gesogen* (D 778B) ist nur in fünf Takten in der obersten Stimme ausgeführt und nur bis Takt 4 mit dem Text versehen. Es wurde als sechsstrophiges Gedicht Rückerts 1823 in der Zeitschrift *Urania* veröffentlicht und in die *Gesammelten Gedichte* Rückerts von 1834 wieder aufgenommen. Als Fragment bleibt es in dem untersuchten Zusammenhang ausgespart.

III.

Die analysierten Liedkompositionen zeigen den Komponisten auf dem Weg zu einem völlig eigenständigen Lied-Idiom, dessen Grundlage die poetische und musikalische Idee des Zyklus bildet. Wichtige „Wesenszüge des Schubert-Liedes"[27] bestimmen bereits das von Platen- und Rückert-Texten geprägte Liederheft. Die in der musikwissenschaftlich ausgerichteten Schubert-Forschung[28] angeregten Untersuchungen bestätigen die Ausführungen bedeutender Schubert-Interpreten.[29] Lyrik als Textvorlage ist für Schubert mehr als ein Ausgangspunkt für seine kongenialen Liedvertonungen. Durch die verschiedenen literarisch versierten Freunde kannte Schubert die Poetik des Lyrischen. Deshalb sind alle

---

[26] Vgl. Otto Erich Deutsch: Franz Schubert. Thematisches Verzeichnis seiner Werke in chronologischer Folge. Hg. im Auftrag der Internationalen Schubert-Gesellschaft. Kassel/Basel/London/New York/Prag 1978 (Neue Ausgabe sämtlicher Werke, VIII, Suppl. 4), S. 467.

[27] Grundlegend die exemplarische Analyse des Liedes *Der Doppelgänger* aus dem *Schwanengesang*: Günter Schnitzler: Romantik an der Wende zum 20. Jahrhundert. Zu Liedvertonungen Schuberts und Mahlers. In: Hofmannsthal. Jahrbuch zur europäischen Moderne 16 (2008), S. 105-137, hier S. 115.

[28] Vgl. Thrasybulos Georgiades: Schubert. Musik und Lyrik. Göttingen ³1992; Elmar Budde: Schuberts Liederzyklen. Ein musikalischer Werkführer. München 2003 (Beck'sche Reihe, 2207), S. 17f.

[29] Vgl. vor allem Dietrich Fischer-Dieskau: Auf den Spuren der Schubert-Lieder. Werden – Wesen – Wirkung. Kassel/Basel/Tours/London 1976; Sabine Näher: Das Schubert-Lied und seine Interpreten. Stuttgart/Weimar 1996.

Liedvertonungen von Anfang an nicht nur bloße Umsetzungen des sprachlichen Materials, sondern immer hochartifizielle Konstrukte. Im sprachlich-literarisch-musikalischen Nachvollzug der Zyklusidee können die Zuhörer in einen Dialog mit den Liedern treten. Das gilt für die Zuhörer, die Schubert in seinen Freunden fand, ebenso wie für ein heutiges Publikum. Als Beleg für die Aufführungspraxis des beschriebenen Versuches eines Zyklus von Rückert-Liedern dient eine Mitteilung des Anton von Spaun vom Juni 1823 an Franz von Schober: „Wir haben neulich mehrere Schubertische Lieder von Vogl in Florian singen hören, unter andern den Zwerg, Gesang des Greisen, Nacht und Träume etc...“[30] Vogl, den Schober in den Wiener und dann den Linzer Kreis der Freunde eingeführt hat, erscheint hier als wichtiger Mentor und Sänger-Interpret der genannten Liedvertonungen. Für die Rekonstruktion und Rezeption der Aufführungssituationen von Schuberts Liedern sind gerade diese Rückert-Vertonungen aufschlussreich. So berichtet Ludwig Josef Cramolini:

> Es war im Anfang der 20er Jahre als Capus von Pichelstein eines Morgens zu mir kam und mir Schuberts göttliches Lied *Sei mir gegrüßt* aus Rückerts *Östlichen Rosen* brachte und mich ersuchte, es einige Tage später bei einer Serenade, die er seiner Braut, Frl. von Berthold, zu ihrem Geburtstag bringen wollte, zu singen; er selbst wollte mich auf der Harfe, die er ausgezeichnet spielte, akkompagnieren. Ich zeigte mich bereitwillig, und wir studierten unter Franz Schuberts Leitung das Lied in meiner Wohnung […] – darauf [während der Serenade] sang ich Schuberts *Ständchen* mit Harfen-Begleitung.[31]

Auch andere Lieder sind bereits zu Schuberts Lebzeiten nicht nur für eine Begleitung durch das Klavier, sondern auch seine Begleitung durch die Gitarre im Stich erschienen. Zu diesem wichtigen Aspekt einer doppelten Aufführungspraxis der Lieder durch eine alternative Begleitung durch das Pianoforte oder die Harfe und Gitarre tritt Schuberts Konzeptidee von Liedaufführungen zyklischer Art. Eine weitere Eigenart von Schuberts Arbeitsweise besteht darin, sich des musikalischen Materials von Liedvertonungen in späteren Kompositionen zu bedienen. So werden die melodischen, rhythmischen und tonartenspezifischen Besonderheiten des Rückert-Liedes *Sei mir gegrüßt* in der *Fantasie für Violine und Klavier in C-Dur* (D 934, op. post. 159)[32] aufgegriffen und als In-

---

[30] Schubert. Die Dokumente seines Lebens. Gesammelt und erläutert von Otto Erich Deutsch. Wiesbaden [2]1996, S. 193.

[31] Schubert. Die Erinnerungen seiner Freunde. Gesammelt und hg. von Otto Erich Deutsch. Wiesbaden [4]1983, S. 224. Vgl. dazu Georgiades, Musik und Lyrik (Anm. 28), S. 97f.

[32] Vgl. Partitur: AGA 8 (Anm. 13), S. 5; NGA VI/VIII (Anm. 8), S. 8.

strumentalkomposition verarbeitet. Im Mittelpunkt der Komposition steht ein *Andantino* mit Variationen über den „Erfindungskern" der Formel *Sei mir gegrüßt*. Da das Lied sehr bekannt war und öfters aufgeführt wurde, konnte der Komponist damit rechnen, dass die Zuhörer die Raffinessen seiner Bearbeitung wiedererkennen konnten. Die Formel *Sei mir gegrüßt, / Sei mir geküßt* ist in der Fantasie für alle Entfaltungsmöglichkeiten der Geige durchgespielt. Die Komposition war für das Duo Josef Slawjk und Karl Maria von Bocklet gedacht und wurde nach dem Tod Schuberts in einem Privatkonzert am 20. Januar 1828 im Landständischen Saal in Wien zum ersten Mal von beiden Künstlern gespielt. In der Erstausgabe von 1850 ist die Fantasie mit vereinfachten Arpeggien und Akkorden versehen, während die Originalfassung wegen der großen Schwierigkeiten meist nicht gespielt wird. Die beiden werkgenetischen Aspekte, die verschiedenen Aufführungspraktiken und Instrumentalbearbeitung zeigen grundlegende Tendenzen in den Liedvertonungen Schuberts. Im Gegensatz zum Liedverständnis seiner Zeit komponiert Schubert nach den romantischen Prinzipien der Universalpoesie. Schubert bricht mit den bisherigen Traditionen einer volksliedhaften Liedvertonung, indem er komplexe Kompositionsprinzipien zur Geltung bringt, die in der Vorstudie der Rückert-Vertonungen mit Blick auf die beiden großen Zyklen *Die schöne Müllerin* und *Die Winterreise* nachgewiesen wurden.

Robert Schumanns *Minnespiel* op. 101

Ein Zyklus aus der Zeit der
Dresdner Revolution 1849
nach Gedichten Friedrich Rückerts

von

Joachim Steinheuer

I. Entstehung und Kontext

Am 31. Mai 1849, einen Tag vor Kompositionsbeginn an dem später unter der Opuszahl 101 veröffentlichten *Minnespiel*, schrieb Schumann aus dem südlich von Dresden gelegenen Dorf Kreischa an Franz Liszt: „Sonst leben wir – von der Revolution vertrieben – hier in traulicher Stille – und die Lust zur Arbeit, wenn auch die großen Weltbegebenheiten die Gedanken in Anspruch nehmen, will eher wachsen als abnehmen."[1] In der Tat befand sich Schumann mitten in einer Phase anhaltender, allenfalls mit dem Schaffensrausch des Liederjahres 1840 vergleichbarer kompositorischer Produktivität, zu der er im Lektürebüchlein anmerkte: „1849. Dresden / Revolutionsjahr. Mehr Zeitungen gelesen als Bücher. Viel producirt, beinahe das Meiste."[2] Beide Zitate verweisen auf die merkwürdige Gleichzeitigkeit jener aus sicherer Entfernung verfolgten politischen Turbulenzen, die Schumann gleichwohl intensiv beschäftigten, und einer großen Zahl in rascher Folge entstehender Kompositionen in unterschiedlichen Gattungen, die auf den ersten Blick mit den Ereignissen der bürgerlichen Revolution nicht in unmittelbarem Bezug zu

---

1   Zitiert nach: Reinhard Kapp: Schumann nach der Revolution. Vorüberlegungen, Statements, Hinweise, Materialien, Fragen. In: Bernhard R. Appel (Hg.): Schumann in Düsseldorf. Werke – Texte – Interpretationen. Bericht über das 3. Internationale Schumann-Symposion am 15. und 16. Juni 1988 im Rahmen des 3. Schumann-Festes, Düsseldorf. Mainz/London/Madrid/New York/Paris/Tokio/ Toronto 1993 (Schumann-Forschungen, 3), S. 315-415, hier S. 321.

2   Zitiert nach: Gerd Nauhaus: Schumanns ‚Lektürebüchlein'. In: Bernhard R. Appel/Inge Hermstrüwer (Hg.): Schumann und die Dichter. Ein Musiker als Leser. Katalog zur Ausstellung des Heinrich-Heine-Instituts in Verbindung mit dem Robert-Schumann-Haus in Zwickau und der Robert-Schumann-Forschungsstelle e.V. in Düsseldorf. Düsseldorf 1991 (Veröffentlichungen des Heinrich-Heine-Instituts, Düsseldorf), S. 50-87, hier S. 76f.

stehen scheinen. Schumann deutete diesen Zusammenhang selbst wie folgt: „Sehr fleißig war ich in dieser ganzen Zeit – mein fruchtbarstes Jahr war es – als ob die äußern Stürme den Menschen mehr in sein Inneres trieben, so fand ich nur darin ein Gegengewicht gegen das von Außen so furchtbar hereinbrechende."[3]

Zwei Tage nach Ausbruch der bürgerlichen Dresdener Aufstände am 3. Mai 1849 war Schumann offenbar Hals über Kopf zunächst nur mit seiner Frau und der ältesten Tochter Marie aus der sächsischen Residenzstadt geflohen, offenbar um einer unmittelbar bevorstehenden Einberufung zur Sicherheitswache zu entgehen. Zunächst hatte man einige Tage bei dem befreundeten Ehepaar von Serre auf deren südlich von Dresden gelegenem Gut in Maxen Aufnahme gefunden. Von dort kehrte Clara am 7. Mai um 3 Uhr morgens ungeachtet der anhaltenden Unruhen nach Dresden zurück, um auch die zunächst bei einer Hausangestellten zurückgebliebenen anderen Kinder nachzuholen. Am 11. Mai war dann die Familie Schumann in das benachbarte Kreischa umgezogen, wo sie einen Monat lang bis zum 12. Juni blieb.[4] Bereits am 9. Mai war der Aufstand in der Stadt niedergeschlagen worden, und prominente Aufständische wie Hofkapellmeister Richard Wagner, Baumeister Gottfried Semper und der eigens angereiste russische Anarchist Bakunin hatten sich einer Verhaftung durch Flucht entzogen; darüber und auch über die steckbriefliche Suche nach den Geflohenen war Schumann zumindest durch Zeitungslektüre unterrichtet, denn im eingangs zitierten Brief an Liszt fügte er als Postskriptum die Frage an: „Wo ist Wagner?"

Auch wenn Schumann sich im Unterschied zu Wagner nicht an den Barrikadenkämpfen beteiligte, gibt es unmissverständliche Hinweise darauf, dass er die liberalen und freisinnigen Anliegen der bürgerlichen Revolutionäre teilte. Reinhard Kapp vermutet sogar, dass so unterschiedliche in den Revolutionsjahren 1848/49 entstandene „Stücke wie *Adventslied* und *Verzweifle nicht im Schmerzensthal*, die *Romanzen und Balladen für Chor*, die Klaviermärsche und Revolutionschöre, das *Concertstück für vier Hörner* und die *Jagdlieder*, das *Allegro appassionato*, die *Waldszenen*, die *Stücke im Volkston* usw. als gleichsam fortlaufender Kommentar zum Revolutionsgeschehen angesehen werden können (was viel-

---

[3] Brief an Hiller vom 10. April 1849, zitiert nach Kapp, Schumann nach der Revolution (Anm. 1), S. 321.

[4] Vgl. Ernst Burger: Robert Schumann. Eine Lebenschronik in Bildern und Dokumenten. Unter Mitarbeit von Gerd Neuhaus und mit Unterstützung des Robert-Schumann-Hauses Zwickau. Mainz/London/Madrid/New York/Paris/Tokio/Toronto 1998 (Robert Schumann. Neue Ausgabe Sämtlicher Werke. Serie 8, Suppl. 1), S. 262.

leicht akzeptiert wird, auch wenn es erst noch detailliert zu erweisen wäre: allein durch die Wahl der Gattung, Mottos, vertonte Texte, musikalische Embleme und Sprachelemente, aber doch wohl auch strukturelle Besonderheiten)…"[5] Nicht nur *Adventslied* und *Verzweifle nicht im Schmerzensthal*, die Kapp als erste in seiner Aufzählung anführt, gehen auf Vorlagen von Friedrich Rückert zurück; Rückerts Dichtungen sind, wie im Folgenden zu zeigen sein wird, gerade während der unmittelbaren Phase der Dresdener Revolution und der Zeit danach in Maxen und Kreischa, in Schumanns Denken und Schaffen fast allgegenwärtig und zwar in weit höherem Maße als die irgendeines anderen Dichters.

Die Anzahl wie auch die Vielfalt der Werke, die Schumann in den etwa sechs Wochen zwischen dem Ausbruch der Revolution in Dresden und der Rückkehr aus seinem Refugium in Kreischa komponierte, ist beeindruckend:

(1) Zunächst stellte er am 13. Mai das als op. 79 veröffentlichte *Liederalbum für die Jugend* fertig, eine Sammlung von überwiegend kurzen und einfach gehaltenen Liedern, an dem er seit dem 21. April gearbeitet hatte; am 27./28. Juni sollte er noch ein weiteres Lied (Nr. 28) hinzufügen und die Ordnung der Lieder endgültig festlegen. Von den insgesamt 38 Stücken, die Schumann im Hinblick auf diese Sammlung von neuen Kinderliedern vertonte – 9 davon wurden letztendlich nicht in den Druck aufgenommen – entstanden während der unmittelbaren Tage der Kämpfe in Dresden zwischen dem 3. und 10. Mai die folgenden vier: Nr. 18 *Die wandelnde Glocke* nach Goethe, Nr. 19 *Frühlingslied* nach Hoffmann von Fallersleben (am 5. Mai), Nr. 23 *Des Sennen Abschied* sowie Nr. 26 *Des Buben Schützenlied: Mit dem Pfeil dem Bogen*, beide am 3. Mai nach Vorlagen von Friedrich Schiller, das letztere wählte Schumann wohl zum gegebenen Zeitpunkt nicht zufällig aus dessen Revolutionsdrama *Wilhelm Tell*. Den Abschluss der Sammlung bildete Mignons Lied *Kennst Du das Land, wo die Citronen blüh'n* , das Schumann am 12. Mai als erstes Stück nach seiner Ankunft in Kreischa fertigstellte; es sollte für ihn dann wenig später zum Ausgangspunkt für die Ende Juni und Anfang Juli des gleichen Jahres unternommene vollständige Vertonung aller gesungenen Stücke im Roman in *Lieder, Gesänge und Requiem aus Goethes ,Wilhelm Meisters Lehrjahre'* op. 98 a/b werden. Die beiden im Hinblick auf das *Liederalbum für die Jugend* entstandenen Rückertvertonungen, die beiden Blumenlieder Nr. 27 *Schneeglöckchen* sowie die Nr. 4 des

---

5   Kapp, Schumann nach der Revolution (Anm. 1), S. 329.

Anhangs *Deutscher Blumengarten*, komponierte Schumann bereits kurz vor Ausbruch der Revolution am 29. April bzw. am 1. Mai.[6]

(2) Am 14. und 15. Mai schrieb Schumann dann zwei Lieder für drei Frauenstimmen und Klavier, die später als Nr. 1 und Nr. 3 in die *Drei Lieder* op. 114 Eingang finden sollten, und zwar den Grabgesang für einen toten Singvogel *Nänie: Unter den roten Blumen* aus *Alte und Neue Kinderlieder* von Ludwig Bechstein (Nr. 1) sowie *Spruch: O blicke, wenn den Sinn dir will die Welt verwirren* (Nr. 3) erneut von Friedrich Rückert, diesmal aus *Bausteine zu einem Pantheon*, veröffentlicht im ersten Band der *Gesammelten Gedichte* von 1843, von denen Schumann ein Exemplar besaß. Das erste Lied mag auf den ersten Blick in Bezug auf die Thematik, wenn auch nicht in der dreistimmigen Besetzung für Frauenstimmen, noch in den Kontext des *Liederalbums für die Jugend* gehören, allerdings könnte das Grablied für einen Vogel, dessen Gesang die Gemeinschaft der Trauernden, das von den Frauenstimmen repräsentierte kollektive lyrische „Wir" des Gedichts, so geliebt hatte, auch als Metapher für die mit der Niederschlagung des Aufstandes zerstörten oder „ausgeklungenen" politischen Hoffnungen zu verstehen sein. Hierzu fügt sich auch, dass die von Schumann ausgewählten Verse 9 und 10 aus Rückerts *Angereihte Perlen*, dem ersten Gedicht aus dem mit *Zahme Xenien* überschriebenen *Fünften Bruchstück* des *Pantheons*, einen keineswegs kindlichen, vermutlich religiös zu deutenden Tonfall aufweisen, wie er sich vergleichbar wenig später auch in der *Motette* op. 93 finden wird: „O blicke, wenn den Sinn dir will die Welt verwirren, / Zum ew'gen Himmel auf, wo nie die Sterne irren." Die durch die Welt verursachte Verwirrung des Sinns, deren Ursachen in der Vorlage nicht konkret benannt sind, dürfte auch hier auf die Wirren der politischen Zeitumstände zu beziehen sein. Schumann vertont den „innig" vorzutragenden Text nach Art eines Kanons mit sukzessivem Eintreten der drei Frauenstimmen. Die vorgeschlagene Deutung der Wahl beider Texte für eine Vertonung vor dem Hintergrund des Zeitgeschehens impliziert, dass Schumann in diesen Tagen offene politische Stellungnahmen wie noch in den Revolutionschören op. 62 vom Dezember 1847 scheute und stattdessen seine Positionen unter der Oberfläche dem Anschein nach harmloser oder auch unverbindlich allgemeiner Texte nur andeutete, vermutlich aber in

---

6   Die Datierungen beziehen sich auf die Angaben in: Margit L. McCorkle: Robert Schumann. Thematisch-Bibliographisches Werkverzeichnis. Unter Mitwirkung von Akio Mayeda und der Robert-Schumann-Forschungsstelle. Mainz/London/Madrid/New York/Paris/Tokio/Toronto 2003 (Robert Schumann. Neue Ausgabe sämtlicher Werke. Serie 8, Suppl. 6), S. 343–349.

der durchaus nicht unzutreffenden Erwartung, dass die Zeitgenossen für derartige Untertöne ein Ohr haben würden.

(3) Nach musikalischen Proben der Lieder aus dem *Liederalbum für die Jugend* gemeinsam mit Clara bei Volkmar Schurig, dem Organisten und Chordirektor der Dresdener jüdischen Gemeinde am 15. und 17. Mai, komponierte Schumann vom 18. bis zum 21. Mai die *Fünf Gesänge aus Heinrich Laubes ,Jagdbrevier'* für Männerchor und vier Hörner ad libitum, die erst im Juni 1857 postum mit der Opuszahl 137 veröffentlicht wurden. Die Jagd, die lange Zeit allein Adligen vorbehalten gewesen war, hatte sich im ersten Jahrzehnten des 19. Jahrhunderts zur Domäne bürgerlicher Männer gewandelt, und in den von Schumann ausgewählten Texten verbinden sich der Drang in die als frei empfundene Natur, die als Manifestation von Gottes Größe erfahren wird und zugleich als Gegenentwurf für die Enge der Verhältnisse fungiert, Mahnung zur Achtsamkeit, damit den „Kameraden" kein Fehlschuss trifft, und schließlich beim abendlichen Weintrinken und Singen die Geselligkeit von Gleichgesinnten, die sich gegenseitig in folgenden, von Schumann gegenüber Laube noch einmal zugespitzten Worten ihrer patriotischen Gesinnung versichern: „Wenn's gilt das Reich zu wahren, / Wir sind in Waffen wohl erfahren, / Hoch! deutsches Jägerblut!" Zwar werden die revolutionären Ereignisse in Dresden auch hier nicht direkt thematisiert, doch sind die *Fünf Gesänge* op. 137 sicherlich die in diesem Zeitraum entstandenen Stücke, in denen sich am offensten jene ebenso bürgerliche wie nationalpatriotische Gesinnung manifestiert, denr auch die Aufständischen verpflichtet waren.

(4) Für einen nunmehr doppelchörigen Männerchor zu 8 Stimmen setzte Schumann unmittelbar anschließend zwischen dem 23. und dem 30. oder 31. Mai[7] die Motette *Verzweifle nicht im Schmerzensthal* op. 93, die er in den folgenden Jahren noch um eine Orgel- bzw. alternativ um eine Orchesterbegleitung erweitern sollte.[8] In dieser Motette, die eines der kompositorisch ambitioniertesten Werke aus diesen von der Revolution

---

[7] Schumann datierte die Motette im *Projektenbuch* 23.-30. Mai 1849, doch nehmen die Herausgeber des thematisch-bibliographischen Werkverzeichnisses offenbar eher eine Fertigstellung am 31. Mai an, auch wenn sie das Datum mit Fragezeichen versehen; vgl. McCorkle, Schumann-Werkverzeichnis (Anm. 6), S. 404.

[8] Die Orgelbegleitung schrieb Schumann ein gutes Jahr später wenige Tage vor der Erstaufführung in Leipzig am 4. Juli 1850, die Orchesterfassung entstand Mitte Mai 1852 in Düsseldorf und wurde im Leipziger Gewandhaus am 8. März 1853 erstaufgeführt; vgl. McCorkle, Schumann-Werkverzeichnis (Anm. 6), S. 405.

überschatteten Mai- und Junitagen des Jahres 1849 darstellt, legte er das Gedicht zum Abschluss der mit *Der Krankenbesuch* überschriebenen 16. Makame in der Nachdichtung aus dem Arabischen *Die Verwandlungen des Ebu Sei'd von Seru'g oder die Maka'men des Hari'ri in freier Nachbildung von Friedrich Rückert* zugrunde. Dort handelte es sich um einen Dankgesang des Titelhelden nach der Genesung von einer schweren Krankheit, doch ist ein solcher konkreter Kontext im vertonten Text selbst nicht mehr zu erkennen; Bodo Bischoff hat nachgewiesen, dass Rückert in zahlreichen Formulierungen dieses Gesangs seiner Nachdichtung bewusst auf biblische, vor allem alttestamentarische Passagen anspielt.[9] Dies mag auch Schumann dazu veranlasst haben, die Komposition selbst im Projektenbuch mit der Kennzeichnung „religiöser Gesang" zu versehen, und auch die für den Titel gewählte Gattungsbezeichnung *Motette* verweist auf einen geistlichen, wenn auch sicherlich nicht liturgischen Bereich. Schumann war wohl schon 1848 auf dieses Gedicht in einem von Eduard Julius Bendemann geliehenen Band gestoßen, wie er in einem Brief an diesen vom 28. Mai anmerkt,[10] und hatte es unter der Nummer 49 in der ersten Abteilung der *Abschriften von Gedichten zur Composition* kopiert,[11] doch veranlasste ihn offenbar die Vertonung der Motette dann dazu, selbst unmittelbar nach deren Abschluss am 31. Mai ein Exemplar der zweibändigen Ausgabe der Makamen in der dritten Auflage von 1844 zu erwerben.[12] Die *Maka'men des Hari'ri* hatten Schumann bereits im Dezember 1848 zur Komposition von *Bilder aus Osten, 6 Impromptus für Klavier zu vier Händen* op. 66 angeregt, auch wenn er im Vorwort zum Erstdruck betonte, abgesehen von der letzten Makame keine bestimmten Situationen daraus im Sinn gehabt zu haben; eher verstand er seine Komposition als einen „Versuch, orientalische Dicht- und Denkweise, wie es in der deutschen Poesie schon geschehen, annähernd auch in unserer Kunst zur Ausprache zu bringen...", also für Rückerts poetische Nachdichtungen so etwas wie ein Pendant in der Musik zu schaffen.[13] In der

---

9   Bodo Bischoff: „... Der Gnaden spendet ohne Zahl ..." Zu Schumanns Motette ,Verzweifle nicht im Schmerzensthal' (Friedrich Rückert) op. 93. In: Bernhard R. Appel (Hg.): Schumanniana nova. Festschrift Gerd Nauhaus zum 60. Geburtstag. Sinzig 2002, S. 88-113, bes. S. 99-102.
10   McCorkle, Schumann-Werkverzeichnis (Anm. 6), S. 404f.
11   Helma Kaldewey: Die ,Gedichtabschriften' Robert und Clara Schumanns. In: Appel/Hermstrüwer (Hg.), Schumann und die Dichter (Anm. 2), S. 88-99, hier S. 91.
12   Tagebuch III, S. 493; vgl. auch McCorkle, Schumann-Werkverzeichnis (Anm. 6), S. 404f.
13   Zitiert nach: McCorkle, Schumann-Werkverzeichnis (Anm. 6), S. 284f.

Ende Mai 1849 geschriebenen Motette *Verzweifle nicht im Schmerzensthal* sind dagegen vergleichbare, auf den orientalischen Charakter der Vorlage zielende Absichten kaum zu vermuten; weit eher liegt es nahe, jene niederdrückenden Erfahrungen im Schmerzenstal, aus dem allein die Hoffnung und das Vertrauen auf Gott, „der Gnaden spendet ohne Zahl" (Vers 22, der in der Vertonung besonders hervorgehoben ist), einen Ausweg bietet, erneut mit dem unmittelbar erfahrenen politischen Zeitgeschehen, und d.h. konkret mit dem Scheitern der bürgerlichen Revolution in Dresden zu identifizieren.

(5) Das letzte der in Kreischa begonnenen und auch abgeschlossenen Werke ist das *Minnespiel aus Friedrich Rückerts ‚Liebesfrühling' für eine und mehrere Singstimmen mit Klavier* op. 101. In diesem Zyklus, der ebenfalls binnen weniger Tage zwischen dem 1. und dem 5. Juni 1849 entstand, wandte sich Schumann – wie schon in fünf Stücken in den Clara gewidmeten *Myrten* op. 25 von 1840 und in den 1841 gemeinsam mit der nunmehr angetrauten Clara vertonten *Zwölf Liedern aus Friedrich Rückerts ‚Liebesfrühling'* op. 37 – ein weiteres Mal Rückerts *Liebesfrühling* zu. Insbesondere die noch genauer zu beschreibenden textlichen, strukturellen und musikalischen Parallelen zwischen op. 37 und op. 101 machen deutlich, dass Schumann in diesem neuen Werk wiederum seine Liebe zu Clara zu thematisieren beabsichtigte, auch wenn es sich hier nicht mehr um ein erst noch bevorstehendes oder ganz junges Liebesglück eines frisch Verheirateten handelt wie in op. 25 oder in op. 37, sondern vielleicht um ein Nachdenken über etwas, dessen man sich unter so unruhigen äußeren Umständen noch einmal versichern möchte. Insofern ist die Hinwendung zu Vorlagen, bei denen es sich um die einzigen im behandelten Zeitraum vertonten Dichtungen handelt, in denen Liebe thematisiert wird, wohl auch nicht als eine Art Eskapismus zu verstehen, sondern ähnlich wie das in op. 93 beschworene Vertrauen auf Gott auch unter widrigsten Umständen Teil einer selbstvergewissernden Bestandsaufnahme dessen, worauf sich auch *in extremis* noch bauen lässt; wie noch zu zeigen sein wird, spricht insbesondere die Vertonung von Nr. 6 *O Freund, mein Schirm, mein Schutz* für eine solche Deutung. Das vollständige *Minnespiel* wurde bereits am 5. Juni erneut bei Kantor Schurig geprobt; die Erstausgabe sollte allerdings erst im Februar 1852 bei Friedrich Whistling in Leipzig im Druck erscheinen, dem Schumann das Werk im Mai 1851 nach einer Ablehnung durch den Verlag André angeboten hatte.

(6) Während der letzten Woche seines Aufenthalts in Kreischa hat Schumann anscheinend nicht an weiteren Kompositionen gearbeitet,

doch unmittelbar nach seiner Rückkehr nach Dresden komponierte er zwischen dem 12. und 16. Juni offenbar unter dem Eindruck dessen, was ihm in der Stadt zu Gesicht oder zu Ohren kam, die *Vier Märsche* op. 76, die er in einem Brief an Whistling vom 17. Juni 1849 folgendermaßen charakterisierte: „Sie erhalten hier ein paar Märsche – aber keine alten Dessauer = sondern eher republicanische. Ich wußte meiner Aufregung nicht besser Luft zu machen – sie sind in wahrem Feuereifer geschrieben... Bedingung: sie müssen <u>gleich</u> gedruckt werden...", und in der Tat sollte Whistling sie noch im Juli 1849 auf den Markt bringen.[14] Diese Märsche sind damit fraglos der expliziteste Kommentar zu den revolutionären Ereignissen in Dresden, die Schumann während dieser Phase verfasste, vielleicht hielt Schumann dies in einem Werk ohne Text für weit weniger verfänglich, und es ist vielleicht kein Zufall, dass der „republicanische" Charakter der Stücke im Werktitel bei der Veröffentlichung nicht offengelegt wurde.

Die in der Zeitspanne von Anfang Mai bis Mitte Juni 1849 entstandenen Werke, in denen Schumann, wie bereits eingangs angeführt, „ein Gegengewicht gegen das von Außen so furchtbar hereinbrechende" zu finden suchte, sind, was die Thematik, die Besetzungen und die Gattungen angeht, einigermaßen heterogen. Ein betont kämpferischer Gestus, zu dem Schumann sich etwa in *Drei Gesänge für Männerchor* op. 62 vom Dezember 1847 bekannt hatte, worin er Eichendorffs *Der Eidgenossen Nachtwache: In stiller Bucht, bei finstrer Nacht*, Rückerts *Freiheitslied: Zittr', o Erde, dunkle Macht* sowie Klopstocks *Schlachtgesang: Mit unserm Arm ist nichts getan* zusammenfasste, ist nun abgesehen von den mit „Feuereifer" komponierten „republicanischen" Märschen und vielleicht partiell auch den Jagdliedern op. 137 nicht anzutreffen. Dennoch bilden auch die anderen Werke, ganz in dem Sinne, wie Reinhard Kapp vermutet hatte, einen impliziten „fortlaufende(n) Kommentar" zum zeitgenössischen Geschehen, in dem nicht primär ein demonstrativer politischer Gestus im Vordergrund steht, sondern die Vergewisserung der eigenen Koordinaten, die in einer revolutionären Situation, die den Boden unter den Füßen ins Wanken gebracht hatte, noch Orientierung und Halt gewähren.

Zugleich handelt es sich in allen Fällen um Werke, die in unterschiedlichen Facetten ein zutiefst bürgerliches Selbstverständnis voraussetzen. So bieten die ersten drei Gruppen von Vokalwerken in Besetzung und Thematik spezifische Kompositionen für singende Männer (op. 137 für

---

[14] Zitiert nach: McCorkle, Schumann-Werkverzeichnis (Anm. 6), S. 330.

Männerstimmen), Frauen (op. 114 für Frauenstimmen) und Kinder (op. 79 ist wohl nicht zuletzt auch für eine Ausführung durch Kinder intendiert, im Kontext von op. 79 haben sich zudem Kompositionsversuche von Kinderliedern durch Marie Schumann erhalten) und reflektieren damit wie auch in der konkreten Wahl der Texte seit dem späten 18. Jahrhundert etablierte bürgerliche Geschlechterrollenbilder und die damit einhergehende Entwicklung spezifischer Repertoiretypen für diese unterschiedlichen Gruppen.[15] Diese drei Werkgruppen sind für ein häusliches bzw. geselliges Musizieren konzipiert und Schumann passt seine Schreibart bewusst an die zu erwartenden musikalischen Möglichkeiten der Ausführenden an. Eine Besetzung allein mit Männerstimmen sieht zwar auch op. 93 vor, allerdings dürften die weitaus höheren sängerischen Anforderungen wie auch die komplexe musikalische Faktur der Motette die Fähigkeiten der meisten zeitgenössischen Liedertafeln und Männergesangsvereine bei weitem überstiegen haben; trotz der dezidiert geistlichen Implikationen handelt es sich um Musik mit gehobenen Ansprüchen für den bürgerlichen Konzertsaal, dies macht auch die spätere Orchesterfassung deutlich. Das einzige Werk aus dieser Gruppe, in dem Schumann Männer- und Frauenstimmen zusammenführt, ist das *Minnespiel* op. 101, allerdings dürfte Schumann hier durchweg eine solistische und vermutlich auch in den Quartetten keine chorische Besetzung im Sinn gehabt haben. Besonders die Lieder und Duette verlangen eine hochdifferenzierte musikalische Gestaltung durch die Ausführenden, die auch bei den Sängern eine im Grunde professionelle Ausbildung voraussetzt.[16]

Es ist bemerkenswert, in wie hohem Maße sich Schumann in diesen von den revolutionären Wirren in Dresden überschatteten Wochen immer wieder von Friedrich Rückert, „dem geliebten Dichter",[17] anre-

---

[15] Vgl. Joachim Steinheuer: Eintrag „Lied" im Rahmen des Art. „Gattung". In: Annette Kreutziger-Herr/Melanie Unseld (Hg.): Gender-Handbuch Musik. Kassel/Basel/London/New York/Prag 2010, S. 224f.

[16] In diesem Sinne merkte auch eine Kritik des *Minnespiels* im Mai 1852 in der *Neuen Zeitschrift für Musik* an: „Ein Uebelstand jedoch, der leider hin und wieder Schumann's Gesangscompositionen beeinträchtigt, tritt auch in diesem Werke hervor. Es ist dies die oft zu wenige Rücksichtnahme auf die Sangbarkeit und den von der menschlichen Stimme vorgeschriebenen Gang dieser." Neue Zeitschrift für Musik, Bd. 36, Nr. 19, 7. Mai 1852, S. 217f.

[17] Schumann bezieht sich darin auf Vertonungen nach Dichtungen „von Rückert, dem geliebten Dichter, der, großer Musiker in Worten und Gedanken, dem wirklichen oft gar nichts hinzuzuthun übrig lässt". Robert Schumann: Drei gute Liederhefte. In: ders.: Gesammelte Schriften über Musik und Musiker. Bd. 3/4. Wiesbaden 1985 (Nachdruck der Ausgabe Leipzig 1854), S. 260-265, hier S. 264.

gen ließ, und zwar für Werke, die in Bezug auf Thematik und Gattungs-
zugehörigkeit wie auch Besetzung und musikalischen Anspruch doch
recht unterschiedlich sind. Ob es sich um Kinderlieder oder Gesänge für
Frauenstimmen, um ein Konzertstück mit religiösem Charakter für
Männerchor oder um einen die eigene Liebe und Ehe reflektierenden
Zyklus von Gesängen für ein gemischtes Solistenquartett handelt, Rückert scheint für Schumann mehr als irgendein anderer derjenige Dichter zu sein, der für vielfältige, selbst schwierigste Lebenslagen immer das
richtige Wort bereithält.

II. Anlage des Zyklus und musikalische Gestaltung

Bereits in der Titelwahl *Minnespiel* verweist Schumann auf die Gattung
des Liederspiels, der er sich erstmals im März des gleichen Jahres im
Spanischen Liederspiel op. 74 zugewandt hatte. Im Unterschied zur älteren Tradition des Berliner Liederspiels etwa bei Johann Friedrich Reichardt und Friedrich Heinrich Himmel, die darunter eine dramatische
Bühnenhandlung mit eingestreuten, meist bereits bekannten Liedern
verstanden,[18] definierte Schumann einen neuartigen eigenen Typus.
Dieser kommt gleichermaßen ohne gesprochene Dialoge wie auch ohne
szenisch aufgeführte dramatische Handlung aus und besteht weit eher
in Analogie zu einem Liederzyklus für eine einzelne Stimme aus einer
planvollen Abfolge von ein- und mehrstimmigen klavierbegleiteten Gesängen, aus denen sich ein mehr oder weniger loser Handlungsfaden ergeben kann, ohne dass es dabei notwendig zugleich zu einer konse-
quenten Rollenverteilung auf konkrete Personen wie bei musikdramatischen Werken kommen muss. Hallmark bezeichnet diesen im *Spanischen
Liederspiel* wie auch im *Minnespiel* anzutreffenden Typus zutreffend als
eine neue Gattung, als „multivoice cycle", also als Vokalzyklus für mehrere Stimmen, wie er im Keim schon in dem dialogischen, 1841 gemeinsam mit Clara vertonten Zyklus *Zwölf Lieder aus Friedrich Rückerts
‚Liebesfrühling'* op. 37 angelegt sei.[19]

---

[18] Vgl. hierzu Susanne Johns: Das szenische Liederspiel zwischen 1800 und 1830.
Ein Beitrag zur Berliner Theatergeschichte. Bd. 2: Notenteil. Frankfurt/Main/
Bern/New York/Paris 1988 (Quellen und Studien zur Musikgeschichte von der
Antike bis in die Gegenwart, 20).

[19] Rufus Hallmark: The Rückert-Lieder of Clara and Robert Schumann. In: 19th
Century Music 14 (1990), S. 1-30, hier S. 23. Eine verkürzte deutsche Fassung
erschien unter dem Titel: Die Rückert-Lieder von Robert und Clara Schumann
– Zur Geschichte ihrer einzigen gemeinsamen Arbeit. In: Gerd Neuhaus (Hg.):
Schumann-Studien 3/4. Köln 1994, S. 270-290.

Als Textgrundlage für das *Minnespiel* hat Schumann erneut insgesamt neun Gedichte aus *Liebesfrühling* ausgewählt, die dort in keinem Zusammenhang standen, und nach eigenen, von Rückerts Vorlage und auch dessen thematischer und formaler Gliederung unabhängigen Kriterien zusammengestellt. Fünf der Gedichte sind dem mit „Erwacht" überschriebenen ersten Strauß entnommen (in der Reihenfolge des Auftretens bei Schumann Nr. XXVII, XXXV, XXIX, LXII und XIII), zwei Gedichte aus dem dritten Strauß „Entfremdet" (Nr. XII und III) fasst Schumann in seiner Nr. 1 zusammen, obwohl es sich de facto um zwei eigenständige, jedoch ineinander übergehende Vertonungen handelt, je einmal berücksichtigt wurden der zweite Strauß „Entflohen" (Nr. XXXII) sowie der vierte Strauß „Wiedergewonnen" (Nr. XII), während Rückerts fünfter Strauß „Verbunden" gänzlich ausgespart blieb.

Die Vorlagen von *Schön ist das Fest des Lenzes* und von *So wahr die Sonne scheinet* hatte Schumann bereits in op. 37 verwendet; dort waren es die beiden einzigen Duette innerhalb des Zyklus, die als Nr. 7 den Abschluss des ersten und als Nr. 12 denjenigen des zweiten Heftes und damit des gesamten Zyklus bildeten. In op. 101 verwendet Schumann sie als Textgrundlage für die beiden einzigen Quartette, in denen alle vier Solostimmen zusammengeführt sind, und diese Quartette stehen hier an strukturell ganz vergleichbaren Stellen, auch wenn Schumann den Zyklus nicht in zwei Teile unterteilt: Als Nr. 5 nimmt *Schön ist das Fest des Lenzes* die Position unmittelbar nach der Hälfte der Stücke ein, Nr. 8 *So wahr die Sonne scheinet* setzte Schumann wiederum an den Schluss des Zyklus. In unmittelbarem Zusammenhang mit op. 37 steht darüber hinaus auch noch die Vorlage von Nr. 6 *O Freund, mein Schirm, mein Schutz*; diesen Text hatte Schumann bereits 1841 als eines von fünf Gedichten aus Rückerts *Liebesfrühling* für eine Vertonung durch Clara ausgewählt,[20] doch hatte diese nur die anderen vier Gedichte in Musik gesetzt und am 8. Juni 1841 Robert zum Geburtstag überreicht.[21] Schumann holt insofern in op. 101 gewissermaßen die damals unterbliebene Vertonung des Textes nach, allerdings bittet er jetzt nicht mehr Clara darum, sondern nimmt sich nunmehr selbst der Komposition an. Diese Korrespondenzen zwischen den beiden Zyklen auf der Ebene der

---

[20] In den *Abschriften von Gedichten zur Composition* tragen die fünf für Clara bestimmten Gedichte die Nummern 31-35 innerhalb der zweiten Abteilung; vgl. Kaldewey, ‚Gedichtabschriften' (Anm. 11), S. 94.

[21] Vgl. hierzu Hallmark, Rückert-Lieder (Anm. 19), S. 8. Nur drei der vier von Clara komponierten Lieder – *Warum willst Du andre fragen*, *Er ist gekommen* und *Liebst Du um Schönheit* – wurden letztlich in die Druckfassung der *Zwölf Gedichte* op. 37 aufgenommen.

Textwahl unterstreichen zudem noch einmal in besonderer Weise, dass im *Minnespiel* wie in op. 25 und auch op. 37 ein weiteres Mal Schumanns Liebe zu Clara zum impliziten Gegenstand der Darstellung wird.

Den Begriff „Minne" im Titel dürfte Schumann in diesem Fall wohl kaum in einem primär historisierenden Sinne verwendet haben, obwohl er damit, wie etwa seine Vertonung von Heinrich Heines *Die Minnesänger: Zu dem Wettgesange schreiten* in *Sechs Lieder für vierstimmigen Männergesang* op. 33 aus dem Februar 1840 nahelegt, durchaus vertraut war; zudem plante er wohl um 1849/50 auch ein unausgeführt gebliebenes „Altdeutsches Minnespiel aus Des Knaben Wunderhorn",[22] das – wie die Wahl des Wortes „altdeutsch" anzeigt – vielleicht eher in eine historisierende Richtung tendiert hätte. Der Hintergrund für die Wahl des Wortes Minne im Titel von op. 101 wird dagegen weit eher in dem Umstand zu sehen sein, dass in mehreren der von Schumann ausgewählten Gedichte der männliche Liebhaber als Sänger identifiziert wird. Darin dürfte zugleich ein weiterer Hinweis auf biographische Implikationen zu sehen sein, denn der „Sänger" dieser Lieder ist vor dem Hintergrund der im Zyklus thematisierten Liebe zu Clara wohl auch von Schumann als Metonymie für „Komponist" aufgefasst worden. Auffällig ist, dass keines der Gedichte aus der Frauenperspektive innerhalb des Zyklus auch im Gedicht selbst die Frau als Musikerin kennzeichnet, obwohl dies im Hinblick auf eine Identifizierung mit Clara ja durchaus nicht fernliegend gewesen wäre;[23] vermutlich ist dies aber Teil der geschlechtsspezifischen Rollenverteilung, wie sie sich in diesem Zyklus manifestiert, zu der eine um den Mann werbende Haltung oder „Minne" seitens der Frau sicherlich nicht gehört.

Besonders zu Beginn des Zyklus ist die zentrale Bedeutung der Musik als Mittel der Minne unverkennbar: Teil I des ersten Liedes imaginiert eine Serenade unter dem Fenster der Geliebten, bei der das lyrische Ich den zu der Liebsten aufsteigenden Tönen des Liedes die Aufgabe überträgt, der bis dahin „strengen" Schönen seinen Schmerz ans Herz zu legen, wenn er schon nicht selbst auf ihnen wie auf einer Leiter zu ihr ge-

---

[22] Dieser Kompositionsplan, der möglicherweise noch auf das Jahr 1849 in Dresden zurückgeht, wird erwähnt in Schumanns bislang unveröffentlichtem, nach Anfang September 1850 angelegtem *Düsseldorfer Merkbuch* und ist im Werkverzeichnis unter der Rubrik N7 aufgelistet; vgl. McCorkle, Schumann-Werkverzeichnis (Anm. 6), S. 741.

[23] Die Überschrift „Gesang" zu Nr. 2 *Liebster, deine Worte stehlen* in der von Clara Schumann besorgten Gesamtausgabe stellt wohl nur eine Gattungsbezeichnung wie diejenigen von Lied, Duett und Quartett über den anderen Kompositionen von op. 101 dar, nicht aber eine den Inhalt des Liedes betreffende Erklärung.

langen kann. Die „Töne still und heiter" dieser Serenade in trochäischen Vierhebern zeigen unmittelbare Wirkung, denn schon im zweiten Teil des Liedes, für den Schumann ein metrisch anders gebautes zweites Gedicht aus jambischen Dreihebern verwendet, bewegen sie die Angesungene dazu, kurz das Fenster zu öffnen und den Sänger lächelnd zu grüßen, wodurch sich die Welt für das lyrische Ich sogleich in einen blühenden Rosenstrauch zu verwandeln scheint, auch wenn sein Wunsch, mit der Geliebten „im Kämmerchen ein Jahr" zu kosen, noch nicht unmittelbar in Erfüllung geht. Im zweiten Lied wechselt die imaginäre Szenerie gleichsam in die Kammer, wo die Angesungene in vier Strophen, die – eine raffinierte Wahl Schumanns aus Rückerts Gedichten – Form, Metrum und Reimschema der Serenade des Sängers aufgreifen, deren Wirkung auf sich selbst zu erklären versucht. Im ersten Vers jeder Strophe wird der Liebste angeredet, dessen „Worte" (Strophe 1), „Töne" (Strophe 2), „Saiten" (Strophe 3) und „Lieder" (Strophe 4) als Ursache ihrer eigenen nun erwachenden Liebe konkret benannt werden. Den Abschluss der letzten Strophe, in der die Lieder des Sängers ihr Haupt wie mit einem Strahlenkranz bekrönt und dadurch gleichsam „reich umlaubt" erscheinen lassen, nutzt Schumann als Bindeglied zum Text des dritten Liedes, einem aus zwei Strophen bestehenden Dialog, in dem die Frau sich selbst als einen Baum beschreibt, der durch die gärtnerische Treue des Mannes „in Liebespfleg und süßer Zucht" gehalten wird; aus Dankbarkeit will sie „in den Schoss" ihm „die reife, dir allein gewachs'ne Frucht" streuen. In der Antwort leistet der Mann, der dieselben Reime und teilweise auch dieselben Reimwörter verwendet, „auf andres Glück" Verzicht, da er die Äste dieses Baumes „stets aufs neue / geschmückt mit Frucht" findet. Unter der Oberfläche von naturhafter Gartenidyllik handelt dieses dialogische Gedicht wohl fraglos von sexueller Hingabe und Erfüllung (möglicherweise auch von Kinderreichtum als deren „Frucht") und liefert zugleich unmissverständliche Hinweise auf die Asymmetrien ehelicher Geschlechterrollen im zeitgenössischen Selbstverständnis des Bürgertums. Nach einer Solostrophe der weiblichen Seite, die hier statt der Sopranistin erstmals einer Altstimme anvertraut ist, setzt die Bassstimme nicht bloß strophisch alternierend ein, um dann in paralleler Führung zum Duett mit der Frauenstimme zusammengeführt zu werden, wie dies in einer konventionelleren Umsetzung zu erwarten gewesen wäre, sondern tritt statt dessen mit dem Text der zweiten Strophe in motivisch weitgehend eigenständiger, frei polyphoner Führung und Ergänzung zu Text und Melodie der Frauenstimme hinzu; die Wirkung dieses durch die dreimalige variierte Umsetzung – beim ersten Durchgang beginnt die Männerstimme einen Takt vor der Frauenstimme, während im zweiten Durchgang die Einsatzfolge vertauscht ist – wird immer weiter verdichtet und intensiviert und schließlich durch ein *Accelerando* (mit der Vorzeichnung „Lebhafter") wie auch durch die Anweisung *crescendo* im vierten Formteil nochmals gesteigert. Zwar wird in diesem dritten Lied Gesang selbst nun nicht mehr thematisiert, doch Schumanns Vertonung erweist sich selbst als ein Modell höchst kunstvollen Singens und bildet sicherlich musikalisch einen der Höhepunkte des Zyklus.

Während die ersten drei Lieder somit einen offen zu Tage tretenden narrativen Faden, ja sogar so etwas wie eine imaginierte Handlung entwickeln, tritt dies im weiteren Verlauf des Zyklus ein Stück weit in den Hintergrund und weicht allgemeineren Betrachtungen, die vereinzelt Bezüge zur Lebenssituation des Komponisten oder zur zeitgenössischen politischen Situation aufzuweisen scheinen. In Nr. 4 *Mein schöner Stern* bittet der Mann die zu Beginn und Ende beider Strophen metaphorisch als Himmelsgestirn angesprochene Geliebte oder Gefährtin, ihm zum verklärenden Licht, zum Aufstieg in den Himmel zu verhelfen, „wo Du schon bist"; vielleicht besitzt die Wahl des Gedichts in diesem Kontext unterschwellig ebenfalls biographische Konnotationen, denn Clara, wie Schumann bei Konzertreisen mehrfach hatte erfahren müssen, wurde als Pianistin in der Öffentlichkeit nicht selten weit direktere Aufmerksamkeit und Anerkennung zuteil als dem Komponisten, während er selbst den angestrebten Ruhm noch nicht im erhofften Umfang erreicht zu haben glaubte. Das anschließende erste der beiden Quartette Nr. 5 *Schön ist das Fest des Lenzes* spricht in Schumanns Umsetzung insgesamt dreimal die Mahnung an den Liebhaber aus, das nur kurze, drei Tage währende, schöne „Fest des Lenzes" dafür zu nutzen, die Geliebte – und hier wird die Rosenmetaphorik aus dem zweiten Teil des ersten Liedes wieder aufgegriffen – mit Rosen zu bekränzen, ehe diese verwelken, und zudem das Fest mit gefülltem Glas und Gesang zu feiern, womit außerdem die Thematik des Singens aus den ersten beiden Liedern fortgeführt wird.

Nr. 6 *O Freund, mein Schirm, mein Schutz*, jenes einst von Clara nicht vertonte Gedicht, ist vielleicht dasjenige unter den Liedern des *Minnespiels*, das sich am direktesten auf eines der anderen Werke aus jenen Wochen während und nach der Dresdener Revolution beziehen lässt und damit vielleicht sogar einen Schlüssel für das Verständnis des Zusammenhangs der Kompositionen während dieser Zeit bereit hält. Insbesondere die dritte der jeweils nur mit einem Reimwort auskommenden, aus je drei jambischen Dreihebern gebauten Strophen „Wenn mich in Jammerschlucht / die Welt zu drängen sucht, / nehm' ich zu dir die Flucht" weist eine unübersehbare Parallele zum Gegenstand der Motette *Verzweifle nicht im Schmerzensthal* op. 93 auf, denn „Jammerschlucht" und „Schmerzensthal" dürften vor dem konkreten Zeithintergrund wohl als Synonyme zu verstehen sein. Allerdings gibt es einen bedeutsamen Unterschied zu op. 93, denn während in der öffentlichen Welt der Männer – nicht zufällig hat Schumann die Motette für einen doppelten Männerchor gesetzt – alleine das Hoffen und Vertrauen auf Gott noch einen Ausweg aus den Leiden der Welt ermöglicht, kommt aus der Perspektive der Frau dem explizit zum „Freund" gewordenen Mann in der privaten häuslichen Welt die Rolle zu, als „Schirm" und „Schutz", als „Trost" und „Trutz", als „Bollwerk" und „Schild" für die Frau gegenüber der feindlichen Welt zu fungieren, wie bereits die ersten beiden Strophen deutlich machen. Wenn die Frau sich selbst und ihren Schmerz an des Freundes Herz legen kann, dann relativiere sich der „Erde Weh" zum „Scherz", wie Rückert in der sechsten Strophe anmerkt.

Es ist kein Zufall, dass die Vertonung dieses Liedes, in extremem Gegensatz zum vorhergehenden Quartett stehend, als einzige im ganzen Zyklus in Moll steht, und dies, obwohl im Gedicht eigentlich die Zuversicht des lyrischen Ichs im Vordergrund steht. Schumann fasst darin für die ersten sechs Strophen jeweils zwei Textstrophen zu insgesamt drei musikalischen Strophen zusammen, die sich in Details der Textdeklamation wie auch der Begleitung unterscheiden, und schreibt einen dichten, bis zum Beginn der letzten Strophe vier- und schließlich sogar fünfstimmigen Satz mit herben Vorhaltbildungen, chromatisch alterierten Stimmführungen und einer vieldeutigen Harmonik. Erst in der siebten Strophe, in die Schumann bei den Worten „O Welt, was du mir tust" noch einmal mit einem chromatischen Gang in der linken Hand einführt, werden bei den abschließenden Versen „ ich such' in stiller Lust / an meines Freundes Brust" die Dichte des Satzes wie auch die harmonische Komplexität für einen kurzen Moment bis zum Einsatz des Nachspiels zurückgenommen. *O Freund, mein Schirm, mein Schutz* bildet damit sicherlich die neben dem Duett Nr. 3 anspruchsvollste Komposition innerhalb von op. 101.

Der Text zu Nr. 7 *Die tausend Grüße* ist in Rückerts *Liebesfrühling* ein Gesang des in der Ferne weilenden Liebhabers an seine Geliebte. Dass Schumann dieses Gedicht als Grundlage für das zweite Duett innerhalb des Zyklus auswählte, ist insofern nicht unbedingt naheliegend, als das Gedicht anders als etwa Nr. 3 keinerlei dialogischen Charakter aufweist; allein in dem „wir" des zweiten Verses „Die tausend Grüße / die wir dir senden", das im Kontext des Gedichts als vermutlich primär durch die Reimerfordernisse motivierter Pluralis auctoris erscheint, könte ein erster Anhaltspunkt für diese Besetzung gesehen werden. Doch beruht Schumanns Entscheidung für ein Duett wohl auf anderen Gründen, die in seiner spezifischen Art der Vertonung deutlich werden: Einerseits änderte Schumann die beiden Schlussverse der fünften Strophe, die bei Rückert „Schon vielmal schrieb ich's, / Noch vielmal schreib' ich's" lauteten, in „Schon vielmal sang ich's, / Noch vielmal sing' ich's", hob diese Verse fast genau im Zentrum der Komposition durch nur an dieser Stelle vorkommende duolische Achtel hervor (Takte 43-46) und ermöglichte somit zugleich inhaltlich eine Rückbindung an das seit dem ersten Lied im Zyklus gegenwärtige Motiv des Singens bzw. Komponierens; andererseits dürfte den Komponisten die besondere Versstruktur der von Rückert gewählten, durchweg aus daktylischen Dimetern bestehenden adonischen Verse gereizt haben,[24] die er innerhalb eines vorgezeichneten 6/8-Taktes in immer neuen ab- wie auftaktigen rhythmischen Varianten und metrischen Umdeutungen durchweg in kurzen zweitaktigen Perioden vertont, um sie abschließend in den Takten 85-91 in bewusst irregulärer Weise zu Dreitaktern zu verbreitern. Dabei herrscht über weite Strecken – etwa am Anfang bis Takt 30 sowie im gesamten zweiten Textdurchgang – Paralleldeklamation und häufig auch Parallelführung zwischen den Singstimmen vor, die nur an zwei Stellen kurz vor Mitte des Stücks durch taktweise gegeneinander versetzte polyphone Stimmführung abgelöst wird (Takte 31-40 sowie 43-46). Ungewöhnlich ist die formale Anlage der Komposition, denn Schumann komponiert zunächst einmal alle fünf Strophen ohne Zwischenspiele durch und versieht sie gleich zu Beginn mit der Ausführungsanweisung „Mit Feuer",[25] um dann in einem zweiten Textdurchgang, bei dem in den beiden letzten Strophe jeweils das zweite Verspaar ausgespart bleibt, zunächst durch bloßen Stimmtausch zwischen Sopran und Tenor (Takte

---

[24] Ein weiteres Beispiel für Schumanns kompositorisches Interesse an Rückerts metrischen Experimenten findet sich in dem am 14. August 1849 vertonten *Sommerlied* aus den *Romanzen und Balladen für Chor*, Heft 4, op. 146, dessen erste von sieben Strophen wie folgt lautet: „Seinen Traum / Lind wob', / Frühling kaum, / Wind schnob, / Seht / Wie ist der Blütentraum verweht." Schumann wählt hier eine konsequent durchgehende Paralleldeklamation der vier Chorstimmen, die die Irregularität der metrisch wie von der Länge her uneinheitlich gebauten Verse innerhalb einer einheitlichen Taktvorzeichnung hervortreten lässt.

[25] Zum Motiv des Feuers bei Schumann, das im hier besprochenen Kontext bereits bei den *Vier Märschen* op. 76 begegnete, vgl. Kapp, Schumann nach der Revolution (Anm. 1), S. 328.

57-70) und dann durch zunehmend hohe Lage der Stimmen, gesteigerte Dynamik wie auch die für den ganzen zweiten Durchgang geltende Tempovorschrift „Schneller" eine allmähliche Steigerung herbeizuführen, die abschließend im verbreiterten „Dein war und blieb ich, / Dein bin und bleib ich" mit den von Schumann angefügten Wiederholungen „Dein, Dein!" ihren Ziel- und Kulminationspunkt findet. Spätestens bei diesem Schluss mag der Zuhörer der Illusion erliegen, dass hier nicht wie in Rückerts Vorlage die Botschaft eines Liebhabers an seine ferne Geliebte übermittelt wird, sondern zwei Dialogpartner einander wechselseitig ihre Liebe beteuern.

Hatte Schumann im Schlussduett *So wahr die Sonne scheinet* von op. 37 ganz auf Einfachheit (sogar die Ausführungsanweisung lautet „Einfach") und ungekünstelte Parallelität der Stimmführung im Dezimenabstand gesetzt, um damit das im Refrain „Du liebst mich, wie ich dich, / Dich lieb ich, wie du mich" ausgesprochene Wahre zu unterstreichen, das Rückert im Gedicht noch höher als die Wahrheiten von Sonne, Wolke, Flamme und Frühling bewertet, so verwendet Schumann nunmehr in seiner neuen vierstimmigen Version zum Abschluss des *Minnespiels* dialogische Techniken. Nachdem die erste Hälfte der ersten Strophe in schlichter Deklamation vom vollständigen Vokalquartett vorgetragen wurde, verteilt Schumann die folgenden vier Verse alternierend auf Sopran und Tenor, ganz als würde das Duett von Nr. 7 damit eine Fortsetzung erfahren, bevor dann alle vier Stimmen die beiden Refrainverse nochmals gemeinsam vortragen. In der ersten Hälfte der zweiten Strophe wird dann zunächst mit jedem neuen Vers der Vokalsatz schrittweise von der Einstimmigkeit zur Vierstimmigkeit erweitert, die dann für die zweite Strophenhälfte und die immer wieder aufs Neue wiederholten Refrainverse mit der bereits zitierten wechselseitigen Liebesversicherung zum Abschluss des Zyklus erhalten bleibt.

Obwohl Schumann im *Minnespiel* Gedichte zusammengestellt hat, in denen eindeutig eine männliche und eine weibliche Perspektive gegenübergestellt werden, ging es ihm nicht um einen quasi-dramatischen Dialog zweier Sänger. Zwar scheint es in den ersten beiden Liedern, als wären der Tenor- und der Sopranstimme die Rollen des Sängers und der Geliebten übertragen, doch wechseln diese bereits im dialogischen Duett *Ich bin dein Baum* auf Alt- und Bassstimme[26] und führen damit zu ei-

---

[26] Der zeitgenössische Rezensent des *Minnespiels* sieht eine allerdings an den Texten wie auch Schumanns Vertonung nicht zu verifizierende andere Aufteilung der vier Sänger: „Die beiden liebenden Paare (Sopran und Tenor, Alt und Bass), welche in Einzelgesängen und Duetten auftretend, zuerst ihre verschiedenen

ner von Schumann wohl nicht nur in Kauf genommenen, sondern beabsichtigten Brechung eines bühnentauglichen Rollenverständnisses. Zwar ist in den weiteren Stücken des Zyklus der Bassstimme kein Sololied anvertraut und auch das Altsolo *O Freund, mein Schirm, mein Schutz* kann alternativ vom Sopran gesungen werden, doch stellt selbst das zweite für Sopran und Tenor gesetzte Duett Nr. 7, dem zudem wie gezeigt ein Text aus der Perspektive eines Mannes und nicht ein wirklicher Dialog eines Paares zugrunde gelegt wurde, die einmal aufgebrochene Kohärenz in der Rollenzuweisung nicht wieder her, auch wenn eine eindeutige Zuordnung von Liedern aus einer männlichen und einer weiblichen Perspektive zu einer „natürlichen" Gender-Zuordnung bei der Besetzung mit Sängern nicht aufgegeben ist. Dies führte Hallmark im Vergleich mit dem durchweg auf zwei Sänger aufzuteilenden op. 37 zu folgender Einschätzung: „The latter cycle (i.e. Minnespiel), its title nonwithstanding, is less successful on a purely dramatic level, since what in op. 37/12 was the intimate dialogue of lovers has now become a set of ‚gesellige Lieder' among the four singers in op. 101."[27] Doch hat Schumann im *Minnespiel* – abgesehen vom Anfang – gar keine dramatische Stimmigkeit verfolgt, insofern trifft Hallmarks Bemerkung nicht den Kern, sondern stattdessen durch eine Reihe von Mitteln vor allem und auch weit mehr als in op. 37 eine genuin musikalische Kohärenz des Zyklus im Ganzen wie auch der einzelnen Stücke untereinander im Blick gehabt.

Ein erstes kompositorisches Mittel dafür ist die Ausbildung eines kohärenten Tonartenplans: Dieser geht von der Haupttonart G-Dur aus, die Schumann zunächst eingangs in der ersten Hälfte des ersten Liedes und dann wieder im abschließenden Quartett Nr. 8 verwendet und die somit als Rahmen fungiert. Tonartliche Symmetrien bildet er aus, indem der zweite, als Strophenlied vertonte Teil von Nr. 1 und dann erneut Nr. 7 in C-Dur, also im Unterquintverhältnis dazu stehen, woran sich erneut G-Dur im zweiten Lied anschließt, während vor den beiden Schlussstücken in Nr. 6 g-Moll als Varianttonart verwendet wird. Damit stehen am Anfang und am Ende des Zyklus mit G-Dur/C-Dur/G-dur für die drei Gedichte von Nr. 1 und 2 bzw. g-Moll/C-Dur/G-Dur für Nr. 6 bis Nr.8 symmetrisch zwei Gruppen von drei Gedichtvertonungen

---

Individualitäten zur Anschauung bringen, vereinigen sich zweimal in zwei Quartetten, einmal um sich des Frühlingsfestes zu freuen, dann um gemeinschaftlich das Glück des Geliebtwerdens zu feiern." Neue Zeitschrift für Musik, Bd. 36, Nr. 19, 7. Mai 1852, S. 217f.

27 Hallmark, Rückert-Lieder (Anm. 19), S. 23.

in korrespondierenden Tonarten gegenüber. Von den verbleibenden drei
Gesängen stehen Nr. 3 und Nr. 4 in Es-Dur, also in Bezug zu G-Dur auf
der unteren Großterz, während Nr. 5 in B-Dur und damit bezogen auf
G-Dur auf der oberen Kleinterz steht; damit sind alle Tonarten im *Minnespiel* terz- bzw. quintverwandt (C-Dur / Es-Dur / G-Dur bzw. g-moll /
B-Dur). Dies ähnelt – abgesehen vom Fehlen der Oberquinte D-Dur –
auffällig dem Befund Hallmarks für die Tonartendisposition der zwölf
Stücke in op. 37; dort ist As-Dur die am häufigsten vorkommende Tonart, dazu treten im Ober- und Unterquintverhältnis Es-Dur und Des-
Dur sowie in Terzbeziehungen H-Dur (bereits im ersten Lied von op. 37
enharmonisch als Ces-Dur eingeführt) und F-Dur bzw. f-moll,[28] nur der
zweite Teil von Nr. 8 in fis-moll steht außerhalb dieser Relationen. Insofern bestehen offensichtlich nicht allein textliche Gemeinsamkeiten,
sondern ebenfalls Parallelen in einer sehr ähnlichen Anlage des Tonartenplans innerhalb beider Zyklen, auch wenn Schumann für die tatsächlich verwendeten Tonarten im *Minnespiel* allein mit Es-Dur auf eine
konkret in op. 37 verwendete Tonart zurückgreift, sogar die beiden erneut vertonten Gedichte stehen jeweils in anderen, nicht in beiden Zyklen vorkommenden Tonarten.

Die im *Minnespiel* zugrunde gelegten Tonarten fasst Schumann, wie
bereits Edler angemerkt hat,[29] zu Beginn von Nr. 4 *Mein schöner Stern,
ich bitte dich* noch einmal in Form einer Quintfallsequenz zusammen;
obwohl Es-Dur vorgezeichnet ist, beginnt das Lied auf einem offenen
G-Dur-Septakkord mit zusätzlichem kleinen Nonenvorhalt und sequenziert von dort ausgehend taktweise über C-Dur, F-Dur, B-Dur in
die Tonika Es-Dur (allerdings nur in Terzlage), wobei jeweils wie im ersten Takt Septakkorde mit Vorhalten verwendet werden. Nach einem
eingefügten Takt, der an dieser harmonischen Bewegung keinen Anteil
hat, hebt eine weitere Quintfallsequenz an, die noch weiter ausgreift
und von A-Dur über d-Moll / G-Dur / c-Moll / f-Moll und B-Dur erneut zu einem instabilen Es-Dur gelangt (Takt 12), das erst nach einem
weiteren Gang a-Moll / D-Dur / g-Moll / C-Dur / f-Moll / B-Dur, bei
dem fast konsequent gegenüber der vorhergehenden Sequenz die Akkorde ihr jeweiliges Tongeschlecht wechseln, nicht einmal am Ende der
ersten Strophe die Grundtonart Es-Dur wirklich befestigt wird.

---

28 Ebd., S. 13.
29 Florian Edler: Minnespiel aus Friedrich Rückerts ,Liebesfrühling' für eine und
mehrere Singstimmen und Klavier op. 101. In: Helmut Loos (Hg.): Robert
Schumann. Interpretationen seiner Werke. Bd. 2. Laaber 2005, S. 162-165, hier
S. 164.

Ein weiteres Mittel der Vereinheitlichung in op. 101 ist die Beschränkung auf nur zwei Taktarten, und zwar sieht Schumann als geradzahlige Taktart einen insgesamt sechs Mal durchgängig mit C vorgezeichneten 4/4-Takt und demgegenüber als ungeradzahlige Taktart einen dreimal anzutreffenden 6/8-Takt vor. Dabei ist die Vorzeichnung C in allen sechs Sätzen in G-Dur bzw. g-Moll sowie in Es-Dur anzutreffen, während der 6/8-Takt genau mit drei Gesängen in den Tonarten C-Dur und B-Dur korrespondiert (vgl. Tabelle II). Damit werden die bereits benannten Symmetrien selbst auf der Ebene der Taktvorzeichnungen unterstrichen. In op. 37 hatte Schumann demgegenüber noch insgesamt vier Taktarten verwendet (C, 2/4, 6/8 und 3/4) und es hatte keine Korrespondenzen zum Tonartenplan gegeben. Trotz dieser Beschränkung auf nur zwei Taktarten sorgen wechselnde Tempi, Dynamik und unterschiedliche musikalische Faktur dafür, dass ein Eindruck von Gleichförmigkeit gar nicht erst entstehen kann.

Zum wichtigsten Mittel für die Schaffung von musikalischem Zusammenhalt werden im *Minnespiel* jedoch motivische Verknüpfungen der Lieder im Zyklus untereinander, wie sie in op. 37 nur ansatzweise anzutreffen sind, hier insbesondere zwischen den Liedern Nr. 9 und Nr. 10, wo dies bereits durch den Wortlaut der Anfangsverse motiviert wird. In op. 101 werden die musikalischen Motivbezüge nun jedoch zu einem dichten Netz von Verweisen ausgebaut.[30] Das erste dieser Motive wird mit dem ersten Einsatz der Singstimme im ersten Lied *Meine Töne still und heiter* vorgestellt: Es beginnt von h aus mit einem kleinen Sekund- und anschließendem großen Terzschritt aufwärts, von wo ein diatonischer Quartgang abwärts anhebt, der zum Ausgangston zurückkehrt, die anschließende Sequenzierung der nun zum Quintgang erweiterten diatonischen Bewegung einen Ton tiefer ist für die Motivtransformationen im Zyklus nicht relevant.

Notenbeispiel I: Nr. 1, Minnespiel, Meine Töne still und heiter

---

[30] Bereits Florian Edler hat in knapper Form auf motivische Bezüge im *Minnespiel* hingewiesen, vgl. ebd., S. 164.

Dieses Motiv weist auffällige Ähnlichkeiten mit dem Anfang von Nr. 7 *Also lieb ich Euch, Geliebte* aus dem *Spanischen Liederspiel* op. 74 auf, das ebenfalls in G-Dur steht, mit den gleichen Tönen und Intervallschritten im Tenor anhebt und auch schließt, aber nicht den vollständigen Quartgang aufweist, sondern stattdessen mit einem Quintfall von e aus den Quartambitus unterschreitet, um dann stufenweise zum c aufzusteigen und auf h zu schließen.

Notenbeispiel II: Nr. 7, Geständnis aus Spanisches Liederspiel

Im *Minnespiel* wird dieses erste, vermutlich aus dem *Spanischen Liederspiel* entlehnte Motiv in einer Reihe weiterer Lieder aufgegriffen: Auf verschiedene Weisen wird es umspielt in Nr. 2 in der ersten Strophe bei den Textstellen „O wie kann ich" und „dir verhehlen meine Wonne", gleich dreimal, wenn auch nur noch in der Form von Gerüsttönen in der dritten Strophe bei „Liebster, Deine Saiten tragen", „durch die Himmel" sowie „lass um dich den Arm mich schlagen" und nochmals in der vierten Strophe bei beiden Versionen von „O wie kann ich dir es danken, wie du mich…"; in Nr. 2 ist die Wiederverwendung des Motivs inhaltlich begründet darin, dass die Angebetete nachsinnt über die soeben gehörte Serenade, deren beide Strophen ja mit diesem Motiv begannen.

Notenbeispiel III: Nr. 2, Minnespiel, Liebster Deine Worte stehlen

In g-Moll und daher mit entsprechend veränderter Intervallstruktur mit anfänglichem großen Sekundschritt und kleinem Terzsprung aufwärts[31] verwendet Schumann das Motiv erneut zu Beginn aller drei musikalischen Strophen in Nr. 6, wo es in leicht abgewandelter Form jeweils auch noch einmal eine Stufe tiefer sequenziert wiederholt wird.

Notenbeispiel IV: Nr. 6, Minnespiel, O Freund, mein Schirm, mein Schutz

Ein letztes Mal verwendet Schumann es zu Beginn von Nr. 8 bei den Versen „So wahr die Sonne scheinet" und „So wahr die Wolke weinet", hier folgt auf den Terzsprung anschließend gleich ein Terzfall, und in dieser Form, also ohne den Anfangston, nochmals bei den abschließenden Worten des Zyklus „wie du mich" im Sopran.

---

[31] In dieser Form weist das Motiv gewisse Ähnlichkeiten mit dem Anfang von op. 74, Nr. 3 *O wie lieblich ist das Mädchen* wie auch mit Claras *Liebst du um Schönheit*, der Nr. 4 aus dem gemeinsamen op. 37 auf, obwohl dort in beiden Fällen der anfängliche Sekundschritt aufwärts fehlt und sofort ein Quartsprung erfolgt; möglicherweise stehen aber diese beiden Motive untereinander in einem Zusammenhang.

Notenbeispiel V: Nr. 8, Minnespiel, So wahr die Sonne scheinet

Auffällig ist, dass damit dieses erste Motiv für alle Stücke in G-Dur bzw. g-Moll eine konstitutive Bedeutung hat. In Nr. 7 klingt darüber hinaus häufig der Krebs des aus den drei Anfangstönen bestehenden Motivkopfs an, etwa in den Takten 3-4 sowie 13-16 oder auch transponiert in den Takten 7-8. Unverkennbar handelt es sich bei diesem ersten Motiv um ein Motiv, mit dem die männliche Rolle innerhalb des Zyklus definiert wird: Es steht für den werbenden Gesang des Mannes, wird aber dann im Zyklus auch zum Sinnbild für „Schirm" und „Schutz", wie der Mann sie der liebenden Frau gewährt.

Das zweite Motiv führt Schumann zu Beginn des Duetts Nr. 3 zu den von der Altstimme vorgetragenen Worten „Ich bin dein Baum" ein und benutzt es innerhalb des Liedes zu Beginn aller vier Formteile als eine Art Motto. Da mit diesen Worten die weibliche Rolle definiert wird als Baum, der vom Mann als Gärtner „in Liebespfleg' und süsser Zucht" gehalten wird, dürfte dieses zweite wichtige Motiv seinerseits auch musikalisch für die Rolle der Frau stehen.

Notenbeispiel VI: Nr. 3, Minnespiel, Ich bin dein Baum, o Gärtner

Es beginnt von g aus mit einem Quartfall, an den sich ein kleiner Sekundschritt aufwärts und eine kleine Terz abwärts anschließen; der folgende kleine Septimsprung aufwärts mit diatonischem Sextgang abwärts
bei „o Gärtner, dessen Treue" ist für die motivischen Bezüge im Zyklus
von geringerer Bedeutung. Auf das Motiv bezogen ist auch der Einsatz
der Bassstimme im zweiten Formteil, die in Umkehrung des anfängli-
chen Quartfalls aus diesem zweiten Motiv zu Beginn einen Quartsprung aufwärts verwendet, um dann jedoch gleich einen großen Terzsprung anzuschließen. In ganz anders rhythmisierter Form liegt dieses
zweite Motiv dann dem Anfang des Quartetts Nr. 5 zugrunde, und zwar
diesmal sogar zwischen Sopran und Tenor in Sextparallelen geführt,
und kehrt auch hier mottoartig zu Beginn aller drei Formteile wieder.

Notenbeispiel VII: Nr. 5, Minnespiel, Schön ist das Fest des Lenzes

In Nr. 4 lässt sich quarttransponiert zumindest dieselbe Intervallstruktur noch einmal feststellen, diesmal am Ende der beiden Strophen bei den Worten „schöner Stern verklä-(ren hilf)" bzw. „schöner Stern, so du (schon bist)", doch ist die Tonfolge hier in eine größere melodische Phrase integriert und bildet weder deren Anfang noch Ende. Außerdem lässt sich feststellen, dass auch dieses Motiv in Beziehung zur Tonarten-disposition steht, denn Schumann verwendet es nur in den Bereichen Es-Dur und B-Dur innerhalb der mittleren Gesänge des *Minnespiels*.

Notenbeispiel VIII: Nr. 4, Minnespiel, Mein schöner Stern, ich bitte dich

Neben diesen beiden wichtigsten Motiven, die auch semantische Impli-kationen besitzen, gibt es eine Reihe weiterer Motivelemente, die an verschiedenen Stellen wiederkehren, hierzu zählen etwa als drittes Mo-tiv aufwärts sequenzierte Quintsprünge, die allerdings untereinander unterschiedlich verknüpft werden, so gleich dreimal im rezitativischen Beginn von Nr. 2 *Liebster, deine Worte stehlen* sowie in anderer Form zweimal ebenfalls zu Beginn von Nr. 4 *Mein schöner Stern*. Als viertes Motiv ist eine abwärts geführte Dreiklangsbrechung mit anschließen-dem Schritt zur kleinen Untersekunde zu benennen wie in Takt 9 von

Nr. 2 bei „Liebster, deine" sowie in Nr. 5 in den Takten 23-24 bei „Hast du ein Lieb" wie auch an der Parallelstelle (Takte 72-73) bei „Hast du ein Glas". Damit verwandt sind Stellen, bei denen der Sextumfang zur Septime erweitert wird, sei es durch einen zusätzlichen Zwischenschritt wie in Nr. 4 in den Takten 5-7 oder durch drei konsekutive Terzschritte abwärts wie im zweiten Teil von Nr. 1 in den Takten 49-50 sowie nur durch Oktavtransposition verschleiert erneut in den Takten 57-59. Doch haben solche Motive nicht den gleichen Stellenwert wie die ersten beiden, da sie seltener oder auch an weniger markanten Positionen innerhalb der Stücke erscheinen und ihnen auch keine semantischen Implikationen zuzukommen scheinen.

Ein letztes, in allen Stücken mehr oder minder präsentes motivisches Moment bilden chromatische Passagen, erstmals taktweise voranschreitend bereits in den drei ersten Takten von Nr. 1 in der linken Hand im Klavier, die dann beim Einsatz der Singstimme in den Takten 4-5 nochmals zu einem zusammenhängenden Gang gerafft werden; vergleichbare chromatische Passagen im Instrumentalbass finden sich etwa in Nr. 8 Takte 10-12 oder zu Beginn der drei musikalischen Strophen in Nr. 6 mit der Schrittfolge G-g-Fis-G, wobei Chromatik hier ohnehin den Charakter des gesamten Satzes prägt. Jedoch werden chromatische Stellen zumindest in den Vokalpartien nur selten im wirklichen Sinne soggettohaft thematisch, wie etwa in Nr. 5 bei „doch währt es nur der Tage drei" besonders im Bass erstmals in den Takten 12-18 und dann an der Parallelstelle wiederum in den Takten 61-67.

Sowohl auf der Ebene der Zusammenstellung der Gedichte wie auch insbesondere hinsichtlich Tonartenplan, Wahl der Taktvorschriften und motivischer Vernetzungen innerhalb der konkreten kompositorischen Gestaltung hat Schumann in seinem *Minnespiel* op. 101 einen sehr durchdachten, kunstvoll gebauten Zyklus von hoher musikalischer Qualität geschaffen, und bereits der Rezensent in der Neuen Zeitschrift für Musik bemerkte zutreffend, dass sich Schumann „in diesen durch inneren Zusammenhang eng verbundenen Gesängen so recht eigentlich in seinem Elemente" bewege.[32] Der Zyklus weist zudem vielfältige intertextuelle Bezüge zu anderen eigenen Werken Schumanns auf, insbesondere zu *Zwölf Lieder aus Friedrich Rückerts ‚Liebesfrühling'* op. 37, dem *Spanischen Liederspiel* op. 74 und der Motette *Verzweifle nicht im Schmerzensthal* op. 93, wobei diese Bezüge gleichermaßen Thematik, Textwahl, tonartliche Disposition wie auch motivische Parallelen oder Übernah-

---

[32] Neue Zeitschrift für Musik, Bd. 36, Nr. 19, 7. Mai 1852, S. 217.

men berühren. Darüber hinaus nimmt der Zyklus in der Selbstvergewisserung der eigenen privaten Lebensverhältnisse des Komponisten einen ganz präzise zu bestimmenden Platz in der Reihe jener in Kreischa „in traulicher Stille" geschaffenen Werke ein, die Schumann vor dem Hintergrund der revolutionären Ereignisse in Dresden in rascher Folge niederschrieb.

Dass der Zyklus trotz seiner unbestreitbar hohen musikalischen Qualität – abgesehen von einzelnen aus dem zyklischen Kontext heraus gelösten Liedern – bis heute zu den eher selten aufgeführten Werken Schumanns zählt, dürfte eine Reihe von Gründen haben: Zum einen konnte sich schon im 19. Jahrhundert die Gattung des Liederspiels für mehrere Singstimmen anders als die Liederzyklen für eine einzelne Stimme nie einen prominenten Platz im Konzertrepertoire sichern, und mit dem Niedergang des bürgerlichen geselligen Musizierens sind seitdem zunehmend auch die Bedingungen und Voraussetzungen abhanden gekommen, unter denen einst im häuslichen Kontext solche Stücke aufgeführt werden und ihre Wirkung entfalten konnten. Einer Wiederbelebung heute dürfte jedoch nicht zuletzt auch eine in den Gedichten Rückerts sich manifestierende Sicht der Geschlechterrollen im Wege stehen, mit der Schumann selbst wie auch viele Andere aus dem fortschrittlichen Bürgertum seiner Zeit sich identifizieren konnte; so lobte ein Zeitgenosse in seiner Rezension „die zarten, sinnigen und gesundes ungeheucheltes Gefühl athmenden Gedichte" des *Minnespiels* als Voraussetzung für die „glücklichen Inventionen" Schumanns.[33] Ein Bild wie etwa dasjenige der Frau als Baum, die vom Mann wie von einem Gärtner gehegt, gepflegt und in „süsser Zucht" gehalten werden solle, damit sie immer aufs Neue ihm reiche Frucht hervorbringe, ist heute wohl keinesfalls mehr als fortschrittlich zu bezeichnen und sicherlich auch nicht mehr ohne weiteres mit derzeitigen Lebensentwürfen vereinbar. Schumanns *Minnespiel* op. 101 macht insofern exemplarisch auch ein Dilemma deutlich, das mittlerweile für zahlreiche weltliche Lieder, Duette, Ensembles und Chöre aus der Blütezeit dieser Gattungen im 19. Jahrhundert besteht, dass nämlich die Zeitgebundenheit der Texte zunehmend auch eine Rezeption der damit unlösbar verbundenen Vertonungen verhindert, selbst wenn es sich dabei um sehr qualitätvolle Musik handelt.

---

[33] Ebd.

Tabelle I: Texte und Besetzung

Lied	1. Vers	Besetzung	Rückerts *Liebesfrühling*	Textform
1.	*Meine Töne still und heiter* sowie *Die Liebste hat mit Schweigen*	Tenor	Dritter Strauß / XII sowie: Dritter Strauß / III	Teil I: Trochäische Vierheber / Reimschema abab mit Wechsel w und m Teil II: Jambische Dreiheber / Reimschema abab mit Wechsel w und m
2.	*Liebster, Deine Worte stehlen*	Sopran	Erster Strauß / XXVII	Trochäische Vierheber / Reimschema abab mit Wechsel w und m; (Textform wie in Nr. 1 / Teil I)
3.	*Ich bin dein Baum, o Gärtner, dessen Treue*	Duett Alt / Bass	Vierter Strauß / XII	Jambische Fünfheber / in beiden Strophen Reime abab mit Wechsel w und m
4.	*Mein schöner Stern*	Tenor	Erster Strauß / XXXV	Jambische Zweiheber / nur partiell gereimt
5.	*Schön ist das Fest des Lenzes* (bereits als Duett vertont in op. 37/7)	Quartett SATB	Erster Strauß / XXIX	Alternierend jambische Drei- und Vierheber / Reimschema abababab
6.	*O Freund, mein Schirm, mein Schutz*	Alt (oder Sopran)	Erster Strauß / LXII	Jambische Dreiheber / Strophen aus drei Versen mit Reimschema aaa
7.	*Die tausend Grüße*	Duett Sopran / Tenor	Zweiter Strauss / XXXII	Adonische Verse (daktylische Dimeter) / Reimschema abab (alle w)
8.	*So wahr die Sonne scheinet* (bereits als Duett vertont in op. 37/12)	Quartett SATB	Erster Strauß / XIII	Jambische Dreiheber / Reimschema: 1. Strophe aabbccdd / 2. Strophe: a'a'b'b'c'c'dd

Tabelle II: Musikalische Gestaltung

	Überschrift / 1. Vers	Tonart	Takt-art	Tempo	Form
1.	Lied / *Meine Töne still und heiter* *Die Liebste hat mit Schweigen*	I - G-Dur II - C-Dur	I. C II 6/8	Heiter, lebhaft (Viertel MM 116) (punkt. Viertel MM 76)	I. 2 Strophen: A / A' II. strophisch
2.	Gesang / *Liebster, Deine Worte stehlen*	G-Dur	C	Erst nicht zu rasch, nach und nach leidenschaftlicher (MM -) / Schneller	Durchkomponiert, Takte 1-4 rezitativisch
3.	Duett / *Ich bin dein Baum, o Gärtner, dessen Treue*	Es-Dur	C	Langsam (Viertel MM 76)	Strophe 1 Altsolo / Strophen 1 + 2 zusammen: zwei Durchgänge vollständig, 3. Durchgang nur Verse 1 + 2
4.	Lied / *Mein schöner Stern, ich bitte dich*	Es-Dur	C	Langsam (Viertel MM 69)	2 Strophen: A / A'
5.	Quartett / *Schön ist das Fest des Lenzes* (Version 1841 in As-Dur)	B-Dur	6/8	Lebhaft (Viertel MM 84)	2 Strophen mit Anfangsrefrain: AB / A'B' / Refrain A'' anders fortgeführt
6.	Lied / *O Freund, mein Schirm, mein Schutz*	g-Moll	C	Langsam (Viertel MM 58)	Strophen : 3 x 2 + 1 / A / A' / A'' / B
7.	Duett / *Die tausend Grüße, die wir senden*	C-Dur	6/8	Mit Feuer (punkt. Viertel MM 108) / Schneller	A: 5 Strophen, durchkomponiert / A': 5 Strophen (2 verkürzt) mit zunehmend freierer Variation
8.	Quartett / *So wahr die Sonne scheinet* (Version 1841 in Es-Dur)	G-Dur	C	Innig, nicht schnell (Viertel MM 63)	2 Strophen, durchkomponiert

Carl Reinecke und seine Rückert-Vertonungen
Eine Annäherung

von

Jessica Riemer

Carl Reinecke, der mehrere Gedichte von Friedrich Rückert vertonte, gehört zu jenen Komponisten, denen 2010 in besonderer Weise gedacht
wird. Am 10. März jährt sich sein Todestag zum hundertsten Mal. Zu
seinen Lebzeiten stand der begabte Künstler, der als Kapellmeister des
Gewandhausorchesters erfolgreich Konzerte leitete und auch als Klavier-
solist und Komponist in Erscheinung trat, im Schatten seiner Zeitgenossen und Vorbilder Felix Mendelssohn Bartholdy, Robert Schumann und
Franz Liszt. Bereits als Kind erhielt Carl von seinem Vater Johann Peter
Rudolf Reinecke eine musikalische Ausbildung im Klavierfach und in der
Musiktheorie. Erste Kompositionen, Miniaturen für Klavier solo, schrieb
er im Alter von gerade einmal sieben Jahren. Die Titel der Klavierstücke
sind äußerst fantasiereich und nehmen Bezug auf eine Märchenwelt, die
sich der Junge als Refugium vor seinem ehrgeizigen Vater schuf. Carl war
wenig selbstbewusst und verbarg seine Kompositionen im Wandschrank.
Sein Leben lang unterschätzte er seine musikalischen und kompositorischen Fähigkeiten. Gemeinsam mit seinem Vater besuchte Reinecke als
Jugendlicher Konzerte von berühmten Pianisten. In den 1830er Jahren
hörte er mehrmals die junge Clara Wieck, die als Wunderkind auf dem
Klavier für Furore sorgte und Konzertreisen durch ganz Europa unternahm. Sie wurde für Reinecke in pianistischer Hinsicht das Vorbild
schlechthin. Reinecke gelang es, seine musikalischen Talente kontinuierlich weiter zu entwickeln. Ein Stipendium des dänischen Königs Christian VIII. und die finanzielle Unterstützung des Komponisten Felix Mendelssohn Bartholdy ermöglichten ihm in den Jahren 1843 bis 1846 ein
Musikstudium in den Fächern Klavier und Komposition am Leipziger
Konservatorium.[1] In dieser Zeit lernte er Robert Schumann kennen, der

---

[1] Vgl. Katrin Seidel/Ludwig Finscher: Art. „Carl Reinecke". In: Ludwig Finscher
     (Hg.): Die Musik in Geschichte und Gegenwart. Allgemeine Enzyklopädie der

in der Stadt als Klavierpädagoge und Komponist wirkte. Die Begegnung mit Schumann prägte ihn nachhaltig.[2] Als Pianist, Dirigent und Komponist ließ er sich – vor allem, was seine Klavier- und Gesangswerke betraf – unverkennbar von seinem Vorbild beeinflussen. Auch seine Rückert-Vertonungen erinnern an Schumann, der ja zu den Komponisten gehört, die Rückert am häufigsten vertont haben.[3] Seit 1846 standen die beiden Komponisten in regem brieflichem Kontakt und besuchten einander. Schumann hielt seinen Schüler Reinecke dazu an, möglichst viel für Chor zu komponieren.[4] Reinecke komponierte übrigens – genau wie Clara Schumann – das Rückert-Gedicht *Liebst du um Schönheit*, was vermuten lässt, dass es die Schumanns waren, die Reinecke mit Rückerts *Liebesfrühling* vertraut machten.[5] Als Reinecke ab 1851 als Dozent für Klavier am Konservatorium in Köln arbeitete, blieb der Kontakt zu Robert Schumann, der mit seiner Familie inzwischen in Düsseldorf lebte, nicht nur bestehen, sondern es entwickelte sich eine enge Freundschaft. Reinecke konnte sich mit Schumanns Kompositionsstil identifizieren; er gehörte zum Kreis der Schumannianer.[6] Von 1860 bis 1895 hatte Reinecke den Posten des Gewandhauskapellmeisters in Leipzig inne und erzielte als Dirigent bedeutende Erfolge. Auch als Pianist trat er in Erscheinung. So war er wiederholt Solist bei Klavierkonzerten von Wolfgang Amadeus Mozart, für die er eigene Kadenzen verfasste.

Reineckes Werk ist umfangreich und vielseitig. Er komponierte Vokalmusik (darunter Vertonungen von Dichtern wie Rückert, Bodenstedt, Reinick oder Chamisso sowie Konzertarien, Messen, Kinderlieder[7] und

---

Musik. Begründet von Friedrich Blume. Personenteil. Bd. 13. Kassel/Basel/London/New York und Stuttgart/Weimar [2]2005, Sp. 1513-1516, hier Sp. 1513.

2 Vgl. Matthias Wiegandt: Vergessene Symphonik? Studien zu Joachim Raff, Carl Reinecke und zum Problem der Epigonalität in der Musik. Freiburg 1995, S. 48.

3 Die Bibliographie von Gernot und Stefan Demel verzeichnet etwa 65 Rückert-Vertonungen von Robert Schumann. Darüber hinaus wurden auch die Bilder aus dem Osten für Klavier zu vier Händen von Rückerts Dichtungen inspiriert. Gernot Demel/Stefan Demel: Verzeichnis der Rückert-Vertonungen. In: Jürgen Erdmann (Hg.): 200 Jahre Friedrich Rückert. 1788-1866. Dichter und Gelehrter. Katalog der Ausstellung. Coburg 1988, S. 417-548, hier S. 534f.

4 Reinecke ließ sich u.a. von Schumanns Rückert-Ritornellen op. 65 für Männerchor *a cappella* inspirieren.

5 Clara und Robert Schumann vertonten mehrere Gedichte aus dem *Liebesfrühling*.

6 Reinecke bezeichnete sich sogar selbst als Schumannianer: „[N]och in meinem Nekrologe werde ich ein Komponist der Mendelssohn-Schumannschen Richtung genannt werden." Zitiert nach: Seidel/Finscher, Reinecke (Anm. 1), Sp. 1516.

7 Vgl. Vgl. Werner Oehlmann (Hg.): Reclams Liedführer. Stuttgart [4]1993 (Universal-Bibliothek, 10215), S. 436.

Märchensingspiele),[8] Instrumentalmusik, Bühnenwerke wie die Oper *König Manfred* op. 93 (1867) oder die Schauspielmusik zu *Wilhelm Tell* op. 102 (1871), Orchesterwerke (u.a. vier Symphonien), Klavier- und Cellokonzerte für Orchester sowie Kammermusik. Unter seinen Klavierwerken finden sich vor allem Variationen, Charakterstücke und Sonatinen, die pädagogische Zwecke erfüllen und von Klavierschülern, von Anfängern wie von Fortgeschrittenen, bewältigt werden können. Heute sind die Werke von Reinecke nur schwer zugänglich. Aufgrund von Kriegsschäden sind einige von ihnen nur fragmentarisch erhalten.[9] Seine Werke werden heute nur noch selten gespielt. So sind etwa seine Kadenzen zu den Mozart-Klavierkonzerten nahezu unbekannt.

Die Notenbeispiele aus den Rückert-Vertonungen, die für den vorliegenden Aufsatz verwendet wurden, stammen aus der Sammlung Reinecke der Schleswig-Holsteinischen Landesbibliothek in Kiel. Sie sollen dem Leser helfen, sich ein Bild von den hochinteressanten Kompositionen Reineckes zu machen. Ein vollständiges Werkverzeichnis ist online verfügbar[10] und führt folgende Rückert-Vertonungen auf:

Entstehungsjahr	*Opuszahl*	*Werktitel und Gattungsangabe*	*Vertonte Rückert-Gedichte*
1844/45	5	Sechs Lieder für Singstimme und Klavier nach Callatin, Graf A. von Schlippenbach, Rellstab, Rückert	Nr. 3 Durch schöne Augen, Nr. 6 Liebst du um Schönheit
1846	10	Sechs Lieder für Singstimme mit Klavierbegleitung (für Sopran oder Tenor) nach Hemans, Chamisso, Rückert	Nr. 3 Aus dem Liebesfrühling „Liebster! Nur dich sehen", Nr. 5 Schöne Maiennacht, wo die Liebe wacht
1847/48	18	Sechs Lieder für eine tiefe Singstimme und Klavier nach Rückert, Geibel, Jean Paul, Burns, Dingelstedt	Nr. 5 Um Mitternacht
1850	29	Vier Lieder für Singstimme mit Klavierbegleitung nach Reinick und Rückert	Nr. 2 Beim Sonnenuntergang „Fahr' wohl, du gold'ne Sonne", Nr. 4 „O, süsse Mutter"

---

8   Näheres bei Seidel/Finscher, Reinecke (Anm. 1), Sp. 1514.
9   Vgl. ebd., Sp. 1513.
10 Vgl. http://www.carl-reinecke.de/opus/seinewerke.html [Abruf am 15. Januar 2010].

Entstehungsjahr	Opuszahl	Werktitel und Gattungsangabe	Vertonte Rückert-Gedichte
1881	163	Zwölf Canons für zwei-stimmigen weiblichen Chor oder 2 Solostimmen mit Be-gleitung nach Rückert, Bo-denstedt, Blüthgen, Ander-son, Carsten, Graf Strachwitz	Nr. 3 Wecke nicht den Schlafenden, Nr. 5 Iss die Frucht und gieb den Kern, Nr. 6 Wehe dem, der zu sterben geht, Nr. 7 O blicke, wenn der Sinn, Nr. 10 Bescheidenes Veilchen

Forschungsliteratur zu Reineckes Rückert-Vertonungen liegt bislang noch nicht vor.[11] Wie groß die Affinität des Komponisten zu dem Dichter tatsächlich war, zeigt sich nicht zuletzt darin, dass einige seiner Kompositionsschüler wie z.B. Christian Sinding und Siegfried Karg-Elert ebenfalls Gedichte Rückerts vertont haben. Für spätere Forschungen wäre es lohnend, diese Vertonungen mit Reineckes Liedern zu vergleichen und nach eventuellen Parallelen zu suchen.

Im vorliegenden Beitrag sollen ausgewählte Rückert-Vertonungen von Reinecke im Überblick vorgestellt werden. Dabei bringt Reinecke dem Wort-Ton-Verhältnis sowie der Tonartencharakteristik eine besondere Aufmerksamkeit entgegen. Die *Sechs Lieder* op. 5 von Reinecke enthalten zwei Rückert-Vertonungen. An dritter Stelle steht das „Lied", welches das Gedicht *Durch schöne Augen hab' ich in ein schönes Herz geschaut* vertont.

> Durch schöne Augen hab' ich in ein schönes Herz geschaut,
> das hat erhoben meinen Sinn und mein Gemüth erbaut.
> Durch schöne Augen hab' ich in ein schönes Herz geschaut,
> das hat durch mich geleuchtet hin und sanft mich überthaut,
> durch schöne Augen hab' ich in ein schönes Herz geschaut,
> davon ich still getröstet bin wenn in der Nacht mir graut.

Wegen der zahlreichen Wiederholungen mutet das Gedicht mit seiner Liebesthematik volksliedhaft an. So erklingt die Zeile „Durch schöne Augen hab' ich in ein schönes Herz geschaut" wie ein Refrain mehrmals. Zu den Schlüsselwörtern des Gedichtes zählen die „schönen Augen" und das „schöne Herz", welche die Schönheit, die Anmut und den vorbildhaften Charakter der Geliebten vergegenwärtigen. Die Liebe spendet dem lyrischen Ich Lebensfreude. Sogar quälende Ängste werden durch den Gedanken an die Geliebte verdrängt. Die Liebe bietet ihm

---

[11] Hinweise zu seinem Verhältnis zu Rückert finden sich vereinzelt in Reineckes Autobiographie. Vgl. Carl Reinecke: Erlebnisse und Bekenntnisse. Autobiographie eines Gewandhauskapellmeisters. Hg. von Doris Mundus. Leipzig 2005.

Trost und lässt ihn die angstvollen Nächte vergessen. Als Tonart wählt
Reinecke As-Dur; die Tempoangabe lautet „Andante". Für Reineckes Lyrikvertonungen ist es typisch, dass er präzise Vortragsbezeichnungen
verwendet, die den Charakter und die Atmosphäre des Gedichtes sehr
genau reflektieren. In diesem Fall lautet die Vortragsbezeichnung „Innig
und Zart. Im Volkstone". Harmonik und Melodik sind einfach wie in
einem Volkslied. Die Gesangsstimme zeichnet sich durch kleine Intervallsprünge aus. Sie ist gut ausführbar und kann auch von Laien gesungen werden. Harmonisch steht die Tonika As-Dur im Vordergrund. Die
Begleitung setzt sich – auch dies ist typisch für ein Volkslied – aus Dreiklängen, Terzen und hornähnlichen Quinten zusammen. Dynamisch bewegt sich die Vertonung im *piano*- und *pianissimo*-Bereich. An das Volkslied erinnern ferner die Wiederholung von ähnlichen Phrasen in der
Singstimme (Takt 1 und 2 sowie 10 und 11) und die Periodengliederung
des Hauptthemas (Singstimme: Takt 1 bis 2 und 2 bis 4). Der Mittelteil
beginnt auf der Dominante (Es-Dur) in Takt 5 „Dank schöne Augen…"
und steigert die Emotionalität des Textes. Im Klavier erfolgt ein *crescendo*
sowie eine Verdichtung zu Terzen in der rechten und Sexten in der linken Hand. Die Singstimme erreicht in Takt 8 den höchsten Ton *g"*.

Reinecke, „Lied" op. 5 Nr. 3, Takt 6[12]

Die Reprise setzt in Takt 9 mit Es-Dur ein, bei *a Tempo* (einen Takt später) herrscht wieder die Grundtonart As-Dur vor. Die Singstimme ist
mit den Anfangstakten der Vertonung identisch. Erneut wird der
Hauptgedanke des Gedichtes vorgetragen: „Durch schöne Augen hab'
ich in ein schönes Herz geschaut". Die letzten Takte werden von einem
großen *ritardando* bestimmt. Die Tempobezeichnung lautet nun *poco a
poco piu lento*.

---

[12] Vgl. Carl Reinecke: Sechs Lieder für Singstimme und Klavier op. 5. Nr. 3 „Lied"
[Archiv der Schleswig-Holsteinischen Landesbibliothek Kiel].

Reinecke, „Lied" op. 5 Nr. 3, Takt 11ff.

Das lyrische Ich gibt sich nachdenklich und versucht Trost vor der unheimlichen Nacht zu finden. Insgesamt kann diese Vertonung als ein Beispiel für die volksliedartigen Kompositionen Reineckes gelten. Dafür sprechen die zugänglichen Tonarten, die einfache Klavierbegleitung, der geringe Ambitus – er umfasst lediglich eine Dezime – sowie die zahlreichen Wiederholungen im Gesang und Klavier, die für Einprägsamkeit sorgen.

Aus dem gleichen Opus wie „Lied" stammt die Vertonung des bekannten Gedichtes *Tändelei* („Liebst du um Schönheit", Tonart: B-Dur, Vortragsbezeichnung: mit Bewegung).

> Liebst du um Schönheit,
> O nicht mich liebe!
> Liebe die Sonne,
> Sie trägt ein goldnes Haar.
>
> Liebst du um Jugend,
> O nicht mich liebe!
> Liebe den Frühling,
> Der jung ist jedes Jahr.
>
> Liebst du um Schätze,
> O nicht mich liebe!
> Liebe die Meerfrau,
> Die hat viel Perlen klar.
>
> Liebst du um Liebe,
> O ja mich liebe!
> Liebe mich immer,
> Dich lieb ich immerdar.

In diesem Gedicht wird die Sonne, ein in Rückerts Gedichten häufig wiederkehrendes Symbol, personifiziert. Mit ihren glänzenden Strahlen erinnert sie an das goldene Haar der Geliebten. Auch die Jahreszeit Frühling, die für Lebenslust, Jugend und Neubeginn steht, wird mit der Liebe in Verbindung gebracht. Die erste Zeile des Gedichtes („Liebst du um Schönheit") wird im Gesang durch ein Motiv in Sekunden dargestellt:

Reinecke, „Liebst du um Schönheit" op. 5 Nr. 6, Takt 1 und 2[13]

Die Klavierbegleitung ist in diesem Falle akkordisch und beinhaltet in der Oberstimme die Melodie der Gesangsstimme. Reinecke arbeitet bevorzugt mit aufsteigenden B-Dur-Dreiklängen (Takt 3), die zu dem Zielton *f''*, dem höchsten Ton in diesem Lied, führen. In harmonischer Hinsicht fallen chromatische Linien in den Mittelstimmen der Klavierbegleitung auf (Takt 4). Ein Klavierzwischenspiel greift das Anfangsmotiv auf: Bei der Wiederholung wird es mit einem Vorschlag angereichert, der graziös wirkt und damit auf die Liebesthematik anspielt. Ein *crescendo* ab Takt 9 und eine Aufwärtsbewegung im Bass erfolgen, um die Wiederholung der Phrase „Liebst du um Jugend, o nicht mich liebe" anzuzeigen. Die Sehnsucht nach der Liebe steigert sich. Passend zu dem Schlüsselwort „Frühling" wird im Gesang der höchste Ton *f''* erreicht. Aufsteigende B-Dur-Dreiklänge, Terzen sowie Chromatik in den Mittelstimmen der Klavierbegleitung weisen auf die gesteigerten Emotionen hin, die sich beim lyrischen Ich bemerkbar machen.

Reinecke, „Liebst Du um Schönheit" op. 5 Nr. 6, Takt 11f.

Die Huldigung an den Frühling kulminiert in einem B-Dur-Akkord, der mit einer Fermate endet, die als Zäsur fungiert. Ein neuer Teil „Liebst du um Schätze", der sehr bewegt ist, beginnt mit der Vortragsbezeichnung

---

13 Vgl. Carl Reinecke: Sechs Lieder für Singstimme und Klavier op. 5. Nr. 6 „Liebst du um Schönheit" [Archiv der Schleswig-Holsteinischen Landesbibliothek Kiel].

con agitazione und stellt die Tonarten D-Dur und vor allem g-Moll ins Zentrum. Im Gesang findet sich ein aus drei Achtelnoten bestehendes Motiv, das sequenziert wird. Die Klavierbegleitung setzt sich aus *staccato*-Achteln zusammen.

Schä _ tze, o nicht mich

Reinecke „Liebst Du um Schönheit" op. 5 Nr. 6, Takt 14f.

Der Schlussteil beginnt in Takt 17 und trägt die Vortragsbezeichnung *Ruhiger*. Als Auftakt werden wiederum das Anfangsmotiv in Sekunden (*b-c-b*) sowie die fallende Quart von *b'* zu *f'* bei den Worten „mich liebe" (Takt 19) gewählt. Auch findet eine dynamische Steigerung statt. Passend zu der Aufforderung „liebe mich immer" wird im *fortissimo* im Gesang der Spitzenton *f''*, der höchste Ton in diesem Stück, erreicht. Das lyrische Ich bekräftigt damit, wie groß seine Liebe ist. Das Nachspiel kehrt zur Anfangstonart B-Dur zurück und arbeitet in der linken Hand zunächst mit orgelpunktähnlichen Tonrepetitionen auf *f*. Das Sekundmotiv, das sich fast schon leitmotivisch durch dieses Lied zieht, wird nun zu Sexten verdichtet und erscheint sowohl in der linken als auch in der rechten Hand. In den Mittelstimmen wird es in Umkehrung (*c-b-c*) verwendet.

Während die beiden Rückert-Lieder dieser Sammlung in kompositorischer Hinsicht eher schlicht gestaltet sind und mit ihrer Einprägsamkeit, mit der einfachen Harmonik und den periodischen Gliederungen Nähe zum Volkslied verraten, sind die späteren Rückert-Lieder von Reinecke harmonisch deutlich komplexer gestaltet und auch von der Länge her wesentlich ausgedehnter. Die *Lieder für eine hohe Stimme* op. 10 vertonen neben Gedichten von John Anderson und Robert Reinick auch zwei Gedichte von Rückert. Alle Gedichte, die im op. 10 vertont werden, wenden sich der Frühlingsthematik zu. Gewidmet ist die Sammlung Fräulein Josefine von Wasielewska.[14] An dritter Stelle steht die Vertonung des Gedichts *Liebster, nur dich sehen, dich hören* aus dem *Liebesfrühling*.

---

14 Carl Reinecke: Sechs Lieder für eine Singstimme mit Begleitung des Pianoforte op. 10. Nr. 3 „Aus dem Liebesfrühling" [Archiv der Schleswig-Holsteinischen Landesbibliothek Kiel].

Liebster! Nur dich sehn, dich hören
Und dir schweigend angehören:
Nicht umstricken, dich mit Armen,
Nicht am Busen dir erwarmen,
Nicht dich küssen, nicht dich fassen –
Dieses alles kann ich lassen,
Nur nicht das Gefühl vermissen,
Mein dich und mich dein zu wissen.

Reinecke setzt den Inhalt des Gedichtes, die Liebesthematik und das Treuebekenntnis des lyrischen Ichs zu dem „Liebsten" durch detaillierte Vortragsbezeichnungen sehr genau um. Das *Molto agitato* nimmt Bezug auf die Leidenschaft, die das lyrische Ich empfindet, wenn es an den Geliebten denkt. Als Tonart wählt Reinecke A-Dur. Ein zweitaktiges Klaviervorspiel ist mit der Triolenbewegung im Klavier sehr bewegt gestaltet. Die Tonika A-Dur wird in den ersten vier Takten nicht verlassen. Von hoher Emotionalität gekennzeichnet ist die Anrede „Liebster", die Reinecke durch eine fallende Quinte (*e"* zu *a'*) im Gesang im *forte* artikuliert.

Reinecke, „Aus dem Liebesfrühling" op. 10 Nr. 3, Takt 1-3

Der Quintsprung im Gesang taucht in dieser Vertonung mehrmals auf, und zwar immer dann, wenn im Text von Liebe und Sehnsucht die Rede ist. In den Takten 22 und 24 erklingt die fallende Quinte (*h-e'*) passend zu den Worten „nur dich sehen" und „nur dich hören". Das lyrische Ich verspürt nur den Wunsch, dem Geliebten nahe zu sein. Betrachtet man das Stück unter harmonischen Aspekten, so fällt auf, dass in der Singstimme das *a'* in den ersten zehn Takten der zentrale Ton ist, der permanent wieder angesteuert wird. Orgelpunkte auf *a* finden sich auch in der linken Hand der Klavierbegleitung. Mit Erreichen der Tonart H-Dur in Takt 7 wird der Wunsch des lyrischen Ichs nach der Liebe verstärkt. Um die gesteigerte Leidenschaft des lyrischen Ichs zu verdeutlichen, erreicht die Singstimme die relativ hohen Töne *c", g"* und *f"*, die in den Takten 7, 9 und 11 vorkommen und den Notenwert einer punktierten Viertel haben. Ein Zwischenspiel im Klavier in den Takten 15 und 16 etabliert h-Moll als neue Tonart und kontrastiert mit dem lebhaften, emotionalen Beginn in A-Dur-Dreiklängen. Es wirkt nachdenklicher und ist gesanglicher gestaltet, da die Melodiestimme in die rechte Hand des Klaviers integriert ist. Wiederum wird der Ruf nach dem Geliebten durch die Musik anschaulich dargestellt. Der Ruf wirkt intensiver. Ihm wird durch das *crescendo* und das *stringendo* so viel Intensität verliehen, dass fast schon von einem Flehen nach dem Liebsten gesprochen werden kann. Die Klavierbegleitung wirkt an dieser Stelle anmutig und erinnert durch das sequenzierte Viertelmotiv, den 3/4-Takt und die Akkorde in der linken Hand an einen Walzer. Der sequenzierte Ruf nach dem Liebsten stellt sich folgendermaßen dar:

Reinecke, „Aus dem Liebesfrühling" op. 10 Nr. 3, Takt 18 bis 20

Für die gesteigerte Leidenschaft und Sehnsucht des lyrischen Ichs stehen weiterhin wuchtige Oktaven, eine Tempoänderung *Un poco piu lento* und chromatische Anklänge im Klavier und Gesang (etwa in den Takten 25 und 26). Ein Ausbruch ins *forte* ereignet sich in den Takten 38 bis 40, wenn das lyrische Ich von seinen Gefühlen spricht: „Mein dich und mich Dein zu wissen". In der Singstimme erfolgt an dieser Stelle das Erreichen des hohen Tones *f"*. In Takt 41 zeigt sich eine weitere harmonische Besonderheit: Die Dominante E-Dur ist nun mit einer hochalterierten Quinte angereichert, wodurch das Possessivpronomen „mein" eine Betonung erfährt: das lyrische Ich möchte den Geliebten endlich besitzen.

Reinecke, „Aus dem Liebesfrühling" op. 10 Nr. 3, Takt 40 und 41

Das Nachspiel besteht aus drei Takten und basiert genau wie das einleitende Klaviervorspiel auf A-Dur-Dreiklängen. Zudem erfolgt in den letzten beiden Takten eine Rückkehr ins *piano*. Insgesamt fällt an dieser Vertonung auf, dass der Komponist die Steigerungen, die sich im Text finden, auf die Musik überträgt: Die Musik stellt die Empfindungen und die Sehnsucht des lyrischen Ichs durch *accelerando*, *stringendo*, hohe Töne in der Singstimme, *crescendi* und harmonische Besonderheiten treffend dar.

In derselben Sammlung wie *Liebster, nur dich sehen, dich hören* findet sich die Vertonung von Rückerts Gedicht *Schöne Maiennacht*.

Schöne Maiennacht,
Wo die Liebe wacht!
Aus der dunklen Ferne
Blinken helle Sterne
Und des Mondes Pracht.

Schöne Maiennacht,
Wo die Liebe wacht.
Knospen still verborgen
Schwellen, die auf morgen
Sind zu blühn bedacht.

Schöne Maiennacht,
Wo die Liebe wacht!
Schöne Augen schließen
Sich, um aufzusprießen
Morgens hell erwacht.

Schöne Maiennacht,
Wo die Liebe wacht!
Von Gesang verschönet,
Der im Dunkeln tönet,
Schlafenden gebracht.

Dieses Gedicht eignet sich aufgrund der refrainartigen Zeile „Schöne Maiennacht" schon zur Vertonung. Ein weiterer Grund, der eine Vertonung nahelegt, findet sich auf der inhaltlichen Ebene: In der letzten Strophe wird der Musik gehuldigt. Durch den Gesang werden die idyllische Maiennacht und die Liebe, die der Dichter empfindet, sogar verschönert. Das Dunkle ist erfüllt vom Gesang; auch die Schlafenden werden von der Musik erfreut. Für diese Vertonung ist ebenfalls A-Dur vorgesehen, eine Tonart, die Reinecke in seinen Rückert-Liedern bevorzugt einsetzt, um Themen wie Liebe, Sehnsucht und Harmonie musikalisch zu beschreiben. Verminderte Septakkorde der Tonart E-Dur dominieren das viertaktige Vorspiel. Auf der Dominate E steht auch der abwärts führende Achtellauf. Die Idylle der schönen Maiennacht wird bereits im Vorspiel durch einen tänzerischen Gestus umgesetzt: Dafür sprechen das *Portato*, der graziöse Achtelvorschlag (*h-a*) und ein sequenziertes Motiv, das aus drei Achtelnoten besteht.

Reinecke, „Schöne Maiennacht" op. 10 Nr. 5, Takt 1-4[15]

Die Singstimme setzt in Takt 5 ein und nimmt mit der Vortragsbezeichnung *con grazia* Bezug auf das Klaviervorspiel. Die häufige Repetition auf den Tönen *e'* und *e"* im Gesang wirkt rezitativartig. Der Text steht gegenüber der Musik klar im Vordergrund; die Idylle der Maiennacht wird besonders hervorgehoben. Nach einer Fermate auf *e* wechseln die Tonart und die Dynamik. Im Text ist nun die Rede von der „dunklen Ferne" und den Sternen, die am Himmel zu sehen sind. Sowohl das *pianissimo* als auch die Tonart fis-Moll kreieren eine geheimnisvolle Atmosphäre.[16] Das Aufsteigen der Singstimme über eine Oktave (von *e'* nach *e"*) ahmt den Blick des Betrachters zum Himmel nach: Das lyrische Ich bestaunt die Pracht der Sterne und des Mondes. Die Mondespracht steht für höchste Idylle, was durch den abfallenden Quintsprung und das *Ritardando* ausgedrückt wird. Im Klavier wird der Quintsprung einen Takt später wiederholt (nur mit dem geänderten Tonmaterial *fis"* nach *h'*).

Ab Takt 11 beginnt ein neuer Teil, der die Maiennacht näher beschreibt: Die Liebe rückt nun ins Zentrum. Außerdem wird das Erblühen der Natur beschrieben. Insgesamt ist die Stimmung fröhlich, wie durch die Vortragsbezeichnung *un poco scherzando* signalisiert wird. Singstimme und Klavier weisen beide dieselbe Melodie auf, die für Lebensfreude und Genuss steht.

---

[15] Carl Reinecke: Sechs Lieder für eine Singstimme mit Begleitung des Pianoforte op. 10. Nr. 5 „Schöne Maiennacht" [Archiv der Schleswig-Holsteinischen Landesbibliothek Kiel].

[16] Ebd., Takt 7ff.

Reinecke „Schöne Maiennacht" op. 10 Nr. 5, Takt 14 und 15

Ein längeres Zwischenspiel im Klavier (Takt 18 bis 22), beginnend auf einem E-Dur-Septakkord, ist als Steigerung zur Klaviereinleitung konzipiert: als Vortragsbezeichnung schreibt Reinecke *graziosamente* vor; die dynamische Stufe lautet *pianissimo*. Die lebhaften Vorschläge treten nun vermehrt auf. Die Singstimme setzt in Takt 23 mit dem Ausruf „Schöne Maiennacht" ein, der durch Tonrepetitionen auf *g'* gestaltet wird. Ein Tonartenwechsel erfolgt mit C-Dur in Takt 24. Auffällig sind an dieser Stelle die Achtelnoten im *Staccato* sowie die weiten Sprünge (meistens Terzsprünge sowie hornähnliche Quinten in der linken Hand) über die Klaviatur. Reinecke beabsichtigt damit eine Steigerung des lebhaften Charakters. Harmonisch wird mit C-Dur-Septakkorden gearbeitet. Ein beliebtes musikalisches Mittel, das Reinecke in seinen ˙Rückert-Vertonungen verwendet, um die Sehnsucht nach der Liebe zu beschreiben, ist die Chromatik: So werden die „schönen Augen" der Geliebten durch chromatisch aufsteigende Achtelpassagen beschrieben (Anstieg in der Singstimme und im Klavier in Takt 27). Als Ziel dieser Achtelphrase wird in der Singstimme der höchste Ton *fis''* erreicht, der von einem strahlenden H-Dur mit Septime im Klavier begleitet wird – passend zu den Worten im Text „Morgens hell erwacht!". Die Reprise in A-Dur erfolgt in Takt 30 mit dem Ausruf „Schöne Maiennacht", der wiederum durch Tonrepetitionen umgesetzt wird. Interessant ist die Stelle, an welcher der Gesang gepriesen wird: „Von Gesang verschönet, / Der im Dunkeln tönet". Diese Huldigung an die Musik, die Rückert hier ausspricht, könnte ebenfalls ein Grund sein, weshalb Reinecke das Gedicht vertonte. Das viertaktige Nachspiel der Vertonung erinnert an das Vorspiel. Gleichzeitig dient das Nachspiel als eine Zusammenfassung der musikalischen Motive, mit denen die Idylle der Maiennacht und die Sehnsucht des Liebenden beschrieben wurde. Wiederum treten die lebhaften, graziösen Vorschläge, die Chromatik sowie das sequenzierte Achtelmotiv auf.

Die Vertonungen aus op. 29 sind länger und anspruchsvoller. Es handelt sich bei ihnen um durchkomponierte Lieder, die an die Kunstlieder

Franz Schuberts erinnern. An zweiter Stelle der Sammlung findet sich das Gedicht *Beim Sonnenuntergang* („Fahr' wohl! Du gold'ne Sonne"):

> Fahr' wohl, du gold'ne Sonne,
> du gehst zu deiner Ruh'
> und voll von deiner Wonne
> geh'n mir die Augen zu.
>
> Schwer sind die Augenlider,
> du nimmst das Leid mit fort.
> Fahr' wohl, wir seh'n uns wieder,
> hier unten oder dort.
>
> Und trägt des Tods Gefieder
> mich statt des Traums empor
> so schau ich selbst hernieder
> zu dir aus höh'rem Chor
>
> Ich danke deinem Strahle
> für jeden schönen Tag
> wo ich in meinem Tale
> an deinem Schimmer lag

Das Gedicht widmet sich der Abschiedsthematik: Der Untergang der Sonne steht für den Tod und damit auch für den Abschied von der Natur und den geliebten Mitmenschen. Versöhnlich ist sein Schluss. Es endet mit der Gewissheit eines Wiedersehens im Jenseits. Die Sonne gilt als Symbol der Hoffnung. Die Haupttonart Es-Dur wird bereits im ersten Takt etabliert: Es setzt zunächst nur das Klavier ein, das eine fließende Bewegung in Triolenachteln ausführt. Auch die Subdominante As-Dur wird in den ersten Takten bevorzugt eingesetzt. Die Melodik ist terz- und sextengesättigt. Es fällt auf, dass in der linken Hand nur Oktaven vorkommen, wodurch ein voller, orchesterähnlicher Klang erzeugt wird. Der Bass hat eine eigene Melodie, die sich aus den Tönen *g, as, es, c* zusammensetzt – all dies ist Material der Es-Dur-Tonleiter. Rückerts Gedicht versteht sich als ein Abschiedslied auf die goldene Sonne, die untergeht. Um diesen Abschiedscharakter deutlich herauszustellen, arbeitet Reinecke in der Singstimme mit kleinen Sekunden als Seufzermotiven an prägnanten Textstellen: Die kleine Sekunde (*as'-g'*) erklingt in Takt 6 zu den Worten „deiner Ruh". In Takt 8 unterstreicht der verminderte Dreiklang von F-Dur auf dem Wort „Wonne" dieses Schlüsselwort.

Die zweite Sinneinheit des Liedes beginnt in Takt 12 in der Klavierbegleitung mit B-Dur-Dreiklängen in Form von Achteltriolen. Die zweite Strophe, beginnend mit dem Vers „Schwer sind die Augenlider", wird durch statische, schwerfällig wirkende Akkorde in beiden Händen passend umgesetzt. Im Bass ist nun keine selbstständige Melodieführung mehr zu erkennen, das Klavier hat nun eine reine Begleitfunktion. Das Wiedersehen der Liebenden („Fahr' wohl, wir seh'n uns wieder") wird in Takt 16 durch ein gewaltiges *crescendo* in der Singstimme eingeleitet. Einen Takt später ist die dynamische Stufe *fortissimo* erreicht. Als Tonart erklingt Es-Dur. Die Freude über das Wiedersehen wird in Takt 28ff. durch die Tonart B-Dur verdeutlicht sowie durch den Achtelvorschlag in der Singstimme. Liebliche Verzierungen in Form von Vorschlägen finden sich darüber hinaus auch im Klavier (Takt 28).

Reinecke, „Beim Sonnenuntergang" op. 29 Nr. 2, Takt 28[17]

Eine thematische wie auch musikalische Zäsur erfolgt in Takt 30. Im Text ist nun vom Tod die Rede. Das lyrische Ich stellt sich die Frage, was mit ihm wohl nach dem Tod geschieht. Der Klaviersatz wirkt an dieser Stelle durch die Ostinati in Form von Oktaven auf dem Ton *b* statisch. Der Triolenrhythmus, der bereits zu Beginn des Liedes Verwendung fand, ist immer noch präsent. Es fällt auf, dass Reinecke an dieser Stelle mit musikalischen Mitteln arbeitet, die im Laufe der Musikgeschichte immer wieder verwendet werden, um Todesthematik treffend in Musik zu setzen. Mit dem *pianissimo* ist die geringste dynamische Stufe innerhalb dieses Liedes erreicht. Unter den Triolenostinati finden sich zu den Worten „Und trägt des Tod's Gefieder" lang ausgehaltene Akkorde, die sich keiner Tonart zuordnen lassen: Die Töne *b* und *ges* sind zwar vorhanden, aber die Quinte fehlt. In den folgenden Takten fällt der chromatisch abwärts schreitende Bass auf.

---

[17] Carl Reinecke: Vier Lieder für Singstimme mit Klavierbegleitung op. 29. Nr. 2 „Beim Sonnenuntergang" [Archiv der Schleswig-Holsteinischen Landesbibliothek Kiel].

Reinecke, „Beim Sonnenuntergang" op. 29 Nr. 2, Takt 30ff.

In Takt 35 benutzt Reinecke mit es-Moll die Tonart, die laut Schubarts Tonartencharakteristik (entstanden 1785/85) für den Tod steht.[18] Ein weiteres beliebtes Mittel, um Todesthematik in der Musik zu beschreiben, ist die Verwendung von Chromatik.[19] In Takt 34 finden sich sowohl im Bass (*d, es, e, f*) als auch in den Mittelstimmen (*f, ges, g, as, ges, g, as*) chromatische Linien. Die Furcht des lyrischen Ichs vor dem Tod wird jedoch durch ein *crescendo* überwältigt, das zum höchsten Ton *f"* in der Singstimme führt und zu einem B-Dur-Septakkord im Klavier (Takt 37). Mit dem *a tempo* in Takt 38 wird die anfängliche Tonart Es-Dur auf der zweiten Zählzeit erreicht. Mit Durtonarten in As, Es und B, die einen Kontrast zum düsteren es-Moll des Mittelteils bilden, wird nun die Sonne besungen, deren helle Strahlen das lyrische Ich lobt (Takt 42f: „und danke deinem Strahle für jeden schönen Tag"). Vor allem das Es-Dur wirkt im *forte* jubilierend und verleiht der Freude des lyrischen Ichs sowie seiner Dankbarkeit Ausdruck.

Auch bei der Vertonung von *O süße Mutter, ich kann nicht spinnen*, das ebenfalls der Sammlung op. 29 angehört, handelt es sich um ein von der Länge her ausgedehntes, sehr anspruchsvolles Lied.

---

18 Schubart äußert sich in seiner Tonartencharakteristik über es-Moll folgendermaßen: „Empfindungen der Bangigkeit des aller tiefsten Seelendrangs; der hinbrütenden Verzweiflung; der schwärzesten Schwermuth, der düstern Seelenverfassung. Jede Angst, jedes Zagen des schaudernden Herzens, athmet aus dem gräßlichen Es moll. Wenn Gespenster sprechen könnten; so sprächen sie ungefähr aus diesem Tone." Vgl. Christian Friedrich Daniel Schubart: Ideen zu einer Ästhetik der Tonkunst. Wien 1806, S. 378. Auch Hector Berlioz stuft die Tonart es-Moll als „très terne et très triste [sehr ermattet und sehr traurig]" ein. Vgl. Louis Hector Berlioz: Grand Traté d'Instrumentation et d'Orchestration modernes. Paris 1856.

19 Weitere musikalische Elemente zur Darstellung von Todesthematik sind die fallende kleine Sekunde (Seufzermotive), Fermaten, Dissonanzen, langsame Tempi und Klangreduktionen. Näheres zur Todesthematik in der Musik bei Harald Pfaffenzeller: Aspekte der Todesthematik in der Musik. Hamburg 1990, S. 29, und Jessica Riemer: Rilkes Frühwerk in der Musik. Rezeptionsgeschichtliche Untersuchungen zur Todesthematik. Heidelberg 2010, S. 271ff.

O süße Mutter,
Ich kann nicht spinnen,
Ich kann nicht sitzen
Im Stüblein innen,
Im engen Haus;
Es stockt das Rädchen,
Es reißt das Fädchen,
O süße Mutter,
Ich muß hinaus.

Der Frühling gucket
Hell durch die Scheiben,
Wer kann nun sitzen,
Wer kann nun bleiben
Und fleißig sein?
O laß mich gehen,
O laß mich sehen,
Ob ich kann fliegen
Wie Vögelein.

O laß mich sehen,
O laß mich lauschen,
Wo Lüftlein wehen,
Wo Bächlein rauschen,
Wo Blümlein blühn.
Laß mich sie pflücken
Und schön mir schmücken
Die braunen Locken
Mit buntem Grün.

Und kommen Knaben
Im wilden Haufen,
So will ich traben,
So will ich laufen,
Nicht stille stehn;
Will hinter Hecken
Mich hier verstecken,
Bis sie mit Lärmen
Vorüber gehn.

Bringt aber Blumen
Ein frommer Knabe,
Die ich zum Kranze
Just nötig habe,
Was soll ich tun?
Darf ich wohl nickend,
Ihm freundlich blickend,
O süße Mutter,
Zur Seit' ihm ruhn?

Inhaltlich geht es in dem Gedicht um ein Mädchen, das mit seiner Mutter in einem engen Zimmer sitzt und spinnen muss, obwohl es das nicht kann. Das Mädchen sehnt sich nach der Freiheit und möchte hinaus in die Natur. Außerdem verspürt es Sehnsucht nach der Liebe. Die Vortragsbezeichnung *agitato* und die unruhige Bewegung (auf- und abwärtssteigende Phrasen) im Gesang stellen die Sehnsucht des Mädchens musikalisch dar. Der in Sechzehnteln pendelnde Bass beschreibt die Spinnbewegung – ganz nach dem Vorbild von dem bekannten *Spinnerlied* von Felix Mendelssohn Bartholdy für Klavier solo.

Reinecke, „O süße Mutter" op. 29 Nr. 4, Takt 1 und 2[20]

Reineckes Vertonung steht in der Tonart e-Moll. Der Bass pendelt zwischen e-Moll und a-Moll. Die Singstimme setzt in Takt 2 ein und nimmt mit der Vortragsbezeichnung „in unruhiger Bewegung" Bezug auf die innere Verfassung des Mädchens. Es möchte aus der engen Stube fliehen und ist mit ihren Gedanken nicht bei der Sache. Die Bitte an die Mutter „O süße Mutter!" wird im Gesang durch einen Quartsprung (*e"*-*h'*) dargestellt (Takt 3). Arpeggien in e-Moll und G-Dur drücken die Sehnsucht des Mädchens nach dem Frühling aus. In Takt 11 erfolgen eine dynamische Steigerung und ein Tonartwechsel nach G-Dur. Die Dreiklänge in der Singstimme wirken lebhaft und zeichnen die Vorfreude auf den Frühling nach: „Der Frühling gucket hell durch die Scheiben". Die Sehnsucht des Mädchens steigert sich, was an den Tonarten ersichtlich wird. In Takt 19 ist die Tonart H-Dur erreicht, die Dominante von e-Moll. Auch die zweite Strophe „O lass mich gehen" wird durch den Quartsprung *e"*-*h'* eingeleitet. Die Bitte steigert sich nun zum Flehen „O laß mich gehen, / O laß mich sehen, / Ob ich kann fliegen / Wie Vögelein". Das Fliegen des Vögleins wird höchst anschaulich umgesetzt: In einem zweitaktigen Klavierzwischenspiel erklingt ein aufsteigendes Arpeggio in e-Moll über die ganze Klaviatur.

---

[20] Carl Reinecke: Vier Lieder für Singstimme mit Klavierbegleitung op. 29. Nr. 4 „O süße Mutter" [Archiv der Schleswig-Holsteinischen Landesbibliothek Kiel].

Reinecke, „O süße Mutter" op. 29 Nr. 4, Takt 23ff.

Das Mädchen gerät in leidenschaftliches Träumen und denkt an die Natur, an ein Bächlein und an blühende Blumen. Die Vortragsbezeichnungen, die seine Träume beschreiben, lauten in Takt 25 *con passione*, in Takt 29 *con grazia* und *slentando*, in Takt 30 *un poco piu tranquillo* und in Takt 32 *con espressione*. Das Pflücken der Blumen wird durch die strahlende Tonart A-Dur, die bei Reinecke für Liebe und Sehnsucht steht, umgesetzt. Die Bezeichnung *con grazia* (Takt 29) bezieht sich auf die drei repetierten Achtelnoten auf *g'* im Gesang. In Takt 31 intoniert das Klavier die drei Achtelnoten. Auch hier wird die Vortragsbezeichnung *con grazia* gefordert. Der Vorschlag in Takt 32 steht wiederum für Grazie und Anmut. Mit der Wiederholung der Aussage „die braunen Locken mit buntem Grün" wird auf die Schönheit des Mädchens angespielt. Beim zweiten Mal wird die Aussage durch Tonarten wie H-Dur und Fis-Dur, mehrere *crescendi* und verdichtete Arpeggien intensiviert. In Takt 51 rückt die Tonart H-Dur ins Zentrum. Das Mädchen denkt in seiner Phantasie an Knaben und verspürt Sehnsucht nach der Liebe. Inständig wünscht sie sich, dass ein frommer Knabe ihr Blumen überreiche. In Takt 66 wechselt die Tonart nach E-Dur. Die Sehnsucht des Mädchens steigert sich immer mehr. Ab Takt 70 lässt sich ein ausgedünnter Klaviersatz beobachten. Alles wirkt ruhiger; es dominieren Halbe und punktierte Halbe. Der Text steht wiederum gegenüber der Musik im Vordergrund. Des Mädchens Bitte „Darf ich wohl, nickend, / Ihm freundlich blickend, / O süsse Mutter, / Zur Seit' ihm ruhn?" wird dadurch besonders hervorgehoben.

Reinecke, „O süße Mutter" op. 29 Nr. 4, Takt 82ff.

Auch unter den *Zwölf Canons für zweistimmigen, weiblichen Chor oder zwei Solostimmen mit Klavierbegleitung* op. 163 finden sich neben Gedichten von Hans Christian Andersen und Friedrich von Bodenstedt mehrere Rückert-Vertonungen. Das Opus ist Charlotte Reuleaux, der Gattin des Züricher Professors für Maschinenbau Franz Reuleaux und Enkelin des Enkelin des Lübecker Bürgermeisters, Domherrn, Senators und Dichters Christian Adolph Overbeck, gewidmet. Reinecke vertont hier verschiedene Gedichte aus Rückerts Ritornellen. Zwei Vertonungen, die repräsentativ für das gesamte Opus stehen, sollen im Folgenden näher betrachtet werden. Das Gedicht *Iss die Frucht und gieb den Kern* thematisiert den Kreislauf von Werden und Vergehen, dem die Natur unterliegt:

> Iss die Frucht und gieb den Kern
> Dankbar zurück an die Erde,
> Dass wieder ein Baum es werde,
> Der wieder Früchte dir gebe gern.

Baum, Kern und Frucht stehen für das Leben. Der Baum erinnert darüber hinaus auch an den Lebensbaum der Bibel.[21] Dieses Gedicht ist sprichwortähnlich und vermittelt den Lesern die wichtige Botschaft, dass die Ressourcen der Natur kostbar sind und der Mensch sie schätzen soll. Die beiden Singstimmen sind bei dieser Vertonung nur einen Takt versetzt, auf ein Vorspiel wird verzichtet. Als Vortragsbezeichnung schreibt Reinecke *con grazia* vor, als Tonart wählt er A-Dur. Wiederum zeigt sich die Eigenständigkeit der Klavierbegleitung, denn sie greift die Melodie der Singstimme in ihrer Oberstimme auf. Insgesamt ist der Klaviersatz sehr dicht. Es gibt, wenn man die ersten zwei Takte ver-

---

[21] Der Baum ist als Symbol in der jüdisch-christlichen Mythologie verankert und wird in der Bibel mehrmals erwähnt. Besondere Bedeutung kommt ihm in der alttestamentlichen *Genesis* zu: Im Garten Eden stehen der Baum der Erkenntnis und der Baum des Lebens (Gen 2,9). Auch im Neuen Testament firmiert der Baum mitunter als Symbol des Lebens. In Off 22,2,14 etwa wird den Sterblichen durch Christus der Weg zum Baum des Lebens gewiesen.

gleicht, sogar Ansätze zur Polyphonie, da dieselben Töne in der rechten Hand nun auch in der linken Hand vorkommen.

Reinecke, „Iss die Frucht und gieb den Kern" op. 163 Nr. 5, Takt 1 und 2[22]

Die Harmonik ist recht simpel, da alle Töne auf dem Material der A-Dur-Tonleiter basieren. In den Singstimmen erfolgt in den ersten Takten ein Anstieg von *e'* zu *cis''*, bei den Worten „dankbar zurück der Erde" erfolgt in beiden Stimmen – passend zum Text – eine Abwärtsbewegung von *cis''* zu *fis'*. Ab Takt 5 hat das Klavier eine reine Begleitfunktion. Die Singstimmen entfalten sich nun über gebrochenen Dreiklängen in h-Moll und cis-Moll, in Takt 8 ist die Quinte des cis-Moll-Dreiklangs hochalteriert. In der ersten Singstimme findet sich ein kleines Melisma auf der adverbialen Bestimmung der Zeit „wieder". Gleichzeitig erklingt hier mit *e''* der höchste Ton im Gesang. Das Seufzermotiv *e''-dis''* zeigt an, wie groß die Sehnsucht des Dichters ist, dass aus dem Kern ein Baum mit Früchten wächst.

Reinecke, „Iss die Frucht und gieb den Kern" op. 163 Nr. 5, Takt 7ff.

---

22 Carl Reinecke: Zwölf Canons für zweistimmigen weiblichen Chor oder 2 Solostimmen mit Begleitung op. 163. Nr. 5 „Iss die Frucht" [Archiv der Schleswig-Holsteinischen Landesbibliothek Kiel].

In Takt 12 beginnt die Reprise. Die aufsteigende Bewegung im Klavier und Gesang wird nun von Achteltriolen in A-Dur begleitet, wodurch der Klaviersatz dichter wirkt. Diese Verdichtung verleiht der Wiederholung von „Iss die Frucht und gieb den Kern" Nachdruck und Intensität. Der Verlauf der Singstimmen zeigt, wie genau Reinecke den Rückert-Text in Musik umsetzt: Bei der Stelle „zurück der Erde" findet sich in beiden Singstimmen ein Oktavsprung von *fis''* nach *fis'* (Takt 15 und 16). Eine aufsteigende Phrase von *fis'* nach *d''*, die den Kreislauf von Werden und Vergehen musikalisch darstellen soll, zeigt sich bei der Aussage „dass ein Baum es wieder werde" (Takt 16 und 17).

Reinecke, „Iss die Frucht und gieb den Kern" op. 163 Nr. 5, Takt 16f.

Das h-Moll wandelt sich in den Schlusstakten wieder zu A-Dur und E-Dur. Auch durch diese hellen Tonarten wird der Text, der die Früchte erwähnt, deutlich unterstrichen. Ein zweitaktiges Zwischenspiel in A-Dur (*un poco calando*) verarbeitet in der linken Hand das anfängliche Motiv mit den Dreiklängen.

An zehnter Stelle von op. 163 findet sich die Vertonung von *Bescheidenes Veilchen*. Das Gedicht erinnert mit seinem sentenzartigen Charakter ebenfalls an ein Sprichwort.

> Bescheidenes Veilchen!
> Du sagst: „wenn ich gehe, kommt die Rose."
> Schön, dass sie kommt, doch weile noch ein Weilchen.
>
> Lilienstengel!
> Zu einem Strauss bist du nicht geschaffen,
> Dich tragen in Händen nur Gottes Engel.

Rückert wendet sich in diesen Versen dagegen, dass manche Menschen völlig gedankenlos Blumen pflücken und zu einem Strauß binden, da Blumen für ihn etwas Göttliches sind, das untrennbar mit der Natur verbunden und somit ein fester Bestandteil des Kosmos ist. Der Dichter fordert den Leser dazu auf, die Natur mehr zu achten. Die Vertonung steht in Des-Dur (9/8-Takt) und ist als „Canon im Einklange" konzipiert. Die erste Singstimme beginnt bereits im ersten Takt mit einer aufsteigenden, chromatischen Phrase auf dem Adjektiv „Bescheidenes".

Reinecke, „Bescheidenes Veilchen" op. 163 Nr. 10, Takt 1 und 2[23]

Die Klavierbegleitung besteht aus Akkorden und basiert hauptsächlich auf Dreiklängen in Des-Dur und As-Dur. Da die Melodie der Singstimme in die Oberstimme der Klavierbegleitung eingeflochten ist, wirkt die Begleitung sehr dicht. Reinecke kommt es auch in diesem Stück auf eine möglichst textnahe musikalische Ausdeutung an. Wenn das Veilchen von seinem Verblühen spricht, prallen im Klavier und Gesang die Töne *as* und *a*, eine Dissonanz, aufeinander (siehe Takt 4).

Reinecke, „Bescheidenes Veilchen" op. 163 Nr. 10, Takt 3f.

Bei Erwähnung der prachtvollen Rose hingegen rückt die Tonart Des-Dur wieder ins Zentrum. Die zweite Singstimme setzt erst in Takt 9 ein. Wie es bei einem Kanon der Fall ist, beziehen sich die zwei Singstimmen musikalisch aufeinander und arbeiten mit demselben Tonmaterial. Im Klavier fällt eine Verdichtung auf: So wird z.B. der chromatische Aufstieg zu den Worten „bescheidenes Veilchen" von der Klavierbeglei-

---

23 Carl Reinecke: Zwölf Canons für zweistimmigen weiblichen Chor oder 2 Solostimmen mit Begleitung op. 163. Nr. 10 „Bescheidenes Veilchen" [Archiv der Schleswig-Holsteinischen Landesbibliothek Kiel].

tung in Takt 9 übernommen. Interessant ist, dass Reinecke die hohen Töne im Gesang dazu benutzt, um Schlüsselwörter des Rückert-Gedichts zu akzentuieren. Der hohe Ton *f"* wird angesteuert, wenn die Rose erwähnt wird (Takt 14). Die Rose ist die Königin der Blumen und überstrahlt alle anderen Blumen mit ihrer Schönheit. *f"* ist übrigens der höchste Ton, der von der ersten Singstimme in diesem Stück gefordert wird.

Reinecke, „Bescheidenes Veilchen" op. 163 Nr. 10, Takt 12f.

In Takt 18 beginnt die Vertonung der zweiten Strophe „Lilienstengel". Die Klavierbegleitung setzt sich nun aus gebrochenen Akkorden (Triolenachteln) zusammen und wirkt fließender. Wiederum ist die Melodie der Singstimme in die Klavierbegleitung integriert. Die Klavierbegleitung wirkt somit verselbstständigt und sehr melodiegestützt. Als Tonart verwendet Reinecke nun b-Moll, die Parallele von Des-Dur.

Reinecke, „Bescheidenes Veilchen" op. 163 Nr. 10, Takt 18f.

Auch die düstere „Todestonart" es-Moll erklingt in Takt 22, wenn der Text vom Blumenstrauß berichtet, für den die blühenden Pflanzen nicht geeignet sind. Das Pflücken der Blumen bedeutet ihren Tod. Erst als die Sprache auf „Gottes Engel" kommt, erklingen wieder Durtonarten (Des-Dur). Die zweite Strophe des Gedichtes ist als Mittelteil gedacht. Nach Abschluss dieses Teils in Takt 27 erfolgt wiederum die Vertonung der ersten Strophe „Bescheidenes Veilchen". Hier arbeitet Reinecke mit denselben Mitteln wie im ersten Teil. Es gibt nur wenige Änderungen. Die Klavierbegleitung setzt sich aus Oktaven zusammen, auch die chromatischen, aufsteigenden Phrasen zu den Worten „Bescheidenes Veilchen" sind identisch. Erst in den letzten Takten kommt es zu einer Verdichtung des musikalischen Satzes. In der linken Hand des Klaviers fallen Oktaven auf, die chromatisch aufsteigen (*as, a, gis*) und damit einen Bezug zum Anfangsmotiv herstellen. Durch diese Verdichtung des musikalischen Materials gewinnt gleichzeitig die Bitte des lyrischen Ichs, das Veilchen möge noch länger blühen, an Intensität. Gerade an dieser Vertonung zeigt sich deutlich, wie bewusst Reinecke Tonarten einsetzt, um bestimmte Inhalte oder Schlüsselwörter eines Gedichtes in Musik zu setzen. As-Dur und Des-Dur stehen hier für die blühende Natur und die Schönheit des Kosmos. Die Tonarten b-Moll und es-Moll treten ins Zentrum, wenn vom Pflücken der Pflanzen gesprochen wird. Sie stehen für die Zerstörung der Natur und somit auch für den Tod.

Anhand der vorstehenden Analysen konnte gezeigt werden, wie unterschiedlich sich die Reineckes Rückert-Vertonungen ausnehmen. Während op. 5 und 10 ganz der Tradition des Volkslieds verhaftet sind und sich durch eine hohe Einprägsamkeit und eine einfache Harmonik auszeichnen, die fast ausschließlich auf Dreiklängen beruht, sind die Lieder aus op. 29 wesentlich länger und führen eine abwechslungsreiche Klavierbegleitung vor, die höchst anspruchsvoll ist. Ganz nach dem Vorbild von Franz Schubert stellt Reinecke verschiedene Hauptthemen der Gedichte wie z.B. Tod und Liebe durch bestimmte Tonarten dar, als wollte er sich bewusst an die Tonartencharakteristik seines Freundes Schubart anlehnen. Die Tonart es-Moll sowie das düstere b-Moll stehen für Tod und Zerstörung. Dagegen ist A-Dur die Tonart, die bei Reinecke das Liebesthema grundiert und vor allem bei den Vertonungen aus dem *Liebesfrühling* eine wichtige Rolle spielt. Die Kanons aus op. 163 schließlich machen deutlich, dass sich Reinecke gerade auch von solchen Rückert-Gedichten angesprochen fühlte, die den Rezipienten eine kurze, prägnante Botschaft vermitteln. Die sprichwortähnlichen Gedichte des Franken werden von ihm textnah vertont. Schlüsselwörter im Text erfahren in der Singstimme durch auf- und absteigende Phrasen, durch besonders hohe Zieltöne oder durch bestimmte Intervallsprünge wie etwa die Sekunde (als Seufzermotiv) eine Betonung.

In Forschung und Musikpraxis sind der Komponist Carl Reinecke und seine Liedvertonungen inzwischen fast völlig in Vergessenheit geraten, und ob es angesichts des Jubiläums im März 2010 zu einer Renaissance kommt, ist mehr als fraglich. Doch haben gerade seine Rückert-Vertonungen gezeigt, dass sich hier ein interessantes Feld öffnet, auf dem noch manches Lohnenswerte zu entdecken sein wird. In diesem Sinne versteht sich der vorliegende Beitrag als Anregung und Impuls.

Vertonte Wahrnehmung

Friedrich Rückerts Gedichte
Nun seh' ich wohl, warum so dunkle Flammen
und *Nächtlicher Gang* in den Vertonungen
von Gustav Mahler und Richard Strauss

von

Dennis Roth

Einleitung

Friedrich Rückert zählt nach Goethe, Eichendorff und Heine zu den meistvertonten Dichtern deutscher Sprache. Um so erstaunlicher ist es, dass „eine umfassende wissenschaftliche Würdigung der musikalischen Rückert-Rezeption noch aus[steht]."[1] Unter den Vertonungen von Rückerts Poesie dürften Gustav Mahlers fünf *Rückert-Lieder* sowie seine *Kindertotenlieder* als die prominentesten gelten. Doch auch in Richard Strauss' umfangreichem Vokalwerk finden sich Kompositionen auf Texte von Rückert. 1899 vertonte er das Gedicht *Nächtlicher Gang*, zwei Jahre bevor Mahler den Großteil seiner *Kindertotenlieder* komponierte, darunter das zweite, *Nun seh' ich wohl, warum so dunkle Flammen*. In beiden Gedichten stehen Aspekte der Wahrnehmung im Vordergrund: Während der Blick des lyrischen Ichs sich im ersten Gedicht nach innen wendet, ist er im zweiten nach außen gerichtet. Wenngleich Rückerts Gedichte zu einem früheren Zeitpunkt entstanden sind, so fügen sich ihre jeweiligen Vertonungen vortrefflich in den Kontext ihrer Entstehungszeit ein: die Jahrhundertwende als eine Epoche, in der Fragen der Wahrnehmung verstärkt in den Mittelpunkt des wissenschaftlichen und ästhetischen Diskurses gerieten. Die Wahrnehmung des Inneren beschäftigte in besonderem Maße die Psychoanalyse. 1899 veröffentlichte Sigmund Freud die *Traumdeutung*. Die Fixierung und ästhetische Modellierung des Äußeren leisteten die Fotografie und die eben erst aus der Taufe gehobene Kinematographie. 1895

---

[1] Hans-Joachim Hinrichsen: Art. „Friedrich Rückert". In: Ludwig Finscher (Hg.): Die Musik in Geschichte und Gegenwart. Allgemeine Enzyklopädie der Musik. Begründet von Friedrich Blume. Personenteil. Bd. 14. Kassel/Basel/London/New York und Stuttgart/Weimar ²2005, Sp. 611-614, hier Sp. 614.

hatten die Brüder Lumière ihre ersten Filme vorgeführt. In den Naturwissenschaften wurde eigentlich Unsichtbares mit der Entdeckung der Röntgenstrahlen und der Radioaktivität sichtbar gemacht. Daneben, um nur ein weiteres Beispiel zu nennen, präsentierte die Pariser Weltausstellung 1900 mit dem „Palais de l'Electricité" eine wahre ‚Illusionsfabrik', deren Wasserspiele bei Nacht beleuchtet waren und in deren Innenraum ein Spiel mit divergierenden Perspektiven den Betrachter zu irritieren suchte.

Es gibt kein Gedicht von Rückert, das sowohl von Mahler als auch von Strauss vertont worden wäre. Doch gerade diese beiden Komponisten, die ein persönliches Verhältnis pflegten, scheinen aufgrund ihrer unterschiedlichen ästhetischen Physiognomien für einen Vergleich zweier Rückert-Vertonungen prädestiniert. Neben der zeitlichen Nähe ihrer Entstehung haben die genannten Lieder rein äußerlich die Gattung gemein, da es sich in beiden Fällen um Orchesterlieder handelt. Die vertonten Gedichte weisen einige Gemeinsamkeiten, darunter die zentrale einer in unterschiedlicher Weise gestörten Wahrnehmung, mehr noch aber signifikante Unterschiede auf – Gegensätze, die einander anziehen. Die reizvollen Kontraste zwischen den Gedichten fordern einen Vergleich ihrer Vertonungen geradezu heraus. Dieser wiederum vermag außerdem Erkenntnisse über den spezifischen Zugriff des Komponisten zu liefern. Dabei gilt es zu berücksichtigen, dass es sich um einen vielfach gebrochenen intermedialen Prozess handelt, dem der vorliegende Beitrag, einem Experiment nicht unähnlich, nachzuspüren sucht: Die im jeweiligen Gedicht poetisch stilisierte Wahrnehmung, die vorwiegend visueller Art ist, wird von Mahler und Strauss jeweils unterschiedlich kompositorisch umgesetzt und findet ihren Niederschlag *erklingend* im Lied. Folglich lautet die Leitfrage dieses Aufsatzes, auf welche Weise Mahler und Strauss die Wahrnehmung von Innerem und Äußerem bzw. die Störung dieser Wahrnehmung jeweils vertonen.

Mahler und Strauss

Richard Strauss (1864-1949) und Gustav Mahler (1860-1911) begegneten einander zum ersten Mal im Herbst 1887. Ihre künstlerische und persönliche Beziehung währte 24 Jahre bis zu Mahlers Tod und lag dann für Jahrzehnte zum größten Teil im Dunkeln. Erst 1980 wurde der gemeinsame Briefwechsel publiziert.[2] Dies ist insofern bemerkenswert, als es sich bei

---

[2]   Bis zu diesem Zeitpunkt prägten die in hohem Maße subjektiv gefärbten Äußerungen von Gustav Mahlers Witwe Alma, die Strauss stets gegen Mahler auszu-

beiden Komponisten um herausragende Künstlerpersönlichkeiten ihrer Zeit handelt, die zudem – auch dies ist bemerkenswert – mit großem Einsatz das Werk des anderen förderten. So setzte Strauss sich für die Aufführung von Mahlers *Erster Sinfonie* im Rahmen der 30. Tonkünstlerversammlung 1894 in Weimar ein und sorgte für die Uraufführung der *Dritten Sinfonie* 1902 in Krefeld, die Mahler den internationalen Durchbruch bescherte. Nicht zu Unrecht konnte Strauss daher Jahrzehnte später im Rückblick bemerken, Mahler „den Weg in die Öffentlichkeit gebahnt"[3] zu haben. Mahler wiederum bemühte sich als Erster Kapellmeister am Stadttheater Hamburg um Strauss' Opernerstling *Guntram* und später als Operndirektor an der Wiener Hofoper um die Aufführung der Oper *Salome*, wenn auch beide Male ohne Erfolg. Dieser „gelegentlich selbstlose Einsatz für das Werk des anderen"[4] ist nicht denkbar ohne eine freundschaftliche Basis, indes noch viel weniger ohne eine gegenseitige künstlerische Wertschätzung.[5] Strauss und Mahler, und hierin wird man Alma Mahler glauben dürfen, „sprachen gerne mit einander [sic], vielleicht, weil sie nie derselben Meinung waren".[6] Führten ihre Reisen sie in dieselbe Stadt, suchten sie einander auf.[7] Gleichwohl war ihre Beziehung nicht frei von Irritationen, die in erster Linie von Mahler ausgingen. An seine Frau schrieb er über Strauss: „Sein Wesen wird mir immer fremd bleiben. Diese Denk- und Empfindungsart ist von der meinen weltenweit entfernt. Ob wir beide uns noch einmal auf demselben Stern begegnen werden?"[8] Von den Zeitgenossen wurden die beiden „als äußerste Gegensätze empfun-

---

spielen suchte, den Blick auf die komplexe persönliche Beziehung der beiden Komponisten.

3   Zitiert nach: Henry-Louis de la Grange/Günther Weiß (Hg.): Ein Glück ohne Ruh'. Die Briefe Gustav Mahlers an Alma. Berlin 1995, S. 128.

4   Michael Kube: „Glauben Sie mir, es gibt keine Grenzen des musikalischen Ausdrucks!". Mahler und Strauss – Verbindendes und Trennendes. In: Renate Ulm (Hg.): Gustav Mahlers Symphonien. Entstehung – Deutung – Wirkung. Kassel 2001, S. 164-170, hier S. 164.

5   In seinem Beitrag zu einem Mahler anlässlich dessen 50. Geburtstages 1910 herausgegebenen Widmungsbandes zählte Strauss Mahlers Schaffen „zu den bedeutendsten und interessantesten Erscheinungen der heutigen Kunstgeschichte." Vgl. Paul Stefan (Hg.): Gustav Mahler. Ein Bild seiner Persönlichkeit in Widmungen. München 1910, S. 66.

6   Alma Mahler (Hg.): Gustav Mahler. Erinnerungen und Briefe. Amsterdam 1949, S. 68.

7   Vgl. Herta Blaukopf: Rivalität und Freundschaft. Die persönlichen Beziehungen zwischen Gustav Mahler und Richard Strauss. In: Gustav Mahler – Richard Strauss. Briefwechsel 1888-1911. Hg. von Herta Blaukopf. München 1980, S. 129-220, hier S. 135.

8   Brief Mahlers vom 16. Juli 1906 aus Salzburg. In: Mahler, Mahler-Erinnerungen (Anm. 6), S. 367.

den: konträr in ihren musikalischen Mitteln und Zielen, konträr auch in Temperament und Persönlichkeit."[9] Der Musikwissenschaftler Ludwig Schiedermair, der in seiner Jugend die Bekanntschaft sowohl mit Mahler als auch mit Strauss gemacht hatte, entwickelte aus beider Charaktere eine dichotomische Künstlertypologie: „Richard Strauß [sic], der sicher und besonnen sein Ziel verfolgende produktive Künstler, der trotz aller Höhenflüge nicht den Boden unter den Füßen verlor, Gustav Mahler, der in künstlerischer Hochglut sich selbst verzehrte und ruhelos nach den höchsten Zielen rang".[10]

Bei aller offenkundigen Gegensätzlichkeit einte Mahler und Strauss die produktive Auseinandersetzung mit der Neudeutschen Schule und ihrer Heroen Beethoven, Berlioz, Liszt und insbesondere Wagner.[11] Dieser in vielerlei Hinsicht gemeinsame Hintergrund ihres Schaffens lässt die Verschiedenheit der Richtungen, die sie in ihrem Werk jeweils einschlugen, nur umso deutlicher hervortreten. Ihre persönliche, mehr noch ihre ästhetische Affinität zueinander schien sich darüber hinaus, wie das folgende Zitat Mahlers verdeutlicht, aus dem Gefühl für einen gemeinsamen, freilich kaum konkret zu bestimmenden ästhetischen Zielpunkt zu speisen, den der eine von Sinfonischer Dichtung und Oper, der andere von Sinfonie und Lied herkommend anvisierte: „Schopenhauer gebraucht irgendwo das Bild zweier Bergleute, die von entgegengesetzten Seiten in einen Schacht hineingraben und sich dann auf ihrem unterirdischen Wege begegnen. So kommt mir mein Verhältnis zu Strauss treffend gezeichnet vor."[12]

Auf „entgegengesetzten Seiten" befanden sie sich jeweils in ihrem Verhältnis zum ‚Programm' in der Musik. Für Strauss gab zumeist erst ein außermusikalisch-literarischer Gehalt der Musik ihre Form, ja sein Komponieren benötigte geradezu die „Befruchtung durch eine poetische

---

9   Blaukopf, Rivalität und Freundschaft (Anm. 7), S. 132.
10 Ludwig Schiedermair: Musikalische Begegnungen. Erlebnis und Erinnerung. Köln 1948, S. 46.
11 Bevor Strauss 1886 zur Musik Richard Wagners fand, komponierte er in epigonaler Nachahmung der als klassizistisch verstandenen Vorbilder Mozart, Schumann, Mendelssohn und Brahms. Als flammender Anhänger der Neudeutschen Schule war Strauss doktrinärer als Mahler, der, ebenfalls Wagnerianer, „sich zeit seines Lebens allen Richtungskämpfen ferngehalten und nur für Qualität Partei ergriffen" hat (Blaukopf, Rivalität und Freundschaft [Anm. 7], S. 154). Auch die Beschäftigung mit dem Werk Friedrich Nietzsches hinterließ Spuren in beider Werk.
12 Brief Mahlers an den Musikschriftsteller Arthur Seidl vom 17. Februar 1897. In: Gustav Mahler: Briefe. Hg. von Herta Blaukopf. Wien 1982, S. 201.

Idee"[13] – literarische Stoffe, Figuren und thematische Konstellationen für die Tondichtungen, den musikdramatischen Vorwurf für seine Opern. Er vertrat die Ansicht, dass „jede neue Idee [sich] ihre eigene neue Form" in der Instrumentalmusik schaffen müsse, war sich zugleich aber der Gefahr einer bloß naturalistischen Nachahmung außermusikalischer Vorgänge durch die Instrumentalmusik bewusst.[14] Für Mahler hingegen bedeutete es nicht nur, wie er schrieb, eine „Plattheit [...], zu einem Programm Musik zu erfinden", sondern er sah es auch als „unbefriedigend und unfruchtbar an, zu einem Musikwerk ein Programm geben zu wollen."[15] Schließlich bestätigte er die Einschätzung des Musikschriftstellers Arthur Seidl, welche die Unterschiede beider Zugänge, die aufgrund ihrer Komplexität im Rahmen dieser Untersuchung nur angerissen werden können, zwar vereinfachend, aber durchaus zwingend auf den Punkt brachte: „Sie haben recht, daß meine ‚Musik schließlich zum Programm als letzter ideeller Verdeutlichung gelangt, währenddem bei Strauss das Programm als gegebenes Pensum daliegt.'"[16]

Wie verhält es sich nun aber mit der Vertonung von Lyrik im Lied, dessen „Mitteilung"[17] eben nicht wie in der auf ein Außermusikalisches bezogenen, von diesem inspirierten Instrumentalmusik mit genuin musikalischen und damit vom programmatischen Bezugspunkt letztlich losgelösten Mitteln dargestellt, sondern aufgrund der im Lied simultan erklingenden Synthese von Dichtung und Musik sowohl in besonderem Maße hervorgehoben als auch, in ein Drittes transformiert, in ihrer Vertonung

---

[13] Brief von Strauss an Hans von Bülow vom 24. August 1888. In: Richard Strauss: „Lieber Collega!". Richard Strauss im Briefwechsel mit zeitgenössischen Komponisten und Dirigenten. Hg. von Gabriele Strauss. Bd. 1. Berlin 1996 (Veröffentlichungen der Richard-Strauss-Gesellschaft, 14), S. 82.

[14] Vgl. Richard Strauss: Betrachtungen und Erinnerungen. Hg. von Willi Schuh. Zürich ²1957 (Atlantis-Musikbücherei), S. 47.

[15] Brief Mahlers an den Musikkritiker Max Marschalk vom 6. März 1896. In: Mahler, Briefe (Anm. 12), S. 149. Seine 1889 uraufgeführte *Erste Sinfonie* versah Mahler auf Rat seiner Freunde erst im Nachhinein, für die zweite und dritte Aufführung, mit programmatischen, als Verständnishinweise dienenden Überschriften, Erklärungen sowie dem Titel *Titan* – und sah sein Werk gerade dadurch missverstanden.

[16] Brief vom 17. Februar 1897. In: Mahler, Briefe (Anm. 12), S. 199f.

[17] Hans Heinrich Eggebrecht: Vertontes Gedicht. Über das Verstehen von Kunst durch Kunst. In: Günter Schnitzler (Hg.): Dichtung und Musik. Kaleidoskop ihrer Beziehungen. Stuttgart 1979, S. 39-69, hier S. 44. Die Mitteilung eines Gedichts ist, so Eggebrecht, „offen, vielschichtig, polysemantisch, mehrdeutig – eben unbestimmt, aber nicht ästhetisch unbestimmt, sondern nur begrifflich" – sie entzieht sich der Wortsprache.

zugleich aufgehoben wird?[18] Da die Musik „ästhetisch stärker"[19] ist als das Gedicht bzw. das in der Vertonung erklingende Wort, vermag sie, und zwar im Verbund mit dem Wort, auf einen – nur subjektiv erfassbaren – Gehalt jenseits der Wortsprache zu verweisen. Für Mahler bildete der Text eines zu vertonenden Gedichts „eigentlich nur die Andeutung des tieferen Gehaltes, der herauszuholen, des Schatzes, der zu heben ist."[20] Dass die Musik mehr als die Wortsprache auszudrücken imstande sei, ist ein romantischer Topos, der Mahlers Musikverständnis maßgeblich prägte. Doch auch Strauss zählte sich zu denjenigen, „denen Musik ,Ausdruck' ist und die sie als eine ebenso präcise Sprache behandeln wie Wortsprache, aber allerdings für Dinge, deren Ausdruck eben der letzteren versagt ist."[21] Darin trifft er sich, sofern man diese auf die (instrumentale) Programmmusik bezogene Äußerung auf die Liedkomposition überträgt, durchaus mit Mahler.

Hans Heinrich Eggebrecht betrachtet die „Vertonung als eines in Musik umgedachten und als Musik geronnenen Verstehens des Gedichts seitens des Komponisten."[22] Die – zumindest annäherungsweise zu beantwortende – Frage wird sein, auf welche Weise Strauss und Mahler Rückerts Gedichte jeweils verstanden und interpretiert haben.[23] Der weiteren produktiven Annäherung an diese Frage sind zunächst ein kurzer Abriss über beider Begegnungen mit dem Werk Friedrich Rückerts sowie die auf Fragen der Wahrnehmung fokussierte Interpretation der betreffenden Gedichte vorangestellt.

---

[18] Diese der Sprachvertonung eigene Dialektik beschäftigt eine intermedial und interdisziplinär ausgerichtete Forschung, die auch die vergleichsweise junge Disziplin der Librettologie einschließt.

[19] Eggebrecht, Vertontes Gedicht (Anm. 17), S. 40.

[20] Herbert Kilian (Hg.): Gustav Mahler in den Erinnerungen von Natalie Bauer-Lechner. Hamburg 1984, S. 27.

[21] Brief von Strauss an Johann L. Bella im März 1890. In: Richard Strauss: Dokumente. Aufsätze, Aufzeichnungen, Vorworte, Reden, Briefe. Hg. von Ernst Krause. Leipzig 1980 (Reclams Universal-Bibliothek, 830), S. 60.

[22] Eggebrecht, Vertontes Gedicht (Anm. 17), S. 37.

[23] Diese Frage lässt sich wiederum nur durch das eigene, zwangsläufig subjektive Verständnis des jeweiligen Liedes beantworten. Das Lied ermöglicht das „Verstehen eines Verstehens", gibt Aufschluss darüber, „wie der Komponist das Gedicht kompositorisch aufgefasst hat" (Eggebrecht, Vertontes Gedicht [Anm. 17], S. 36). Diesen doppelten Verstehensvorgang gilt es seitens des Rezipienten/Interpreten in der Analyse so weit wie möglich zu objektivieren.

Rückert bei Mahler und bei Strauss

Mahler war ein profunder Kenner der Literatur. Peter Russell staunt ungläubig über die Tatsache, dass ein „Genie" wie Mahler einen angeblich so „zweitrangigen" Dichter wie Rückert vertonen konnte[24], während Peter Revers Rückerts Lyrik zur „qualitativ und ästhetisch hochstehende[n] deutschsprachige[n] Literatur"[25] zählt, der die übrigen von Mahler vertonten Gedichte eben gerade nicht angehörten. Mahler selbst äußerte über den Dichter: „Nach *Des Knaben Wunderhorn* konnte ich nur mehr Rückert machen – das ist Lyrik aus erster Hand, alles andere ist Lyrik aus zweiter Hand."[26] Er komponierte 1901/02 fünf Orchesterlieder über Gedichte von Rückert, darunter das berühmte *Ich bin der Welt abhanden gekommen*; daneben wählte er aus dem schier unübersehbaren Konvolut von Rückerts 421 *Kindertodtenliedern* fünf Gedichte aus. Mahlers Vertonungen für Solostimme und Orchester entstanden 1901/04 und wurden am 29. Januar 1905 in Wien uraufgeführt.[27] Seine Auswahl gerade dieser fünf ist in zweierlei Hinsicht bemerkenswert: Zum einen weisen sie, im Gegensatz zur Mehrzahl der Gedichte, keine Natursymbolik auf; zum anderen kennzeichnet gerade sie eine Lichtmetaphorik, die den anderen *Kindertodtenliedern* fehlt.[28] Die Dichotomie von Licht und Dunkelheit, die, überspitzt formuliert, eine Entsprechung in dem Gegensatz von Leben und

---

[24] Vgl. Peter Russell: Light in Battle with Darkness. Mahler's *Kindertotenlieder*. Bern/ Berlin/Frankfurt/Main/New York/Paris/Wien 1991, S. 24. Der von Russell wiederholt vorgebrachte Hinweis auf das vermeintliche Qualitätsgefälle zwischen Rückerts Lyrik und Mahlers Vertonung dieser Lyrik ist in seiner grob verallgemeinernden Form nicht haltbar (vgl. ebd., S. 54f.).

[25] Peter Revers: Mahlers Lieder. Ein musikalischer Werkführer. München 2000 (Beck'sche Reihe, 2206), S. 9.

[26] Zitiert nach: Hans Moldenhauer/Rosaleen Moldenhauer: Anton von Webern. Chronik seines Lebens und Werkes. Zürich/Freiburg im Breisgau 1980, S. 65.

[27] Über Mahlers Motivation, Gedichte aus Rückerts erschütterndem Textkorpus zu einem Zeitpunkt seines Lebens zu entnehmen, zu dem er zwar weder verheiratet war noch eigene Kinder hatte, Jahre zuvor jedoch (1889) Geschwister und seine Eltern verloren hatte, ist viel spekuliert worden. Seine Tochter Maria Anna starb erst 1907. Die Datierung der Lieder ist nicht eindeutig zu klären. Jens Malte Fischer geht ohne nähere Begründung davon aus, dass Nr. 1-3 1901 und Nr. 4/5 1904 komponiert worden seien (Friedrich Rückerts „Kindertodtenlieder". In: Merkur 54/2 [2000], S. 1233-1236, hier S. 1233); James L. Zychowicz hingegen datiert alle Lieder mit Ausnahme des ersten auf das Jahr 1901 (The Lieder of Mahler and Richard Strauss. In: James Parsons [Hg.]: The Cambridge Companion to the Lied. Cambridge 2004 [Cambridge companions to music], S. 245-272, hier S. 250). Peter Russell zeichnet die Schwierigkeiten der Datierung nach (Light in Battle with Darkness [Anm. 24], S. 7f.).

[28] Vgl. Russell, Light in Battle with Darkness (Anm. 24), S. 56f. u. S. 60.

Tod findet, bildet eine Konstante in Mahlers Œuvre. Dies legt die Vermutung nahe, dass Mahler sich aus diesem Grund, möglicherweise mehr unbewusst als bewusst, von den besagten Gedichten angesprochen fühlte. Ohnehin ist sein Werk – Mahler war jüdischer Herkunft und 1897 zum Katholizismus konvertiert – geprägt von einer tiefen Religiosität.

> Mahlers Vorstellung eines als Liebe verstandenen Gottes und, damit eng zusammenhängend, seine Überzeugung, dass die menschliche Existenz nicht mit dem Tode ende, sondern dass dieser durch die Liebe transzendiert und gleichsam aufgehoben werden könne, befinden sich im Mittelpunkt seiner geistigen Welt und bilden den gedanklichen Hintergrund eines Großteils seiner Kompositionen, ja, in vielen Fällen stellen sie deren wichtigste Botschaft dar.[29]

Neben der symbolischen Bildlichkeit mag ihn auch die ideelle Nähe von Rückerts Lyrik zur arabischen und fernöstlichen Philosophie fasziniert haben – eine gleichsam philosophische Affinität, die über das Bindeglied *Zend-Avesta* (1851), einem Buch des Naturphilosophen Gustav Theodor Fechner über die „Dinge des Himmels und des Jenseits vom Standpunkt der Naturbetrachtung", vermittelt und bestärkt wurde.[30]

Über Strauss' Verhältnis zur Lyrik Friedrich Rückerts ist weitaus weniger bekannt. Allein ein Aufsatz findet sich zu diesem Thema. Karl Schumann fasst darin zusammen:

> Rückert-Vertonungen datieren aus vier Jahrzehnten im Leben des Komponisten, von den Jahren der frühen Meisterschaft bis ins Greisenalter. Kein Dichter außer dem freilich mehr studierten als vertonten Goethe hat Richard Strauss so permanent begleitet wie Friedrich Rückert, der offensichtlich für Strauss einen so selbstverständlichen, stets verfügbaren Besitz darstellte, daß er ihn in nur einer einzigen kurzen Briefstelle würdigte.[31]

Strauss war von früh an mit Rückerts Lyrik vertraut. Seine früheste Vertonung dieser Lyrik datiert auf das Jahr 1898, in dem er die *Hymne* für gemischten Chor a capella op. 34,2 schuf. In demselben Jahr komponierte er die *Vier Lieder* op. 36, deren letztes die Vertonung von Rückerts Gedicht

---

[29] Alexander Odefey: „... von Gottes Hand bedecket". Mahlers *Kindertotenlieder* als Ausdruck seiner Religiosität. In: Ulrich Tadday (Hg.): Gustav Mahler: Lieder. München 2007 (Musik-Konzepte, N. F. 136), S. 77-94, hier S. 79.

[30] Vgl. Jens Malte Fischer: Das klagende Lied von der Erde. Zu Gustav Mahlers Liedern und ihren Texten. In: ders.: Jahrhundertdämmerung. Ansichten eines anderen Fin de siècle. Wien 2000, S. 101-106, sowie Peter Russell, Light in Battle with Darkness (Anm. 24), S. 52.

[31] Karl Schumann: Richard Strauss vertont Friedrich Rückert. In: Christoph-Hellmut Mahling/Ruth Seiberts (Hg.): Walter Wiora zum 90. Geburtstag. Tutzing 1997 (Mainzer Studien zur Musikwissenschaft, 35), S. 417-425, hier S. 425.

Anbetung ist. Weitere Rückert-Vertonungen folgten, v.a. als Chorkompositionen, wie die *Deutsche Motette* op. 62 für Chor a capella, ferner auch in den Gattungen Klavier- und Orchesterlied, wie das hier im Blickpunkt stehende, 1899 entstandene Lied *Nächtlicher Gang* op. 44,2 für Bariton und Orchester, das mit dem Lied *Notturno* (der Vertonung eines Gedichts von Richard Dehmel) die *Zwei größeren Gesänge* op. 44 bildet und am 3. Dezember 1900 im Richard-Wagner-Vereinskonzert mit den Berliner Philharmonikern in Berlin uraufgeführt wurde.[32] Bei der erwähnten Briefstelle handelt es sich um eine Passage aus einem Brief an seinen Librettisten Hugo von Hofmannsthal vom 27. Mai 1911:

> Sie kennen vielleicht meine Vorliebe für Schillersche Hymnen und Rückertsche Schnörkel. Sowas regt mich zu formalen Orgien an, und die müssen hier herhalten, wo das Innere der Handlung einen kalt läßt. Eine schwungvolle Rhetorik kann mich genügend betäuben, um mich über nicht Interessantes glücklich hinwegkomponieren zu lassen.[33]

Der Kontext dieser Briefstelle lässt den Schluss zu, dass es sich „hier" um das zum damaligen Zeitpunkt zur Diskussion stehende Projekt der *Josephslegende* handelt, und daher zwar nicht die negativen Wertungen, sehr wohl aber die „schwungvolle Rhetorik" auf die besagten Werke Schillers und Rückerts zu beziehen sind. Ob auch Rückerts Gedicht *Nächtlicher Gang* Strauss zu „formalen Orgien" anregte, wird die Analyse zeigen.

Nun seh' ich wohl, warum so dunkle Flammen
    Ihr sprühet mir in manchem Augenblicke,
    O Augen, gleichsam um in einem Blicke
    Zu drängen eure ganze Macht zusammen.

Dort ahnt' ich nicht, weil Nebel mich umschwammen,
    Gewoben vom verblendenden Geschicke,
    Daß sich der Stral bereits zur Heimkehr schicke
    Dorthin, von wannen alle Stralen stammen.

Ihr wolltet mir mit eurem Leuchten sagen:
    Wir möchten nah dir immer bleiben gerne,
    Doch ist un[s] das vom Schicksal abgeschlagen.

Sieh recht uns an! denn bald sind wir dir ferne.
    Was dir noch Augen sind in diesen Tagen,
    In künft'gen Nächten sind es dir nur Sterne.

---

[32] Vgl. Franz Trenner (Hg.): Richard Strauss Werkverzeichnis. Wien [2]1999, S. 182.
[33] Briefwechsel Strauss – Hofmannsthal. Hg. von Willi Schuh. Zürich/Freiburg im Breisgau [5]1978, S. 124.

Das von Mahler vertonte Gedicht ist das 69. der in einem „beispiellose[n] Trauerritual"[34] über den Tod seiner zwei Kinder 1833/34 entstandenen, vollständig aber erst 1872 posthum veröffentlichten 421 *Kindertodtenlieder*.[35] Es handelt sich um ein Sonett, dessen Quartette jeweils den Blockreim abba und dessen Terzette den Kreuzreim cdc dcd aufweisen. Der Binnenreim bb innerhalb des umarmenden Reimes a-bb-a ist ein quasi-identischer Reim; das identische Wort „Blick" geht im einen Fall im Kompositum „Augen-Blick" auf, im anderen Fall unterscheiden sich beide Wörter lediglich durch die Vorsilbe („Ge-schicke"), die hier zur Änderung der Wortart führt. Die Identität der Reimworte auf der letzten und vorletzten Silbe sorgt innerhalb der Quartette für eine starke Verstrebung zwischen den Versen. Das Metrum ist ein jambischer Fünfheber, wie er für das deutschsprachige Sonett in Abwendung von der romanischen Sonett-Tradition gebräuchlich ist. Es ist durchgehend regelmäßig mit weiblicher Kadenz und deckt sich mit dem Wortakzent. Einzig in V. 8, dem letzten Vers des Aufgesangs, entsteht eine leichte Irritation im Lesefluss dadurch, dass das erste Wort dieses Verses „dorthin" gegen seinen natürlichen Akzent betont ist, da das jambische Versmaß die Senkung auf die zweite Silbe legt. Das Wort „dorthin" erfährt so eine Dynamisierung, erhält einen Impuls auf ein Ziel hin, der die Semantik des Wortes auf der taktilen Ebene verstärkt.

Der Blick auf das Sprachmaterial des Gedichts zeigt – neben einem auf Neologismen und Archaismen verzichtenden, beinahe nüchtern-prosaischen Duktus – eine auffällige Absenz von Attributen, mit der eine Häufung von Prädikaten und flektierten Pronomina einhergeht. Die Prädikate erscheinen zumeist in ihrer aktivischen Form; dies erzeugt eine Dynamik, die in einem Spannungsverhältnis zur metrischen Ausgeglichenheit des Gedichts steht. Die zahlreich eingesetzten Pronomina sind Ausdruck der gleichsam strophenweise durchdeklinierten Bezüglichkeit zwischen dem lyrischen Ich des Gedichts und den in V. 3 in einer Exclamatio apostrophierten „Augen", die als pars pro toto die Kinder des lyrischen Ichs vorstellen.[36] Die Verteilung der Pronomina ent-

---

[34] Peter Horst Neumann: Rückerts Wiederkehr in Mahlers Musik. In: Merkur 60/1 (2006), S. 124-132, hier S. 131.

[35] Friedrich Rückert: Kindertodtenlieder und andere Texte des Jahres 1834. Bearb. von Hans Wollschläger und Rudolf Kreutner (Schweinfurter Edition), S. 91. In der zitierten Gedichtausgabe steht in V. 11 fälschlicherweise „Doch ist und das...". Mahler liest diesen Vers ebenfalls in der richtigen Weise.

[36] Allerdings können die Augen auch als das Augenpaar eines einziges Kindes aufgefasst werden. Vor dem Hintergrund der Tatsache, dass der Tod *zweier* Kinder Rückert zur Dichtung der *Kindertodtenlieder* veranlasste und im Hinblick auf die

spricht dem inhaltlichen Fortgang, wie die folgende Aufzählung verdeutlicht. Das erste Quartett präsentiert den wechselseitigen Bezug zwischen dem Ich und den Augen der Kinder: ich–ihr–mir–ihr [= O Augen!]–eure. Das zweite Quartett ist der unruhigste Formteil. Neben der bereits erwähnten Verschiebung des Wortakzents weist es einen hypotaktischen Satzbau auf, während die übrigen Strophen allesamt parataktisch geprägt sind. Hier ist das lyrische Ich emotional in besonderem Maße involviert, die Bezüglichkeit zu den Kindern weicht einer monomanischen Auseinandersetzung des Ichs („ich" und „mich" sind denn auch die einzigen Personalpronomina). Der erste Vers des folgenden Terzetts ist der inhaltliche Drehpunkt des Gedichts, gleichsam als Scharnier die Grenze zwischen Auf- und Abgesang markierend: Er bereitet die vom lyrischen Ich imaginierte Rede der Augen bzw. Kinder vor, die bis an das Ende des Sonetts reicht. Da die Kinder nun eine (fiktive) Stimme erhalten, entfällt, wie kaum eigens betont werden muss, ab V. 10 die zuvor gebrauchte Anrede „ihr" bzw. „euer". Das erste Terzett zeigt eine in ihrer Symmetrie faszinierende Komplementarität zwischen dem lyrischen Ich und den Kindern: „ihr–mir–[eurem]–wir–dir". Sie offenbart den vermeintlich beiderseitigen Wunsch nach einer Aufhebung der durch den Tod der Kinder herbeigeführten zeitlichen und räumlichen Distanzen, der letztlich, da das lyrische Ich die Rede der Kinder nur imaginiert, doch bloß einseitiger Natur ist. Bemerkenswert ist hierbei, mit welcher Gewissheit das lyrische Ich die Rede als real imaginiert und die Kinder damit als real aufruft, obschon die Rede vielmehr als Gedankenspiel, ja als Ausflucht einer von Trauer bewegten Phantasie aufzufassen ist.[37] Der Wahrnehmungsverlust ist die Folge des Sträubens gegen den Verlust der geliebten Kinder, und dieses Sträuben kann, laut Sigmund Freud, „so intensiv sein, daß eine Abwendung von der Realität und ein Festhalten des Objekts durch eine halluzinatorische Wunschpsychose zustande kommt."[38]

In der Rede der Kinder wird das lyrische Ich fünfmal angesprochen (darunter einmal im Imperativ), in den letzten beiden Versen zweimal, während das letzte „Wir" der virtuell Redenden bereits in V. 12 erschienen war. Die Kinder entfernen sich sukzessive vom lyrischen Ich und sind

---

einnehmende Geste des „Wir" in den letzten fünf Versen des Gedichts gehe ich von zwei imaginierten Kindern aus.

[37] Der Konjunktiv erscheint hier ohne das ihn markierende „als", so dass „Ihr wolltet" ebenso als Indikativ Präteritum gelesen werden kann.

[38] Sigmund Freud: Trauer und Melancholie. In: Sigmund Freud: Gesammelte Werke. Chronologisch geordnet. Hg. von Anna Freud und Marie Bonaparte. Bd. 10: 1913-1917. Frankfurt/Main [8]1991, S. 430.

schließlich, in der Imagination des lyrischen Ichs, ins Sternbild entrückt.[39] Dieser einseitige Entfernungsvorgang vollzieht sich auch auf der Ebene der Tempora. Der einleitende Vers des Gedichts markiert die Gegenwart des reflektierenden Ichs und stellt zugleich das Ergebnis eines Erkenntnisprozesses dar: „Nun seh' ich wohl". Darauf folgt im ersten und zweiten, jeweils mit einer Erklärung anhebenden Quartett („warum" in V. 1, „weil" in V. 5) der Rückblick in die Vergangenheit, auf eine Zeit, in der die Kinder noch lebten. Das sich im zweiten Quartett herauskristallisierende Bewusstsein von der damals nicht wahrgenommenen und erst nach dem Tod als Erklärung für ihr frühzeitiges Ableben herangezogenen, nicht weiter ausgeführten Todesnähe der Kinder – einschließlich der als Selbstvorwurf zu verstehenden Äußerung „Dort ahnt' ich nicht" (V. 5) – ist der Grund für die emotionale Bewegtheit des lyrischen Ichs, die, wie gezeigt wurde, in der formalen Gestaltung nachschwingt. Die Erkenntnis, dass sich die Kinder damals bereits „zur Heimkehr schick[t]en" (V. 7), war dem lyrischen Ich in besagtem „manchen Augenblicke" (V. 2), der unwiderruflich vergangen ist, noch versagt. Die scheinbar an das lyrische Ich gerichtete Rede der Kinder in V. 10-14 stellt mittels des futurischen Präsens den Bezug zu einer Zukunft her, die als die in V. 1 vorgestellte Gegenwart zu verstehen ist. Die in V. 2-8 geschilderten Vorgänge beinhalten die Deutung dessen, was ihm zu Lebzeiten der Kinder, in der Vergangenheit, unbewusst geblieben war. So kommt es zum Paradoxon einer Vorausdeutung im Nachhinein: Das lyrische Ich ahnt nun, was bereits geschehen sein wird.

Rückerts Gedicht stellt innere Vorgänge dar: Trauer, Erinnerung, Erkenntnis. In einem sonderbar verwickelten Vorgang wendet sich der Blick nach innen, um sich von dort auf eine aus dem Innern illuminierte, erinnerte Außenwelt zu richten. Weder die räumliche und zeitliche Entfernung noch der wiederum mit dieser verbundene und seinerseits an eine komplexe Chronologie gekoppelte Erkenntnisvorgang ist von der Lichtmetaphorik zu trennen, die in Rückerts Gedicht prominent ausgeführt ist. Sie impliziert die primär visuelle Wahrnehmung des lyrischen Ichs. Entscheidende Voraussetzung für die im Nachhinein sich einstellende Erkenntnis von der Sterblichkeit, ja bedrohlichen Todesnähe der Kinder ist

---

[39] Die Verwandlung von Menschen, Tieren oder Gegenständen in „unsterbliche Sternbilder" ist ein Topos, der sich in Ovids *Metamorphosen* ebenso findet wie in Homers *Ilias*, wo allerdings weniger die Helden selbst als vielmehr ihre Taten an den Sternenhimmel entrückt werden. Intendiert ist dabei immer die Verewigung sterblicher Menschen oder vergänglicher Handlungen im Sternbild, dem „Symbol der Universalität und des Ewig-Gültigen". Vgl. Günter Butzer/Joachim Jacob (Hg.): Metzler Lexikon Literarischer Symbole. Stuttgart 2008, S. 370.

die Trübung der Wahrnehmung der im „Augenblick" der Vergangenheit stattfindenden Vorgänge durch die „Nebel" des „verblendenden Geschicke". Aus dem von Vokabeln der visuellen Wahrnehmung und des Lichts dominierten Wortschatz sticht das Oxymoron „dunkle Flammen" markant heraus. In seiner paradoxalen Beschaffenheit kristallisiert sich die komplexe chronologische Struktur des Gedichts. Zum vergangenen Zeitpunkt war dem lyrischen Ich die Bedeutung der „Flammen" noch buchstäblich „dunkel"; ihre Bedeutung als Ausdruck einer geheimen Verbundenheit der Kinder mit der Quelle des Lichts erschließt sich ihm erst später. Die zunächst „dunklen Flammen" werden zu ‚leuchtenden Sternen'. Dieser kosmologische Entwurf zeichnet sich nach im metaphorisch zu verstehenden Gang des Lichts: Von der Dunkelheit des irdischen, damit alltäglich-banalen und vergänglichen Lebens hin zum Licht des ewigen Lebens.[40] Darin liegt für das lyrische Ich und damit wohl auch für das empirische Ich des trauernden Dichter-Vaters ein Trost: der Tod ist Licht; die Kinder sind dorthin zurückgekehrt, „von wannen alle Stralen [sic] stammen" (V. 8).

Nächtlicher Gang

Die Fahnen flattern
  Im Mitternachtsturm;
Die Schiefern knattern
  Am Kirchenturm;
Ein Windzug zischt,
Die Latern' verlischt –
Es muß doch zur Liebsten gehn!

Die Totenkapell'
  Mit dem Knochenhaus;
Der Mond guckt hell
  Zum Fenster heraus;
Haußen jeder Tritt
Geht drinnen auch mit –
Es muß doch zur Liebsten gehn!

Der Judengottsacker
  Am Berg dort herab;
Ein weißes Geflacker
  Auf jedem Grab;
Ein Uhu ruft
Den andern: Schuft –
Es muß doch zur Liebsten gehn!

---

[40] Dieser Vorgang entfaltet sich auch auf der klanglautlichen Ebene zwischen den beiden Polen „warum so dunkle Flammen" mit seinen überwiegend dunklen, und „denn bald sind wir dir ferne" mit seinen überwiegend hellen Vokalen.

Drüben am Bach
   Auf dem Wintereis,
   Ein Geplatz, ein Gekrach,
   Als ging dort, wer weiß;
   Jetzt wieder ganz still;
   Laß sein, was will –
   Es muß doch zur Liebsten gehn!

Am Pachthof vorbei;
   Aus dem Hundehaus
   Fahren kohlschwarz zwei
   Statt des einen heraus,
   Gähnen mich an
   Mit glührotem Zahn –
   Es muß doch zur Liebsten gehn!

Dort vor dem Fenster,
   Dahinter sie ruht,
   Stehn zwei Gespenster
   Und halten die Hut;
   Drin schläft die Braut,
   Ächzt im Traume laut –
   Es muß doch zur Liebsten gehn!

Das von Strauss vertonte Gedicht *Nächtlicher Gang* stammt aus dem 1811-1815 entstandenen „Fünften Buch" von Rückerts *Jugendliedern in sechs Büchern*.[41] Es steht in einem überaus reizvollen Kontrastverhältnis zu dem von Mahler vertonten *Kindertodtenlied*. An dieser Stelle soll nun aber kein Gedichtvergleich erfolgen, sondern *Nächtlicher Gang* vielmehr autonom betrachtet werden. Rückerts Gedicht ist ein Stück Schauerlyrik, direkt in seiner Darstellung und formal einfach gestaltet. Es gliedert sich in fünf Strophen, deren Versmaß unregelmäßig ist. Das Reimschema setzt sich durchgehend aus einem Kreuzreim und einem Paarreim zusammen, auf die in jeder Strophe unverändert der letzte Vers folgt, der mit acht Silben der längste ist und kein Reimäquivalent hat, wodurch er dem Vorherigen unverbunden und fremd gegenübersteht. Er bildet den ostinaten Zielpunkt jeder Strophe. Die Verse sind, mit Ausnahme des letzten, mit höchstens drei Hebungen kurz und kleingliedrig. Ihre Kurzatmigkeit evoziert die Gehetztheit eines Gangs durch die Nacht. Das durchgängig verwendete Präsens sorgt ebenso wie das Vokabular für eine starke Plastizität der Schilderungen. Vorherrschend sind Verben, denen eine Dynamik immanent ist, die Bewegung evozieren und sich auf ein Gegenüber beziehen und die sich erst in der letzten Strophe gleichsam

---

41   Friedrich Rückert: Werke in sechs Bänden. Hg. von Conrad Beyer. Bd. 2, Abt. 1: Lyrik. Leipzig [o. J.], S. 123f.

beruhigen. Im Unterschied hierzu entfalten die Verben in der ersten Strophe v.a. eine onomatopoetische Qualität (wie auch „ein Geplatz, ein Gekrach" in der vierten Strophe). Der Wortschatz enthält einfache Wörter, die zumeist dem naturhaft-elementaren Bereich entstammen („Mond", „Berg", „Bach"), und bildhafte, ja drastische Ausdrücke wie „Totenkapelle", „Judengottsacker" und „mit glührotem Zahn".

Das Geschehen ist rasch wiedergegeben: Das lyrische Ich streift um Mitternacht auf dem Weg zu seiner Geliebten durch eine ländliche Landschaft und Siedlung.[42] Die Wahrnehmung des lyrischen Ichs, das kein einziges Mal als ein „Ich" hervortritt, sondern sich erst in der fünften und vorletzten Strophe indirekt im „mich" zu erkennen gibt, ist aufgrund der Dunkelheit primär visuell. Die Nacht birgt, in der Wahrnehmung des lyrischen Ichs, „unheilbringende[ ] Geschöpfe", ist hier „Symbol des Todes und der Gottesferne, des Verderbens und Unheils".[43] Denn Rückert arrangiert Versatzstücke der Schauerromantik: Zuvorderst die oft mit magischen Erscheinungen konnotierte Tageszeit Mitternacht, die gespenstische Szenerie eines nächtlichen Friedhofs und des „Judengottsackers", auf dessen Gräbern es geisterhaft flackert, der seit jeher mit Unheil und Hexerei assoziierte Schrei des Uhus, der gleichsam zu zwei ‚Höllenhunden' verdoppelte Wachhund und schließlich die Gespenster, welche die Geliebte des offenbar als männlich vorzustellenden lyrischen Ichs zu bewachen scheinen. Das auf seinem Weg Wahrgenommene möchte es möglichst rasch hinter sich lassen, sich selbst bestärkend und seine Angst beschwichtigend mit der obsessiv insistierenden Beschwörungsformel, in die jede Strophe mündet: „Es muß doch zur Liebsten gehn!" Seinem zielgerichteten Weg entspricht die lineare Chronologie des Gedichts. Am Ende hat das lyrische Ich sein Ziel, die Geliebte, jedoch immer noch nicht erreicht; auch die letzte Strophe endet damit, dass es weiter zur Liebsten gehen müsse.[44]

Die in seiner Wahrnehmung manifesten visuellen und auditiven Erscheinungen erfahren keine rationale Auflösung oder Erklärung, weder

---

[42] Sein Ausgangspunkt bleibt unbestimmt. Die Nähe zu Kirche und Friedhof legt nahe, dass es sich am Rand einer Siedlung befindet oder gar außerhalb von ihr, möglicherweise, abgeleitet von den „flatternden Fahnen", in einem herrschaftlichen Gebäude; für diese Annahme spricht auch der zwischen Friedhof und Pachthof fließende Bach und die mit ihm assoziierte Naturszenerie von Feld und Wald.

[43] Butzler/Jacob (Hg.), Metzler Lexikon Literarischer Symbole (Anm. 39), S. 244f.

[44] Die „Gespenster", so darf gemutmaßt werden, halten entweder das lyrische Ich von einer Annäherung an die Geliebte schlussendlich ab oder fordern es geradezu heraus, die Geliebte zu beschützen bzw. zu befreien.

explizit seitens des lyrischen Ichs noch implizit durch relativierende, aus dem Kontext zu entschlüsselnde Hinweise. Das lyrische Ich nimmt sie als gegeben hin und sucht sich selbst mit dem Ausspruch: „Laß sein, was will." (V. 27) vordergründig zu beruhigen. Die Erscheinungen, die zunächst als der Wahrnehmung fremde Irritationen aufgefasst werden, integriert es sukzessive in die – seine – Realität.[45] Sein Blick ist angstvoll nach außen gerichtet. Die akustischen und visuellen Erscheinungen können als Projektionen einer verängstigen Phantasie angesehen werden, in der Außenwelt und Innenwelt in einer Wechselwirkung zueinander stehen. Zum einen verängstigen die einsame nächtliche Szenerie und die alles andere als wirtlichen Orte, an denen sein Weg entlangführt, das lyrische Ich: „Als typische Auslöser der Angst gelten unter bestimmten Bedingungen Dunkelheit [...], aggressive Szenen [...], manche Tiere sowie unbekannte Geräusche."[46] Als Folge der Angst kommt es zu Irritationen der Wahrnehmung. Zum anderen ist nicht auszuschließen, dass das lyrische Ich bereits am Beginn seines „Nächtlichen Gangs" übermäßig sensibiliert und für realitätsverfremdende Eindrücke empfänglich ist, denn „[o]b und in welcher Stärke bestimmte Ereignisse Angst auslösen, ist [...] von der allgemeinen Bereitschaft, ängstlich zu sein, abhängig."[47] Die Außenwelt wirkt auf die Innenwelt des lyrischen Ichs ein und diese wiederum bedingt die Wahrnehmung der Außenwelt. Je ängstlicher es ist, desto mehr neigt es zu halluzinatorischen Vorstellungen, die es als bedrohlich wahrnimmt.[48]

---

45 Ausgehend von der empirisch erfahrbaren Wirklichkeit der diesseitigen Menschenwelt in der ersten Strophe imaginiert das lyrische Ich in der zweiten offenbar noch eigenständig, d.h. ohne eine äußerliche Suggestion das akustische Phänomen von Schritten im „Knochenhaus". Das „weiße Geflacker" erhält seine mögliche Bedeutung als Geistererscheinung durch seinen Kontext („Auf jedem Grab"), wodurch das lyrische Ich es nicht zu semantisieren braucht (während es so mit dem Ruf des Uhus verfährt, dessen Klang es als „Schuft" interpretiert). Nachdem es in den Strophen 2 und 3 die gleichsam jenseitige Menschenwelt gestreift hat, kommt es an der nur akustisch belebten Natur des zugefrorenen Bachs entlang, wo es das „Geplatz und Gekrach" sogleich auf eine dort gehende, nicht sichtbare Gestalt bezieht. In den letzten beiden Strophen weichen die zuvor auditiven und visuellen, letztlich aber nicht fassbaren Wahrnehmungen konkret-materiellen: Die Hunde, die in ihrer Realität eine ernsthafte Bedrohung darstellen, nimmt das lyrische Ich sehend und wohl auch hörend wahr; vor dem Haus der Geliebten sieht oder hört es nicht, wie zuvor, ein Phänomen, das erst noch zu deuten wäre, sondern es bezeichnet das Gesehene konkret und mit irritierender Gewissheit als „Gespenster".

46 Wolfgang Tunner: Art. „Angst". In: Gerd Wenninger (Hg.): Lexikon der Psychologie in fünf Bänden. Bd. 1. Heidelberg/Berlin 2000, S. 83.

47 Ebd., S. 82.

48 Eine weitere Lesart sieht in der Schilderung des lyrischen Ichs ein Traumgeschehen: Träumt es, wie seine Geliebte, nur einen bösen Traum?

Gemeinsamkeiten und Unterschiede

Die Interpretation der Gedichte hat einige Gemeinsamkeiten, mehr noch aber signifikante Unterschiede aufgezeigt. Das lyrische Ich ist in beiden Fällen monomanisch, ihm haftet etwas Pathologisches an. Ein konkretes Gegenüber gibt es nicht, sehr wohl aber eine Bezugsperson. Diese verbleibt jedoch in einer vagen Vorstellung und ist für das lyrische Ich unerreichbar: In *Nun seh' ich wohl...* sind die Kinder nicht *mehr* anwesend, in *Nächtlicher Gang* ist die Geliebte *noch* nicht anwesend. Die visuelle Wahrnehmung – auch als erinnerte – herrscht vor. Diese Wahrnehmung ist gestört, zum einen durch die Trauer über den Verlust der Kinder (durch die „Nebel des verblendenden Geschicke"), zum anderen durch die Angst. Beide Gedichte reichen in eine jenseitige Sphäre hinein, die in dem von Mahler vertonten Gedicht spirituell-religiös verstanden ist, während sie in *Nächtlicher Gang* einen äußerlichen Effekt intendiert. Letzteres weist exakt dreimal so viele Verse auf wie sein Gegenüber (42 zu 14 Verse).

Das von Mahler vertonte Gedicht stellt einen nüchtern-abstrakten Wortschatz und Gestus vor, der gerade dadurch einen hohen Gefühlsgehalt aufscheinen lässt, während das von Strauss vertonte Gedicht auf die plastische, direkte emotionale Wirkung zielt. Der introvertierte Gestus des ersten und der extrovertierte Gestus des zweiten Gedichts sind damit verknüpft. *Nun seh' ich wohl...* stellt ein inneres, *Nächtlicher Gang* ein primär äußeres Erleben vor. Dementsprechend ist der Blick des lyrischen Ichs im ersten Gedicht nach innen, im zweiten nach außen gerichtet. Ein fingierter Wechsel der sprechenden Instanz, der das vom lyrischen Ich imaginierte Gegenüber zu Wort kommen lässt, findet sich in *Nächtlicher Gang* nicht. Die Chronologie ist in *Nun seh' ich wohl...* retrospektiv verschachtelt, in *Nächtlicher Gang* hingegen einfach und linear. Im ersten Gedicht kommt der Entfernung in Zeit und Raum eine große Bedeutung zu, im zweiten der Annäherung. In *Nun seh' ich wohl...* durchläuft das lyrische Ich einen chronologisch komplexen Erkenntnisprozess, in *Nächtlicher Gang* fehlt ein solcher, die Erscheinungen werden nicht rational aufgelöst. Die Lichtmetaphorik, damit verknüpft, zeigt im ersten Gedicht eine Aufhellung, während im zweiten Gedicht die Dunkelheit vorherrscht.

Es kann im Folgenden nicht darum gehen, die hier herausgearbeiteten Aspekte allesamt in der Vertonung ‚wiederfinden' und interpretieren zu wollen. Ein solch induktives Vorgehen implizierte, dass die Ergebnisse der Gedichtanalyse nicht nur Eingang in die Vertonung gefunden haben, sondern auch gleichsam kongruent auf das Lied übertragbar seien. Doch weder das eine ist der Fall – wie ja auch der Komponist seinerseits Aspekte gewichtet, welche die Analyse nicht erfasst – noch das andere, da die Übertragung außermusikalischer Phänomene auf die Musik ein komplexer Vorgang ist, der nicht auf vordergründige Analogien reduziert werden sollte. Daher wird im Rahmen dieser Arbeit keine umfassende Analyse des jeweiligen Liedes vorgelegt. Vielmehr sucht die gewählte Vorgehensweise Aussagen über die musikalische Umsetzung von Aspekten der Wahrnehmung bzw. deren Störung sowie über den Zugriff, mit welchem Mahler und Strauss jeweils das Gedicht vertonen, zu treffen, indem bestimmte Parameter des Liedes in Schlaglichtern beleuchtet werden.

Nun seh' ich wohl, warum so dunkle Flammen – *Instrumentation und Form*

Die Instrumentation ist in Mahlers Lied[49] „rein kammermusikalisch zur Verdeutlichung der Satztechnik unter Anwendung gewisser koloristischer Mittel angelegt".[50] Die kammermusikalische Besetzung evoziert eine Intimität, die den introvertierten Gestus des Gedichts musikalisch adäquat zum Ausdruck bringt. Allerdings ist der „Begriff ‚kammermusikalisch' [...] nicht im Sinne von solistischer Besetzung pro Part, sondern vielmehr als Reduktion des normalen Orchesterapparats sowie als stärkere Individualisierung der einzelnen Instrumentalstimmen zu verstehen."[51] Mahler selbst schrieb an Strauss im Mai 1905 im Zusammenhang mit der Uraufführung seiner *Kindertotenlieder* und vier seiner *Rückert-Lieder*, die im Januar desselben Jahres stattgefunden hatte, und im Hinblick auf eine bevorstehende Aufführung: „Nicht eine ‚künstlerische Sonderstellung' wünsche ich! Das wäre ein großes Misverständniß [sic] Ihrerseits. Nur einen <u>kleinen Saal</u> für meine im <u>Kammermusik</u>ton gehaltenen Gesänge."[52] Die Vertonung vermeidet die große Geste, die Spielanweisung lautet „ruhig, nicht schleppend"; die dynamischen Vorzeichnungen sind vorwiegend *piano* und *pianissimo* selbst dort, wo emotionale Ziel- und Höhepunkte gestaltet sind, wie etwa in Takt 66 bei dem Wort „Sterne".

---

49 Gustav Mahler: Kindertotenlieder für eine Singstimme mit Orchester. In: ders.: Sämtliche Werke. Kritische Gesamtausgabe. Bd. 14, Teilbd. 3. Wien 1979.

50 Volker Kalisch: Bemerkungen zu Gustav Mahlers *Kindertotenliedern* – dargestellt am Beispiel des zweiten. In: Muzikološki Zbornik – Musicological Annual 16 [1980], S. 31-50, hier S. 44.

51 Revers, Mahlers Lieder (Anm. 25), S. 46. – Mahler komponierte die *Kindertotenlieder* zunächst für Singstimme und Klavier.

52 Briefwechsel Mahler – Strauss (Anm. 7), S. 95. Die Unterstreichungen stammen von Mahler.

Mahlers Lied lässt keine eindeutige Form erkennen. „Der Versuch, Analogien zwischen der Form des Gedichts und des komponierten Liedes zu verfolgen [...] ergibt, daß den Strophen des Gedichts, obwohl 4- und 3-Zeiler, etwa jeweils die gleiche Anzahl Takte Musik zugeordnet ist (Strophenform)."[53] Dies liegt an der Augmentation der Notenwerte im Abgesang. Die musikalische konfiguriert die sprachliche Struktur insofern um, als die Vertonung nicht zwischen den Strophen, sondern zwischen Aufgesang und Abgesang unterscheidet. Denn Mahler augmentiert die vokale und instrumentale Strukturschicht, mit einer signifikanten Ausnahme, im gesamten Abgesang. Im Gegensatz zur Gedichtvorlage sticht das zweite Quartett in Mahlers Lied nicht als der unruhigste Formteil hervor. Vielmehr wird es durch Kontrast zwischen Auf- und Abgesang, den die Vertonung herausstellt, dem ersten Quartett angeglichen. Die Vierteln und Achteln, die in den Quartetten vorherrschen, sind in den Terzetten zu getragenen Vierteln und Halben augmentiert. Die Linie des in den Takten 35-37 noch während des Gesangs solistisch hervortretenden Cellos nimmt auf den Beginn des Liedes Bezug. Diese drei Takte, in denen der Satz reduziert ist, verknüpfen Auf- und Abgesang miteinander. Sie fungieren als ein ‚Scharnier' wie V. 9 im Sonett, der in der Vertonung diese Funktion überwiegend einbüßt. Lediglich der Paukenwirbel in den Takten 39-40 – der einzige Einsatz der Pauke im gesamten Lied – hebt diesen Vers gegenüber dem Folgenden hervor. Er wird der (virtuellen) Rede der Kinder gleichsam zugeschlagen, da er sich in seiner Metrik zwar vom Vorherigen, nicht aber vom Folgenden unterscheidet: Der als Schnittstelle zwischen Erinnerung und Imagination fungierende V. 9 und die folgende imaginäre Rede der Kinder bilden eine Einheit. Die Vertonung zielt daher nicht etwa auf einen Sprecherwechsel ab, den Kindern eine eigene Stimme verleihend, sondern betont den imaginären Charakter der Rede. So stellt das Lied deutlicher als das Gedicht heraus, dass es das lyrische Ich ist, das auch dann noch spricht bzw. singt, wenn vordergründig die Stimme der Kinder erklingt.

Die metrische Struktur des Abgesangs ist lediglich im zweiten Terzett bei „Was dir nur Augen sind in diesen Tagen" (Takte 60-62) zugunsten einer Achtelbewegung aufgebrochen. Die damit einhergehende Belebung verweist auf die in „diese[n] Tage[n]" sich abspielende Gegenwart des lyrischen Ichs im Aufgesang, von der aus es in die Vergangenheit zurückblickt. Inmitten dieser veränderten metrischen Umgebung fällt auch das Solo-Horn in den Takten 51-53 auf, da es ebenfalls eine Achtelbe-

---

53   Vgl. Kalisch, Bemerkungen (Anm. 50), S. 42.

wegung vorstellt. Diese greift nicht nur die unmittelbar zuvor erklungene Gesangslinie variierend auf, sondern stellt auch ein getreues, um eine
Quinte nach unten transponiertes Zitat der Gesangsmelodie aus den
Takten 80-100 dar, deren Text „ihr sprühet mir in manchem Augenblicke" lautet.[54] Dieser Text ist, auch wenn er nicht mehr erklingt, so doch
latent in der Reminiszenz des Horns präsent. Der (ideale) Hörer mag
sich beim Erklingen des Zitat an den zugehörigen Text erinnern. Die Erinnerung des lyrischen Ichs an ,manchen Augenblick' geht mit der des
Hörers einher.

Polyphonie und Motivik

In Mahlers Lied ist die „Polyphonie [...] das vorherrschende kompositi-
onstechnische Prinzip".[55] Polyphone Verfahrensweisen, zu denen auch
die Imitation gehört, prägen den Satz. Die Polyphonie zeigt sich besonders deutlich in den Takten 25-28 in der Gegenstimme der Oboe zum
Gesang.[56]

Nicht nur hier ist das Verhältnis zwischen Singstimme und instru-
mentaler Gegenbewegung „[v]on geradezu archaischer Prägnanz der Li-
nienführung".[57] Die Vertonung eines Verses bildet eine melodische Einheit. Diese Einheiten haben eine Länge von zwei bis fünf Takten. Sie
sind von auftaktigen Momenten, von Vorhalten und von kleinen Inter-
vallen geprägt und verlaufen zumeist linear, d.h. Sprünge und Pausen
werden vermieden.[58] „Zwar folgen diese Linien nicht unbedingt den
traditionellen Konsonanz-Dissonanz-Regeln eines zweistimmigen Kon-
trapunkts, erfüllen hingegen weitgehend die Forderungen von Stimm-
führungsregeln unter Erhalt von größtmöglicher Unabhängigkeit und
den damit eingebauten Konflikten".[59] Mahler komponiert ein dichtes
motivisches Gewebe. Volker Kalisch weist nach, dass

---

[54] Das Horn nimmt in Mahlers Partitur nicht nur Bezug auf die vokale, sondern
auch auf die instrumentale Strukturschicht. Denn zuvor, in den Takten 44-47,
zitiert das Horn die Einleitung des Cellos, das ,Kernmotiv'. Nur hier und in den
Takten 51-53 tritt das Horn solistisch hervor.

[55] Revers, Mahlers Lieder (Anm. 25), S. 96.

[56] Mahler, Kindertotenlieder (Anm. 49), S. 23.

[57] Revers, Mahlers Lieder (Anm. 25), S. 96.

[58] Die Pausen nicht innerhalb, sondern zwischen den melodischen Einheiten
„fungieren als Interpunktionen oder Gliederungselemente des Textes und
gleichzeitig als Auflichtung der musikalischen Faktur." (Kalisch, Bemerkungen
[Anm. 50], S. 41)

[59] Ebd., S. 40.

Abb. 1

alles, was thematisch-motivisch in diesem Lied geschieht, aufeinander beziehbar und aus diesen vier Anfangstakten ableitbar [ist]. Anbetracht [sic]
dieser Tatsache scheint es gewaltsam, das Liedganze in einzelne Motive oder
Themen aufzusplittern, wenn sie substantiell zusammengehören und in einem gewissen Sinne auf die ‚unendliche Melodie' abzielen; – das scheinbar

Neue ergibt sich aus der Anwendung einer Variantentechnik unter völliger Gleichberechtigung von Singstimme und Begleitung.[60]

V. Kofi Agawu spricht, wie Schönberg in Bezug auf Brahms, von einer ,entwickelnden Variation' und führt überzeugend aus, welche Variationen das vom Cello in den Takten 1-4 vorgestellte ,Kernmotiv' erfährt.[61] Mahler selbst äußerte über die Disposition des motivischen Materials in seinen *Kindertotenliedern*:

> Muster in dieser Sache [sc. dem Kontrapunkt] ist uns die Natur. Wie sich in ihr aus der Urzelle das ganze All entwickelt hat – über Pflanzen, Thiere und Menschen hinaus bis zu Gott, dem höchsten Wesen, so sollte sich auch [in] der Musik, aus einem einzigen Motiv, ein größeres Tongebäude entwickeln, aus einem einzigen Motiv, in dem der Keim zu allem, was einst wird, enthalten ist.[62]

Dieses morphologische Prinzip, das Goethes Konzept von der Urpflanze gleichsam auf die Musik überträgt, verleiht dem Lied seine innere Zusammengehörigkeit. Die polyphone Durchdringung des Satzes betont die lineare Entfaltung der einzelnen Linien in der Horizontalen des zeitlichen Verlaufs, den Verlaufscharakter in der Zeit mitunter deutlicher hervorhebend, als dies die homophone Satzart vermag, da diese den einzelnen Moment in der Vertikalen des zeitlichen Verlaufs akzentuiert. Die kompositorische Entscheidung für eine polyphone Disposition des Materials lässt sich zum Inhalt des Gedichts in Bezug setzen. Die Metamorphosen des Kernmotivs und die motivischen Verflechtungen können als ein Ausdruck der Beziehung zwischen dem Elternteil und den Kindern einerseits und zwischen den in die Gegenwart transformierten Zuständen der Vergangenheit andererseits aufgefasst werden, letztlich als Ausdruck jenes Wunsches nach Aufhebung der zeitlichen und räumlichen Distanzen, den Rückerts Gedicht so eindringlich mitteilt.

Das Kernmotiv ähnelt dem Eingangsmotivs von Wagners 1865 uraufgeführter Oper *Tristan und Isolde*.[63] Obwohl es sich hierbei nicht um ein getreues Zitat handelt, ist der Bezug offenkundig. Es scheint daher nicht zu weit gegriffen, von einer ,Tristan-Atmosphäre' zu sprechen, die Mahler mit seiner Komposition bewusst evoziert.

---

[60] Ebd.

[61] Vgl. V. Kofi Agawu: The Musical Language of *Kindertotenlieder* No. 2. In: The Journal of Musicology 2/1 (1983), S. 81-93, hier S. 85-88.

[62] Zitiert nach: Moldenhauer, Anton von Webern (Anm. 26), S. 65.

[63] Richard Wagner: Tristan und Isolde. Handlung in drei Aufzügen WWV 90. In: ders: Sämtliche Werke. Bd. 8/I. Mainz 1990, S. 1.

Abb. 2

Die in kleinen Abständen hinaufweisende Motivik assoziiert ein sehn-
suchtsvolles Drängen. Wenn man die rauschhaft-erotische Liebe, in der
die beiden Protagonisten in *Tristan und Isolde* Erlösung suchen – und
diese nur im Tod finden –, von der Assoziation, die mit der musikalischen Anspielung auf Wagners Oper einhergeht, abzieht, verbleibt das
Moment der Sehnsucht: nach dem geliebten Gegenüber, das nur im
Tod zu erreichen ist, und damit die Sehnsucht nach Erlösung durch den
Tod. In Mahlers Lied wird die erotische Liebe in die Elternliebe überführt; eine hier freilich nicht erotisch zu verstehende Zusammenkunft
vermag nur der Tod zu gewährleisten. Mahler schließt mittels eines in-
nermusikalischen Bezugs weitere Bedeutungsdimensionen auf. Die musikalische Anspielung auf Wagners Oper ordnet Mahlers Lied in einen
metaphysischen Kontext ein.

Das Moment des Wunsches und zugleich des Ausbleibens seiner Erfüllung spiegelt sich in Mahlers Lied nicht nur in der Motivik, sondern
auch in der Gestaltung der Melodie, genauer: im Tonhöhenverlauf wider. Ausgehend von der Entstehungssituation der Gedichte ist die Ver-
suchung groß, das lyrische Ich als Vater-Ich zu imaginieren. Doch Rückerts Gedicht selbst gibt keine Auskunft darüber, ob sich in ihm eine
Mutter oder ein Vater als das lyrische Ich artikuliert.[64] Der Gesang ist in

---

64 Mahlers Entscheidung, den Gesang eine Frau singen und somit eine Mutter
über den Verlust ihrer Kinder trauern zu lassen, führt zu einer Emotionalisie-
rung, die sich einem stereotypischen Geschlechterbild verdankt, das zur Zeit der
Entstehung des Liedes präsent ist und teilweise bis heute fortwirkt. Da wäre das
(oberflächliche) Moment der Verletzlichkeit, die bei der Frau ausgeprägter sei als

der Alt-Lage angesiedelt. Sein Ambitus reicht vom *a* bis zum *f"*. Dieser höchste Ton erklingt nicht nur in Takt 30 als Vorhalt *f"-e"* über dem Wort „schicke", sondern auch in Takt 62 über dem Wort „Tagen". Der Vorhalt drückt aus, dass das jeweils erreichte *Ziel* der Melodie – ob man es als Erfüllung oder bloß imaginierte Erfüllung eines Wunsches semantisieren mag – kein Zustand ist. Doch ist es bereits, wenn auch nur für eine kurze Dauer, erreicht worden; geradezu schmerzlich ist daher sein Ausbleiben auf dem Wort „Sternen", welches das Ziel der Sehnsucht darstellt: In Takt 66 erreicht der Gesang nur den Ton *e"*.[65]

Zeitgestaltung

Neben „O Augen" ist „dorthin" das einzige Element, das Mahler in Abwandlung der Textvorlage wiederholt.[66] Es ist in den Takten 30-32 ebenfalls gegenüber dem Gedicht hervorgehoben. Hier findet sich das einzige Tutti der Streicher und Bläser (lediglich die Pauke fehlt). Die instrumentale Strukturschicht stellt in diesen beiden Takten ein Motiv vor, das aus einem sequentiell absteigenden und ineinander veschlungenden Tritonusabstieg besteht und in den Takten 62-64 bei dem Text „in künft'gen Nächten" nicht nur im Orchester, sondern auch im Gesang erklingt. Die zeitliche Dimension von „in künft'gen Nächten" wird mit der räumlichen Dimension des „dorthin" verknüpft. Diese Verknüpfung ist in der Zeitkunst Musik nicht anders möglich als durch einen Verweis auf Vergangenes, auf bereits Erklungenes im hörpsychologischen Akt des Erinnerns. Bei der späteren Präsentation des Motivs ist

---

beim Mann; v.a. mag das Moment der gleichsam biologischen Bindung der Frau an das verlorene Kind hineinspielen, das die Intensität der im Lied artikulierten Trauer erhöht.

[65]   Einen Vorhalt gibt es hier am Ende des Abgesangs (und damit des gesamten Gedichts) auf der letzten Silbe ebenso wenig wie am Ende des Aufgesangs in den Takten 35-36. Der jeweils erreicht Ton *h'* bzw. *e"* ist Ziel- und Wendepunkt einer aufsteigenden melodischen Entwicklung, die hernach absinkt. Doch dies sind Ausnahmen, da Mahler im Übrigen das Reimschema des Sonetts kompositorisch dergestalt umsetzt, dass jede musikalische Phrase – jeder Vers des Gedichts – mit einem Vorhalt endet. V. Kofi Agawus Ansicht, die nach unten weisende Vorhalt sei stets ein Ganzton, und der nach oben weisende Vorhalt ein Halbton, ist aufgrund der vielen Ausnahmen nicht haltbar (vgl. Musical Language [Anm. 61], S. 88).

[66]   Mahlers Eingriffe in die Textvorlage lassen sich auf metrische und semantische Erwägungen zurückführen. Sie beschränken sich auf die Hinzufügung des Wortes „voll" in V. 3, den Wegfall des Wortes „immer" in V. 10, die Umstellung von „uns" in V. 12 („Sieh uns nur an") und die Ersetzung des Wortes „noch" durch „nur" in V. 13: „Was dir nur Augen sind".

die Bedeutung des Textes, von dem es bei seinem ersten Erscheinen semantisiert wurde, latent präsent. Der gesungene Text („in künft'gen Nächten") verweist *zeitlich*, das im Erklingenden latent Anwesende („dorthin") *räumlich* auf Zukünftiges. Das im Tutti emphatisch betonte „dorthin" impliziert einen Raum, der erst in der Zukunft zu erreichen sei, einen Sehnsuchtsort, in dem Elternteil und Kind vereint sind. Im erklingenden Zugleich des Vorausblicks auf Zukünftiges auf der textimmanenten Ebene einerseits („in künft'gen Nächten") und, im Zusammenspiel von Text und Musik, dem gegenwärtigen Erinnern an einen solchen bereits stattgehabten Vorausblick andererseits („dorthin") findet die komplexe Chronologie des Gedichts ihren Ausdruck.

Aspekte der Wahrnehmung

Die von Mahler hinzugefügte Wiederholung von „O Augen" retardiert das Geschehen und bricht die vom Text vorgegebene Struktur auf. Denn durch das in Takt 15 folgende C-Dur ist die zweite Vershälfte von der ersten getrennt, erscheint die Apostrophe als dem zweiten Vers zugehörig, während sie im Gedicht den Beginn des dritten Verses markiert. Wie bereits zwischen Aufgesang und Abgesang konfiguriert die Musik die vom Text vorgebene Struktur um.[67] Das genannte C-Dur versinnbildlicht die Aufklärung des Blickes, den hellen Blick jener Augen, aus denen die ,dunklen Flammen sprühen'. Mahler bedient sich nicht nur der Harmonik, sondern auch der Instrumentation, um den Textgehalt nachzuzeichnen. So erklingen nach „sind wir dir ferne" in den Takten 58-60 nur die hohen Holzbläser und die Harfe. Die Ferne wird von der lichten, das Ätherische betonenden Instrumentation evoziert, wie übrigens auch am Ende des Liedes, wo in den Takten 71-74 Flöte und Harfe aufsteigen, ja entschweben. Vergleichbar hiermit ist der Einsatz der Instrumentation bei der Vertonung des fünften und sechsten Verses (Takte 21-28). In den Takten 26-27 setzen die Streicher aus, allein die Holzblä-

---

[67] Susanne Vill vertritt die These, diese Wiederholung habe keine „,dramaturgische' Funktion" und diene lediglich der Modulation nach C-Dur . Vgl. Susanne Vill: Vermittlungsformen verbalisierter und musikalischer Inhalte in der Musik Gustav Mahlers. Tutzing 1979 (Frankfurter Beiträge zur Musikwissenschaft, 6), S. 113. Damit legt sie den Schwerpunkt auf die Musik, welcher der Text gleichsam zu gehorchen habe, weniger auf das Zusammenspiel von Text und Musik, das sich analytisch freilich nicht immer eindeutig differenzieren lässt: Fügt der Komponist tatsächlich nur deshalb eine Wiederholung ein, um nach C-Dur modulieren zu können, oder wiederholt er den Text nicht vielmehr deshalb, weil er ihn für die Aussage des Liedes als besonders bedeutsam erachtet?

ser begleiten den Gesang. Aus ihnen tritt die Oboe hervor; ihre Linie bildet eine Gegenstimme zum Gesang just über einem Text, in dem von Verblendung, mithin einer Störung der Wahrnehmung die Rede ist: „gewoben vom verblendenden Geschicke" – die Oboenlinie lenkt die Melodie gewissermaßen ab (vgl. Abb. 1).[68]

Die Ambivalenz der Harmonik kennzeichnet das gesamte Lied. Volker Kalisch spricht zu Recht von einer „Verschleierung von Akkorden im funktionalen Zusammenhang [...]. Als harmonisch stabilisierende Elemente dagegen finden ‚Orgelpunkte' und die Auskomponierung des Quintenzirkels Anwendung."[69] Um eine Analyse der Harmonik *en détail* soll es hier jedoch nicht gehen. Vielmehr sei zusammenfassend darauf hingewiesen, dass die Harmonik zwischen der Moll- und der Dur-Sphäre changiert und klare, dominantisch bestätigte Zielpunkte fehlen. Dass von einer stringenten, mit aufeinanderfolgenden Zielpunkten durchsetzten harmonischen Prozession keine Rede sein kann, liegt nicht zuletzt auch am spezifischen Einsatz von Quartsextakkorden, die per se dominantisch auf eine Auflösung hinzielen, an signifikanten Stellen jedoch gerade nicht aufgelöst werden. Dies ist der Fall beim jeweiligen Quartsextakkord auf dem Wort „Strahlen" in Takt 34 ebenso wie bei „Leuchten" in Takt 41 und „Sterne" in Takt 66. Harmonische Schwebezustände entstehen – dort, wo zentrale Begriffe der Wahrnehmung und Lichtmetaphorik hervorgehoben sind. Darüber hinaus treten die genannten Akkorde aufgrund ihrer eindeutig bestimmbaren Tonalität (wenn auch nicht: *Funktion*) im harmonisch ambivalenten Kontext hervor; so auch der G-Dur-Akkord in Takt 29, mit dem Mahler bezeichnenderweise das Wort „Strahl" vertont. Ausgehend von dieser Beobachtung lässt sich, Agawu folgend, der im Übrigen die Harmonik auf wenige ‚Grundakkorde' reduziert, der Moll-Bereich dem trauernden Vater bzw. dem lyrischen Ich und der Dur-Bereich der Hoffnung und Sehnsucht implizierenden Lichtmetaphorik zuordnen:

> The composer is thus able to retain two levels of affective signification, one represented by the referential background minor mode suggesting the emotional condition of a bereaved father, and the other represented by the dynamic major mode which forms a correlative to those illusive moments of optimism that seem to transcend the current tragic condition.[70]

---

[68] Demgegenüber ist Volker Kalisch der Ansicht, dass in den Takten 22-28 „die ‚Nebel' sozusagen aus den Streichern in die Bläser steigen und den Blick auf die Realität freigeben." Vgl. Kalisch, Bemerkungen (Anm. 50), S. 45.

[69] Ebd., S. 39.

[70] Agawu, Musical Language (Anm. 61), S. 84.

Mahlers Vertonung von Rückerts Lied weist einen zurückgenommenen und – bei aller Differenziertheit im Detail – gleichförmigen Gestus auf, der jähe Akzente und grelle Schlaglichter scheut. Der introvertierte Charakter des Liedes, der sich aus den verschiedensten Parametern ergibt (Instrumentation, Harmonik u.a.), bringt überzeugend zum Ausdruck, dass es sich bei dem vorgestellten Text um ein innerliches Geschehen handelt, um Erinnerungen und Vorstellungen, um mentale Zustände des lyrischen Ichs mithin, die sich – auf der Textebene – nicht im Äußerlich-Realen manifestieren (wiewohl sie darin ihre Grundlage haben). Mahlers Vertonung lässt die Zustände und seelischen Schwingungen einer Wahrnehmungsinstanz erklingen, welche die äußere Realität erinnernd im Inneren zu imaginieren vermag. Die äußere Realität als Realität einer äußeren *Gegenwart* spielt hierbei allerdings nicht hinein. Anders stellt sich dies in *Nächtlicher Gang* dar.

Nächtlicher Gang – *Besetzung und Form*

Strauss schreibt eine überaus große Besetzung vor.[71] Das lyrische Ich in Rückerts Gedicht ist problemlos als männlich zu bestimmen; der Gesang ist denn auch für Bariton gesetzt.[72] Die Gattung Orchesterlied erlaubt eine enorme klangliche und satztechnische Differenzierung. Die Größe der Besetzung und die ausgedehnten zeitlichen Dimensionen verleihen Strauss' Lied einen sinfonischen Gestus und eine narrative Qualität, die der Vorlage entspricht, die ja ihrerseits ein (zumindest vordergründig) lineares Geschehen vermittelt. Daher ist hier von einem Orchester*prolog*, einem Zwischenspiel zwischen der dritten und vierten Strophe sowie einem *Epilog* die Rede. Das musikalische Geschehen ist durchsetzt mit Zielpunkten, in die Entwicklungen münden und, sofern der entsprechende Zielpunkt zweifach konnotiert ist, von denen aus Entwicklungen zugleich ihren Anfang nehmen. Diese ‚Stationenstruktur' betont den linearen Verlauf des Liedes. Die Gestik des Liedes ist geprägt von scharfen dynamischen Kontrasten und rasch aufeinanderfol-

---

[71] Die Größe der Besetzung mag mit ein Grund dafür sein, dass *Nächtlicher Gang* nur selten aufgeführt wird. Die bislang einzige Einspielung legte das Label Nightingale Classics 2000 in einer Strauss' sämtliche Orchesterlieder beinhaltenden 3-CD-Box vor, mit Bo Skovhus (Bariton) und dem Orchestre Philharmonique de Nice unter der Leitung von Friedrich Haider (LC-03323).

[72] Richard Strauss: Nächtlicher Gang. In: ders: Gesamtausgabe. Lieder. Hg. von Franz Trenner. Bd. 4: Lieder für eine Singstimme und Orchester. London 1965, S. 217-258.

genden musikalischen Charakteren. Sie ist, wie Strauss in der Spielanweisung vorschreibt, „heftig bewegt". Dies trifft auch für den mentalen Zustand des lyrischen Ichs zu, dessen innere Unruhe die Musik vermittelt.

Strauss' Lied lässt sich weder der durchkomponierten noch der strophischen Form eindeutig zuordnen. Vielmehr weist es Merkmale beider Formen auf. Konvergenzen und Divergenzen überlagern einander. Durchkomponiert ist *Nächtlicher Gang* insofern, als die melodische Gestaltung der ersten sechs Verse einer jeden Strophen jeweils unterschiedlich ausfällt und jede Strophe ihre eigene Charakteristik aufweist. Erst der Verzicht auf eine Wiederholungsstruktur des Gesangs ermöglicht eine psychologisierende Textausdeutung. Zugleich verweist jedoch gerade diese Beobachtung durchaus auf die Strophenform, die sich allerdings nicht aus der Wiederholung gleicher Strophen, sondern aus der Unterscheidbarkeit der einzelnen Strophen ergibt. Der äußere Rahmen legt die Strophenform nahe, während die Variabilität des innerhalb der Strophengrenzen Erklingenden auf die durchkomponierte Liedform verweist. ‚Formale Orgien' finden sich in Strauss' Lied demnach nicht. Die Verschiedenheit der Strophen zeigt sich auch im Hinblick auf die Kontinuität und Diskontinuität der Melodielinie, auf das Verhältnis von Vers und melodischer Einheit. So bilden in der ersten und zweiten Strophe die ersten beiden Verspaare jeweils eine musikalische Einheit, stehen die folgenden Einzelverse wie auch der Schlussvers jeweils für sich, während in der dritten Strophe der Gesang eine kontinuierliche Linie gestaltet. Beinahe ebenso ‚kompakt' ist der Gesang in der fünften Strophe, in der die mittleren fünf Verse zu einer melodischen Phrase zusammengezogen sind. Geradezu zerrissen mutet er demgegenüber in der vierten Strophe an. Ihr mit Zwischenspielen des Orchesters durchsetzter Ablauf spiegelt den mentalen Zustand des lyrischen Ichs wider: Die Wahrnehmung des Äußeren sorgt für eine Irritation, die den Fortgang der nächtlichen Wanderung beeinträchtigt. Doch es gibt auch Konstanten. Im Schlussvers jeder Strophe erklingt das ‚Annäherungsmotiv', das von Strophe zu Strophe um einen Halbton erhöht wird, so dass die Oktave *d-d'*, die das Motiv in der ersten Strophe umspannt, in der letzten Strophe in die Oktave *g-g'* transformiert ist.[73] Das Zugleich

---

[73] Die melodische Linie des Schlussverses wird ausgehend vom Text – „Es muß doch zur Liebsten gehn!" – als ‚Annäherungsmotiv' bezeichnet. Doch nicht nur der Inhalt dieses Verses sowie dessen exponierte Stellung in Rückerts Gedicht – wie ja nicht zuletzt der gesamte ‚nächtliche Gang' eine Annäherung, besser: den Versuch einer ebensolchen darstellt –, sondern auch die musikalische Gestalt

von Entwicklung und Wiederholung, das die Form des Liedes kennzeichnet, zeigt sich hier im Kleinen: Das Annäherungsmotiv kehrt wieder, jedoch variiert. Die sukzessive Steigerung des Motivs bringt das
Obsessive der Beschwörungsformel, mit der das lyrische Ich sich zu beruhigen und auf seinem Gang anzutreiben sucht, treffend zum Ausdruck.

Motivik

Im Rahmen dieser Arbeit kann nicht jedes Motiv bestimmt, semantisiert und innerhalb des Liedes lokalisiert werden. Ohnehin ist die Semantisierung musikalischer Motive nur eine begriffliche Annäherung an
ein musikalisches und damit begriffloses Phänomen. In der Sprachvertonung steht das Motiv zumeist in einem Bezug zum Text, über den es
zugleich hinausweist; es vermittelt eine ihm zugeschriebene außermusi-
kalische Bedeutung, auf die es nicht reduziert werden sollte, nicht zuletzt deshalb, weil es auch eine genuin musikalische Funktion innerhalb
der Komposition erfüllt. In *Nächtlicher Gang* erlangt das aufgrund seiner
Gestik und seines Bezugs zum Text so genannte ‚Schrittmotiv‘ eine geradezu leitmotivische Qualität, die im Folgenden dargestellt wird.[74] Es
setzt sich aus einer absteigenden Quarte und zwei aufeinanderfolgenden, ansteigenden Quinten zusammen, die bisweilen vermindert sind
wie in den Takten 9-10 (*c-g-des-a*). Das Motiv erklingt zumeist im tiefen,
seltener im mittleren Register und erstmalig in Takt 9, mit dem die bis
Takt 12 reichende Einleitung zur ersten Gesangsstrophe beginnt, und
bis Takt 14 unverändert dreimal. In den Takten 27-34 wird es gleichsam
multipliziert, es gewinnt deutlich an Profil. Denn im Gegensatz zu seinem ersten Auftreten und noch in den Takten 25-26 vor dem Beginn
der zweiten Strophe erklingt es mit dem Einsatz des Gesangs in Takt 27
im Kontrafagott, in der dritten Posaune und den tiefen Streichern nicht

---

des Motivs selbst legt diese Bezeichnung nahe. Denn das Moment der Annäherung spiegelt sich im Melodieverlauf wider: im zweifachen Aufschwingen zu
Zieltönen, deren erster stets die *übermäßige* Quinte eines Dur-Akkordes bezeichnet (wie etwa das zu *b* enharmonisch verwechselte *ais* in D-Dur, Takt 21).

[74] Eine Auseinandersetzung mit dem Begriff des ‚Leitmotivs‘, das ja eine durchaus
umstrittene Kategorie darstellt, ist hier ebenso ausgeklammert wie die Diskussion um die Frage, wann eine musikalische Gestalt als ‚Motiv‘ und wann als
‚Thema‘ zu bezeichnen sei.

nur wie zuvor auf der dritten und vierten Zählzeit, sondern überdies im Fagott um eine Achtelnote versetzt und mit einem Akzent versehen, so dass eine Echo-Wirkung entsteht: Schritte, die widerhallen. Diese ‚Nachschläge' sind mit einem Akzent versehen und stehen im *mezzoforte*, bei der um eine übermäßige Sekunde aufwärts transponierten Wiederholung in Takt 29 bereits im *forte*. In den Takten 31-34 schließlich wird das Motiv fortgeführt. Strauss verkettet das Vierton-Motiv zu einer einzigen Einheit, in welcher der harmonische Gang vom Bereich E-Dur/H-Dur über den Bereich von As-Dur/Es-Dur zurück zu E-Dur/H-Dur führt, deren Grund- und Quinttöne nun jedoch oktaviert sind.[75] In diesen vier Takten ist das Schritt-Motiv direkt auf den Text beziehbar und entfaltet hier vollends eine illustrative Qualität. Denn nicht nur erklingt es ab Takt 32, mit dem Beginn seiner Fortführung, zusätzlich zu den bereits genannten Instrumenten in den Bratschen und, um eine Achtelnote versetzt, nun auch im dritten und vierten Horn, wieder in der Posaune und im Holzinstrument, sondern überdies erst- und einmalig auch im Gesang über den hier programmatisch zu verstehenden Worten „geht drinnen auch mit" (Takte 33-34). Die ‚Nachschläge' sind also als diejenigen Schritte aufzufassen, die in der Wahrnehmung des lyrischen Ichs im Inneren des „Knochenhauses" ertönen. Dass „jeder Tritt [...] drinnen auch mit[geht]" wird im buchstäblichen Hinzu*treten* der Instrumente deutlich und, in einem seltenen Fall von ‚Augenmusik', im Notenbild sichtbar.

---

[75] Hierbei handelt es sich um Tonarten, die einander weniger fremd gegenüberstehen als es auf den ersten Blick erscheinen mag: Der Tonvorrat weist viele gemeinsame Töne wie etwa *cis/des* und *dis/es* auf, deren Identität erst die enharmonische Verwechslung freilegt.

Abb. 3

Die illustrative Qualität, welche die Musik in diesen Takten entfaltet, erwächst aus der vorherigen Präsentation und Verarbeitung des Motivs, das bis zu diesem Zeitpunkt keine Semantisierung durch den Liedtext erfahren hat, und ist das Ergebnis einer zunächst rein musikalischen Steigerung, die dann in den Dienst der Textausdeutung gestellt wird. Das Motiv illustriert nicht nur die Schritte des lyrischen Ichs, sondern auch jene Geräusche, die dieses als Bestandteil der Außenwelt wahrnimmt bzw. wahrzunehmen glaubt. Ob es hierbei um eine reale Wahrnehmung oder um eine bloße Imagination handelt, vermag die instrumentale Strukturschicht indes nicht zum Ausdruck zu bringen.

An zwei signifikanten Stellen setzt Strauss das Schrittmotiv erneut ein. Nach dem in den Takten 79-80 gesungenen Vers „als ging' dort, wer weiß" in der vierten Strophe und einem im *Pianissimo* gehaltenen Orchestersatz folgt in Takt 82 ein abrupter Registerwechsel. Nahezu jedes Instrument pausiert: Nur Pauke und Kontrafagott halten den Ton *gis* aus. Strauss komponiert die Stille aus, in die das lyrische Ich hineinhorcht. In Takt 84, zu dem im vorherigen Takt über dem Paukentriller einsetzenden ‚eigentlichen' Schrittmotiv, stellt es fest: „jetzt wieder ganz still", wobei die mittleren Worte dieses Verses gar in eine Generalpause hineinklingen. Das Schrittmotiv wird in den Takten 85-87 wiederholt und dergestalt weitergeführt, dass das zweite Glied, der Quintsprung, zweimal um einen Halbton aufwärts transponiert ist (sogleich in Takt 86 und nach einer Pause in den Takten 87-88). Der Gesang, der sich zuvor – gleichsam aus Angst vorsichtig geworden – in kleinen Intervallabständen bewegt hat, lauscht nun den Schritten, welche die Bassgruppe der Streicher in den Takten 83-86 vorstellen mögen, und weist im auffahrenden Sextsprung in Takt 87 die Wahrnehmungen, die es bedrängen, von sich. Dass das Schrittmotiv, wenn auch verkürzt, jedoch noch in den Takten 86-87 fortklingt, ist ein Indiz für den äußeren Realitätsgehalt des Wahrgenommenen. Zugleich lassen sich die von dem Motiv evozierten Schritte – v.a. deshalb, weil das Echo fehlt – als Schritte des lyrischen Ichs auffassen, das seinen Weg zur Geliebten fortsetzt. Hierbei wird die Mehrdeutigkeit und Ambivalenz der Musik deutlich, die ihrerseits einen außermusikalischen Gehalt nicht *konkret* auszudrücken, zwar etwas bedeuten, aber nichts begrifflich zu bezeichnen vermag. Sie erhält in der Gedichtvertonung ihre jeweilige Bedeutung, die weitere Bedeutungsdimensionen keineswegs ausschließt, erst aus dem Zusammenwirken mit dem Text. Die besprochenen Takte geben ein Beispiel für die enge Bezüglichkeit, die zwischen den Geschehen von Rückerts Gedicht, das der Gesang vermittelt, und der instrumentalen Strukturschicht in Strauss' Lied besteht.

Zum letzten Mal erklingt das Schrittmotiv in den Takten 155-159 und damit nur in dieser Strophe im Schlussvers.[76] Ausgehend von der

---

[76] In Takt 155 ist das Schrittmotiv dahingehend modifiziert, dass zwischen dem ersten und dem zweiten Glied ein verminderter Quint-, also ein Tritonusabstand besteht. Es erklingt in verschiedenen Registern, zunächst in den tiefen Holzbläsern und im Kontrabass, in den Takten 158-159 im mittleren Holz- und Blechregister. In den Takten 160-162 ist nur noch das erste Glied des Motivs präsent: Da die Fortsetzung fehlt, bestätigt der im Wechsel erklingende Quartfall *c-g* die erreichte Tonika c-Moll.

Deutung, dass das Motiv die Schritte des lyrischen Ichs auf seinem Weg durch die Nacht zum Ausdruck bringt – und, sofern es mit einem ‚Nachschlag' versehen ist, die Wahrnehmung fremder Schritte –, legt diese letzte Präsentation des Motivs den Schluss nahe, dass der ‚Nächtliche Gang' kein Ende nehme, das lyrische Ich weiter voran zu seiner Geliebten gehen müsse. Der Schlussvers wird – als die einzige Abweichung von der Textvorlage – wiederholt, nun jedoch um eine Quarte erhöht angesetzt und dann in anderer Weise weitergeführt (was auch dem Stimmumfang des Baritons geschuldet ist, der hier an seine Grenze stößt). Der höchste Ton des Gesangs *a'* erklingt in Takt 160 auf dem Wort „doch". Der Gesang weist im Folgetakt jedoch nicht mehr zur „Liebsten" hinauf, sondern hinab. Der Vers ist am Ende gekappt, da das letzte Wort fehlt; die Gesangslinie reißt ab, die Stimme des lyrischen Ichs ‚erstirbt'.

Im Orchester indes erreicht eine Steigerung, die in Takt 158 ihren Anfang genommen hat, unmittelbar nach dem abrupten Ende des Gesangs in Takt 163 ihren Höhepunkt. Dieser markiert zugleich den Beginn des orchestralen Nachspiels, dessen massive Tutti-Steigerungen in Takt 173 in einem dissonanten Akkord enden. Auf eine viertaktigen Generalpause folgt in den Takten 178–190 eine Coda, die gänzlich anderen Charakters ist als das zuvor Erklungene: entrückt und beruhigt, eine leise Klangfläche. Die Harmonik ist aufgehellt. C-Dur ist die neue Tonika, die von einem verminderten c-Moll-Akkord bestätigt wird. Zudem erklingt eine Variation des Annäherungsmotivs exponiert im Bratschensolo sowie in Flöte und Klarinette: Nur die ersten drei Töne werden übernommen, das Thema mündet in Takt 186 in den Grundton *c*. Diese Beobachtungen lassen die Interpretation zu, dass das lyrische Ich die Geliebte am Ende erreicht. Ebenso im Bereich des Möglichen ist jedoch die Deutung, dass das lyrische Ich sein Ziel gerade nicht erreicht, sondern zuvor – der Abbruch des Annäherungsmotivs mag darauf hinweisen – erschöpft und verzweifelt zusammenbricht. Die harmonische Aufhellung und die (melodische) Erfüllung der Annäherung evozierten dann eine Entrückung im Tode. Für welche Deutung man sich auch entscheiden mag – die Musik *erzählt* das Geschehen im Epilog zu Ende. Strauss spinnt das Geschehen, das im Gedicht offen endet, mit musikalischen Mitteln fort und deutet es zugleich, ohne dass seine Deutung begrifflich fassbar wäre.[77]

---

[77] Lediglich ein abruptes Ende des Liedes nach dem letzten Schlussvers wäre vergleichsweise konkret, nämlich kaum anders als der ‚Tod' des lyrischen Ichs zu deuten.

„*Ausdrucksharmonik*"

Max Steinitzer nennt *Nächtlicher Gang* als ein Beispiel dafür, wie Strauss „als Harmoniker niemals nur Versuche anstellt, sondern im Dienst eines bestimmten Ausdrucks fremdartige Zusammenklänge anwendet." Des weiteren spricht er von „Ausdrucksharmonik".[78] Es genügt bereits der Blick auf die Takte 13-17, um die Aussage über die „fremdartigen Zusammenklänge" nachzuvollziehen.[79]

Abb. 4

---

[78] Max Steinitzer: Richard Strauss. Biographie. Leipzig 1927, S. 179.
[79] Richard Strauss: Nächtlicher Gang. In: ders.: Gesamtausgabe. Lieder, Bd. 2: Lieder für eine Singstimme und Klavier. Hg. von Franz Trenner. London 1964, S. 48-63, hier S. 49.

Diese Taktfolge kann als repräsentativ für den Gebrauch der Harmonik in Strauss' Lied angesehen werden. Verminderte und übermäßige Akkorde herrschen vor. Letztere erscheinen enharmonisch verwechselt, da Strauss nicht die hochalterierte Quinte, sondern eine tiefalterierte Sexte notiert. Die Tonarten folgen funktional unverbunden aufeinander. Die Tonalität ist zwar noch intakt, ihre konstitutive Kraft aber hat sie weitestgehend eingebüßt. Dominantische Wirkungen sind im gesamten Lied überaus rar; in den genannten Takten finden sie sich nicht. Der Chromatik kommt eine bedeutende Rolle zu.[80] Eine solcherart ambivalente Harmonik trägt maßgeblich zur ,Atmosphäre' bei. Im weitesten Sinne kann sie bereits als Ausdruck der Angst und der von dieser hervorgerufenen Wahrnehmungsstörung angesehen werden.

Illustration

Strauss erachtete die „Gründlichkeit der Melodiebildung" als den wichtigsten Parameter seines Komponierens und äußerte über die Melodie: „Ich arbeite sehr lange an Melodien; vom ersten Einfall bis zur letzten melodischen Gestalt ist ein weiter Weg."[81] Ein einfaches Gestaltungsmittel einer psychologisierenden Textausdeutung ist die Hervorhebung einzelner Wörter mittels Metrik und Diastematik (Tonhöhenverlauf). So erhält, um nur zwei Beispiele anzuführen, das Wort „zwei" in Takt 112 mittels des Oktavsprungs aufwärts und der Tonlänge eine Betonung, die es im Gedicht, wo es Bestandteil des Enjambements zwischen V. 3/4 ist, nicht aufweist. Hiermit vergleichbar ist die erneut mittels eines großen Intervallsprungs aufwärts, der augmentierten Tonlänge sowie der Platzierung auf der schweren Zählzeit realisierte Betonung des Wörtchens „an" in Takt 115, das im Gedicht keineswegs exponiert ist.

---

[80] In Takt 13 erklingt die Tonika c-Moll, die Strauss' Lied mit Mahlers zweitem *Kindertotenlied* gemein hat. Es folgen in Takt 14 übermäßiges B-Dur (*b-d-ges*) mit hinzugefügter Sexte und erneut c-Moll. Mit der Tonika ist die in Takt 15 vorgestellte Tonart a-Moll terzverwandt; ihr ist ebenso eine Sexte hinzugefügt wie es-Moll in der zweiten Takthälfte, das allerdings auch als ein verminderter c-Moll-Akkord angesehen werden kann. In Takt 16 erfolgt im Viertelabstand ein Wechsel zwischen den Tonarten a-Moll und es-Moll, die in einem Tritonusverhältnis zueinander stehen. In Takt 17 schließlich erklingen f-Moll, Des-Dur sowie ein vermindertes f-Moll. Darunter erklingt abwechselnd in Pauke und großer Trommel ein Orgelpunkt auf dem Ton *c*.

[81] Richard Strauss über das Lied [Vossische Zeitung vom 15. Oktober 1918]. In: Österreichische Musikzeitschrift [ÖMZ] 16 (1961), S. 220.

Der plastische Wortschatz von Rückerts drastischer Schauerlyrik fordert eine musikalische Umsetzung geradezu heraus. Barbara A. Petersen unterscheidet zwischen Ton- und Stimmungsmalerei:

> Die musikalische Darstellung von außermusikalischen Inhalten in Singstimme und Klavierpart reicht von der Ebene der Stimmung, Handlung oder des Inhalts bis in die Details einzelner Worte oder Satzteile. In vielen Liedern vereint Strauss allgemeine Stimmungsmalerei in der Begleitung, die die Atmosphäre des Gedichts einfangen soll, mit der tonmalerischen Darstellung einzelner Worte in der Singstimme oder in der Begleitung.[82]

Und in Bezug auf die ‚Stimmungsmalerei' im hier behandelten Lied äußert sie: „Strauss brachte viele unheimliche Effekte in seinem Orchesterlied *Nächtlicher Gang*, op. 44, 2, an, die die gespenstische Atmosphäre von Rückerts Gedicht unterstreichen. Besonders suggestiv sind die Bläser und das Schlagzeug eingesetzt wie auch das Glissando der Celli oder das Flageolett der Harfe."[83]

Die Text-Musik-Relation ist bisweilen überaus eng, die musikalische Illustration im Sinne einer Tonmalerei erfolgt gleichsam in Echtzeit. Besonders deutlich, weil auf kleinstem Raum, zeigt sich dies in den Takten 17-18. Der ‚zischende Windzug' findet musikalisch Ausdruck im *forte*-Schlag auf der vierten Zählzeit und in der jäh aufbrausenden, aus kleinsten Notenwerten zusammengesetzten Linie in Piccoloflöte und 1. Violine. Diese Linie endet im *piano* bereits auf der ersten Zählzeit des folgenden Takts, in dem lediglich das Fagott und ein kurzes Trompetensignal nachklingen, während der Text lautet: „Die Latern' verlischt". Das visuell wahrnehmbare Phänomen wird Musik: So wie die Laterne verlischt auch der Klang. Dem kurzen Vorgang des Erlöschens entspricht das ‚musikalische Schlaglicht', das nur einen Takt lang währt. Es ist bezeichnend für Strauss' punktuelles Illustrationsverfahren, dass dieser Takt dem folgenden Takt 19 unverbunden gegenübersteht. Die auditive Wahrnehmung des lyrischen Ichs, genauer: das, wovon es berichtet, wird klangliche Realität. So manifestiert sich der Ruf des Uhus in den Takten 50-52 in der übermäßigen Terz, die Fagott und Horn intonieren und die in Takt 52 von den hohen Holzbläsern ‚beantwortet' wird. An dieser Stelle wird „Strauss' bisweilen bedenkliche Neigung zum naturalistisch-illustrierenden Komponieren [...], sein Hang zum musikalisch Effektvollen"[84] deutlich.

---

[82] Barbara A. Petersen: Ton und Wort. Die Lieder von Richard Strauss. Pfaffenhofen 1986 (Veröffentlichungen der Richard-Strauss-Gesellschaft, 8), S. 84.

[83] Ebd., S. 90.

[84] Gerd Indorf: Die „Elektra"-Vertonung von Richard Strauss – „ein profundes Mißverständnis" oder kongeniale Leistung? In: Hofmannsthal-Jahrbuch zur europäischen Moderne 8 (2000), S. 157-197, hier S. 166.

Fazit

Die Gegensätzlichkeit der Vorlagen darf nicht darüber hinwegtäuschen, dass Mahlers und Strauss' Zugriffe auf die Gedichte einander ähneln. Denn weder Mahler noch Strauss deutet Rückerts Gedichte radikal um. Vielmehr sind Charakteristik und Gehalt der jeweiligen Vorlage in das musikalische Medium transferiert und deshalb zugleich gesteigert und vertieft, weil die zahlreichen Parameter der Musik, zumal in der Gattung des Orchesterliedes, eine psychologische Differenzierung ermöglichen, welche die Möglichkeiten der Lyrik ergänzt, erweitert und schließlich übersteigt. Mahlers zweitem *Kindertotenlied* eignet ein zurückhaltender und introvertierter, ja intimer Gestus, den der Komponist mittels Instrumentation, Motivik, Dynamik u.a. evoziert. Mahler verleiht Rückerts *Nun seh' ich wohl, warum so dunkle Flammen* eine musikalische Gestalt, die das innere Erleben und die Trauer des lyrischen Ichs erfahrbar macht. Auch Strauss überführt in seinem Lied innere Zustände – Unruhe und Angst des lyrischen Ichs – in Musik. Doch spielt in *Nächtlicher Gang* auch die vom lyrischen Ich wahrgenommene Außenwelt in Form von klanglichen Ereignissen hinein. Es bleibt jedoch offen, ob es sich bei den klanglichen Manifestationen äußerer Phänomene wie z.B. dem Ruf des Uhus um reale Wahrnehmungen des lyrischen Ichs oder um Ausgeburten seiner Phantasie handelt. Dies vermag die musikalische Strukturschicht aufgrund ihrer Begriffslosigkeit ebenso wenig zu konkretisieren wie die Frage danach, ob die Bezugsperson nicht mehr anwesend ist oder noch nicht erreicht wurde. Gleichwohl vermag die Musik im Zusammenspiel mit dem Text den Wunsch nach einer Annäherung an die Bezugsperson auszudrücken. Dies geschieht in beiden Liedern auf der musikalischen Ebene vorwiegend mittels Motivik und Melodik.

Nicht nur die auditive, sondern auch die visuelle Wahrnehmung findet Eingang in die Musik. Die Umsetzung der in beiden Gedichten gegenwärtigen Wahrnehmung bzw. deren Störung erfolgt in unterschiedlicher Weise. In Mahlers Lied ist die Vertonung der betreffenden Begriffe, die stets mit dem Bereich des Lichts und des Sehens verknüpft sind, in den Parametern Instrumentation, Harmonik, Melodik und Disposition des Satzes gleichsam organisch aus dem Geschehen heraus entwickelt. Strauss hingegen stellt das vom lyrischen Ich Wahrgenommene punktuell heraus.[85] Von seinem illustrierendem Zugriff sind indes das Annähe-

---

[85] Die Harmonik ist bei Mahler wie bei Strauss überaus avanciert. Doch verwendet weder der eine noch der andere Bi- oder Atonalität zur Darstellung von Wahrnehmungsstörungen.

rungs- und das Schrittmotiv weitgehend ausgenommen. Sie werden leitmotivisch eingesetzt in dem Sinne, als sie ihre Bedeutung, die ihnen nicht nur vom Text verliehen wird, sondern auch in ihrer plastischen Gestalt gründet, in folgende Text-Musik-Konstellationen übertragen. Mahler setzt dieses Vermögen der Musik zur Ausarbeitung der Zeitstruktur ein. Das dichte motivische Gewebe ist Ausdruck des Wunsches nach einer Aufhebung der Distanzen. Reminiszenzen, die zurück auf die Vergangenheit und auf die Gegenwart des trauernden Ichs weisen, verleihen Mahlers Lied eine zirkulär-verflochtene Struktur, welche die komplexe Zeitstruktur der Vorlage adäquat in das musikalische Medium überträgt. Auch Strauss greift Inhalt und Struktur in seiner Vertonung auf: Das teleologische Moment von Rückerts Gedicht findet sich in der mit Zielpunkten durchsetzten Liedstruktur und sukzessiven Steigerung des Schlussverses wieder, zudem erweitert Strauss den narrativen Zusammenhang der Vorlage dahingehend, dass die Musik das Geschehen auf ihre Weise zu Ende ‚erzählt'. Die beiden so gegensätzlichen Gedichte aus Friedrich Rückerts vielgestaltigem literarischen Werk erfahren eine psychologisch subtile Ausdeutung. Sowohl Gustav Mahler als auch Richard Strauss finden einen eigenen Zugang zur Vertonung von Aspekten der Wahrnehmung, wie sie sich in den beiden Gedichten kundtun.

„Intimität, Zärtlichkeit und Ruhe"
Christian Gerhaher über die Interpretation von Rückert-Liedern
Ein Gespräch

Der 1969 in Straubing geborene Bariton Christian Gerhaher zählt zu den profiliertesten Liedinterpreten weltweit und hat an der Seite seines Klavierpartners Gerold Huber in diesem Genre Maßstäbe gesetzt. Zum Repertoire der beiden gehören u.a. Lieder von Beethoven, Brahms, Loewe, Mahler, Schubert, Schumann und Wolff. Ihre Aufnahmen sind preisgekrönt. So wurde das Schubert-Album *Abendbilder* 2006 mit dem renommierten Gramophone Award ausgezeichnet. 2009 wurde Gerhaher, nachdem er im selben Jahr beim Schleswig-Holstein Musikfestival bereits den Musikpreis des NDR erhalten hatte, für das Schumann-Album *Melancholie* mit dem Echo Klassik Preis als „Sänger des Jahres" und mit dem BBC Music Award geehrt. Der Rheingau Musikpreis bedeutete eine weitere Anerkennung für seine Kunst der Liedinterpretation.

Der promovierte Mediziner Gerhaher, der seine Dissertation ursprünglich über die Atemmuskulatur von Sängern und Nicht-Sängern hatte schreiben wollen, dann aber über methodische und klinische Ergebnisse diagnostischer und therapeutischer Handgelenksspiegelungen arbeitete, studierte bei Paul Kuen und Raimund Grumbach Gesang. An der Münchner Hochschule für Musik ließ er sich im Opernfach und bei Friedemann Berger im Liedgesang ausbilden. In Meisterkursen bei Dietrich Fischer-Dieskau, Elisabeth Schwarzkopf und Inge Borkh vervollkommnete er seine stimmliche Ausbildung. Inzwischen unterrichtet Gerhaher selbst. Meisterklassen beim Aldeburgh Festival, an der Yale University und im Amsterdamer Concertgebouw sowie Workshops im Rahmen der Schwetzinger Festspiele und an der Münchner Musikhochschule, wo er eine Honorarprofessur innehat, profitieren von seiner Erfahrung auf den Bühnen internationaler Liedzentren.

Neben seiner Arbeit im Konzert- und Liedbereich widmet sich Christian Gerhaher ausgewählten Opernproduktionen. Vor allem dem Frankfurter Opernhaus ist er eng verbunden. Unter Riccardo Muti sang er 2006 bei den Salzburger Festspielen den Papageno aus Mozarts *Zauberflöte*. Als Prinz von Homburg gastiert er in Hans Werner Henzes gleichnamiger Oper am Theater an der Wien, als Wolfram am Teatro

Real in Madrid, an den Staatsopern von Wien und München und am Royal Opera House Covent Garden in London.

Zusammen mit Gerold Huber hat Christian Gerhaher sämtliche Schubert-Zyklen, dazu Schumann-Zyklen und zahlreiche andere Lieder eingespielt. Mit Anne Sofie von Otter nahm er 2007 die CD *Terezín – Theresienstadt* auf (DGG), eine Hommage an Otters Vater, den schwedischen Diplomaten Göran von Otter, und an Kurt Gerstein, die während des Dritten Reiches vergeblich versucht hatten, Juden vor der Ermordung zu bewahren. Zudem ist Gerhaher in Einspielungen von Orchesterwerken hören: Mendelssohns *Elias* mit dem Leipziger Gewandhausorchester unter Herbert Blomstedt (RCA), Orffs *Carmina Burana* mit den Berliner Philharmonikern unter Simon Rattle (EMI) und Mahlers *Lied von der Erde* mit dem Montreal Symphony Orchestra unter Kent Nagano (Sony). Im Oktober 2009 erschien als bislang letzte Koproduktion mit Gerold Huber eine Aufnahme von Liedern Gustav Mahlers, darunter die „Lieder eines fahrenden Gesellen" und „Fünf Lieder nach Texten von Friedrich Rückert" (Sony).

Das folgende Interview entstand nach einem Liederabend mit Christian Gerhaher, Mojca Erdmann und Gerold Huber im Rahmen der Schwetzinger Schlossfestspiele 2009, bei denen Gerhaher regelmäßig zu Gast ist. In ihm spricht er erstmals darüber, welche Bedeutung Rückerts Gedichte und ihre Vertonungen für ihn haben.

Ralf Georg Czapla: Lieber Herr Gerhaher, Sie zählen zu den renommiertesten Liedinterpreten weltweit. Zu Ihrem Repertoire gehören u.a. Vertonungen von Gedichten Friedrich Rückerts durch Schumann, Schubert und Mahler. Wann und bei welcher Gelegenheit haben Sie Rückerts Texte für sich entdeckt?

Christian Gerhaher: Zunächst habe ich Gedichte von Rückert vertont kennen gelernt – in Liedern von Franz Schubert, u.a. *Sei mir gegrüßt!* D 741 und *Du bist die Ruh'* D 776. Da ich mich während der ersten Studienjahre wegen des hohen technischen Schwierigkeitsgrades nicht recht an diese Lieder herantraute, sang ich nur das einfache *Lachen und Weinen* D 777. Dieses ist aber bis heute dasjenige unter den mir bekannten Liedern auf einen Rückert-Text, das ich nicht sonderlich schätze – wegen seiner arg regulierend wirkenden Auflösung eines Gegensatzpaares in erklärenden Wohlgefallen. Das hier eingefangene emotionale Menschsein empfinde ich als geradezu beschämend vereinfacht. Es ist aber auch das einzige, mir bekannte vertonte Gedicht Rückerts, das mich fast abstößt. Erst als junger Berufssänger habe ich mich dann an die anderen, bedeutenden Vertonungen herangetraut. Schuberts oben genannte Lieder sowie *Dass sie hier gewesen* D 775 und *Greisengesang* D 778 in der dritten Fassung, Schumanns Rückert-Lieder aus den *Myrten* op. 25 und vor allem die beiden Zyklen von Gustav Mahler.

Ralf Georg Czapla: Welche Bedeutung hat Friedrich Rückert für Sie persönlich?

Christian Gerhaher: Wenn mein verehrter väterlicher Freund Heinz Holliger Rückert als Lyriker ablehnt, da er ihm zu biedermeierlich, zu wenig existenziell in Frage stellend ist, muss ich ihm da leider und ausnahmsweise meine Gefolgschaft aufkündigen. Verstehen kann ich schon, was er meint: Ein so verwundeter Geist wie Lenau oder ein so selbstverständlich komplexeste Inhalte in ein adäquates Gebäude pflanzendes Genie wie Hölderlin ist Rückert wohl nicht gewesen. Und dennoch glaube ich, dass die perfekte und austarierte Form, in die Rückert seine Gedanken und Empfindungen täglich zu gießen schien, nur eine Verfahrensart war, mit einem sicherlich nicht minderwertigen künstlerischen Impuls umzugehen – und auch, dass sich bei ihm vielleicht die verwunderliche Entwicklung vollzog, in welcher die immer vielseitigere, geradezu virtuose Beherrschung der lyrischen Formenvielfalt auch nach und nach die Inhalte adelte und mit einer letztlich nicht verwunderlichen Tiefe versah, ist doch das Beherrschen des technischen Aspektes einer Kunst nicht nur als sportiv oder kunsthandwerklich zu begreifen. Vielmehr beanspruchen technisch-formale Probleme, da sich Formen ja immer auch entwickelten und entwickeln, um drängende Inhalte adäquat begreifbar zu machen, auch künstlerische Eigenständigkeit. Und so begreife ich Friedrich Rückert. Mir persönlich bedeutsam ist er allerdings speziell in den und wegen der Vertonungen seiner Gedichte. Hier gibt vielleicht kein Dichter dem vertonenden Komponisten eine derartige inhaltliche Freiheit an die Hand. Wie sollten so komplexe Inhalte wie bei Hölderlin oder Celan adäquat kompositorisch abgebildet werden und wo wurden sie es? Rückert verbindet diese Freiheit dann aber mit einem eleganten Gerüst, das für die prinzipiell formschwache Gattung des Kunstliedes wie ein Segen wirken muss. So halte ich die von mir oben genannten Lieder nicht nur innerhalb des Œuvres des jeweiligen Komponisten für besonders wichtig, sondern in der ganzen Geschichte des Kunstliedes für herausragend, und das bestreitet, so denke und hoffe ich, auch Heinz Holliger nicht.

Ralf Georg Czapla: Was unterscheidet Ihre Ansicht nach Rückerts Gedichte von denjenigen Goethes, Eichendorffs oder Heines?

Christian Gerhaher: Vielleicht erreichen Rückerts Gedichte qualitativ die der anderen Dichter nicht. Speziell Goethe, der zu allem, was er ausdrücken wollte, offensichtlich mit Leichtigkeit die richtigen Worte fand, der nicht seine dichterischen Fähigkeiten, sondern nur seine Themen über sein Leben hin entwickelte, welchen er dann seine lyrischen Formen anpasste, scheint mir als Lyriker in gewissem Gegensatz zu Rückert zu stehen. Rückert musste doch erst die Idee, Dichter zu werden, und – noch viel schwieriger – die Fähigkeit, es zu sein, für sich entdecken. Und so wurde ihm eben das Dichten als Beruf und Tätigkeit zwar zur eigentlichen Natur, aber die Lyrik als Medium der Darstellung des das eigene Innere Bewegenden erscheint mir bei Rückert erst spät als solches aufzutauchen. Goethe fing als Polyhistor ja ohnehin alles in den passenden Worten ein. Heines Ironie und Sarkasmus, seine einfache und doch intellektuell gesicherte Sprache, sein Emigrantentum gebaren von vorneherein einen ganz eigenen Ton, der immer ein maximales inneres Anliegen auf der Zungenspitze zu präsentieren schien, und auch Eichendorff fand in einem hier am weitaus kleinsten scheinenden geistigen Raum einen Tonfall, der mit rauschenden Wäldern und Heimat wuchernd dennoch eine unzweifelhaft eigene und deshalb faszinierende Welt vorstellte, aber eben eine viel übersichtlichere als Jupiter-Goethe. Allen dreien gemein scheint mir die authentische Expressivität, wenn auch in völlig unterschiedlicher Weise, jedoch immer im Rückgriff auf Sprache. Bei dem apollinischen Rückert scheint mir die Dichter-Sprache und deren erbaulicher Nutzen zunächst selbst Motiv zu sein. Jedoch auch bei ihm gibt es Lyrik, soweit ich sie kenne, die mir aus der Not ihres inneren Anliegens ein oben genanntes Kriterium großer Lyrik zweifelsfrei erfüllt: Die Dichtungen über den Verlust seiner Kinder.

Ralf Georg Czapla: Welche Rückert-Lieder rühren Sie besonders an und warum?

Christian Gerhaher: Aus Schumanns Œuvre ragen die Rückert-Lieder nicht so sehr heraus wie aus dem Schuberts und Mahlers. Mich fasziniert aber besonders der heilige Ernst, der die 26 Lieder seiner Sammlung *Myrten* op. 25 umweht. Neben aller dort anzutreffenden Heiterkeit, Urwüchsigkeit und gelegentlichen Verzweiflung in Texten von Burns, Goethe, Heine, Byron und anderen empfinde ich die Gedichte Rückerts in ihren Versuchen, die Welt in symmetrische und formale Erklärungen einzuschließen, als geradezu rührend. Und Schumann hat sie mit einer Ruhe und Gelassenheit angefasst und vertont, die mir nur als Folgen tiefer Ehrfurcht erklärbar sind. Das letzte Gedicht dieses so bedeutenden Liederkreises, *Zum Schluß*, stammt eben von Rückert und setzt diesem Zyklus – er ist ein Hochzeitsgeschenk Robert Schumanns an seine Frau Clara – eine Krone der Innigkeit und des tiefsten Vertrauens auf: eine Apostrophierung der ernsten und ewigen Liebe als Schlussfolgerung aus ihrem vorhergegangenen Kaleidoskop. Rückert war von Schumanns und seiner Frau (im gemeinsam komponierten *Liebesfrühling* op. 37) Vertonungen selbst tief bewegt und dankte es ihnen beiden. Gerade dieses letzte Lied *Zum Schluß* aber kann vielleicht außer durch seine langsame Schlichtheit mit zwei Eigenheiten besonders überzeugen: Seine weitgespannte Sprache – es umfasst zwei mehrfach geteilte Hauptsätze mit Relativsätzen, Parenthesen und Anrede, die erst durch ihre Strukturiertheit ein atmendes und leicht wehendes Legato ermöglichen; ich kenne ein solches nur aus wenigen Liedern (beispielsweise *Auf einer Burg* im Eichendorff-Liederkreis op. 39) – in dieser weltvergessenen Entrücktheit. Und dann doch auch sein Inhalt: Wie Rückert hier einen Kreis abschließt und einen Gedanken wieder versöhnend zu seinem Anfang zurückbringt, das finde ich als Dichtung fast ein wenig zu sehr geplant, aber als gesungenes Lied ist es für mich Ausdruck der Art von Kunst, der ich mich verschrieben habe und die es meines Erachtens nicht sehr oft in dieser perfekten Ausprägung gibt. Das liegt nun aber nicht unbedingt an der wunderbaren Vertonung durch Schumann allein. Vielmehr denke ich, dass die klare Komposition seiner Gedanken und ihre zyklische Rückführung innerhalb eines Gedichtes dem Lied eine Struktur gibt, nach der es seit seiner Entstehung verlangt. Nicht umsonst konnte sich das Kunstlied in der Klassik (trotz der Neigung der exponiertesten Komponisten) nicht als Gattung, sondern allenfalls als Genre der Unterhaltung etablieren. Was hätte es auch formal gegen Symphonie, Quartett und Sonate mit Hauptsatzform zu bieten gehabt? Eigentlich habe ich fast das Gefühl, dass Rückerts Gedicht das Lied Schumanns rückwirkend mit dem Antlitz versieht, das es so edel wirken lässt.

Ralf Georg Czapla: Wie beurteilen Sie im Unterschied dazu Rückerts Wirkung auf Schubert und Mahler?

Christian Gerhaher: Rückerts Wirkung auf diese beiden Komponisten empfinde ich nicht als prinzipiell anders. Von Schuberts Liedern möchte ich besonders zwei erwähnen. (Dass *Du bist die Ruh'* zu meinen Lieblingsliedern gehört, wird niemanden verwundern.) In dem Lied *Dass sie hier gewesen!* stiftet die dreiteilige Anlage des Gedichtes auch wieder eine Form, der nicht allzu schwer zu folgen ist. Mir persönlich aber ist hier gerade das Gedicht sehr nahe: Wie mit lyrischen Mitteln eine Liebesgeschichte erzählt wird, die einem in ihrer leichten Komik des Nicht-Erfülltseins erst im Verschwinden so gewahr wird, wie hier nur mit Attributen des Seins und Schmachtens stellvertretend ein substantielles Dasein geschildert wird, das erheitert und bewegt mich. Schubert hat diese nur andeutende Beschreibung eines Liebespaares dann wohl so sehr beeindruckt, dass er eine Vertonung geschaffen hat, die aus seinem gesamten Liedschaffen herausragt. Ein Ineinanderübergehen von nicht orthodox aufgelösten Spannungsakkorden würde hier einen neuen Stil kreieren, wenn Schubert es in anderen Werken so fortgeführt hätte. Es entsteht ein Klangbild, das unmittelbar denken macht: „Ist dies ein Lied von Debussy?" Das Skizzenhafte, Dissonanzreiche, das Arbeiten mit neuen Farben, das rhythmisch stark Gestische, das Innehalten in langen Akkorden lässt eine Empfindung entstehen, wie sie für den Impressionismus prägend wurde: Lichtdurchflutet werden Motive im Werden und Vergehen dargestellt, nicht fassbar, nur verschwommen erahnbar. Ein solch solitäres Werk hat Rückert aus Schubert herauszulocken vermocht.

Ein weiteres Lied, das ich als ganz besonders empfinde, ist *Greisengesang*, ebenfalls von Franz Schubert. Ein zunächst fast spröde erscheinendes Lied, das je zwei Gedichtstrophen zu einer Liedstrophe kombiniert – oder eigentlich mehr zu einem durchkomponierten Lied, das dann eben auf die letzten beiden Strophen von Rückerts Gedicht wiederholt wird: ein Gedanke – zweimal illustriert. Auch wieder etwas lehrhaft, wird das äußere Alter gegen das innere Junggebliebensein gestellt. Diese ziemlich unkomplizierten, aber attributreich beschriebenen Gedanken durchziehen das Schubertsche Lied wie eine Lokomotive. Die Unbeirrbarkeit in der Motiventwicklung zeichnet sich schon in dem statuarischen Vorspiel ab: Es ruft in mir ein Bild hervor, wie große Gewichte, die vielleicht schicksalhaft Unabänderliches darstellen, zügig, das hieße dann rational annehmend, bewegt werden. Und wie dieses Lied zweimal, agogisch unbeirrbar fortschreitend in einem Melisma endet, das führt dieses unbezweifelbare Motiv des Altern-Müssens zu einem friedlichen und leisen Ende, das den Gegensatz in seiner melodisch fast trotzigen Eröffnung hat. Dass aber in diesem schier in Stein gehauenen Lied leise Erschütterungen in der Mitte auftauchen, das macht es menschlich begreifbar: Ein in zwei Achtel aufgeweichter Auftakt („Der Jugendflor der Wangen" bzw. „Sie singet: Herr des Hauses!") meldet – nicht textkongruent – erste Zweifel an der *conditio humana* an. In der ersten „Strophe" geschieht dies zusätzlich sogar mit einem die Sicherheit leise, aber um so stärker in Frage stellenden kurzen Vorschlag im Klavier – dass dieser irritierende Vorschlag in der zweiten „Strophe" fehlt, mag das Ende des inneren Aufbegehrens andeuten. Schließlich tritt in dieses markige Lied eine rezitativisch verlangsamend anmutende Beruhigung und Dämpfung ein – ein ganz persönlicher Rückzug von der schicksalhaften Strenge des Liedes: Hier sind als Abkehr von jener bei zwei Textpassagen („Wo sind sie hingegangen?", „Und nur dem Duft der Träume") besonders auffällige Reduzierungen der Dynamik und des Vibratos möglich. Sie gewähren in diesem so streng beginnenden wie endenden Lied eine Oase der Subjektivität, die nicht zu erwarten gewesen wäre. Auch hier zeigt sich mir wieder, wie ein nicht zu komplizierter Gedankengang eines Gedichtes, gepaart mit einer formal streng wirkenden Komposition, ein begreifbares Lied mit kleinsten und dadurch besonders wirksamen, dialektischen Wendungen ermöglicht.

R a l f G e o r g C z a p l a : Mahlers Rückert-Vertonungen, so sagten Sie, übten auf Sie eine besondere Anziehung aus.

C h r i s t i a n G e r h a h e r : Einen Gesang von Gustav Mahler möchte ich besonders erwähnen: *Wenn dein Mütterlein tritt zur Tür herein*, das dritte aus den *Kindertotenliedern*. Hier wird im Text eine außergewöhnlich bildhafte Szene entworfen: Die Mutter betritt das Zimmer des Vaters, und wie ein optisches Engramm – das fehlende Kind hinterlässt nur ein komplementäres Leuchten – sieht dieser nur noch das erinnerte Bild des Kindes. Alles ist mit einem warmen Leuchten erfüllt, das der Vergangenheit entspricht, nicht jedoch der fürchterlichen Gegenwart. Gustav Mahler hat dieses erschütternde Gedicht voller Achtung vertont, so wie er es in seinen anderen neun Begegnungen mit Rückert-Gedichten auch getan hat. Ich erwähne und betone das, weil er seit dem Beginn seines Lieder-Schreibens, sich mit einfacheren Texten vor allem aus *Des Knaben Wunderhorn* und später aus den deutschsprachigen Adaptationen chinesischer Gedichte durch Hans Bethge beschäftigend, immer weniger die Identität der von ihm ausgewählten Gedichte respektierte. Das zeigt sich in Kürzungen, in Änderungen von Wörtern und ganzen Sätzen sowie in Kombinationen sogar inkompatibler Gedichte zu seinen ganz persönlichen Liedtexten. Hans Mayer prägte dafür das Wort, Mahler habe Gedichte wie Steinbrüche benutzt. Bei den Gedichten Rückerts ließ Mahler jedoch Respekt walten, er nannte sie Lyrik „aus erster Hand", und so verfuhr er auch mit ihnen: Er veränderte die Texte nicht oder nicht wesentlich und vor allem: Er komponierte an den Texten entlang, d.h., er versuchte den Inhalt der einzelnen Wörter und der gesamten Texte in Musik abzubilden. Und auch diese Art der Vertonung, die von der Art Schumanns und Schuberts herrührt, hatte er „vor Rückert" bereits nach und nach aufgegeben. Es wurde von ihm da eine Art Nebensinn vertont: Das, was er assoziativ mit den von ihm gewählten Textgrundlagen verband, ist in meinen Augen eine Ansammlung von Erinnerungen – vielleicht an Szenen seines eigenen Lebens, an seine diversen Lektüreerlebnisse, vor allem aber wohl an seine früheren Vertonungen ähnlicher Themen in volksliedhaften Texten. – Ganz anders nun also das In-Musik-Umsetzen von Texten Rückerts. Ich denke nicht, dass dies ein Rückschritt war, denn die nicht mehr kongruente, sondern unscharfe Behandlung zu vertonender Texte könnte ein Zeichen von Moderne sein, allerdings nur als konzeptionelles Verfahren. Das sehe ich jedoch bei Gustav Mahler nicht.

Ralf Georg Czapla: Welche Voraussetzungen muss ein Sänger mitbringen, um die Lieder Rückerts angemessen interpretieren zu können?

Christian Gerhaher: Ich meine, um Rückert-Lieder zu singen, muss man einfach das mitbringen, was man als Sänger braucht, um deutsche Texte innerhalb einer Vertonung in Klang umzusetzen, und das möchte ich nicht als apodiktische Aussage, sondern als meine persönliche Ansicht verstanden wissen: Ich denke, die gesungene deutsche Sprache braucht ein Höchstmaß an Vokal-Differenziertheit. Es genügt nicht, die Vokale, Umlaute etc. einfach „immer gleich" zu singen, sie müssen über die verschiedenen Register der Stimme jeweils anders gefärbt werden, um den wieder erkennbaren Klang zu erhalten, der also die Identität des Vokals gewährleistet. Das ist nun eine technisch klare Forderung. Schwieriger wird es, wenn man die Färbung der Vokale von der Färbung der Stimme akademisch zu unterscheiden versucht. Wie bei den meisten akademischen Differenzierungen gibt es auch hier nicht ganz zuzuordnende Einzelfälle. Der Effekt der Methode jedoch ist sinnvoll: Es ist dem in oben genanntem Sinn fähigen Sänger möglich, für die Interpretation des aufzuführenden Kunstwerks dienliche und letztlich nötige Stimmfärbungen einzusetzen (es gibt da allerhand: weiß, grau, fahl, warm, hart, viele denkbare „Farben"), ohne in die Integrität des gesungenen Vokals einzudringen und dessen eigene Färbung zu gefährden. Und das ist nicht nur bei Rückert-Texten notwendig: Der Zuhörer möchte den gesungen „Text" verstehen oder ihn zumindest verstehen können, d.h., er möchte in seinem „ganzheitlichen" Kunstgenuss nicht dadurch gestört sein, dass beispielsweise die Worte so wenig verständlich sind, dass man deren exaktem Laut nachgrübeln muss und man dadurch von dem fortlaufenden Musikfluss abgelenkt wird.

Bei Rückert führt die relativ geringe Kompliziertheit der Textinhalte (Verzeihung – ich verstehe das durchaus als Vorteil) sogar dazu, dass Musik und Text sehr häufig zeitgleich verstanden werden können – und das ist der nun eher seltene Fall. Vielleicht eignen sich Friedrich Rückerts Gedichte gerade deswegen ideal zur Vertonung: Sie erlauben in ihrer Ausprägung als Lieder relativ einfach und deshalb für das *gros* des Publikums eine Summe der Möglichkeiten: Ein Verstehen der Musik, ein Verstehen des Textinhaltes und ein Verstehen einer Synthese von beidem, dem Klang, der eine eigene Aussage hat, die aber keineswegs deckungsgleich mit den simultan geschehenden beiden sein muss.

Bei Schubert und Schumann sind in meinen Augen die spezifischen Techniken des Liedsingens besonders gefragt: Helligkeit des Tonfalls als Habitus; Fähigkeit zur *voix mixte* (*mezza-voce*-artige Überblendung), besonders im Bereich des oberen Passaggios (Übergang zwischen Mittel- und Kopfstimme); Entstehung eines lebendig atmenden Legatos aus der zu Grunde liegenden Sprachstruktur heraus; kurze und prägnante, jedoch nicht übertrieben starke Artikulation der Konsonanten; starke dynamische (Lautstärke) Variabilität; Einsetzen der Intonation (Tonhöhe) in Kombination und Ausgleich mit stimmlicher (nicht vokalischer) Helligkeit als Interpretationsmittel; Einsetzen des Vibratos (schwingende Lautstärke- und Tonhöhen-Variabilität) als Interpretationsmittel.

Bei den Liedern Gustav Mahlers gibt es verschiedene Aufführungstraditionen, die unterschiedliche technische Anforderungen mit sich bringen: Das Musizieren seiner Lieder mit Orchester kann die Vorteile der oben genannten Mittel nur teilweise nutzbringend einflechten, da das dynamische Grundniveau höher ist und die farbliche Flexibilität im Orchester selbst wesentlich stärker ausgeprägt ist als beim Klavier. Auch das Grundtempo ist durchweg breiter. Daneben kommen, auch wegen der sehr hohen Tessitur (Durchschnittslage) der meisten Mahler-Lieder, durchaus opernhafte Techniken zum Einsatz wie beispielsweise eine stärkere Grundfokussierung der Stimme oder eine mehr monochrom ausgerichtete Stimmführung über den gesamten Ambitus (zu singender Umfang) hinweg. Insofern ist eine mehr agogische (Tempo-Variierung) Gestaltungsweise das logische Resultat, um Interpretationsideen umzusetzen, und das zeigt sich auch tatsächlich in der orchestralen Aufführungstradition. In meines Pianisten Gerold Hubers und meinen Augen ist das kammermusikalische Aufführen der Lieder Gustav Mahlers (mit Klavier) von gleichem Wert; jedoch gibt es hier keinerlei Anlass, den von der Orchesterpraxis her bekannten Gestaltungsansatz zu übernehmen, d.h., im kammermusikalischen Bereich wären unseres Erachtens die oben geschilderten Regeln des Liedgesangs, wie sie von Schumann und Schubert herrühren, zu übernehmen. Selbstverständlich sind Aufführungen mit Klavier und Orchester nicht völlig separierbar: Man tritt ja als Sänger eventuell mit beiden musikalischen Partnern auf. Kammermusikalische Elemente lassen sich in den Orchestrierungen zuhauf finden, ebenso quasi symphonische Elemente in den Klavierfassungen.

Ralf Georg Czapla: Welche Nuancen gilt es bei den verschiedenen Rückert-Vertonungen herauszuarbeiten?

Christian Gerhaher: Hier kann ich nur Beispiele nennen, da es zu weit führen würde, die Arbeit als Liedsänger *in extenso* vorzuführen. *Aus den östlichen Rosen* (Schumann, op. 25/25) sollte gemäß meiner und der Erfahrung meines Pianisten Gerold Huber nicht zu langsam gesungen werden. Der zärtliche Ausdruck sollte vielmehr mit anderen Mitteln erreicht werden. Beispielsweise sollte der fünfte gesungene Ton (Ganzton-Sprung nach oben auf der zweiten Hälfte von „einen") nicht, wie es eine „natürliche Stimmgebung" suggerieren könnte, mit einer Art Akzent gesungen werden, sondern im Sinne eines durchgängigen Legatos möglichst nahtlos und weich angefügt werden. Hier spielen vor allem ein weiterschwingendes Vibrato und eine eher dynamische Reduktion nach oben eine Rolle. Zu bewerkstelligen ist das technisch durch eine Öffnung der Stütze (elastische Atemführung in Verbindung mit der Stimmgebung als physiologischem Antipoden) nach unten, also eine elastische Erweiterung der Atemführung – im Gegensatz zu einer Parallelverschiebung des Atems in Richtung des Tones. Ziel ist es, durch diese Akzentvermeidung die sehnsüchtige

Gespanntheit im ganzen Lied lebendig zu erhalten – hier wären platte dynamische Schwerpunkte Gift.

Im letzten Lied der *Myrten*, *Zum Schluss* op. 25/26, ist vor allem der lange und ruhige Atem ein sehr großes Problem – neben der Vermeidung von dynamischen und Vibrato-Eruptionen. Natürlich sollte man immer so ruhig atmen wie möglich. In einem Lied wie diesem jedoch, wo praktisch ständig zu singen ist, gelingt dies kaum. Darum sollte man zumindest syntaktische Gegebenheiten mit Ausdruckszusammenhängen verbinden und so versuchen, diese besondere Ruhe des Liedes so wenig zu stören wie irgend möglich. Folgende wären meine Atemvorschläge (' – regulärer Atem, | – Schnappatem/Entspannung der Stütze) für die Gestaltung dieses maximal schwierigen Liedes:

Hier in diesen erdbeklommnen Lüften, '
Wo die Wehmut taut, '
Hab ich dir | den unvollkommnen Kranz geflochten, '
Schwester, | Braut!

Wenn uns, | droben aufgenommen, |
Gottes Sonn' entgegenschaut.
Wird die Liebe' den vollkommnen Kranz uns flechten, '
Schwester, | Braut!

In Schuberts Rückert-Vertonungen gibt es ein rätselhaft wiederkehrendes gemeinsames Merkmal: eine Achtel- bzw. Viertel-Punktierung mit folgendem Sechzehntel bzw. Achtel, die eine gewisse Weichheit mit einer Herzschlag-artigen kleinen Erschütterung verbindet und dennoch den Liedfluss, das Grundtempo keinesfalls verzögernd verändern darf. Das ist unserer Ansicht nach überhaupt eine stilistische Grundannahme bei Schubert: die Vermeidung von nicht geforderten Rubati (Tempoverschleppungen): „Sei mir gegrüßt, sei mir geküsst" in D 741, „mein Aug' und Herz" etc. bis „O füll es ganz" in *Du bist die Ruh'* D 776, „Dass Du hier gewesen" sowie „Dass sie hier gewesen" in D 775. Würde es nicht gelingen, diese Sechzehntelfiguren sowohl elastisch als auch flüchtig zu gestalten (durch Vibrato-Schwingungen auch in den kurzen Noten), dann wäre das gesamte, in allen drei Liedern vielleicht als charmant zu bezeichnende Grundmelos in Gefahr, zu schwerfällig und im Grunde lähmend langweilig zu werden. Vor allem das sehr lange Lied *Sei mir gegrüßt* erfordert eine sehr im Kleinen wache Phantasie, um diese langen, eigentlich schwerfälligen Sätze quasi synästhetisch mit dem leicht schwebenden Leben zu erfüllen, von dem sie sprechen. Bei dem Lied *Du bist die Ruh'* gibt es in meinen Auge noch eine weitere Forderung, die ein grundlegendes Problem im deutschen Liedgesang auf den Punkt bringt: „Dies Augenzelt [...] er<u>hellt</u>" – dieser zweimalige vokale Aufstieg als Essenz des Liedes erfordert den Mut, die letzte und sehr hohe Silbe nicht in einem orthodox-opernhaften Sinne zu ‚decken' (d.h. im Bereich des Passaggios mit einem mehr oder weniger stimmschonenden verdunkelnden Odem zu überziehen – eine weitest verbreitete, aber in meinen Augen zumindest im deutschen Fach prinzipiell immer an der Kunstlosigkeit entlang schlitternde Methode), sondern mit einer ganz offenen, fast flachen Helligkeit zu gestalten. Die Fachsprache nennt das ‚weißes Singen', im Sinne von Knabenstimmen. Dies aber natürlich nicht, um onomatopoetisch das „erhellt" zu illustrieren, sondern aus der Notwendigkeit heraus, dem visionären und hier leicht aufgeregten Charakter dieses Liedteils ideal zu entsprechen.

R a l f G e o r g C z a p l a : Gilt das auch für die Lieder Gustav Mahlers?

C h r i s t i a n G e r h a h e r : Von Gustav Mahler möchte ich nur zwei Lieder als Beispiele nennen, da dessen zehn Rückert-Vertonungen größte und vielfältigste technische Anforderungen stellen, die übrigens auch praktisch immer mit dem lyrischen Inhalt in direktem Zusammenhang stehen. Im Lied *Ich atmet' einen linden Duft* bestimmt natürlich die Leisheit und Zartheit von vorneherein das Lied. Dennoch muss noch eine Reduktion dessen möglich sein, nämlich im zweiten Teil des Liedes, in der Zeile „Das Lindenreis brachst du gelinde". Und das ist m. E. nur denkbar, indem man eine sehr helle, quasi-parlato-Farbe benützt, die einen dynamischen (Schalldruck-)Eindruck vermittelt, der der Wirklichkeit nicht entspricht. Auch dies – die Verwendung unterschiedlicher (Stimm-)Farben in dynamischer Absicht – ist ein liedspezifisches Verfahren. Schließlich das nicht unproblematische Lied *Liebst Du um Schönheit*. Hier geht es mir eigentlich ein wenig wie bei dem eingangs genannten *Lachen und Weinen*. Die erklärte Liebe scheint arg eingezwängt in moralisierende Erklärungen. Sie kann sich (fast schon unsympathisch) nur als um ihrer selbst willen zu rechtfertigende von allem unterstellten Materialismus abheben. Und dennoch gibt dieses Gedicht in seinen drei antithetisch zur wahren Liebe vorgestellten Beispielen Mahler eine gewisse Variabilität an die Hand, die dieser zu sehr diskreten Differenzierungen in dieser fast als variiertes Strophenlied (untypisch für zumindest den späten Mahler) zu bezeichnenden Vertonung nutzt. So ist natürlich Reichtum das allerverächtlichste der angesprochenen Attribute, was sich im Lautstärkegipfel und im direkt folgenden maximalen Gegensatz der Liebe um ihrer selbst willen manifestiert. Dass die Sonne in ihrer Schönheit der nächstverächtliche Aspekt des Liebesanlasses ist, zeigt sich retrospektiv im dort folgenden Gegensatz der Jugend. Jene ist ja nicht nur Garant des zu verachtenden äußeren Aspekts, sondern eben gewissermaßen auch eine Voraussetzung für Liebe. Das manifestiert sich in der Moll-Fassung dieser Strophe und in geringen rhythmischen Differenzierungen, die Ausdruck des Überlegens und Innehaltens in der selbstgewissen Moralpredigt sein können. Gerold Huber und ich versuchen uns am Ende der jeweils eröffnenden Bedingung nicht zu viel Tempoverzögerung zuzugestehen, zumindest nicht in der ersten und dritten Strophe. Dennoch muss hier eine gedankliche Zäsur als Aufschwung zu der oppositionellen Forderung hörbar werden: Ein kurzer Moment der Stille, aber eben ohne Rubato. Auch sollte man versuchen, den Gegensatz zwischen erster und zweiter Strophe durch Beachtung der vermeintlichen Absicht der verbreiterten Tonlängen nachzuvollziehen (Zählzeiten „Sonne" 2 – „Frühling" 3; „Haar" 3 – „Jahr" 4): Man könnte das geforderte Piano der zweiten Strophe, das diese Verbreiterung noch verstärkt, in seiner Wirkung hier durch ein flacheres Vibrato unterstützen. Schließlich finden wir, dass der Verzicht auf jede Expressivität in der letzten Phrase („Dich lieb' ich immer, immerdar.") das auszudrücken ermöglichen kann, was wir eigentlich mit praktisch allen uns bekannten Rückert-Liedern als Grundklang verbinden: Intimität, Zärtlichkeit und Ruhe.

„Die heutige Musik ist mir so fremd, als das profanirte Theater"[1]

Friedrich Rückert und das Musiktheater seiner Zeit

von

Bernd Zegowitz

I.

„Man ist dort (sc. in Neuses) gewaltig fern von allem, was in der Art (sc. in musikalischen Angelegenheiten) in der Welt gärt und vorgeht. Rückert will die Tetralogie lesen; ich habe versprochen sie von Weimar aus an ihn zu senden."[2] Mit der Tetralogie, die der Komponist Peter Cornelius im Jahr 1855 in einem Brief an Franz Liszt erwähnt, ist Richard Wagners Zyklus *Der Ring des Nibelungen* gemeint, der 1853 als Privatdruck erschienen war. Dass sich Rückert dafür überhaupt interessierte, ist wohl nur auf die Bekanntschaft mit Cornelius zurückzuführen. Beide hatten sich in den 1840er Jahren in Berlin kennen gelernt, als Rückert dort einen Lehrauftrag wahrnahm. In den Jahren 1855/56 wurde der Kontakt intensiver, weil Cornelius eine Liebesbeziehung zu einer Tochter Rückerts knüpfte und den Vater zweimal in Neuses besuchte. In diesem Zusammenhang spekulierte er auch über „die Idee einer Verbindung zweier großer Künstlernamen",[3] doch das lässt nicht unbedingt „aufhorchen",[4] wie Klaus Günther Just in Überschätzung der Situation anmerkt, denn es sollen ja

---

1   Friedrich Rückert: Brief an Fanny von Wangenheim [1838]. In: ders.: Briefe. Hg. von Rüdiger Rückert. Bd. 1. Schweinfurt 1977, S. 725f., hier S. 725.
2   Peter Cornelius: Brief an Franz Liszt vom 12. Oktober 1855. In: Peter Cornelius: Ausgewählte Briefe nebst Tagebuchblättern und Gelegenheitsgedichten. Hg. von Carl Maria Cornelius. Bd. 1. Leipzig 1904, S. 215.
3   Peter Cornelius: Aufsätze über Musik und Kunst. Hg. von Edgar Istel. Leipzig 1904/05, S. 209.
4   Klaus Günther Just: Peter Cornelius als Dichter. In: Hellmut Federhofer/Kurt Oehl (Hg.): Peter Cornelius als Komponist, Dichter, Kritiker und Essayist. Vorträge, Referate und Diskussionen, Regensburg 1971 (Studien zur Musikgeschichte des 19. Jahrhunderts, 48), S. 19-30, hier S. 21.

eigentlich nur die Namen verbunden werden und nicht die Künstler selbst, und das kann durch eine Heirat geschehen.[5]

Ob und inwiefern Friedrich Rückert das Musiktheater seiner Zeit wahrgenommen hat, darüber gibt es nur ausgesprochen spärliche Selbstzeugnisse. So findet sich etwa im *Tagebuch der Rückreise von Rom nach Venedig 1818* die Erwähnung eines Opernbesuchs: Im Mailänder Teatro Cocomero hörte er Stefano Pavesis *Gli antichi Cheruschi* und urteilte über die Aufführung bzw. das Stück recht lapidar: „unausstehlich schlecht".[6]

In seiner Berliner Zeit, den Jahren 1841 bis 1848, nahm Rückert, der nur im Winter Vorlesungen halten musste, am gesellschaftlichen Leben kaum teil, lebte zurückgezogen und ging selten ins Theater: „[I]ch habe von meiner Stellung dort (sc. in Berlin) nichts als den wesentlichen Vortheil, von Erlangen befreit zu seyn; sonst ist Berlin mir nichts, u ich ihm auch nichts, doch einige Wintermonate kann ich dort leidlich für mich in der Stille zubringen. Meine Kenntniß der dortigen Verhältnisse ist höchst mangelhaft, u mein Einfluß ziemlich gar keiner", schreibt er an seinen Freund Karl Bayer.[7] Seine Urteile über das Berliner Theaterwesen waren vernichtend:

> Die Schauspieler dominieren; Tieck will nichts thun und auch beim König ist nichts auszurichten. Ich habe neulich zu ihm gegen Oper und Ballett gesprochen und auf das Unsittliche hingewiesen, das sich hier breit mache; er hat mit erwidert: das Volk bezahle das Theater, also müsse auch gespielt werden, was es verlange.[8]

---

5 In den publizierten Briefen Rückerts findet der Komponist Cornelius keine Erwähnung. Ob Rückert auf das Libretto des *Barbier von Bagdad* in irgendeiner Form Einfluss genommen hat, ob er Cornelius auf den Stoff aufmerksam gemacht oder ihm Kenntnisse arabisch-persischer Gedichtformen vermittelt hat, bleibt ungewiss. Vgl. Heribert Horst: Zur Textgeschichte des „Barbier von Bagdad". In: Hellmut Federhofer/Kurt Oehl (Hg.), Peter Cornelius (Anm. 4), S. 121-128, hier S. 127f.

6 Friedrich Rückert: Werke 1817-1818. Bearbeitet von Claudia Wiener. Göttingen 2000 (Schweinfurter Edition), S. 474. Rückerts fehlendes Interesse am Musiktheater zeigt sich auch daran, dass er die Oper in seinem Tagebuch einem falschen Komponisten zuschreibt, nämlich Gioacchino Rossini. Bei dem Stück handelt es sich jedoch um eine revidierte Fassung der 1807 in Venedig uraufgeführten Oper *I cheruschi* von Stefano Pavesi nach einem Libretto von Gaetano Rossi.

7 Friedrich Rückert: Brief an Karl Bayer vom 14. April 1843. In: ders., Briefe (Anm. 1), Bd. 2, S. 899f., hier S. 899.

8 Zitiert nach Gustav Karpeles: Friedrich Rückert und das Berliner Hoftheater. In: Wolfdietrich Fischer (Hg.): Friedrich Rückert im Spiegel seiner Zeitgenossen und der Nachwelt. Aufsätze aus der Zeit zwischen 1827 und 1986. Wiesbaden 1988 (Zwischen Orient und Okzident, 1), S. 69-74, hier S. 72.

Dass seine eigenen dramatischen Versuche kaum wahrgenommen wurden, kränkte Rückert, so dass er auch von der Vergünstigung des freien Eintritts in die Berliner Hoftheater kaum Gebrauch machte. Inwieweit die Erkältungen, die sich Rückert auf dem Nachhauseweg vom Theater regelmäßig zugezogen haben soll, seine Verbitterung verstärkten, sei dahingestellt.[9] Literarisch verarbeitet und zusammengefasst klingt ein Fazit seiner Theatererfahrungen folgendermaßen:

> Wenn ihr wollt Schauspiele dichten,
> Müßt ihr darauf verzichten,
> Sie zu sehen auf eurer Bühne,
> Dichtet alles Schön' und Kühne,
> Das im idealen Raum
> Vor der Seele steh' als Traum;
> Mag auf dem entweihten Brett
> rasen Oper und Ballett.[10]

Allein an der persönlichen Zurücksetzung kann es jedoch nicht gelegen haben, dass Rückert keinen Anteil am Berliner Theaterleben nahm. Kein Wort verliert er in den Briefen dieser Zeit über die Versuche der Rekonstruktion griechischer Theateraufführungen, für die der König eigens zu komponierende Schauspielmusiken in Auftrag gab. Die Inszenierungen der Sophokleischen *Antigone* (1841) und des *Ödipus in Kolonos* (1845) sowie der *Medea* (1843) des Euripides mit Musik von Felix Mendelssohn Bartholdy und Wilhelm Taubert im Neuen Palais des Potsdamer Theaters wurden von den Zeitgenossen als außergewöhnliche Theaterereignisse wahrgenommen. Rückert war zur ersten Aufführung der *Antigone* eingeladen, konnte sich allerdings nicht entschließen hinzugehen, da er dem König bis dahin noch nicht vorgestellt worden war.[11]

II.

Eigene Arbeiten für das Musiktheater sind nicht überliefert und an eine komplette Vertonung seines *Saul und David*-Dramas hat Rückert sicherlich nicht gedacht, als er in einem Brief an Friedrich Schubart vermerkte, dass er sein Stück dem König geschickt habe, der es „in Musik und

---

9   Vgl. Conrad Beyer: Friedrich Rückerts Leben und Dichtungen, Coburg 1866, S. 228, sowie Karpeles, Rückert und das Hoftheater (Anm. 8), S. 72.
10 Zitiert nach Karpeles, Rückert und das Hoftheater (Anm. 8), S. 73.
11 Vgl. ebd., S. 72.

Scene setzen" könne.[12] Vielmehr stellte er sich wohl eine Schauspielmusik in der Art vor, wie sie etwa Beethoven, Schubert oder Mendelssohn Bartholdy komponiert hatten. Besonders bis zur Mitte des 19. Jahrhunderts gab es kaum eine Theateraufführung, die nicht musikalisch unterstützt wurde. Die Musik im Sprechtheater war beeinflusst von den Reformbewegungen des 18. Jahrhunderts, der Rezeption antiker Dramenmodelle und des Shakespeare-Theaters. Bestimmte Konventionen entwickelten sich, nach denen die Aufführung mit einer Ouvertüre eröffnet und einer Schlussmusik beendet wurde, während die einzelnen Akte jeweils durch Zwischenaktmusiken, die mit dem Drama in gedanklicher und atmosphärischer Beziehung stehen sollten, verbunden wurden.[13] Rückerts Ansinnen auf eine Aufführung seines Stückes mit musikalischer Begleitung steht damit in einer spezifisch deutschen Tradition und ist alles andere als ungewöhnlich für seine Zeit. Dass gerade im Jahr der Entstehung von *Saul und David* Mendelssohns Musiken zur *Antigone* und zum *Sommernachtstraum* erfolgreich zur Aufführung kamen, mag verstärkend auf Rückert gewirkt haben.

Eine zweite Art der Schauspielmusik stellt die in die Handlung integrierte Musik dar, also die „zu Musikszenen erklingende Musik (Ständchen, Trinklieder, Jagdsignale usw.) sowie die ausschließlich dramaturgisch motivierte Musik wie Melodramen oder entsprechende Instrumentalstücke, die der Ausdruckssteigerung dienen".[14] Zu dieser Art von ‚Inzidenzmusik' bieten sich in *Saul und David* wenig Möglichkeiten.[15]

---

[12] Friedrich Rückert: Brief an Friedrich Schubart vom 14. August 1842. In: ders., Briefe (Anm. 1), Bd. 2, S. 874-876, hier S. 874. Die Vermutung, Rückert habe an eine „Vertonung" im Sinne einer Oper gedacht, ist bei dessen Geringschätzung der Gattung wenig plausibel. Gernot Demel/Stefan Demel: Verzeichnis der Rückert-Vertonungen. In: Jürgen Erdmann (Hg.): 200 Jahre Friedrich Rückert (1788-1988). Dichter und Gelehrter. Katalog der Ausstellung. Coburg 1988, S. 417-550, hier S. 419.

[13] Zum Folgenden vgl. Detlef Altenburg/Lorenz Jensen: Art. „Schauspielmusik". In: Ludwig Finscher (Hg.): Die Musik in Geschichte und Gegenwart. Sachteil, Bd. 8. Kassel/Basel/London/New York und Stuttgart/Weimar ²1998, Sp. 1035-1049, hier Sp. 1035-1036, 1043-1044.

[14] Ebd., Sp.1035.

[15] Ausnahmen sind einige chorische Passagen in beiden Stücken sowie das fünfstrophige Lied eines Kriegsknechtes im dritten Akt von *Saul und David*. Im vierten Akt singt David ein zweiteiliges Lied, dessen reimlose, unterschiedlich langen Verse keine Alternation aufweisen.

III.

Rückert stellt seinem 1843 erstmals gedruckten Drama *Saul und David* ein dreiaktiges *Vorspiel* mit dem Titel *Sauls Erwählung* voran. Die Titelfigur übernimmt die Führung des israelitischen Stammesverbundes in einer politischen Krisenzeit. Im Dialog zweier Israeliten lässt Rückert zu Beginn des ersten Aktes die Vorgeschichte rekapitulieren: Berichtet wird vom Geschlechterkampf der Israeliten untereinander, vom Kampf der Philister gegen die Israeliten und vom Raub bzw. der Wiedergewinnung der Bundeslade. Die eigentliche Handlung setzt mit der Forderung der Ältesten ein, den zwölf Stämmen Israels einen König zu geben, der deren Vereinigung vorantreiben könne. Samuel, der das Amt eines Richters und Oberpriesters versieht, versucht, die Vertreter des Volkes davon zu überzeugen, dass die Einsetzung eines Königs nicht im Sinne Gottes wäre, der Israel in Notfällen immer einen „Richter", „Helden" oder „Propheten" gesandt hätte, doch deren Sehnsucht nach einem starken Führer ist größer. Obwohl der Herr den Bund mit den Israeliten durch diese Forderung als gebrochen ansieht, verspricht er, einen König zu bestimmen. Bei einer Volksversammlung in Mispa legt Samuel sein Richteramt nieder, bleibt jedoch Oberpriester und präsentiert Saul als neuen König. Die Frage nach seiner Legitimation bleibt Stadtgespräch. Als Boten aus dem von den Ammonitern belagerten Jabes Saul um Hilfe bitten, befreit er die Stadt und wählt sich eine der Jungfrauen zur Gemahlin.

Das fünfaktige Drama *Saul und David* zeigt anfangs dann die Versuche Sauls – seit dessen Krönung sind 20 Jahre vergangen –, sich von Gott bzw. dessen Propheten Samuel zu emanzipieren. Saul ist zwar König, doch als solcher Instrument des göttlichen Willens. Als er dem Drängen seines Heeres nachgibt und eigenständig Befehle erteilt, d.h. ohne deren göttliche Legitimation abzuwarten, wendet sich Gott von ihm ab. Samuels Ankündigung nimmt den Verlauf der Handlung, der in der Erfüllung der Prophezeiung besteht, vorweg:

> Jetzt eben dachte Gott dein Königthum
> In Israel auf ewig zu bestätigen,
> Wo nicht dein Vorwitz in den Arm ihm griff,
> Den, dich zu segnen, er erhoben hatte.
> Er läßt ihn sinken, und den meinen ich;
> Er läßt dich fallen, und ich lasse dich.
> Er blickt umher nach einem, den er zeigen
> Mir wird, dem er das alles, was dein eigen

Nicht bleiben soll, an deiner Statt wird schenken,
Und ihn erheben, wie du dich wirst senken.[16]

Zwar siegt Saul im Kampf gegen die Philister, doch sieht er sich zur Rettung seines Sohnes genötigt, einen Schwur zu brechen. Obwohl er um die Unrechtmäßigkeit seines Handelns weiß und deshalb zur Tötung Jonathans, der unbewusst einen Befehl des Vaters verletzt hat, bereit ist, lässt er sich vom Volk, das er als Sprachrohr göttlichen Willens begreift, umstimmen: „Des Volkes Stimm' ist auch wohl Gottes Stimme [...].“[17] Als Saul im anschließenden Kampf gegen die Amalekiter auch noch deren König schont und damit zum wiederholten Male einen göttlichen Befehl ignoriert, wendet sich Gott endgültig von ihm ab. Die dem König Nahestehenden bemerken von diesem Zeitpunkt an eine zunehmende Verfinsterung seines Gemüts. Saul selbst spürt, dass Gott ihn verlassen hat, doch rechtfertigt er seine Taten damit, dass er gemäß seinem „menschlich[en] Gefühl gehandelt habe“.[18]

Im Kampf gegen die Feinde Israels, den Saul auch ohne die Weisungen Samuels weiterführt, erschlägt derselbe David den Riesen Goliath, dessen Gesang den König zeitweilig von seiner Schwermut befreit hat. Saul steht dem jungen Mann mit einer Mischung aus Misstrauen und Bewunderung gegenüber, seine Kinder, Jonathan und Michal, sind ihm in Liebe zugetan.

Die Gemütsverfassung des Königs verschlechtert sich allerdings zusehends, so dass er in einem Anfall höchster Verwirrung zweimal den Speer nach David schleudert. Diesem gelingt nicht nur die Flucht, sondern er schafft es darüber hinaus, drei Heere, die der König zu seiner Ergreifung aussendet, zum Überlaufen zu bewegen. Jonathan versucht unterdessen zwischen seinem Vater und David zu vermitteln. Da Saul auf der Suche nach David auch gegen seine eigenen Untertanen vorgeht, führt dieser eine Zusammenkunft herbei. Er verschont den in einer Höhle schlafenden Saul, dem bewusst wird, dass seine Zeit als König zu Ende geht:

Du waltest königlich, und ich bin meinem Grimme fröhnig.
Laß, wenn dich hat des Herren Huld an meiner Stell' erhoben,
Die Strafe doch für meine Schuld nicht mein Geschlecht erproben![19]

---

[16] Friedrich Rückert: Gesammelte poetische Werke. Bd. 9. Frankfurt/Main 1869, S. 73.
[17] Ebd., S. 90.
[18] Ebd., S. 105.
[19] Ebd., S. 162.

David erweist sich auch in der Folgezeit als umsichtiger und gerechter künftiger Nachfolger. Er schont die Anhänger des Königs, wählt sich eine kluge Frau und zieht sich aus dem Königreich zurück ins Land der Philister, die in ihm einen neuen Verbündeten sehen.

Kurz vor seinem Tod sucht Saul die Hexe von Endor auf, die den toten Samuel erscheinen lässt, um eine letzte Prophezeiung auszusprechen: den gemeinsamen Tod von Jonathan und Saul. Im Kampf gegen die Philister fallen Vater und Sohn. Davids Machtübernahme steht damit nichts mehr im Wege und bereits unmittelbar nach seiner Rückkehr verkündet er eine Art Regierungserklärung:

> In Hebron will ich thronen, will ich wohnen,
> Ein Stammgenosse meiner Stammgenossen.
> Zu strafen Böses, Gutes zu belohnen,
> Mild und gerecht zu sein bin ich entschlossen:
> So möge gnädig mir im Himmel thronen
> Der Herr, der seine Weih auf mich ergossen!
> Das Regiment in Juda will ich lenken,
> Dabei das Reich von Israel bedenken.[20]

Die letzten Szenen des fünften Aktes zeigen den neuen König bei der praktischen Umsetzung seines Vorhabens, also der Leitung der Staatsgeschäfte.

Rückert orientiert sich deutlich an seiner biblischen Vorlage, dem *1. Buch Samuel* aus dem *Alten Testament*. Er hält deren Chronologie ein und weicht nur dann von ihr ab, wenn es die Zusammendrängung des dramatischen Stoffes verlangt. Besonderes Gewicht legt Rückert auf die Szenen, in denen verschiedene Formen von Herrschaft thematisiert werden: Das Vorspiel markiert den Übergang von der Herrschaft der Priester zum Königtum. In der Zeit vor diesem bestimmte Gott die jeweiligen Hohepriester, die in seinem Namen Recht sprachen und streng nach göttlichem Befehl handelten. Doch die Nachkommen dieser Priester (Eli, Samuel) erwiesen sich noch zu Lebzeiten der Väter als unwürdig, gefährdeten dadurch deren Position und damit die Stabilität des Staates. Im Königtum sieht das Volk die Herrschaftsform, die neue Identifikationsmöglichkeiten bietet. Nur ein König, so die Ältesten in der ersten Szene des Vorspiels, könne alle Stämme Israels vereinigen, im Kampf ein Vorbild sein und als Mensch überhaupt als solches dienen. Saul ist zwar ein König aus der Mitte des Volkes, doch steht er immer noch in einem Abhängigkeitsverhältnis, denn er muss die Befehle Gottes, die ihm von Samuel übermittelt werden, befolgen. Eigenständiges

---

[20] Ebd., S. 195.

Handeln ist ihm untersagt. Er scheitert letztlich an dem Zwiespalt, zwischen den Bedürfnissen des Volkes und den Vorgaben Gottes entscheiden zu müssen. Erst David wird dann der König sein, der keinen Priester mehr benötigt, „dem Frag und Antwort selbst gebührt",[21] der Gott nur noch im (stillen) Gebet befragt. Die Situationen, die David bei (politischen) Entscheidungsfindungen zeigen, füllen nahezu den gesamten fünften Akt des Stückes.

Rückerts Drama kann deshalb auch als eine Art Fürstenspiegel gelesen werden, dem die Geschichte biblischer Personen als Exempel dient. Gescheitert ist er allerdings am Versuch einer Kombination von chronologischer ‚Erzählweise' und dramaturgischer Kontrastierung einzelner Szenenkomplexe.

IV.

Als Vorlage für ein Oratorien- bzw. Opernlibretto wurde Rückerts Drama auch von anderen Autoren nicht herangezogen, obwohl seit Georg Friedrich Händels *Saul*-Oratorium (Uraufführung 1739) die Geschichte um Saul und David mehrmals vertont wurde. Die meisten Kompositionen stammen aus dem 19. Jahrhundert. Ein Melodram E. T. A. Hoffmanns kam 1811 in Bamberg zur Aufführung, ein Oratorium Ferdinand Hillers 1858 beim Rheinischen Musikfest in Köln. Ignaz Assmayr komponierte gleich zwei Oratorien: *Saul und David* (UA 1840) sowie *Sauls Tod* (UA 1842). Das Libretto zu Carl Nielsens 1902 in Kopenhagen uraufgeführter Oper *Saul og David* entwarf der spätere Direktor des Königlichen Theaters nach dem *1. Buch Samuel*.[22] Das biblische Geschehen ist bei Nielsen – wie sollte es auch anders sein – gestrafft und teilweise verändert. Der hohe Anteil des Chores weist auf oratorische Einflüsse hin, die Liebesgeschichte zwischen David und Sauls Tochter Michal bekommt ein deutlich größeres Gewicht als in der Vorlage und ist eine Konzession an die Gattung Oper.[23]

---

[21] Ebd., S. 169.

[22] Zu weiteren Vertonungen dieses Stoffes vgl. Alexander Reischert: Kompendium der musikalischen Sujets. Ein Werkkatalog. Bd. 1. Kassel/Basel/London/New York/Prag 2001, S. 868-871.

[23] Zu Nielsens Oper vgl. Kadja Grönke: Saul og David. In: Carl Dahlhaus/Forschungsinstitut für Musiktheater der Universität Bayreuth (Hg.): Pipers Enzyklopädie des Musiktheaters. Bd. 4. München/Zürich 1991, S. 429-431.

Ein Komponist hat sich allerdings doch für eine kurze Zeit mit dem Vorhaben befasst, eine Oper in Anlehnung an Rückerts Drama zu schreiben. In einem Brief an Hugo von Hofmannsthal skizziert Richard Strauss die Handlung eines *Saul und David*-Librettos:

> Heute las ich Rückerts: ‚Saul und David' (Ges. Werke, IX, Sauerländers Verlag 1869, Frf. a. M.), da wäre viel Verwendbares darin. Und da mich der rasende Saul schon lange interessiert, möchte ich gerne, dass sie sich's ansehen. Recht konzentrisch ließen sich da zwei feine Akte herausschälen!
>
> Samuel sich von Saul abwendend und David krönend.
>
> David vor Saul spielend.
>
> David erschlägt Goliath, zieht als Sieger unter Jubelchören von Sauls Tochter geführt vor Saul.
>
> Sauls Speerwurf.
>
> Saul verfolgt David, begegnet ihm. David schont Saul, den er im Schlafe überrascht.
>
> Sauls Ende vor der Hexe von Endor.
>
> Davids Krönung zum König.
>
> In dem Stoffe liegen feine Sachen, und gerade Sie könnten aus Sauls Prachtfigur etwas Famoses machen. Lesen Sie bitte doch den alten Rückert mal, vielleicht regt er Sie an. Seit ich Rembrandts ‚Saul und David' im Haag gesehen, verfolgt mich der Stoff, ich kann ihn aber nicht selbst gestalten. Aber der Schöpfer der tanzenden Elektra könnte es![24]

Das Projekt wurde jedoch nicht weiterverfolgt, weil Hofmannsthal ihm wohl nichts abgewinnen konnte. Ein einziges Mal reagierte er auf den Vorschlag, als er nämlich am 16. Juni desselben Jahres antwortete: „[W]enn wir mit dem Geschäftlichen überm Berg sind, freue ich mich, Ihnen einen andern Brief zu schreiben, mit etwas Zukunftsmusik, die Stoffe ‚Saul' und ‚Semiramis' betreffend."[25] Doch während eine *Semiramis*-Oper auch in den folgenden Briefen immer wieder thematisiert wird und Strauss im Dezember 1907 in Anlehnung an Calderóns *Tochter der Luft* eine Art Prosaentwurf des Librettos niederschreibt, ist von *Saul und David* keine Rede mehr.

Gerade in der Zeit von 1906 bis 1909, den Jahren der Arbeit an der *Elektra*, suchten der Komponist und sein Librettist nach neuen Stoffen: Strauss machte Vorschläge für mögliche Sujets (Stoffe aus der Renaissance, Georg Büchners *Dantons Tod*, Victorien Sardous *9. Thermidor* etc.), die Hofmannsthal entweder ignorierte oder mit Begründung ablehnte.

---

[24] Richard Strauss: Brief an Hugo von Hofmannsthal (5. Juni 1906). In: Richard Strauss – Hugo von Hofmannsthal. Briefwechsel. Gesamtausgabe. Hg. von Willi Schuh. Zürich ³1964, S. 22f.

[25] Hugo von Hofmannsthal: Brief an Richard Strauss (16. Juni 1906). In: Ebd., S. 25.

Übereinstimmung gewannen beide erst wieder in der Entscheidung für die Ausarbeitung des *Rosenkavaliers*.[26]

V.

Die Kürze der Prosaskizze lässt kaum Rückschlüsse auf die mögliche Gestalt einer *Saul und David*-Oper zu, besonders dann nicht, wenn man bedenkt, wie eng die Zusammenarbeit von Strauss und Hofmannsthal bei der Entstehung ihrer Stücke war, wie intensiv jener an der Gestaltung des Textmaterials mitgearbeitet hat. Einige Bemerkungen müssen genügen:

(1) Der zeittypischen Neigung im Musiktheater der Jahrhundertwende, auf mythische oder biblische Stoffe zurückzugreifen, hätte Strauss mit seiner Wahl des *Saul* zwar entsprochen, doch wäre dieser neben der *Salome* das einzige auf die christliche Antike zurückgehende Stück geworden. Strauss' Vorliebe galt den Frauenfiguren der heidnischen Mythologie (Elektra, Ariadne, Helena, Daphne, Danaë).

(2) *Salome* und *Elektra* sind die einzigen Literaturopern von Strauss, in denen der Text der Vorlage ‚wortgetreu' vertont wurde.[27] Der seltene Fall, dass sich ein nicht zur Vertonung bestimmtes Drama als idealer Operntext herausstellte, wiederholte sich nach der *Salome* Wildes nur noch bei Hofmannsthals *Elektra*. Rückerts umfangreiches Drama mit seinen unterschiedlichen Versformen hätte nur das Handlungsgerüst für ein Libretto liefern können, dementsprechend spricht Strauss vom ‚Herausschälen' zweier Opernakte.

(3) Dass sich Hofmannsthal darauf eingelassen hätte, einen fremden (Dramen-)Text zu bearbeiten, ist mehr als unwahrscheinlich. Doch standen Librettist und Komponist 1906 noch am Beginn ihrer Zusammenarbeit. Die teilweise absurden Vorschläge möglicher Sujets (z.B. Büchners *Danton*) zeigen, dass Strauss anfänglich nur vage Vor-

---

[26] Zur Zusammenarbeit von Strauss und Hofmannsthal vgl. besonders Johannes Krogoll: Hofmannsthal – Strauss. Zur Problematik des Wort-Ton-Verhältnisses im Musikdrama. In: Wolfram Mauser (Hg.): Hofmannsthal und das Theater. Die Vorträge des Hofmannsthal Symposiums Wien 1979. Wien 1981 (Hofmannsthal Forschungen, 6), S. 81-102, sowie Françoise Salvan-Renucci: „Ein Ganzes von Text und Musik." Hugo von Hofmannsthal und Richard Strauss. Tutzing 2001 (Dokumente und Studien zu Richard Strauss, 3).

[27] In Übereinkunft mit Hofmannsthal wurde am ursprünglichen Text der *Elektra* wenig geändert: Zusätzlich zu den notwendigen Kürzungen musste der Text in einigen Fällen an melodische Linien angepasst werden.

stellungen von den ästhetischen Interessen seines Librettisten hatte. Vom *Rosenkavalier* an möchte sich Hofmannsthal den „Ehrennamen eines Librettisten" nur dann verdienen,[28] wenn er ein Libretto eigens für Strauss konzipiert.

(4) Die Prosaskizze des Komponisten lässt eine deutlich symmetrische Handlungskonstruktion erkennen. Zentrum bzw. Spiegelachse hätte die Szene sein sollen, in der Saul den Speer nach David schleudert. Gleichzeitig hätte diese auch die Peripetie der Handlung dargestellt. Die einleitende Szene mit der Abwendung des Propheten Samuel von Saul korrespondiert mit der abschließenden, in der David zum König gekrönt wird. Während Davids Gesang den König beruhigt, prophezeit die Hexe von Endor sein kommendes Unglück. Davids Konfrontation mit Goliath findet seine Entsprechung in der Begegnung mit Saul, nur dass er jenen tötet und diesen verschont.

(5) Die Strukturierung der Handlung eines möglichen *Saul und David*-Librettos erinnert in ihrer Anlage an das Libretto der *Elektra*. Auch dort lässt sich die siebenteilige Handlung um eine zentrale Szene (Elektra–Klytämnestra) gruppieren. Darüber hinaus lassen sich auch dort szenische Entsprechungen finden, obwohl in der Partitur die Szenen nicht als solche bezeichnet werden. Die symmetrische Strukturierung auf der Handlungsebene wird unterstützt durch musikalische Motive, die in den korrespondierenden Szenen der Oper (verändert) wiederaufgenommen werden.

(6) Die zweiaktige Handlung, die sich aus einigen der effektvollsten Szenen des Dramas zusammengesetzt hätte, lässt eine deutliche Steigerung zum jeweiligen Aktende hin erkennen: Der erste Akt wäre mit einem Triumphzug, der zweite mit einer Krönungszeremonie beschlossen worden. Das Prinzip der Steigerung, das im *Saul und David*-Entwurf nur im Hinblick auf die Entwicklung der Handlung innerhalb der beiden Akte zu erkennen ist, lässt sich im Falle der *Elektra* auf mehrere Ebenen der musikalischen und textuellen Struktur beziehen: In den *Erinnerungen an die ersten Aufführungen meiner Opern* berichtet Strauss von der „gewaltige[n] musikalische[n] Steigerung bis zum Schluß" sowie von der „Gewalt der Steigerungen", die aus der Geschlossenheit des Aufbaus resultiert.[29]

---

[28] Hugo von Hofmannsthal an Richard Strauss (18. Oktober 1908). In: Briefwechsel Strauss – Hofmannsthal (Anm. 24), S. 50f.

[29] Richard Strauss: Erinnerungen an die ersten Aufführungen meiner Opern. In: Willi Schuh (Hg.): Richard Strauss. Betrachtungen und Erinnerungen. Zürich ³1981, S. 219-246, hier S. 229f.

(7) Verwunderlich ist, dass Strauss bei der Einbindung der Frauenfiguren in den Handlungsverlauf Rückerts Stück folgt. Sauls Tochter Michal ist dort nahezu bedeutungslos. In der Oper wäre sie dem siegreichen David beim Triumphzug zur Seite gestellt worden und damit ebenfalls bloße Staffage gewesen. Alle sechs Gemeinschaftsarbeiten von Hofmannsthal und Strauss weisen jedoch zentrale Frauenrollen auf, fünf führen einen Frauennamen im Titel (*Elektra, Ariadne auf Naxos, Arabella, Die ägyptische Helena*) oder umschreiben diesen (*Die Frau ohne Schatten*).[30] Des Weiteren geht die Bevorzugung der Sopran- bzw. Frauenstimme generell bei Strauss (und bei Hofmannsthal) weit über die Operntradition hinaus. Selbst die zwei gescheiterten Opernprojekte, die im Umfeld des *Saul und David* entworfen, allerdings ausführlicher diskutiert wurden als dieser, haben ‚weibliche‘ Titel: *Semiramis* und *Cristinas Heimreise*. *Saul und David* jedoch wäre eine Männeroper geworden.

VI.

An eine Umsetzung des Vorschlags seines Komponisten hat Hofmannsthal im Falle von Rückerts Drama nie ernsthaft gedacht. Aufgeführt wurde das Stück wohl ebenfalls nicht, auch wenn in den Tagebüchern Karl August Varnhagen von Enses am 2. März 1857 der folgende Eintrag zu finden ist: „Der König sah die Aufführung des Trauerspiels ‚Saul‘, ging aber nach dem zweiten Akt fort, und fand im Vorzimmer einen Lakaien in Schlaf gesunken. ‚Der hat gewiß gehorcht,‘ sagte der König, ‚das hat er davon!‘“[31] Ob es sich überhaupt um Rückerts Drama handelt, ist ungewiss. Auf den Berliner Theatern ist die Aufführung eines gleichnamigen Stückes an diesem Tag nicht nachzuweisen. Vielleicht ist dem König das (Rückerts?) Trauerspiel einfach nur vorgelesen worden.[32]

Auf die Opernbühne hat es Rückert allerdings doch noch gebracht. Maurizio Kagel verarbeitete in seiner 1981 uraufgeführten Oper *Aus Deutschland* im 25. Bild das Gedicht *Zum Schluß*. Er entwickelt in dieser *Lieder-Oper* aus Texten von bekannten Liedern, die oft nur fragmentarisch zitiert oder mit anderen Gedichten collagiert werden, ein Geflecht von Miniatur-Opern, in deren Zentrum Franz Schubert steht.

---

[30] Die einzige Ausnahme ist der *Rosenkavalier*, dessen Titelfigur jedoch von einer Frau gesungen wird.

[31] Karl August Varnhagen von Ense: Tagebücher. Bd. 13. Hamburg 1870, S. 333.

[32] Das hat bereits Karpeles vermutet. Vgl. Karpeles, Rückert und das Hoftheater (Anm. 8), S. 73.

Verzeichnis der Rückert-Vertonungen (2009)

Eine Ergänzung des Verzeichnisses von Gernot und Stefan Demel

von

Jessica Riemer

I. Allgemeines zu Rückert-Vertonungen

Seit rund 200 Jahren werden Rückerts Gedichte vertont. Die Zahl der Vertonungen, die heute vorliegen, ist kaum noch überschaubar. Das nachstehende Verzeichnis stellt einen Versuch dar, das bislang gültige von Gernot und Stefan Demel zu aktualisieren, das etwa 2.000 Rückert-Vertonungen auflistet und 800 Komponisten erfasst.[1] Friedrich Rückert gehört neben Dichtern wie Johann Wolfgang von Goethe, Joseph von Eichendorff, Rainer Maria Rilke und Friedrich Hölderlin zu den meistvertonten Dichtern deutscher Sprache.[2] Als Leser seiner Texte fragt man sich, warum Rückert so häufig vertont wird und was an seiner Lyrik so besonders ist? Was reizte die Komponisten an dem Dichter und welche seiner Gedichte werden bevorzugt vertont? Wie sehen die Rückert-Vertonungen aus und wodurch unterscheiden sie sich voneinander? Gibt es Komponisten, die sich dem Dichter bevorzugt zuwenden? Welche Stilrichtungen lassen sich anhand der Verzeichnisse erkennen? All diese Fragen sollen in dem vorliegenden Beitrag diskutiert werden und die Leser zu einer intensiven Auseinandersetzung mit Rückert und der Musik anregen.

Rückert stand Vertonungen seiner Gedichte im Allgemeinen reserviert gegenüber, gewann aber ähnlich wie Rainer Maria Rilke[3] in seinen letzten

---

[1] Vgl. Hans-Joachim Hinrichsen: Art. „Friedrich Rückert". In: Ludwig Finscher (Hg.): Die Musik in Geschichte und Gegenwart. Allgemeine Enzyklopädie der Musik. Begründet von Friedrich Blume. Personenteil. Bd. 14. Kassel/Basel/London/New York und Stuttgart/Weimar ²2005, Sp. 611-614.

[2] Vgl. Harald Fricke: Gesetz und Freiheit. Eine Philosophie der Kunst. München 2000, S. 78.

[3] Rilke fasste die Musik als eine Art Konkurrenz zu seiner ohnehin schon klangvollen Dichtung auf. Zu Rilkes Verhältnis zur Musik vgl. Jessica Riemer: Rilkes

Lebensjahren zunehmend ein positiveres Verhältnis zur Musik. Da er kein Instrument zu spielen verstand und auch nur mit wenigen Musikern und Komponisten bekannt war, empfand er sich als unmusikalisch.[4] Dem Ansinnen von Komponisten wie Carl Loewe, seine Gedichte zu vertonen, begegnete er mit Skepsis. So ließ er Fanny von Wangenheim in einem Brief aus dem Jahre 1838 wissen: „Meine Sachen sind weder zum Singen noch zum Malen, sondern zum Lesen und zur Erbauung."[5] Bestärkt wurde Rückert in seiner Selbstwahrnehmung durch Rezensenten, die in seinen Gedichten einen Mangel an Musikalität ausgemacht zu haben glaubten.[6] Dennoch kursierten zu seinen Lebzeiten mehrere Liedfassungen von seinen Gedichten, etwa von Franz Schubert (1797-1828), dem oben erwähnten Carl Loewe oder Robert Schumann (1810-1856). Schumann zählte zu Rückerts Favoriten unter den Komponisten. Zur Vertonung des *Liebesfrühling* durch Robert und Clara Schumann äußerte er sich in einem Widmungsgedicht auf emphatische Weise.[7] In späteren Jahren wandelte sich Rückerts Verhältnis zur Musik. Er sah ein, dass er durch die Vertonungen einen höheren Bekanntheitsgrad als Dichter gewann. Zu seiner positiven Einstellung zur Musik trug sicher auch das Urteil Johann Wolfgang von Goethes bei, der sich in seiner Zeitschrift *Über Kunst und Alterthum* (1822) begeistert über die *Östlichen Rosen* geäußert hatte. Goethe bezeichnet die Gedichte als Lieder und empfiehlt sie nachdrücklich allen Musikern.[8] Je intensivere Kontakte Rückert zu Musikern und Komponisten pflegte, desto mehr lernte er die Vertonungen seiner Werke schätzen. Den mit ihm befreundeten Musiker Louis Hetsch (1806-1872) ermutigte Rückert sogar zu mehreren Vertonungen. Er gesteht seinen Gedichten nun eine gute Singbarkeit zu und bekennt, sie „bei Ihrem Entstehen innerlich gesungen zu haben".[9] Rückert hatte sogar an eine Vertonung sei-

---

Frühwerk in der Musik. Rezeptionsgeschichtliche Untersuchungen zur Todesthematik. Heidelberg 2010, S. 148ff.

[4]   Rückert war mit dem Komponistenehepaar Robert und Clara Schumann bekannt, das zahlreiche seiner Gedichte vertont hatte, mit dem Liederkomponisten Carl Loewe und dem Dichter und Komponisten Christian Friedrich Daniel Schubart.

[5]   Friedrich Rückert: Brief an Fanny von Wangenheim [1838]. In: ders.: Briefe. Hg. von Rüdiger Rückert. Bd. 1. Schweinfurt 1977, S. 725f.

[6]   Vgl. Helmut Prang: Friedrich Rückert. Geist und Form der Sprache. Schweinfurt 1963 (Veröffentlichungen des Förderkreises der Rückert-Forschung), S. 196.

[7]   Das Gedicht findet sich abgedruckt bei Fricke, Gesetz und Freiheit (Anm. 2), S. 79.

[8]   Vgl. ebd., S. 81.

[9]   Friedrich Rückert: Brief an Louis Hetsch vom 26. Dezember 1837. In: ders., Briefe (Anm. 5), Bd. 1, S. 687.

nes Trauerspiels *Saul und David* gedacht.[10] An seinen Freund Christian Friedrich Daniel Schubart, den Verfasser der bekannten Tonartencharakteristik, der sich mit Rückert oft über Musik unterhielt, schreibt er in einem Brief vom 14. August 1842 über den König von Preußen, dem er eine prächtige Abschrift des Trauerspiels als Geschenk überbracht hatte, folgendes: „[M]ag er nun lesen oder nicht; ich an seiner Stelle ließe es in Musik und Scene setzen."[11]

Dass so viele Komponisten Rückert vertonten, liegt zum einen in seiner Stellung im kulturellen Leben der ersten Hälfte des 19. Jahrhunderts und zum anderen in den Themen seiner Dichtung begründet. Rückert unterhielt Beziehungen zu bedeutenden Menschen, Literaten und Forschern seiner Zeit und verhalf seiner Lyrik so zu einem hohen Bekanntheitsgrad. Vor allem in den 1840er Jahren war Rückert als Dichter beliebt. In den letzten Jahren vor seinem Tod schwand seine Popularität zusehends. Rückert lebte zurückgezogen und publizierte nur noch wenig.[12] Dass er es in seinen Gedichten zu einer thematischen Vielfalt brachte wie kaum ein anderer Dichter, ist ein Umstand, der ebenfalls die Komponisten veranlasste, seine Gedichte zu vertonen. Seine Lyrik ist gefällig, bietet gewissermaßen „für jeden etwas" und erreichte damit unterschiedlichste Rezipienten. Rückert schrieb Gedichte im Volksliedton (*Aus der Jugendzeit*), märchenhafte Gedichte (*Vom Bäumlein, das andere Blätter hat gewollt*), Naturgedichte, politische Zeitgedichte und Gedichte mit lehrhaftem und philosophischem Impetus, die Barockdichtungen ähneln und meistens in Alexandrinern verfasst sind. Auch orientierte sich Rückert an den Sinnsprüchen des Angelus Silesius. Typisch für Rückert sind solche Gedichte, die von orientalischer Mystik und Phantasie geprägt sind (etwa die *Östlichen Rosen*). Viele Themen entnahm der Dichter jedoch auch dem alltäglichen Bereich, ein typisches Merkmal für die Poesie des Biedermeier. Die *Deutschen Gedichte*, 1814 unter dem Pseudonym „Freimund Reimar" erschienen, sind patriotisch gestimmt. Sie reagieren auf die Freiheitskriege und rufen zum Kampf gegen Napoleon auf. Daneben stehen Dichtungen mit einer dezidiert religiösen Thematik. So veröffentlichte Rückert 1839 eine Darstellung des Lebens Jesu in Reimpaaren. Die *Kindertodtenlieder* schließlich sind von persönlichen Empfindungen geprägt. Rückert verarbeitet in ihnen den Tod seiner beiden Lieblingskinder im Winter 1833. Über seine poetischen Werke

---

[10] Vgl. dazu den Beitrag von Bernd Zegowitz im vorliegenden Band.
[11] Friedrich Rückert: Brief an Friedrich Schubart vom 14. August 1842. In: ders., Briefe (Anm. 5), Bd. 2, S. 874-876, hier S. 874.
[12] Vgl. Hinrichsen, Rückert (Anm. 1), Sp. 612.

hinaus hat sich Rückert mit Übersetzungen und Nachdichtungen aus dem Arabischen, Chinesischen, Persischen und Indischen einen Namen gemacht. Neben den Ghaselen von Dschelaleddin Rumi übertrug er Gedichte von Hafis in die deutsche Sprache. Das Gedicht *Wollt Ihr kosten reinen Osten* bezieht sich inhaltlich unmittelbar auf Goethes *West-östlichen Divan*, eine Gedichtsammlung, die vor allem im 19. Jahrhundert oft vertont wurde.

Sieht man einmal von den Inhalten gab, so liegt ein weiterer wichtiger Grund für die gute Vertonbarkeit von Rückerts Gedichten in der Vielfalt ihrer Formen und strukturellen Elemente.[13] Sonette[14] stehen neben volksliedhaften Vierzeilern, Balladen neben prägnanten Spruchdichtungen, die mit ihrer Prägnanz an Sprichwörter erinnern. Eine Besonderheit von Rückerts Dichtkunst liegt in der Übernahme orientalischer Strophenformen wie die Makame. Sie unterstreichen die östliche Provenienz des Dargestellten[15] und weisen Rückert auch in formaler Hinsicht als Vermittler zwischen Orient und Okzident aus. Für viele Komponisten bedeutete es eine Herausforderung, solche exotischen Strophen in Musik zu setzen. Als virtuoser Verskünstler und Meister der Form verwendete Rückert u.a. Ghasele, Wortspiele, persische Vierzeiler, sprichwortähnliche Zeilen sowie Ketten- und Kehrreime.[16] Eine Studie, die Rückerts Verhältnis zur Musik in den Blick nimmt und sich der Rezeption der Vertonungen seiner Gedichte widmet, gehört nach wie vor zu den Desideraten der Forschung.[17] Der vorliegende Beitrag unternimmt einen Schritt in diese Richtung, auch wenn auf detaillierte Analysen der Vertonungen mit Rücksicht auf den quantitativen Rahmen verzichtet werden muss.

---

[13] Vgl. Harald Fricke: Rückert und das Kunstlied. Literaturwissenschaftliche Beobachtungen zum Verhältnis von Lyrik und Metrik. In: Rückert-Studien 5 (1990), S. 14-37, hier S. 23.

[14] Ein Beispiel ist die 1812 veröffentlichte Sonettsammlung *Agnes' Totenfeier* oder der Zyklus *Amaryllis. Ein Sommer auf dem Lande* (1812/1813), das der anakreontischen Tradition nahesteht.

[15] Die *Östlichen Rosen* (1822) etwa zeigen Rückerts Beschäftigung mit den Dichtungen von Hafis, auf die sich auch Goethe in seinem *Westöstlichen-Divan* bezieht. Rückert kombiniert hier deutsche Liebeslyrik mit östlicher Mystik.

[16] Vgl. Werner Oehlmann (Hg.): Reclams Liedführer. Stuttgart [4]1993 (Universal-Bibliothek, 10215).

[17] So schon Hinrichsen, Rückert (Anm. 1), Sp. 614. Ansätze bietet der Beitrag von Karin Vorderstemann im vorliegenden Band.

II. Auswertung des Verzeichnisses von Gernot und Stefan Demel

Das von Gernot und Stefan Demel erstellte Verzeichnis von Rückert-Vertonungen stammt aus dem Jahre 1988 und entstand aus Anlass des 200. Geburtstags des Dichters. Das umfangreiche Nachschlagewerk besteht aus zwei Rubriken, von denen die eine nach Komponisten, die andere nach Werktiteln geordnet ist, so dass der Leser rasch erkennen kann, welche Werke von Rückert besonders oft vertont wurden. Demels Verzeichnis ist der erste Versuch, die zahlreichen Kompositionen über Rückert im Überblick festzuhalten. Es erfasst insgesamt 1.938 Vertonungen, von denen die frühesten noch zu Lebzeiten Rückerts entstanden. Erstaunlich ist dabei die Gattungsvielfalt. Gernot und Stefan Demel erwähnen Chorlieder, Sololieder für Gesang und Klavier, Duette, Terzette, Quartette, Frauen-, Kinder und Männerchöre, Kantaten und Oratorien. Das Kunstlied ist das beliebteste musikalische Genre.[18] Zu den Komponisten, die es entscheidend geprägt haben, gehören im 19. Jahrhundert mit Franz Schubert, Robert Schumann, Carl Loewe, Johannes Brahms, Robert Franz, Peter Cornelius und Hugo Wolf, im 20. Jahrhundert mit Joseph Marx, Hermann Reutter, Paul Hindemith und Richard Strauss Komponisten, die alle auch Rückert vertont haben. Weiterhin unterrichtet das Verzeichnis über Vertonungen der unterschiedlichsten Stilrichtungen. Es finden sich romantische Chorsätze, Kunstlieder von schlichtem Charakter, die dem Volkslied nahestehen, opulente Chorwerke oder Kompositionen für mehrstimmige Chöre ebenso wie Kompositionen im spätromantischen Stil, zu denen als bekannteste Gustav Mahlers *Kindertotenlieder* zählen.

Am häufigsten vertont wurden, wie eine im Vorwort aufgeführte Statistik zeigt, die Gedichte *Ich liebe dich* (66mal)[19] und *Aus der Jugendzeit* (64mal). *Ich liebe dich* reizte mit seiner allgemeingültigen, zeitlosen Thematik vor allem die Romantiker Franz Liszt, Friedrich Silcher, August Stradal, Leopold Damrosch und Ferdinand Gumbert. Dagegen lassen sich nur wenige Vertonungen dieses Gedichts aus dem 20. Jahrhundert nachweisen. Zu nennen wären etwa der Frauenchor von Franz Möckl (*1925) aus dem Jahr 1986 sowie das Duett von Georg Göhler (1874-1954), das 1930 geschrieben wurde. Auch Gedichte mit religiöser Thematik werden gerne vertont, so etwa *Ich stand auf Berges Halde*. Weitere bekannte Gedichte, die

---

18 Vgl. Fricke, Gesetz und Freiheit (Anm. 2), S. 77.
19 Vgl. Gernot Demel/Stefan Demel: Verzeichnis der Rückert-Vertonungen. In: Jürgen Erdmann (Hg.): 200 Jahre Friedrich Rückert. 1788-1866. Dichter und Gelehrter. Katalog der Ausstellung. Coburg 1988, S. 417-550, hier S. 418.

in Musik gesetzt wurden, sind der *Liebesfrühling* (1844 entstanden) und *Die Weisheit des Brahmanen* (1836/39), eine philosophisch-didaktische Sammlung von Sprüchen, die in Alexandrinerreimpaaren gehalten sind. Komponisten der Romantik wie Carl Reinecke oder Clara und Robert Schumann schätzten insbesondere das Gedicht *Liebst du um Schönheit*, während *Grün ist der Jasminenstrauch* sowohl von Romantikern wie Robert Schumann oder Christian Sinding vertont wurde als auch von modernen Komponisten wie Franz Möckl. Seine Komposition entstand 1965.

Gernot und Stefan Demel gehen im knappen Vorwort zu ihrem Verzeichnis in einem kurzen Abriss auch auf die divergente Rezeption der Rückert-Vertonungen ein. Dabei fällt auf, dass Rückert vor allem im 19. Jahrhundert häufig vertont wurde, und zwar in erster Linie von prominenten Komponisten wie Robert Schumann, Johannes Brahms und Franz Schubert.[20] Aber auch Komponisten, deren Namen und Werke heute in Vergessenheit geraten sind, haben sich mit Rückert beschäftigt. In einem kurzen Überblick sollen nun Rückert-Vertonungen des 19. Jahrhunderts genannt und kurz beschrieben werden. Von Franz Schubert, dem ersten Komponisten von Rückert-Vertonungen,[21] liegen sowohl volksliedähnliche, schlichte Strophenlieder als auch komplexe durchkomponierte Lieder vor.[22] Seine erste Rückert-Vertonung entstand 1823, weitere folgten. In all seinen Rückert-Liedern ist eine textnahe Ausdeutung zu erkennen. Der Charakter der Gedichte spiegelt sich in den Tonarten wider. So sind zahlreiche Dur-Moll-Wechsel anzutreffen. Zu Schuberts prominentesten Rückert-Vertonungen gehört das Ghasel *Sei mir gegrüßt* von 1822, das sehr kunstvoll angelegt ist. Schubert verwendet eine komplexe Harmonik, um die Besonderheit der literarischen Form wiederzugeben. Der insgesamt sechsmal wiederkehrende Refrain rückt von D-Dur nach F-Dur. Religiös-andächtig mutet Schuberts *Du bist die Ruh'* an, das einen langsamen, schlichten Klaviersatz aufweist, der maßgeblich von Dreiklangsbrechungen bestimmt wird. Die Singstimme ist ebenfalls simpel, sie steigt stufenweise an.[23]

---

[20] Das Verzeichnis legt den Schwerpunkt auf das 19. Jahrhundert. Es werden nur sehr wenig moderne Kompositionen berücksichtigt.

[21] Anzumerken ist hier, dass der Komponist Ludwig van Beethoven (1770-1827) wohl keinen Rückert-Text vertont hat, obwohl dies in der Forschung manchmal behauptet wird. Im 19. Jahrhundert wurde das liedhafte *Andante* aus der Klaviersonate op. 90 gelegentlich als musikalische Unterlage für das bekannte Gedicht *Fahr wohl, du gold'ne Sonne* benutzt. Es handelt sich bei der Bearbeitung um einen mehrstimmigen Chorsatz. Vgl. Demel, Verzeichnis (Anm. 19), S. 418.

[22] Vgl. Oehlmann, Liedführer (Anm. 16), S. 219.

[23] Vgl. ebd., S. 246.

Zu den Rückert-Vertonungen des 19. Jahrhunderts zählen ferner die Sololieder von Friedrich Silcher (1789-1860) für Gesang und Klavier. Silcher hatte eine Vorliebe für Gedichte mit orientalischer Thematik. Er vertonte nicht nur Rückert-Gedichte, sondern auch Werke von Friedrich von Bodenstedt (1819-1892), der längere Zeit in Tiflis gelebt und den Kaukasus bereist hatte. Der Komponist Karl Friedrich Curschmann (1804-1841), Vertreter der berühmten Berliner Liederschule, ist vor allem durch seine Rückert-Ballade *Der Schiffer*, ein sehr schwermütiges Stück, in Erinnerung geblieben. Sie gehört zu seinen gelungensten Kompositionen.[24] Berühmt für seine Rückert-Balladen ist auch der Komponist Carl Loewe,[25] den Rückert persönlich kennen gelernt hatte. Für Robert Schumann spielte Rückert eine zentrale Rolle. Betrachtet man sein Werkverzeichnis, so lässt sich erkennen, dass die Rückert-Vertonungen einen beträchtlichen Teil seines Liedschaffens einnehmen. Zu den prominenten Rückert-Vertonungen gehört der Liederzyklus *Myrten* op. 25, den Schumann seiner Braut Clara zum Hochzeitstag 1840 schenkte. Rückert-Gedichte bilden hier den Rahmen des Liederzyklus. Schumann beginnt mit der *Widmung*, die unter anderem im 19. Jahrhundert eine virtuose Klaviertranskription durch Franz Liszt (1811-1886) erlebte. Die *Myrten* enden bezeichnenderweise mit dem Gedicht *Zum Schluß*. Als bedeutende Rückert-Vertonung hat darüber hinaus auch die Gemeinschaftsarbeit von Clara und Robert Schumann, das op. 37, zu gelten, das zwölf Gedichte aus Friedrich Rückerts *Liebesfrühling* in Musik setzt. Die Nummern 2, 4 und 11 stammen von Clara. Inhalt und Stimmung der Gedichte werden genau wiedergegeben. Die Vertonung *Der Himmel hat eine Träne geweint* zeichnet sich durch eine einfache, gesangliche Melodie aus; zarte Akkorde beschreiben musikalisch das Bild einer in der Muschel eingeschlossenen Perle. Das *Minnespiel* op. 101 von Robert Schumann aus dem Jahr 1849 vertont mehrere Gedichte aus dem *Liebesfrühling*. Carl Reinecke (1824-1910), Theodor Kirchner (1823-1903) und Johannes Brahms setzten als Schüler und Verehrer Schumanns das Werk des Meisters fort. Bei ihren Rückert-Vertonungen handelt es sich gemeinhin um Strophenlieder, um durchkomponierte Lieder für Klavier und Gesang oder um Chorvertonungen, die einen hohen musikalischen Anspruch haben. Für eine interessante Besetzung ist die Vertonung des Rückert-Gedichtes *Gestillte Sehnsucht* von Johannes Brahms konzipiert, die in den *Zwei Liedern*

---

24 Vgl. ebd., S. 319.
25 Carl Loewe vertonte zahlreiche Balladen. Er gilt als einer der ersten Komponisten, welche die Ballade als Sololied einsetzten. Die Tonmalerei ist ein beliebtes Mittel, das er in seinen Vertonungen anwendet.

op. 91 veröffentlicht ist. Sie ist für Altstimme, Bratsche und Klavier gedacht. Die Bratsche dient dabei zur Klangentfaltung und soll die Atmosphäre des Gedichtes treffend musikalisieren. Sie beschwört in dem Vorspiel zunächst eine idyllische Abendstimmung.[26] Franz Liszts Vertonung von *Ich liebe dich* zeichnet die emotionale Tiefe der Rückert-Gedichte treffend nach. Die Hauptaussage wird achtmal wiederholt und erscheint hinsichtlich Dynamik und Harmonik intensiviert. Durtonarten wie As-Dur und C-Dur stehen im Zentrum und tauchen bei den Worten „ich liebe dich" auf.[27] Gustav Mahler (1860-1911) hat sich mit den *Kindertotenliedern* für Gedichte entschieden, die dem Dichter als Form der innigen Zwiesprache mit seinen verstorbenen Kindern dienten und zuweilen resignativ getönt sind.

Gernot und Stefan Demel führen in ihrem Verzeichnis auch Rückert-Vertonungen auf, die den Stilrichtungen Impressionismus und Expressionismus angehören. Als Beispiel für den Impressionismus können die *Chinesischen Lieder* aus dem Jahre 1908 von Bernhard Sekles (1872-1934) genannt werden. Sekles vertonte insgesamt 18 Gedichte aus der Rückert-Übersetzung des *Schi-king*, einer alten Sammlung chinesischer Poesie. Sein Interesse an dieser Sammlung war zeitbedingt. Um die Jahrhundertwende setzten sich viele Komponisten mit exotischer Musik auseinander. Gefördert wurde dieses Interesse durch die Weltausstellung in Paris im Jahre 1900, bei der die Besucher an die javanische und balinesische Volksmusik herangeführt wurden. Komponisten wie Claude Debussy (*Pagodes*), Giacomo Puccini (*Madame Butterfly*) oder Gustav Mahler (*Lied von der Erde*) versuchten diese exotischen Klänge in ihre Klavierkompositionen zu integrieren. Ähnlich verfuhr auch Sekles. Seine Rückert-Vertonungen sind ein Beispiel für den Exotismus der Jahrhundertwende.[28]

Ein heute nahezu in Vergessenheit geratener Komponist der ersten Hälfte des 20. Jahrhunderts, der zahlreiche Rückert-Gedichte vertonte (über 40 Vertonungen sind nachweisbar), ist Georg Göhler (1874-1954). Mit Rückert verband ihn das Interesse an der orientalischen Kultur. Zudem vertonte er indische Gedichte. Von Richard Strauss (1864-1949) liegen etwa 15 Rückert-Vertonungen vor.

Die Rückert-Rezeption im 20. Jahrhundert umfasst weitere Stilrichtungen, etwa die volksliedartigen, im Zuge der Jugendmusikbewegung der 1920er Jahre entstandenen Vertonungen von Hans Gal (1890-1987),

---

[26] Vgl. Oehlmann, Liedführer (Anm. 16), S. 483.
[27] Vgl. ebd., S. 401.
[28] Vgl. ebd., S. 418.

Quirin Rische (1903-1988), Paul Hindemith (1895-1963) oder Karl Marx (1897-1985), die sich vor allem an musikalische Laienchöre wenden bzw. für den Hausgebrauch gedacht sind, oder auch dodekaphonische Vertonungen wie die frühen Lieder von Alban Berg (1885-1935). Während des Dritten Reiches versuchten einige Komponisten die Gedichte Rückerts für propagandistische Zwecke zu instrumentalisieren. Die Nationalsozialisten nahmen für ihre Propaganda oft Werke berühmter Dichter in Anspruch,[29] vor allem die Lyrik von Dichtern wie Hölderlin, Rilke und Rückert galt ihnen als anschlussfähig. Die Soldaten führten in ihren Feldtornistern Werke dieser Dichter oftmals als Trost- oder Motivationslektüre mit. Themen wie Krieg und Soldatentum stehen neben denen von Religion oder Liebe. Auffällig ist, dass die Gedichte, die eine erfolgreiche literarische Rezeption erlebten, auch oft vertont wurden. Dies wurde in der Forschung bereits am Beispiel von Rilke und Hölderlin nachgewiesen.[30] Eine Untersuchung der Rezeption Rückerts während des Dritten Reiches steht dagegen noch aus. Gernot und Stefan Demel verweisen in diesem Zusammenhang auf eine Komposition von Martin Lorenz. Bei ihr handelt es sich um eine Vertonung aus den *Geharnischten Sonetten* (1817). Lorenz setzt die Gedichte in pompöse Chorvertonungen um. Seine Chöre erinnern an Märsche, sie sind pathetisch und in der Besetzung groß angelegt.[31] Sie entstanden anlässlich des 150. Geburtstag des Dichters im Jahre 1938. Die *Geharnischten Sonette*, vom Dichter gedacht als Beitrag zur Befreiung Deutschlands von der napoleonischen Herrschaft, wurden im Dritten Reich missverstanden. Die Nationalsozialisten bekundeten mit ihrer Hilfe ihren patriotischen Stolz. Lorenz' Komposition kommt dabei einer Art Jubelgesang auf das Vaterland gleich. Sie ist nur ein Beispiel für die vielfältige und mitunter ideologisch gesteuerte Wahrnehmung von Rückerts Gedichten. Moderne Rückert-Kompositionen stammen aus der Feder von Avantgardisten wie Mauricio Kagel (1931-2008). Seine Liederoper *Aus Deutschland*, 1981 in Berlin uraufgeführt,[32] ist ein Beispiel für experimentelle Musik. Ihr liegt das Rückert-Gedicht *Zum Schluß* zu Grunde. Die jüngsten Vertonungen, die Gernot

---

29 Vgl. dazu u.a. Ralf Georg Czapla: Ein Leben im Zitat. Joseph Goebbels' Weg vom Germanisten zum Politiker. Mit einer Edition seines Essays über Theodor Storm (1917). In: Marcel Atze/Michael Hansel/Thomas Degener/Volker Kaukoreit (Hg.): akten-kundig? Literatur, Zeitgeschichte und Archiv. Wien 2009 (Sichtungen. Archiv – Bibliothek – Literaturwissenschaft, 10/11), S. 221-250.
30 Vgl. Riemer, Rilkes Frühwerk in der Musik (Anm. 3), S. 263ff.
31 Vgl. Gero von Wilpert: Sachwörterbuch der Literatur. Stuttgart 1979 (Kröners Taschenausgabe, 231), S. 541.
32 Vgl. Demel, Verzeichnis (Anm. 19), S. 419.

und Stefan Demel aufführen, sind Auftragskompositionen für den 200. Geburtstag von Rückert. Sie entstanden in den Jahren 1987 und 1988. Überhaupt wurde Rückert im Laufe seiner musikalischen Rezeptionsgeschichte oftmals im Vorfeld von Feiern oder Jubiläen vertont. Offenbar hoffte man auf diese Weise den Bekanntheitsgrad des Dichters steigern und seine Gedichte einem größen Publikum öffnen zu können.[33] Als Beispiel nennen die Brüder Demel die Komposition des Freiherrn von und zu der Tann (1843-1922), die dieser für die Rückert-Feier 1890 in Schweinfurt angefertigt hatte. Dieses Werk ist ganz der Spätromantik verhaftet und für Männer- und Knabenchor und Orchester vorgesehen. Es ist groß angelegt, pompös und versteht sich als Hommage an Rückert.

Demels Verzeichnis erfasst nicht nur Vertonungen von deutschsprachigen Komponisten, im Gegenteil, viele der aufgelisteten Werke stammen aus Ländern wie Frankreich, Italien, Skandinavien, Sowjetunion, Tschechien, Ungarn, Rumänien, Dänemark, den USA, Großbritannien, Niederlande und Belgien. In den USA spielte die literarische und musikalische Rezeption des Dichters Rückerts gerade in der zweiten Hälfte des 19. Jahrhunderts eine große Rolle. Seine lehrhafte, vom Christentum geprägte Dichtung passte „gut zu dem geistigen Klima in Boston, dem damaligen Zentrum amerikanischer Bildung".[34] Dem Bereich russischer Volksmusik gehören die Vertonungen von Cesar Cui (1835-1918) und Modest Mussorgski (1839-1881) an. Beide verbinden westliche Einflüsse mit östlichen. Mussorgski vertont das *Lied des Wanderers* und imaginiert dabei, wie der Wanderer russische Landschaften durchschreitet – ein weiteres Beispiel für die höchst individuelle Sicht von Komponisten auf Rückerts Gedichte. Die musikalische Wirkungsgeschichte Friedrich Rückerts ist bis heute ein Forschungsdesiderat geblieben. Das Verzeichnis der Brüder Demel bietet eine wichtige Arbeitsgrundlage, die im Folgenden ergänzt werden soll.

III. Zur Aktualisierung des Verzeichnisses der Rückert-Vertonungen

Das nachstehende Verzeichnis von Rückert-Vertonungen wurde mithilfe moderner Recherchetechniken erstellt. Als Hilfsmittel dienten Suchma-

---

[33] Durch eine Vertonung wird dem Hörer der Text meist noch zugänglicher als durch das bloße Lesen, da die Musik es vermag, Dinge auszusprechen, die sich nicht verbalisieren lassen. Zudem ist eine Vertonung meist eine sehr persönliche Interpretation des Komponisten: Verschiedene Komponisten können ein Gedicht auf unterschiedliche Weise deuten.

[34] Annemarie Schimmel: Friedrich Rückert. Lebensbild und Einführung in sein Werk. Freiburg/Basel/Wien 1987 (Herder-Taschenbuch, 1371), S. 43.

schinen auf den Internetseiten der großen Musikverlage (Schott, UE, Boosey & Hawkes, Bärenreiter) sowie eine Website, die Lyrikvertonungen verschiedener Dichter bereitstellt.[35] Das Verzeichnis nimmt folgende Parameter auf: Name und Vorname der Komponisten, Lebensdaten, sofern sie sich ermitteln lassen (um die Vertonung rezeptionsgeschichtlich einzuordnen), Entstehungsjahr der Komposition, Gattung, Opuszahl, ggf. Widmung, Titel des vertonten Rückert-Gedichtes. Die Angaben zu den einzelnen Vertonungen sind also wesentlich genauer als in dem alten Verzeichnis, das auf die Lebensdaten der Komponisten und zum Teil auch auf die Gattung der Komposition verzichtet.

Wie alle Verzeichnisse vermag auch das vorliegende keinen Anspruch auf Vollständigkeit zu erheben. Immer wieder kommen Werke zum Vorschein, von denen wir bis dahin gar nicht wussten, dass sie existieren. Sie lagen unentdeckt in einem Nachlass oder Archiv oder ihre Veröffentlichung wurde bewusst zurückgehalten. Hinzu kommen fragmentarische Vertonungen oder unleserliche Partituren. Im Falle von Rückert wird die Erfassung von Vertonungen zusätzlich dadurch erschwert, dass noch nicht alle seiner Gedichte publiziert sind.[36]

Dank der ausführlichen Datenbank der Gema und der Internetseiten großer Musikverlage wie Schott oder Boosey & Hawkes konnten Kontakte zu einigen zeitgenössischen Komponisten hergestellt werden. Doch diese Anfragen bei Verlagen und Komponisten sind nicht immer einfach und bleiben leider oft unbeantwortet. Deshalb ist es unmöglich, *alle* Vertonungen von Rückert-Gedichten zu dokumentieren. Das nachstehende Verzeichnis will dasjenige von Demel präzisieren und aktualisieren, auch wenn im Zuge der Recherche nicht alle Lücken geschlossen werden konnten. Zuweilen ließen sich die Lebensdaten der Komponisten nicht ermitteln, da in den einschlägigen Musiker- und Komponistenlexika entsprechende Einträge fehlen. In einigen Fällen wird der Benutzer auch Hinweise auf die Gattung der Komposition oder das Erscheinungsjahr vermissen.

Gleichwohl bietet das neue Verzeichnis der Rückert-Vertonungen eine solide Grundlage, um sich dem Thema ‚Friedrich Rückert und die Musik' intensiver zu nähern, als das bislang möglich war. Zahlreiche Komponisten wurden aufgenommen, die in einschlägigen Lexika nicht vertreten sind. Sie sind oftmals nur regional bekannt, weshalb ihre Werke noch keine oder nur wenige Aufführungen erlebt haben. Es widersprä-

---

[35] http://www.recmusic.com.
[36] Vgl. Hinrichsen, Rückert (Anm. 1), Sp. 612.

che jedoch einem kulturgeschichtlichen Ansatz, sonderte man diese Komponisten als unbedeutend oder dilettantisch aus, wie Gernot und Stefan Demel es getan haben.[37] Viele der Rückert-Vertonungen werden im Kontext dieser Arbeit zum ersten Mal genannt.

Im Zuge der Arbeit am vorliegenden Beitrag wurden mehrere Komponisten von Rückert-Gedichten kontaktiert. Dabei ging es um die Fragen, weshalb die Komponisten sich mit Rückert beschäftigen, zu welchem Anlass ihre Vertonungen entstanden sind, welche Gedichte vertont wurden und was die Komponisten am Dichter Rückert besonders reizt. Die Rückert-Lieder des Komponisten Horst Lohse entstanden 1988 aus Anlass des 200. Geburtstags Rückerts als Auftragsarbeit der Stadt Schweinfurt für den Festakt, der durch eine Festrede von Golo Mann eröffnet wurde. Die Textauswahl gestaltete sich für Lohse schwierig, da er von vielen Gedichten angetan war und sich nicht entscheiden konnte, welche er vertonen wollte. Die seiner Meinung nach „schönsten und stärksten"[38] Texte waren bereits durch die Vertonungen Gustav Mahlers besetzt. Ganz nach dem Vorbild Gustav Mahlers traf Lohse für seine Vertonungen eine Auswahl aus den *Kindertodtenliedern*. Seine Kompositionen werden von Klangmalereien dominiert. Die Empfindungen („Trübe war das Wetter" und „Du bist ein Schatten"), die in den Gedichten anklingen, werden durch die feinen Nuancen der Singstimme treffend wiedergegeben. Vor allem im harmonischen und klanglichen Bereich erweisen sich Lohses Vertonungen als sehr transparent. Er arbeitet mit mikrotonalen Abweichungen und verwendet Glissandi, die eine träumerische Atmosphäre evozieren.

Der Komponist Caspar René Hirschfeld stellte 1998 eine Liedersammlung mit dem Titel *Deutsche Lieder* zusammen.[39] Sie enthält etwa 60 Vertonungen von Dichtern wie Lenau, Opitz, Goethe, Heine, Hölderlin, Trakl, Morgenstern, Brentano, Hesse, Heine, Brecht, Claudius, Graf zu Stolberg, Hebbel, Fleming, Heym, Storm, Eichendorff, Nietzsche, Mühsam, Borchert und Busch. Hirschfeld versteht die Sammlung als Reverenz an die altdeutsche Volksliedtradition, in die er sich mit seinen Kompositionen einzureihen sucht. Der Charakter der Gedichte wird durch kurze prägnante Vortragsbezeichnungen treffend wiedergegeben. Mit seiner Sammlung will Hirschfeld eine Brücke zwischen Volkslied und moderner Musik schlagen. So sind einige Lieder tatsäch-

---

[37] Vgl. Demel, Verzeichnis (Anm. 19), S. 419. Diese Komponisten werden von den Verfassern als „Dilettanten" eingestuft.

[38] Vgl. Horst Lohse, E-mail an die Verfasserin vom 9. Dezember 2009.

[39] Vgl. Caspar René Hirschfeld: Deutsche Lieder, op. 68. 4 Bde. Leipzig 2003.

lich schlicht wie alte Volkslieder, erinnern von der Harmonik an romantische Volkslieder oder sind durch dezente Verfremdungen vor allem harmonischer Art gekennzeichnet. Andere wiederum lassen zwar den Volksliedcharakter noch durchscheinen, sind aber hinsichtlich Melodie und Harmonik modern. Ebenso vielfältig gestaltet sich die Besetzung. Die Lieder sind für Gesang und Gitarre, Gesang und Klavier, Gesang und Harfe oder für gemischten Chor vorgesehen. Von Rückert vertonte Hirschfeld die Texte *Barbarossa* (Band II; Gesang und Klavier) und *Kleines Lied* (*Wenn ich früh in den Garten geh...*; Band I, Gesang und Gitarre). In beiden Fällen ist die instrumentale Begleitung schlicht. Die präzisen Vortragsbezeichnungen zeigen, wie sehr er sich darum bemüht, dem Charakter der Gedichte in der Musik gerecht zu werden. Das Barbarossa-Gedicht trägt die Vortragsbezeichnung „etwas derb im Ton einer Moritat". Die Harmonik bewegt sich zwischen G-Dur und D-Dur (Tonika und Dominante), ist also sehr einfach. Das punktierte Achtelmotiv im Gesang erinnert an einen Marsch. *Kleines Lied* trägt die Bezeichnung „niedlich". Der Gesang steht im Vordergrund, die Gitarre fungiert lediglich als Begleitung. Über den Vertonungsprozess und seine Intention äußert sich Hirschfeld folgendermaßen:

> Mich reizt an Rückert die Kombination aus tiefer Poesie und (scheinbarer) Leichtigkeit, wobei die Leichtigkeit eben wohl eine Mozartsche ist (obwohl er Romantiker ist), d.h. eine Leichtigkeit der schaffenden Hand, nicht eine Leichtigkeit des Inhalts. Selbst bei „kleinen" Themen ist eine weiterführende Poesie für mich spürbar, beim Barbarossa natürlich auch eine ganz köstliche, an Heine gemahnende Ironie. Beim *Kleinen Lied* ist es vor allem die Mischung aus Heiterkeit „Wenn ich früh in den Garten geh in meinem grünen Hut..." und Sehnsucht „Mein Herz würd' ich ihm schenken, wenn ich's heraustun könnte", die mich zur Vertonung reizte.[40]

Fasziniert von der Dichterpersönlichkeit Friedrich Rückerts zeigt sich auch der Komponist Wolfgang Andreas Schultz. Er vertont die Nachdichtung eines Gedichts von Rumi, die er als „wunderschön"[41] empfindet. Seine Arbeit zeigt einmal mehr, dass vor allem Rückerts Nachdichtungen und Übersetzungen Komponisten zur musikalischen Adaptation reizten.

Unter den Rückert-Liedern finden sich zuweilen auch ausgefallene Besetzungen. Dies ist etwa bei der Komposition von Enjott Schneider der Fall. Sie wurde für das vielfach ausgezeichnete Ensemble Singer Pur und einen normalen Männerchor geschrieben. Die Konstellation der Besetzung bestand aus zahlreichen Männern und nur einer einzigen

---

[40] Caspar René Hirschfeld, E-mail an die Verfasserin vom 9. Dezember 2009.
[41] Wolfgang Andreas Schultz, E-mail an die Verfasserin vom 9. Dezember 2009.

Frau. Schneider verfolgte mit dieser Besetzung eine bestimmte Intention. Rückert bedeutet für ihn „Romantik pur und hochelegische Liebeslyrik".[42] Zur Entstehungszeit der Rückert-Lieder war er eng mit einer Sängerin befreundet, die aus der Nähe von Rückerts Heimat Schweinfurt stammte und von dem Dichter geradezu begeistert war, was sich in der Komposition niederschlug.

Die 2005 entstandene Rückert-Vertonung *Auf Erden gehest du* von Ulf Prieß entstand aus einem sehr persönlichen Anlass. Sie dient der Erinnerung an seine anderthalb Jahre zuvor verstorbene Frau. Rückerts Gedicht zierte bereits die Trauerkarte und verhieß dem Hinterbliebenen Trost in seinem Schmerz über den erlittenen Verlust. Auch darüber hinaus ist Prieß eine starke Neigung zu Rückert zu eigen, ist der Dichter doch eng mit seiner Heimatregion Bad Rodach und seinem Heimatdorf Westhausen verbunden.[43]

Lokalen Bezug zu Rückert besitzt schließlich auch der Komponist Wolfgang Hocke. Er lebt in Schweinfurt, der Geburtsstadt Rückerts, und leitet seit über zwölf Jahren den Oratorienchor Liederkranz. Seine 2007 und 2008 entstandenen Chorkompositionen zählen derzeit zu den aktuellsten Rückert-Vertonungen.

IV. Verzeichnis der Vertonungen

Apostel, Hans Erich (1901-1972)
- Sage, wo du bist. Für sechsstimmigen Knaben- oder Frauenchor a cappella op. 10, Nr. 1 (1942). Unveröffentlichtes Manuskript
  Die Weisheit des Brahmanen

Ashton, Algernon Bennet (1859-1937)
- Acht Lieder op. 138, Nr. 3 für Gesang und Klavier
  Die ganze Welt ist viel zu groß

Bachlund, Gary (*1947)
- Aufgegeben Endreime. Für Bariton und Klavier (2004)
  Aufgegeben Endreime (Auf dem Berg ein Baum)
- Ich liebe dich, weil ich dich lieben muß. Für Singstimme und Klavier (2007)
  Ich liebe dich

---

42 Enjott Schneider, E-mail an die Verfasserin vom 9. Dezember 2009.
43 Rückert verbrachte im Jahre 1814 einige Tage in Bad Rodach und verfasste das Gedicht *Idylle Rodach*.

Bacon, Ernst (1898-1980)
- Ich liebe dich. Lieder (1928)
  Ich liebe dich

Bartok, Bela (1881-1945)
- Liebeslieder für Gesang und Klavier (1900)
  Nr. 1 *Du meine Liebe, du mein Herz*; Nr. 6 *Herr! der du alles wohl gemacht*

Baumgartner, Wilhelm (1820-1867)
- Sechs vierstimmige Lieder für Sopran und Alt op. 2 (1843).
  Nr. 6 *Der Schnee, der gestern noch in Flocken*

Bax, Arnold Edward (1883-1953)
- Frühlingsregen (1910)
  Steig hernieder, Frühlingsregen

Bendix, Victor (1851-1926)
- Lieder op. 18. Zehn Lieder von Goethe, Heine, Lenau und Rückert

Berg, Alban (1885-1935)
- Jugendlieder für Gesang und Klavier (1901-1904)
  Ferne Lieder, Ich will die Fluren meiden, Rosen! Ein Zypressenhain

Bergell, R. (keine Lebensdaten nachweisbar)
- Drei Lieder für Gesang und Klavier (1880)
  Nr. 2 Frühling Liebster (*Du bist gemacht zu wandern*)

Bergmann, Gustav (1837-1892)
- Sechs Gesänge für gemischten Chor a cappella op. 32 (1883)
  Nr. 5 Ihr Herz die Welt

Bertram, Hans Georg (*1936)
- Woher ich kam, wohin ich gehe
  Die Weisheit des Brahmanen

Biebl, Franz (1906-2001)
- Abendlied
  Ich stand auf Berges Halde
- Das mein Leben ein Gesang. Für Männerchor (1986)
  Haus- und Jahrslieder
- Der Liebsten Herz ist aufgewacht. Für Männerchor (1988)
  Blumenthal, Jacques (1829-1908)
- Lüfteleben, Strophen 1-2,7,10
  Wär' ich die Luft

Böhm, Adolph Kurt (*1926)
- Abendlied. Für Gesang und Klavier
  Ich stand auf Berges Halde
- Ich liebe dich
  Liebesfrühling

Böhme, Armin von (keine Lebensdaten nachweisbar)
- Die Himmelsträne op. 6 für Sopran oder Tenor und Klavier
  Der Himmel hat eine Träne geweint

Brahms, Johannes (1833-1897)
- Sechs Lieder und Romanzen op. 93 a. Für Sopran, Alt, Tenor und
  Baß (1883)
  Nr. 4 *Fahr wohl!*, Strophen 1-2, 5
- Fünf Lieder op. 94 (1883/84)
  Mit vierzig Jahren
- 13 Kanons für Frauenstimmen für Sopran und Alt a cappella op. 113
  (1859-63)
  Nr. 9 (*Ans Auge des Liebsten*), Nr. 10 (*Leise Töne der Brust*), Nr. 11 (*Ich
  weiß nicht, was im Hain*), Nr. 12 (*Wenn Kummer hätte zu töten*), Nr. 13
  (*Einförmig ist der Liebe Gram*)

Brinkmann, Bernd Erich (*1945)
- Du bist die Ruh'. Dem Frauenchor 1965 Repelen gewidmet
  Östliche Rosen

Bungert, Friedrich August (1845-1915)
- Auf ein Grab. Op. 32 no. 3 (1889-91)
  *Ich habe so mit Rosen, Nun hast du's arg genug gemacht, Lasset uns streuen
  Rosen und Lilien*

Bunk, Gerard (1888-1958)
- Vier Lieder für eine hohe Singstimme und Klavier. Op. 42 (1911/12)
  Nr. 4 *Meine Liebste*

Commer, Franz Aloys Theodor (1813-1887)
- *Vier Gesänge für eine Singstimme mit Begleitung des Piano-Forte op. 19/1.*
  Ghasel (*Du Duft, der meine Seele speiset*)

Cui, Cesar Antonovich (1835-1918)
- Drei Lieder op. 37 für Gesang und Klavier (1887)
  Nr. 2 Wechselgesang, Nr. 3 Liebst du um Schönheit?

Curschmann, Karl Friedrich (1805-1841)
- Lieder op. 16 (1837)
  Du bist die Ruh

Dangel, Lorenz (*1977)
- Jusuf und Suleicha (Lange her ist's). Für Klavier und 2 Stimmen
  Gedichte 1820-1840

Deutschmann, Gerhard (*1933)
- Herbstgedanken. Für Frauenchor
  1. Herbstlied, 2. Betrogen, 3. Um Mitternacht
- Rückert-Fragmento
  Die Weisheit des Brahmanen, Wenn du der Außenwelt, Wenn dich ein Übel trifft

Dietrich, Albert Hermann (1829-1908)
- Sechs Lieder für Gesang und Klavier op. 16
  Nr. 5 *Um Mitternacht*

Draeseke, Felix August Bernhard (1835-1913)
- Lieder op. 17
  Nr. 4 Des Glockentürmers Töchterlein (*Mein hochgebornes Schätzelein*)

Dresel, Otto (1826-1890)
- Lieder für Gesang und Klavier (1849)
  Abendlied des Wanderers (*Wie sich Schatten dehnen*)
- Herbstgefühl
  Vöglein hat sich heiser gesungen
- Volksliedchen (1850)
  Wenn ich früh in den Garten geh

Dressler, Franz Xaver (1898-1981)
- Lieder für Klavier und Gesang
  Grün ist der Jasminenstrauch

Eggers, Gustav (1835-1861)
- Drei Gesänge op. 7 für Gesang und Klavier op. 7 (1862)
  Ständchen (*Hüttelein, still und klein*)

Eijken, Jan Albert van (1823-1868)
- Sechs Lieder op. 12
  Nr. 6 Gebet (*Herr!, Herr, der du alles wohl gemacht*)

Ernst, Christian (keine Lebensdaten nachweisbar)
- Die Weisheit des Brahmanen. Für Klavier und Gesang.
  1. *Ein indischer Brahman*, 2. *Ich gebe dir, mein Sohn*, 3. *Der Mond am Himmel*

Etti, Karl (1912-1996)
- Ich will. Das Wort ist mächtig. Adolf Robitschek Musikverlag.

Fibich, Zdenko (1850-1900)
- Wunsch (1865)
  Etwas wünschen und verlangen

Fleischer, Hans (1896-1981)
- 6 Lieder für Alt, obligate Violine und Klavier op. 54 (1927)
  Nr. 4 *Du bist die Ruh* aus *Östliche Rosen*
- 4 Männerchöre a cappella op. 81 (1931).
  Nr. 1 *Um Mitternacht*
- 4 Lieder für mittlere Stimme und Klavier op. 149 (1957).
  Nr. 4 *Ich freue jeden Tag*

Foerster, Josef Bohuslav (1859-1951)
- Auf das letzte Blatt meiner Lieder"op. 67 no. 20. Für Gesang und Klavier (1909)
  Auf das letzte Blatt meiner Lieder (Verwelkte Blume)

Forster, Walter von (1915-2002)
- Drei Lieder nach Gedichten von Rückert
  Chidher, Die Weisheit des Brahmanen

Freudenberg, W. (keine Lebensdaten nachweisbar)
- 8 Lieder und Gesänge für Sopran (oder Tenor) und Klavier op. 8
  Nr. 3 *Wie schön sie ist*

Gal, Hans (1890-1987)
- Vom Bäumlein, das andere Blätter hat gewollt op. 2. Für Alt, sechsstimmigen Frauenchor und Orchester (1914)
  Vom Bäumlein, das andere Blätter hat gewollt

Geisler, Paul (1856-1919)
- Gesänge für Singstimme und Klavier. 1. Folge. Zwölf Dichtungen von Heine und Rückert.
  No. 10 *Der Himmel hat eine Thräne geweint*

Genzmer, Harald (1909-2007)
- Zwei Chorsprüche. Für gemischten Frauenchor (1982)
  1. *Es ist ein altes Wort; 2. Ein rechter Mann*
- Drei Chorlieder vom Wein. Für Männerchor a cappella (1957)
  1. *Der Tod (Gestern, Brüder, könnt ihrs glauben), 2. Chinesisches Trinklied (Das Wasser, das frische)*

Goetz, Hermann (1840-1876)
- Liebespredigt. Für mehrstimmigen Chor a cappella (1858)

Goldschmidt, Adalbert von (1848-1906)
- Neue Lieder und Gesänge. Für Gesang und Klavier (1893)
  Nr. 4 Das Vogelnest
  Gebauet ist ein Nest im Baum aus: Haus- und Jahrslieder, Spaziergangs-Unterhaltungen

Graf, Wolfram (*1965)
- 3 Lieder für Bariton und Klavier (2003)
  Kleine Stoffe; Weltgeheimnis
  Gedichte 1820-1840

Groß, Walter (keine Lebensdaten nachweisbar)
- Das mein Leben ein Gesang. Für gemischten Chor.
  Haus- und Jahrslieder

Gunsenheimer, Gustav (*1934)
- Jahreszeitenkantate. Für gemischten Chor, Alt-Solo und Baß-Solo
  Nie still steht die Zeit

Haellmayr, Steffen (keine Lebensdaten nachweisbar)
- Du bist die Ruh. Op. 46 Nr. 2.
  Du bist die Ruh aus *Östliche Rosen*

Hauenstein, Peter (keine Lebensdaten nachweisbar)
- Verrockter Rückert für Band
  Kindertotenlied, Abendfeier, Reiseziel, Pan der Hirte, Du bist die Ruh, Winter-Lerchenton, Frühlingslied, Wanderung, Liebesfrühling, Aus der Jugendzeit, Sommerabend, Herbstlied, Wilder Sommer

Hauptmann, Moritz (1792-1868)
- Gebet op. 35/3. Für Chor. Nach Gellert und Rückert
  Gott, deine Güte
- Chorlieder op. 48/12. Für Männerchor a cappella (1860)
  Wunderbar ist mir geschehn

Haus, Karl (*1928)
- Rückert-Lieder. Für Kinderchor, Chor und Kammerorchester
  Vom Bäumlein, das andere Blätter hat gewollt; Wies Nacht ist, schläft das Bäumlein ein; Und traurig schlief das Bäumlein ein; Es ist ein Bäumlein gestanden im Wald; Da war das Bäumlein wieder leer; Warum hats Bäumlein denn gelacht; Aber wie es Abend ward; Das Bäumlein spricht mit trauern; Das Bäumlein spricht mit grämen; Alle meine Kameraden haben schöne Blätter an; Da kam ein großer Wirbelwind

Hegar, Friedrich (1841-1927)
- Vier Lieder für Mezzosopran oder Bariton und Klavier op. 7 (1874)
  Nr. 4 Siciliana

Heinemann, Max (keine Lebensdaten nachweisbar)
- Lenz und Liebe op. 5. Sechs Lieder für Sopran und Klavier
  Nr. 4 *O süße Mutter, ich kann nicht spinnen*

Herterich, Siegfried (*1932)
- Mitternacht. Für gemischten Chor (Männer- oder Frauenchor, 1988)
  Um Mitternacht hab ich gewacht aus *Haus- und Jahrslieder*

Hindemith, Paul (1895-1963)
- Vier Lieder nach Texten nach Friedrich Rückert. Für Sopran und Klavier (1933)
  1. *Mitternacht*, 2. *Ein Obdach gegen Sturm und Regen*, 3. *Das ganze, nicht das einzelne*, 4. *Was du getan*. Nr. 1, 2 und 4 verschollen

Hirschfeld, Caspar René (*1965)
- Deutsche Lieder nach Gedichten aus vier Jahrhunderten. Für Gesang und Klavier.
  Barbarossa

Hocke, Wolfgang (*1937)
- 5 Rückert-Lieder für gemischten Chor (2008)
  1. *Bleib auf Erden*, 2. *Die Liebe saß im Mittelpunkt*, 3. *Du bist die Ruh*, 4. *Lachen und Weinen*, 5. *Ich bin die Blum im Garten*, 6. *Abendlied (Ich stand auf Berges Halde)*, 7. *Die Riesen und die Zwerge*
- Abendrot, o Abendruh für Chor (2007)

Huber, Rupert (*1953)
- Weltmutter. Für Chor, 4 Trommeln, 4 Trompeten und Synthesizer
  Gedichte 1820-40

Ireland, John (1879-1962)
- Acht Lieder für Gesang (Sopran und Alt) und Klavier (1912)
  Nr. 6 *Abendlied*

Kahn, Robert (1865-1951)
- Acht Gesänge und Lieder für Gesang und Klavier op. 16 (1892)
  Ich sende einen Gruß
- Sieben Lieder für Gesang und Klavier op. 57 (1912)
  Nr. 4 *Ruhe in der Geliebten*
- Vier Männerchöre für Chor a cappella op. 59 (1912)
  Nr. 1 *An die Sterne* (*Sterne, in des Himmels Ferne*), Nr. 2 *Leben wir, so leben wir dem Herrn!*

Kagel, Mauricio (1931-2008)
- 7 Stücke für gemischten Chor a cappella oder mit Klavier (1981/82)
  4. Reverie (Du bist die Ruh aus *Östliche Rosen*)

Kinkel, Johanna (1810-1858)
- Sechs Lieder op. 10 (1839)
  So wahr die Sonne scheinet

Kleffel, Arno (1840-1913)
- Lieder op. 12
  Wär ich der goldne Sonnenschein

Klein, Richard Rudolf (*1921)
- Das Männlein in der Gans. Zwei Lieder nach Texten von Friedrich Rückert für Gesang und Gitarre
  Das Männlein ging spazieren; *Vom Büblein, das überall mitgenommen hat sein wollen*

König, Marie Henriette (1831-1850)
- Sechs Lieder op. 5 für Gesang und Klavier (1849/50)
  Nr. 2 *Vögleins Tod* (Ghasel von Friedrich Rückert)

Komma, Karl Michael
- 7 Lieder nach Friedrich Rückert
  Ihr Schleier fiel, Seit ich geruhet eine Zeit bei dir, Wohlgetan *ist sie an jedem Glied des Leibs, Die Träne rinnet in der Nacht für dich, Wohl endet Tod des Lebens Not, Strahlort der Schönheit unvergänglich, Da wo du weilst*

Kuhn, Thorsten (*1967)
- 3 Liebeslieder. Für Klavier oder Orgel und gemischten Chor
  Du bist ein Schatten am Tage (*Kindertotenlieder 1833-1834*)

Lang, Josephine (1815-1880)
- Sechs Lieder op. 25
  Nr. 6 *Im Paradiese muß ein Fluß*

Loewe, Johann Karl Gottfried (1796-1869)
- „Die Riesen und die Zwerge" für Gesang und Klavier (1837)
  Es ging die Riesentochter
- „Traumlicht" für Gesang und Klavier (1842)
  Ein Licht im Traum
- Eine arabische Legende für Gesang und Klavier op. 142
  In Basra eine Wittwe war
- Des Glockentürmers Töchterlein für Gesang und Klavier op. 112a
  (1850).
  Mein hochgebornes Schätzelein
- „Jünglings Gebet" für Gesang und Klavier (1859)
  Herr, Herr, der du alles wohl gemacht

Lohse, Horst (*1943)
- Rückert-Lieder
  1. Die Welt ist kalt und rauh, 2. Du bist ein Schatten, 3. Trübe war
  das Wetter, 4. Wann still die Nacht, 5. Du bist ein Schatten (*Kindertotenlieder 1833-34*)

Marschner, Heinrich August (1795-1861)
- Sieben Lieder op. 115 für Gesang und Klavier (1842)
  Abendlied (*Die ihr mit dem Odem linde*)
- Lieder für Sopran oder Tenor und Klavier op. 113 (1842)
  Nr. 1 *Wenn ein Wort die Liebste spricht* aus *Frühlingsliebe*

Marx, Joseph (1882-1964)
- Frage und Antwort. Für Sopran und Klavier (1909)

Marx, Karl (1897-1985)
- In dieses Herbstes Stunden

Mendelssohn-Hensel, Fanny (1805-1947)
- Sechs Lieder für eine Stimme mit Begleitung des Pianoforte op. 7
  (1847)
  Nr. 4
  Du bist die Ruh aus *Östlichen Rosen*
- „Zauberkreis" für Gesang und Klavier (um 1843, veröffentlicht 2003)

Möckl, Franz (*1925)
- Kantate: Vom Büblein, das überall hat mitgenommen sein wollen für Sprecher, Kinderchor, Stabspiele und Klavier, MWV 30
- Der Jasminenstrauch. Fünf Frauenchöre auf Rückert-Texte, MWV 69
  An den Jasminenstrauch
- Advent. Motette für Frauenchor, MWV 257
- Voce con tromba Nr. 11 für Solo-Sopran, Trompete, Orgel, MWV 259
  Advent

Munkel, Heinz (1900-1961)
- Zwei Rückert-Lieder für Gesang und Klavier (1955, für Orchester bearbeitet 1958)
  1. *Die Liebe saß im Mittelpunkt*, 2. *Sinnspruch* aus *Liebesfrühling*

Nietzsche, Friedrich Wilhelm (1844-1900)
- Aus der Jugendzeit für Klavier und Gesang, NWV 8 (1862)
  Aus der Jugendzeit

Opitz, Wolfgang (*1962) / Retzer, Laurentius
- *Du bist die Ruh'*. Für Band
  Östliche Rosen

Pappert, Robert (*1930)
- Chorlieder
  Du bist die Ruh (Östliche Rosen)

Platz, Wilhelm (keine Lebensdaten nachweisbar)
- Hundert Lieder (1900)
  Nr. 1 *Willst du in dem Menschenherzen*

Prieß, Ulf (*1973)
- Auf Erden gehest du. Für gemischten Chor (2005)
  Die Weisheit des Brahmanen

Raff, Joseph Joachim (1822-1882)
- Lieder WoO 20 für Gesang und Klavier
  Nr. 10 *Die Nichtigkeit der Lust hab' ich erfahren*

Reimann, Aribert (*1936)
- Rose, Meer und Sonne (2008)
  Rose, Meer und Sonne aus *Liebesfrühling*
- Ni una sombra. Trio für Sopran, Klarinette in A und Klavier (2006)

Reinecke, Carl Heinrich Carsten (1824-1910)
- Sechs Lieder op. 10 für Gesang und Klavier (1846)
  Schöne Maiennacht, wo die Liebe wacht

Remy, W. A. (Wilhelm Mayer, 1831-1898)
- Östliche Rosen. Liederkreis für Soli und Chor mit 2 Klavieren. November 1878
  Östliche Rosen

Rheinberger, Joseph Gabriel (1839-1901)
- Chorlieder (SATB) op. 52 (1871)
  Nr. 5 Abendfriede (*Die Schwalbe schwingt zum Abendliede*)

Rihm, Wolfgang (*1952)
- Friedrich Rückert: Vier späte Gedichte
  Gedichte 1849-1863

Rochlitzer, Ludwig (1880-1945)
- Lied für Gesang und Klavier op. 29 no. 1 (1899)
  Ich liebe dich

Schelb, Josef (1894-1977)
- Fünf Lieder nach altchinesischen Texten
  Nr. 1 *Abendklage* (*Vorm Osttor*)

Schellendorf, Ingeborg Bronsart von (1840-1913)
- Fünf Lieder für Gesang und Klavier (1878)
  Nr. 3 *Ich liebe dich*

Schieri, Friedrich Franz (1922-2009)
- Barbarossa im Kyffhäuser für Gesang und Klavier
  Der alte Barbarossa

Schlüter Ungar, Hanns (1896-1974)
- Abendlied
  Ich stand auf Berges Halde

Schmidt-Kaminski, Andreas (*1968)
- Herbsthauch. Für Klavier und Gesang
  Herbsthauch. Haus-und Jahrslieder 1832-1838

Schneider, Enjott (*1950)
- Liebe und Leid
  Anfangen und Aufhören, Ich sehe wie in einem Spiegel, Liebst du um Schönheit, Der Traum, Von Kindern, Ich liebe dich

Schroeder, Hermann (1904-1984)
- Römische Brunnen. Chorzyklus für gemischten Chor (SATB)
  Nr. 1 *Spruch*

Schubert, Franz (1797-1828)
- „Die Wallfahrt" für Klavier und Gesang D. 778a
  Meine Tränen im Bußgewand

Schulte, Dirk (*1955)
- Gestillte Sehnsucht. Für Stimme und Band (2005)
  Gestillte Sehnsucht

Schultz, Wolfgang Andreas (*1948)
- Die Schöpfung ist zur Ruh gegangen. Motette für Sopran solo (1991)
  Die Schöpfung ist zur Ruh gegangen

Schumann, Robert (1810-1856)
- Romanzen und Balladen für Chorgesang (SATB) op. 146 (1849)
  Sommerlied (Seinen Traum…)
- Ritornelle in kanonischen Weisen op. 65 für gemischten Männerchor
  (1847)
  Nr. 1 *Die Rose stand im Tau*, Nr. 2 *Lasst Lautenspiel und Becherklang*, Nr.
  3 *Blüt' oder Schnee*, Nr. 4 *Gebt mir zu trinken!*, Nr. 5 *Zürne nicht des
  Herbstes Wind*, Nr. 6 *In Sommertagen*, Nr. 7 *In Meeres Mitten ist ein offner
  Laden*, Nr. 8 *Hätte zu einem Traubenkerne*
- Romanzen für Frauenstimmen II op. 91 für drei Sopran-, drei Alt-
  stimmen und Klavier (1849)
  Nr. 6 *In Meeres Mitten* aus *Der Goldball im Meere*
- Myrten für Gesang und Klavier op. 25 (1840)
  Nr. 1 *Widmung (Du meine Seele…)*, Nr. 11 *Lied der Braut I (Mutter,
  Mutter, glaube nicht)*, Nr. 12 *Lied der Braut II (Lass mich ihm am Busen
  hangen)*, Nr. 25 *Ich sende einen Gruß (Aus den östlichen Rosen)*, Nr. 26
  Zum Schluß
- „Volksliedchen", op. 51 no. 2 (1840)
  Wenn ich früh in den Garten geh
- Minnespiel op. 101 für Sopran, Mezzosopran, Bariton, Tenor und
  Klavier (1849)
  Nr. 1 Lied (*Meine Töne still und heiter*), Nr. 2 Gesang (*Liebster, deine
  Worte stehlen*), Nr. 3 Duett (*Ich bin dein Baum*), Nr. 4 *Mein schöner Stern*,
  Nr. 5 *Schön ist das Fest des Lenzes*, Nr. 6 Lied (*O Freund, mein Schirm,
  mein Schutz!*), Nr. 7 *Die tausend Grüße*

- 12 Gedichte aus Liebesfrühling op. 37 (1840)
Nr. 1 *Der Himmel hat eine Träne geweint*, Nr. 3 *O ihr Herren*, Nr. 5 *Ich hab' in mich gesogen*, Nr. 7 *Schön ist das Fest des Lenzes*, Nr. 8 *Flügel! Flügel! um zu fliegen*, Nr. 10 *O Sonn', O Meer', O Rose!*, Nr. 12 *So wahr die Sonne scheinet*

Sinding, Christian (1856-1941)
- Vier Lieder für dreistimmigen Frauenchor und Klavier op. 47 (1900)
Nr. 3 *Unglücklich ist der, so sein Grab bestellt*, Nr. 4 *Hier sind Flöten, Violinen*

Smetana, Bedrich (1824-1884)
- Liebesfrühling für Singstimme und Klavier (1853)
Dieses Saitenspiel der Brust

Sprenger, Sebastian (*1972)
- Nachtgesang. Für gemischten Frauenchor und Orchester
Die Schöpfung ist zur Ruh gegangen (Gasele)
- Kindertotenlieder. Für zweistimmigen Chor
1. *Du bist ein Schatten am Tage*, 2. *Alle Wässlein fließen*, 3. *Baum vieler Äste*

Strauss, Richard (1864-1949)
- Vier Lieder op. 36 für Singstimme und Klavier (1897/98)
Nr. 4 *Anbetung (Die Liebste steht mir...)*
- Eine deutsche Motette op. 62 für 4 Soli (SATB) und 16-stimmigen gemischten Chor a cappella (1913)
Die Schöpfung ist zur Ruh gegangen (Gasele)
- Die Göttin im Putzzimmer für achtstimmigen gemischten Chor und Klavier (1935)
Welche chaotische Haushälterei
- Drei Chöre. Für Männerchor (1935). Für Eugen Papst, Kölner Männergesangsverein
1. *Vor den Türen (Ich habe geklopft...)*, 2. *Traumlicht (Ein Licht im Traum hat mich besucht)*, 3. *Fröhlich im Maien (Blühende Frauen, lasset euch schauen)*

Strauss-König, Richard (*1930)
- Gott überall. Auf Erden gehest du
Die Weisheit des Brahmanen

Stucken, Frank Valentin van der (1858-1929)
- Fünf Liebeslieder op. 16 (1892)
  Nr. 1 *Wann die Rosen aufgeblüht*, Nr. 2 *Die Stunde sei gesegnet*, Nr. 3 Mir ist, nun ich dich habe, Nr. 4 *Liebster, nur dich sehen*, Nr. 5 *Wenn die Vöglein sich gepaart*

Taylor, Adam (*1981)
- Vier Lieder op. 28 für Frauenchor a cappella (2003)
  Nr. 2 *Du bist die Ruh*

Thomas, David Evan (*1958)
- Du bist die Ruh. Für mittlere Stimme und Klavier (1998)
  Du bist die Ruh

Tschaikowsky, Peter (1840-1893)
- Lieder für Sopran und Klavier (1886/1887)
  Liebst du um Schönheit!

Tuerk, Carl (1866-1945)
- Abendlied
  Fahr wohl du goldne Sonne

Visnoviz, Eugenio (1906-1931)
- Du meine Seele. Für Gesang und Klavier
  Liebesfrühling

Waßmer, Berthold (1886-1969)
- Abendlied
  Ich stand auf Berges Halde

Weegenhuise, Johan (*1910)
- Drei Volkslieder (1940)
  Nr. 3 *Wenn ich früh' in den Garten geh'*

Werner, André (*1960)
- Weltgeheimnis. Für Mezzosopran und Klavier (2008)
  Weltgeheimnis

Wharton, Geoffry (keine Lebensdaten nachweisbar)
- Amaryllis. Streichquartett. Kompositionsauftrag der Stadt Schweinfurt
  Amaryllis. Ein Sommer auf dem Lande.

Wolff, Ernst Georg (1883-1962)
- Ein Kindertotenlied
  Niemand soll mich weinen sehn

Yanov-Yanovsky, Dmitri (*1963)
- Hommage a Gustav Mahler. Für Mezzosopran und Ensemble (1999)
- Drei Lieder nach Texten von Friedrich Rückert. Für gemischten Chor a cappella (2002)

Rezensionen

Die „Sammlung Rückert". Teil III: Die Familien Bertuch-Froriep-Ammermüller, Reisner-Dietze-Wentzel-Hühne, Reimarus-Eitzen-Stein. Bearbeitet von Rudolf Kreutner. Würzburg: Ergon, 2008 (Schweinfurter Archiv- und Bibliotheksinventare, 3). 705 S. ISBN 978-3-89913-650-0.

Mit der „Sammlung Rückert", die sich aus der 1957 erworbenen „Sammlung Dr. Rüdiger Rückert" und der darüber hinaus gehenden zielgerichteten Recherche nach Rückertiana und deren Erwerbung durch die Stadt Schweinfurt seit 1890 zusammensetzt, verfügt das Stadtarchiv Schweinfurt mit ca. 120.000 Einheiten über den bedeutendsten und am breitesten gefächerten Nachlass des Sprachgelehrten und Orientalisten Friedrich Rückert (1788-1866). Dieser Nachlass – der sprachwissenschaftliche Teil der Rückertschen Hinterlassenschaften befindet sich im Besitz der Staatsbibliothek Preußischer Kulturbesitz in Berlin und der Universitätsbibliothek Münster – umfasst nicht nur literarische und persönliche Dokumente Friedrich Rückerts, sondern erstreckt sich auch über die Teilnachlässe der durch Heirat miteinander verbundenen Familienzweige Bertuch-Froriep-Ammermüller, Reisner-Dietze-Wentzel-Hühne sowie Reimarus-Eitzen-Stein bis ins 20. Jahrhundert und ist für die geistes- und kulturgeschichtliche Entwicklung vom ausgehenden 18. Jahrhundert bis in die Mitte des 20. Jahrhunderts von unschätzbarem Wert. So gewähren gerade die Teilnachlässe der Familien Bertuch und Froriep einen eindrucksvollen Einblick in die kulturellen, sozialen, politischen und wissenschaftlichen Verhältnisse des 18. und 19. Jahrhunderts. Exemplarisch verwiesen sei auf die Kontakte des Weimarer Verlegers Friedrich Justin Bertuch (1747-1822) zu Persönlichkeiten des musisch-literarischen Lebens des 18. Jahrhunderts, so etwa zu Johann Wolfgang von Goethe oder Christoph Martin Wieland, an dessen *Teutschem Merkur* Bertuch von 1782-1786 mitwirkte, oder auf den Anatom August von Froriep (1849-1917), dem in der Debatte um die Echtheit des Schädels Friedrich von Schillers eine besondere Rolle zukommt.

Nachdem 1994 der erste Teil der „Sammlung Rückert", der die in Schweinfurt deponierten Werkmanuskripte, Briefe Rückerts sowie Bücher aus dessen Besitz und weitere Lebenszeugnisse umfasst, und 1999 der zweite Teil des Findbuchs zur „Sammlung Rückert" publiziert wurde, der ein ausführliches, alphabetisch geordnetes und kommentiertes Inventar der Korrespondenz der Vor- und Nachfahren Rückerts enthält und sich somit dessen Familiengeschichte widmet, ist 2008 der dritte Teil des

Findbuchs zur „Sammlung Rückert" erschienen. Dieser mit insgesamt 705 Seiten monumentalste der drei Bände, mit dem die Aufarbeitung und Katalogisierung der handschriftlichen Zeugnisse der „Sammlung Rückert" ihren Abschluss findet, stellt zum größten Teil die Korrespondenz aus dem Teilnachlass der Familien Bertuch-Froriep-Ammermüller, Reisner-Dietze-Wentzel-Hühne sowie Reimarus-Eitzen-Stein vor und zeichnet sich durch die hohe Sach- und Fachkompetenz des Bearbeiters Rudolf Kreutner aus, der bereits seit 1987 die Erschließung des Rückert-Nachlasses unermüdlich und gewinnbringend vorangetrieben hat. Ihm ist es zu verdanken, dass der für die Kultur-, Geistes- und Sozialgeschichte, aber auch für die Erforschung der Familiengeschichte vor allem des 19. Jahrhunderts relevante Teil des Nachlasses Friedrich Rückerts, der die handschriftlichen Zeugnisse umfasst, der literatur- und kulturhistorischen Forschung nun vollständig zur Verfügung steht.

An eine kurze thematische Einführung des Bearbeiters, die Aufschluss über die Provenienz der Deposita gibt, schließen sich Hinweise zum Umgang mit dem vorliegenden Verzeichnis an. Der eigentliche Inventarteil enthält die Korrespondenzen der genannten Familienzweige an die Adresse der Familie Rückert, abgesehen von den Briefen an Friedrich Rückert, die bereits im zweiten Teil der „Sammlung Rückert" erschlossen worden sind. Innerhalb der einzelnen Familienzweige – das Inventar beginnt mit dem Familienzweig Bertuch-Froriep-Ammermüller – gliedert sich das alphabetisch nach Absendern geordnete Inventar der Korrespondentenprofile nach folgendem Muster: Zunächst erfolgt die Nennung des aufgeführten Korrespondenten, sodann die Aufzählung der überlieferten Korrespondenzen. Dabei umfassen die Angaben, die zu den einzelnen Korrespondenzen mitgeteilt werden, jeweils den Absender, den Empfänger, den Entstehungsort mit Datum – sofern dieses bekannt ist – sowie den Seitenumfang, das Buchformat und die Signatur, unter welcher der entsprechende Brief im Schweinfurter Stadtarchiv abgelegt ist. Daran anschließend erfolgt innerhalb des Profils die Aufzählung der chronologisch angeordneten Lebenszeugnisse nach verfassender bzw. behandelter Person, die Angabe des Titels, die Entstehungszeit, der Textumfang sowie ebenfalls das Buchformat und die Signatur des Stadtarchivs Schweinfurt.

Betrachtet man den Umfang der bearbeiteten Textkorpora, so stellt die präzise und übersichtliche Strukturierung des Inventarteils, die sich bereits im zweiten Teil der „Sammlung Rückert" finden lässt, eindrucksvoll den geleisteten Arbeitsaufwand des Bearbeiters Rudolf Kreutner unter Beweis. Das vorgelegte Inventar ist jedoch nicht als ein bloß dokumentierendes Verzeichnis familiärer Korrespondenzen zu betrachten, sondern zeichnet sich darüber hinaus durch räsonierende Querverweise aus. So ist z.B. bei der Erwähnung von Goethes Schwiegertochter Ottilie (1796-1872, S. 160), welche die Patenschaft für Alma Froriep, geb. Rückert, innehatte, im Register gleichzeitig ein Eintrag zu August von Goethe (1789-1830) zu finden. Gerade bezogen auf Goethes unglücklichen Sohn August, der im Alter von 40 Jahren in Rom verstarb und am Fuß der Cestiuspyramide bestattet ist, findet sich ein weiterer bemerkenswerter Hinweis. Im Registerteil über Ludwig Friedrich von Froriep (1779-1847) und dessen Frau Charlotte, geb. Bertuch, (1779-1839) ist unter dem Abschnitt „Lebensdokumente" ein Brief des Weimarer Bürgermeisters Carl Leberecht Schwabe (1778-1851) enthalten. In diesem Brief Schwabes (S. 140) an Ludwig Friedrich von Froriep werden der Tod August von Goethes und die von Ottilie von Goethe herausgegebene Zeitschrift *Chaos* angesprochen. Die überlegte Art und Weise, mit welcher der Bearbeiter an dieser Stelle verfährt, zeigt deutlich, dass es bei der Erstellung eines Inventars nicht ausreicht, lediglich den im Archiv deponierten Bestand des Nachlasses zu sichten, sondern dass darüber hinaus weiterführende Recherchen und gegebenenfalls Autopsien weiterer Nachlässe vorgenommen werden müssen, um die Brillanz eines Inventars wie des vorliegenden zu gewährleisten.

An den ausführlich dargestellten Inventarteil schließt sich ein Kapitel mit Ergänzungen, Nachträgen und Corrigenda zu den vorausgegangenen Bänden I und II an, welche die beschriebene Struktur des Inventarteils übernehmen, ehe in einem Anhang ein ausführliches Register Auskunft über Personen, Orte, Sachbegriffe, Werke und – in Form ausführlicher genealogischer Skizzen – ein Überblick über die Verwandtschaftsverhältnisse geboten wird. Diese genealogische Darstellung, welche bislang von der Forschung viel zu wenig beachtet, geschweige denn erbracht wurde, unterstützt ebenfalls die im gesamten Band vorherrschende klare und übersichtliche Struktur der Familiengeschichte. Abgerundet wird der dritte Teil durch ein ausführliches Literaturverzeichnis, in dem die Neuerwerbungen von Rückertiana des Stadtarchivs Schweinfurt seit der Herausgabe der „Sammlung Rückert II" berücksichtigt und aufgenommen wurden.

Abschließend ist zu sagen, dass Rudolf Kreutner mit seiner „Sammlung Rückert III" einmal mehr einen quantitativ beeindruckenden und qualitativ hochwertigen Band vorgelegt hat, der sich ebenso durch eine übersichtliche, präzise und kompetente Aufarbeitung des Materials wie durch eine ebensolche Präsentation auszeichnet. Die hohe Relevanz des Rückert-Nachlasses für die wissenschaftliche Forschung des 21. Jahrhunderts liegt nicht zuletzt in seinem interdisziplinär wegweisenden Charakter begründet. Er bietet ungeahnte Anknüpfungspunkte und Anregungen für die Erforschung sowohl der literatur-, kultur- und geistesgeschichtlichen als auch der naturwissenschaftlichen Diskurse des 19. Jahrhunderts. Zukünftige wissenschaftliche Arbeiten, die sich thematisch mit diesen Diskursen beschäftigen, werden in dem vorliegenden Band, aber auch in den bereits erschienenen Bänden der „Sammlung Rückert" hilfreiche und fundierte Anregungen und Handreichungen finden. Mit Spannung darf daher der vierte Band der „Sammlung Rückert" erwartet werden, der die vollständige Katalogisierung des Gesamtbestands an Zeichnungen, Gemälden, Druckgraphiken und sonstigen in den Museen und Galerien der Stadt Schweinfurt aufbewahrten Gegenständen aus der „Sammlung Rüdiger Rückert" enthalten wird. Ein fünfter Band soll mit einem Gesamtregister der vorangegangenen vier Bände die Katalogisierung und Erschließung des Schweinfurter Rückert-Nachlasses abschließen.

Franca Victoria Schankweiler

Josef P. Mautner: Nichts Endgültiges. Literatur und Religion in der späten Moderne. Würzburg: Königshausen & Neumann, 2008. 205 S. ISBN 978-3-8260-3879-2.

Das Verhältnis von Literatur und Religion ist in den letzten fünfzehn Jahren wieder verstärkt in den Blickpunkt der Theologie und der kulturwissenschaftlichen Disziplinen getreten. Diese Entwicklung wurde nicht nur dadurch begünstigt, dass man sich auf der Suche nach Forschungsfeldern auf solche besann, die, obwohl und weil sie bereits hinreichend bearbeitet schienen, zu neuen Betrachtungsweisen einluden, sondern auch dadurch, dass sich in Folge von Globalisierungsprozessen der Kontakt zwischen den Religionen intensiver gestaltete als je zuvor, ein Kontakt, der in ebendiesen fünfzehn Jahren nur allzu oft Anlass zu politischen oder weltanschaulichen Positionierungen gab. Wie auf der einen Seite die Frage nach der literarischen Rezeption der Bibel als des Buches der für den Christen einzigen und unverbrüchlichen Wahrheit wieder relevant geworden ist, so auf der anderen diejenige nach religiösen Diskursen, Vermittlungsweisen und geistigen Formationen. Die Rückert-Gesellschaft hat auf das gewachsene Interesse 2006 mit dem Eichstätter Symposion „Die Literatur und die Weltreligionen" reagiert, dessen Ergebnisse in den *Rückert-Studien* der Jahre 2006/2007 dokumentiert sind. Josef P. Mautners jüngst erschienenes Buch schließt dort an, wo die *Rückert-Studien* seinerzeit enden mussten.

Es lenkt den Blick auf die späte literarische Moderne. In der Überzeugung, dass es sich bei der Religion um einen in Literatur und Kultur der Moderne kontinuierlich wirksamen Diskurs handelt, der sich zwischen den Extremen von vorbehaltloser Affirmation und radikaler Kritik oder gar Verwerfung in unterschiedlichen Abstufungen und Schattierungen vollzieht, untersucht Mautner Texte von religiös und konfessionell unterschiedlich sozialisierten Autorinnen und Autoren, darunter Franz Kafka, Bertolt Brecht, Christa Wolf, Thomas Bernhard und George Tabori. So heterogen sich sein Material auf der einen Seite ausnimmt, so offen ist auf der anderen die Art und Weise, in der es präsentiert wird. Die ungewöhnliche Faktur des Buches – jedes Kapitel ist für sich lesbar; der Zusammenhang wird durch das übergeordnete Thema hergestellt – erklärt sich aus dem Umstand, dass hier Beiträge aus unterschiedlichen Arbeitsphasen des Verfassers zusammengefasst und neu arrangiert wurden. Insofern versteht sich der Titel des Bandes als Programm: Mautner will den Lesern nichts Endgültiges anbieten, sondern er will Fragen aufwerfen und dort problematisieren, wo in der Vergangenheit vielleicht allzu schnell trügerische Einigkeit herrschte. Das von ihm favorisierte Verfahren des Diskurses, des – im Sinne Roland Barthes – gedanklichen Hin-und-Her-Gehens zwischen verschiedenen Wirklichkeiten, wird bereits im Aufbau des Buches deutlich. Es beinhaltet, wie der Verfasser eingangs bekräftigt, die Absage an die „Linearität und Zielgerichtetheit strategischer Texte". Die an Benjaminsche Schreibweisen erinnernde Collage, die auf diese Weise entsteht, zeichnet sich dementsprechend durch pluralistische Vielfalt aus. Sie versteht sich nicht als orthodoxe Stellungnahme eines einzelnen Individuums, sondern verbindet unterschiedliche Stimmen zu einem Ganzen und ermöglicht so eine ebenso vielfältige und fruchtbare wie herrschaftsfreie Verständigung über Religion. Mautner unterbricht seine literaturwissenschaftlichen Analysen, indem er an drei Stellen Auszüge aus einem Gespräch mit Dorothee Sölle einflicht, die, wiewohl sie in erster Linie als Theologin prominent geworden ist, sich auch literarisch und literaturwissenschaftlich betätigte, betrachtete sie doch wie Mautner selbst die Literatur als einen Spiegel virulenter religiöser Diskurse. Dieses Gespräch, das beide 1995 in Hamburg miteinander führten und das in dem Band *Himmelsleitern* (Salzburg/München 1996) bereits vollständig abgedruckt wurde, kommt gewissermaßen einem Orgelpunkt gleich. Es grundiert die Einzelanalysen und erhellt sich mit ihnen wechselseitig.

Die drei Teile des Gesprächs besitzen jeweils unterschiedliche Schwerpunkte. Im ersten Teil geht es um das Verhältnis von Religion und Literatur, das, so konstatieren die Gesprächspartner, fortwährend zwischen

Konflikt und Nähe oszilliert. In dem Anspruch, Axt zu sein, um, wie Kafka formulierte, „das Eis der Seele zu spalten", d.h. Welt durch Erzählen und Poesie zu verändern, fänden Religion und Literatur jedoch einen Berührungspunkt. Individuelle Erfahrungen statt wissenschaftlich-methodologische Vorüberlegungen bestimmen den zweiten Teil des Gesprächs. In ihm berichten Mautner und Sölle über den Wert, den die Lektüre von Christa Wolfs Erzählung *Kassandra* für sie besitzt, obwohl der Text sich weder dezidiert religiös noch areligiös gibt. Während Sölle ihm wichtige Impulse für ihr Engagement in der Friedensbewegung verdankt, weiß Mautner ihm bei seiner für die Kirche und für humanitär engagierte NGOs geleisteten Arbeit mit Ausländern und Flüchtlingen Aktualität abzugewinnen. Der dritte Teil des Gesprächs schließlich gilt den Konvergenzen von Literatur und Religion. Anknüpfend an das Kafka-Zitat, von dem der erste Teil seinen Ausgang genommen hatte, werden Religion und Literatur als Gegenwelten zum Konsumismus identifiziert, der den Menschen in seinen Verhaltensweisen normiere, ihn Sachzwängen unterwerfe, auf diese Weise dissoziiere und existenzielle Erfahrungen verlernen lasse.

Wohltuend unkonventionell nehmen sich Mautners Literaturbetrachtungen aus, die auf ein Referieren der bisweilen ausufernden Forschungsliteratur verzichten, sich statt dessen den Texten selber zuwenden und neue Lektüren anbieten. Im Falle Thomas Bernhards, der fast zwei Jahrzehnte lang das *enfant terrible* der österreichischen Literatur- und Theaterszene mimte, interessiert den Verfasser weniger die an medial inszenierten Skandalen reiche Geschichte der Rezeption seiner Texte als Bernhards ästhetische Sensibilität für die existenzielle Not der mit Krankheit, Verlust und Tod konfrontierten Menschen. Erst diese Sensibilität habe Bernhard Kritik an den seelischen Verheerungen, die „Katholizismus wie Nationalsozialismus in analoger Weise den durch sie beherrschten Menschen zugefügt haben" (S. 83; ebenso S. 120), üben und zu ebenso plakativen wie provokanten Behauptungen wie derjenigen der Austauschbarkeit der Symbole von Kruzifix und Hitlerporträt finden lassen. Der Katholizismus habe die Leerstelle, die nach dem Zusammenbruch der nationalsozialistischen Herrschaft entstanden sei, gefüllt und dadurch sowohl Erinnerung als auch Aufarbeitung der Schreckenszeit vereitelt. Dieser Diskurs – dies macht Mautners *tour d'horizon* durch Bernhards Œuvre deutlich – bestimme die frühe Lyrik ebenso wie das um die fünf autobiographischen Erzählungen sich zentrierende Prosawerk und die Theaterstücke. Thomas Bernhard erweist sich damit als ein zwar katholisch sozialisierter Autor, der seine Reserve gegenüber dem Katholizismus aber zu einem für sein Schreiben konstitutiven Diskurs werden lässt.

Nichts Endgültiges hat Mautner mit seinem Buch formulieren wollen. Doch auch wenn der Schluss angesichts der Einsicht in die Ambivalenz der Welt bewusst offen gestaltet ist, so bleibt eines doch unhinterfragt – der Glaube als Wissen um das eine Gültige, das sich empirisch nicht fassen lässt und dennoch sinnstiftend wirkt. Literatur und Religion haben sich ihm in gleicher Weise verschrieben. Sie verhelfen ihm zu immer neuer Aktualität und halten miteinander Schritt, indem sie, wie sie es immer schon taten, wechselseitig aufeinander Bezug nehmen. Josef P. Mautner weiß den Leser mit seinem Buch für diese zuweilen prekäre Nähe zu sensibilisieren.

Ralf Georg Czapla

Abbildungsnachweis

Wiegelmann

Abb. 1:   Berlinische Zeitung von Staats- und gelehrten Sachen vom 26. Oktober 1786.

Abb. 2, 8, 11 und 12:   Johann-Wolfgang Schottländer: Carl Friedrich Zelters Darstellungen seines Lebens. Weimar 1931 (Schriften der Goethe-Gesellschaft, 44), nach S. 64, nach S. 330, Bildbeilage nach dem Titelblatt, nach S. 296.

Abb. 3:   Allgemeine Zeitung (Augsburg) vom 27. August 1805.

Abb. 4:   Berlinische Nachrichten von Staats- und gelehrten Sachen vom 11. Dezember 1806.

Abb. 5:   Königlich privilegirte Berlinische Zeitung von Staats- und gelehrten Sachen vom 17. April 1810.

Abb. 6 und 7:   Paul Weiglin: Berliner Biedermeier. Leben, Kunst und Kultur in Alt Berlin zwischen 1815 und 1848. Bielefeld/Leipzig ²1942, S. 161 und 136.

Abb. 9:   Berlinische Nachrichten vom 20. Oktober 1814.

Abb. 10:   Die Gartenlaube. Illustrirtes Familienblatt, Nr. 1/1867.

Vorderstemann

Abb. 1:   Edelsteine. Eine Sammlung von 100 Liedern für gemischten Chor bearb. und hg. von Ernst Mitlacher. Leipzig: Glaser [um 1910], S. 24f. [DVA: V 3 / 5311].

Abb. 2:   Stimmt an! Lieder für die deutsche Jugend. 2. Sammlung. Im Auftrag der Comeniusbücherei ausgewählt von einem Ausschuß der Lehrer-Vereine Leipzig-Stadt und -Land. Leipzig: Dürr, ⁹1931, S. 167, Nr. 169 [DVA: V 5 / 1685].

Abb. 3:   DVA LP 2612.

Abb. 4:   DVA LP 3830.

Abb. 5:   DVA LP 1218.

Personenregister

Das Register verzeichnet die Namen historischer Personen und biblischer bzw. mythologischer Gestalten aus den Texten des Themenschwerpunkts samt ihren Anmerkungen. Verfasser wissenschaftlicher Arbeiten, biografischer Skizzen etc. sind in der Regel nur dort aufgeführt, wo es sich um Autoren des 19. Jahrhunderts handelt. Bei der Aufnahme von Namen wurde mit Blick auf das vermutete Benutzerinteresse flexibel verfahren. So sind gelegentlich auch Antonomasien, Werktitel oder Nominalableitungen berücksichtigt. Dagegen wurden Personen, die weder im dokumentarischen noch im argumentativen Kontext eine Rolle spielen, zumeist übergangen. Namen antiker Persönlichkeiten erscheinen in der im Deutschen üblichen Form (z.B. „Ovid" statt „Ovidius").

Tieck, Ludwig 234
Trakl, Georg 256
Truchseß, Christian Freiherr von 107
Tschaikowsky, Peter 271
Tuerk, Carl 271
Unger, Friederike Helene 21
Unger, Johann Friedrich 21, 22, 24
Varnhagen von Ende, Karl August 244
Verdi, Giuseppe 117
Villinger, Hermine 82
Vischer, Friedrich Theodor 59
Visnoviz, Eugenio 271
Vogl, Johann Michael 97, 123
Voß, Johann Heinrich 50
Wagner, Richard 126, 184, 189, 202, 203, 233
Wangenheim, Fanny von 233, 246
Wasielewska, Josefine von 162
Waßmer, Berthold 271
Webern, Anton von 187

Weegenhuise, Johan 271
Wellm, Alfred 84
Wendt, Amadeus 53
Werner, André 271
Wharton, Geoffry 271
Whistling, Friedrich 131, 132
Wieland, Christoph Martin 17, 23, 273
Wilde, Oscar 242
Witteczek, Joseph Wilhelm 97
Wolf, Hugo 219, 249
Wolff, Ernst Georg 272
Yanov-Yanovsky, Dmitri 271
Zelter, Adolph Rafael 36
Zelter, Anna Dorothea, geb. Hintze 14, 18
Zelter, Carl Friedrich 8, 13-50,
Zelter, Clara Antigone 36
Zelter, Doris 48
Zelter, Georg 14, 15, 16, 18

Beiträger und Herausgeber des Bandes

PD Dr. Ralf Georg Czapla
Germanistisches Seminar
Ruprecht-Karls-Universität Heidelberg
Hauptstr. 207-209
69117 Heidelberg

Prof. Dr. Rudolf Denk
Institut für deutsche Sprache und Literatur
Pädagogische Hochschule Freiburg
Kunzenweg 21
79117 Freiburg i. Br.

Prof. Dr. Dr. h.c. mult. Dietrich Fischer-Dieskau
Himbselweg 16
82335 Berg

Prof. Dr. Christian Gerhaher
Nürnberger Str. 67
D- 80637 München

Dr. Jessica Riemer
Peter-Bardens-Str. 15
67661 Kaiserslautern

Dennis Roth M.A.
Im Etter 6
79117 Freiburg i. Br.

Franca Victoria Schankweiler
Heinrich-Fuchs-Str. 27
69126 Heidelberg

Dr. Joachim Steinheuer AOR
Musikwissenschaftliches Seminar
Ruprecht-Karls-Universität Heidelberg
Augustinergasse 7
69117 Heidelberg

Dr. Karin Vorderstemann
Deutsches Seminar
Albert-Ludwigs-Universität Freiburg
Platz der Universität 3
79085 Freiburg i. Br.

Franz Josef Wiegelmann
Historisches Pressearchiv – Privatarchiv
Töpferstraße 23
53721 Siegburg

PD Dr. Bernd Zegowitz
Institut für deutsche Literatur und ihre Didaktik
Johann Wolfgang Goethe-Universität Frankfurt
Grüneburgplatz 1
60629 Frankfurt/Main am Main